아바나의 우리 사람

Our Man in Havana

그레이엄 그린 장편소설　최용준 옮김

OUR MAN IN HAVANA
by GRAHAM GREENE

이 책은 실로 꿰매어 제본하는 정통적인 사철 방식으로 만들어졌습니다.
사철 방식으로 제본된 책은 오랫동안 보관해도 손상되지 않습니다.

그리고 슬픈 이가 그 모든 농지거리를 하던 이를 이겼다.

— 조지 허버트

제1부

1장

1

「거리를 걸어가는 저 흑인 말인데요,」 닥터 하셀바허가 원더 바에 서서 말했다. 「저 사람을 보니 당신 생각이 나네요, 워몰드 씨.」 워몰드와 15년째 우정을 쌓아 왔지만 닥터 하셀바허는 언제나처럼 여전히 워몰드의 이름 뒤에 〈씨〉를 붙였다. 두 사람의 우정은 신중한 분석과 그에 따른 확신을 거치며 서서히 깊어졌다. 아마도 닥터 하셀바허는 나중에 워몰드가 침대에서 죽음을 앞두고 맥박이 꺼져 갈 때쯤 되어야 그를 짐[1]이라고 불러 줄 터였다.

그 흑인은 한쪽 눈이 멀고, 한쪽 다리가 다른 쪽 다리보다 짧았다. 그는 낡은 펠트 천 모자를 쓰고 있었는데, 마치 허물어져 가는 배에서 골조가 드러나듯 찢어진 셔츠 사이로 갈비뼈들이 보였다. 뜨거운 1월 태양 아래, 노란색과 분홍색 기둥

---

1 주인공의 이름은 제임스 워몰드이고, 짐은 제임스의 애칭이다. 이하 모든 주는 옮긴이의 주이다.

들로 이루어진 주랑 너머에서 그 흑인은 보도 가장자리를 따라 걸으며 발걸음 수를 헤아렸다. 원더 바를 지나 비르두데스로 향할 때, 그는 〈1,369〉걸음에 이르렀다. 이제 숫자가 너무 길어져 그 숫자를 모두 발음하려면 천천히 걸어야만 했다. 「일천삼백칠십.」 그는 나시오날 광장 근방에서 친숙한 인물이었다. 가끔씩 광장에서 숫자 세기를 잠시 멈추고 얼쩡거리며 관광객에게 포르노 사진 묶음을 팔았다. 그러고는 다시 이어서 숫자를 셌다. 마치 대서양 횡단 증기선에 탄 기운찬 승객처럼, 그는 분명 해가 지면 자신이 얼마나 걸었는지 거리를 알았을 것이다.

「조 말인가요?」 워몰드가 물었다. 「어디가 닮았다는 건지 전혀 모르겠는데요. 물론 다리를 전다는 점은 빼고요.」 하지만 워몰드는 본능적으로 〈트로피칼 맥주〉[2]라고 적혀 있는 거울로 눈길을 돌려 거울에 비친 자기 모습을 재빨리 살펴보았다. 마치 〈올드 아바나〉에 있는 가게에서 걸어오다가 정말로 기진맥진해지고 햇빛에 시커멓게 탔을 수도 있다는 듯한 태도였다. 하지만 거울 속에서 그를 마주 보는 이의 얼굴은 부두 작업으로 피어난 먼지 때문에 색이 살짝 달라진 것뿐이었다. 여전히 변함없이 똑같은, 근심 어리고 주름진 40대의 얼굴이었다. 워몰드가 닥터 하셀바허보다 훨씬 젊었지만, 모르는 사람이 보면 워몰드가 훨씬 더 빨리 죽을 거라고 확신할 터였다. 워몰드의 얼굴에는 이미 우울감이 깊게 자리 잡았고, 그 근심은 신경 안정제로 해결될 수준이 아니었다. 그 흑인

2 쿠바의 맥주 브랜드.

은 다리를 절며 파세오[3]와 접한 모퉁이를 돌아 시야에서 사라졌다. 그날은 구두닦이가 많이 보였다.

「다리 저는 걸 말하는 게 아닙니다. 둘이 닮은 걸 모르겠어요?」

「네.」

「저 친구는 머릿속에 두 가지 생각을 하고 있어요.」 닥터 하셀바허가 설명했다. 「자기 직업, 그리고 숫자를 계속 세는 거요. 물론 저 친구는 영국인이고요.」

「하지만 여전히 저는 닮은 점을…….」 워몰드는 모닝 다이키리[4]로 입술을 축였다. 원더 바에 가는 데 7분. 가게로 돌아가는 데 7분. 교제에 6분. 워몰드는 손목시계를 보았다. 그는 시계가 1분 느리다는 것을 기억했다.

「저 친구는 믿을 만합니다. 의지할 수 있지요. 제 말뜻은 그거였습니다.」 닥터 하셀바허가 서둘러 덧붙였다. 「밀리는 어떻게 지내요?」

「잘 지냅니다.」 워몰드가 말했다. 언제나 같은 대답이었지만, 진심으로 하는 말이었다.

「17일에 열일곱 살이 되지요, 그렇죠?」

「맞습니다.」 워몰드는 마치 누군가에게 쫓기는 사람처럼 어깨 너머를 힐긋 본 뒤 다시 손목시계를 보았다. 「오셔서 축하주 한잔 같이하실 거죠?」

「제가 언제 빠진 적 있나요, 워몰드 씨. 누구 더 오는 사람

---

3 센트로 아바나에 있는 기다란 대로 〈파세오 데 마르티〉를 말한다.
4 럼 칵테일의 일종.

이라도 있나요?」

「음, 저는 그냥 우리 세 명만 생각했습니다. 아시겠지만, 쿠퍼는 집에 갔고, 가엾은 말로는 아직 병원에 있고, 밀리는 이번에 새로 온 영사관 사람들이 모두 그다지 맘에 들지 않나 봅니다. 그래서 오붓하게 가족끼리 보낼 생각입니다.」

「저를 가족으로 받아 주셔서 영광입니다, 워몰드 씨.」

「아마도 나시오날 호텔에서 할 것 같습니다. 혹시라도 그곳이, 뭐랄까, 적당하지 않다고 생각되면 말씀해 주세요.」

「여기는 영국이나 독일이 아닙니다, 워몰드 씨. 열대 지방에서는 여자아이들이 빠르게 자라지요.」

건너편 셔터가 삐걱이며 열리더니, 바다에서 불어오는 가벼운 바람을 따라 마치 낡은 시계가 째깍거리듯 규칙적으로 흔들렸다. 워몰드가 말했다. 「가봐야겠습니다.」

「패스트클리너스는 당신 없어도 잘 돌아갈 겁니다, 워몰드 씨.」 불편한 진실이 가득한 날이었다. 「제 환자들처럼요.」 닥터 하셀바허가 친절하게 덧붙였다.

「사람들은 아플 수밖에 없지만, 진공청소기는 꼭 사지 않아도 되지요.」

「하지만 당신이 받는 가격이 더 비싸잖습니까.」

「그리고 저한테 떨어지는 건 겨우 20퍼센트뿐이지요. 20퍼센트로는 저축을 많이 할 수 없어요.」

「지금은 저축을 하는 시대가 아닙니다, 워몰드 씨.」

「저는 해야만 합니다, 밀리를 위해서요. 만약 저한테 무슨 일이라도 생기면…….」

「요즘 시대엔 누구도 삶에 큰 기대를 걸지 않는데 뭐 하러 사서 걱정하세요?」

「이 모든 혼란은 장사에 아주 안 좋습니다. 전기가 끊기는데 진공청소기가 무슨 소용 있겠습니까?」

「제가 돈을 조금 빌려드릴 수 있습니다, 워몰드 씨.」

「아니, 아니요, 그런 게 아닙니다. 제가 걱정하는 건 올해나 내년에 대한 것이 아닙니다. 장기적인 거죠.」

「그러면 걱정이라고 부를 가치가 없지요. 우리는 원자력 시대에 살고 있습니다, 워몰드 씨. 단추 하나만 누르면 펑. 그 다음엔 여기가 이승인지 저승인지 모르게 되죠. 스카치 한 잔 더 하세요.」

「그 부분도 문젭니다. 우리 회사가 이번에 뭘 했는지 아십니까? 원자로 청소기를 하나 보냈더군요.」

「정말로요? 과학이 그 정도로 발전한 줄 몰랐습니다.」

「아, 물론 원자력하고는 아무런 관련도 없는 물건입니다. 이름만 그렇게 붙인 거죠. 작년에는 터보제트였습니다. 이번에는 원자로이고요. 다른 것들과 똑같이 둘 다 전기로 돌아갑니다.」

「그런데 왜 걱정을 하십니까?」 닥터 하셀바허는 주제곡이라도 되듯이 반복해서 말하고는 자기 위스키 잔으로 몸을 숙였다.

「회사 사람들은 아직도 깨닫지 못하고 있어요. 그런 이름이 미국에선 먹힐지 몰라도, 여기서는, 성직자들이 설교하며 늘 과학의 오용을 비판하는 이런 곳에서는 소용없단 말입니다. 밀리와 저는 지난 일요일 성당에 갔습니다. 밀리가 미사를 얼마나 중요하게 여기는지 잘 아시죠? 밀리는 분명 저를 개종시킬 수 있을 거라고 생각한다니까요. 음, 멘데스 신부님은 30분에 걸쳐 수소 폭탄의 효과를 설명하시더군요. 지상 천국을 믿는 이들이 지옥을 창조했다고도 하셨고요. 아주 실감 나게 말씀하셨습니다. 정말 눈앞에서 보는 듯이 생생했답니다. 그러니 월요일 아침 쇼윈도에 신형 원자로 흡입 청소기를 진열하면서 제 기분이 어땠을 것 같습니까? 요 근처 거친 남자아이들 가운데 하나가 쇼윈도를 깨뜨렸다고 해도 전혀 놀라지 않았을 겁니다. 가톨릭 신도 운동, 온 누리의 임금 그리스도, 기타 등등. 제가 어찌해야 할지 모르겠습니다, 하셀바허.」

「주교님 관저에 놓아 드리라고 하면서 멘데스 신부님께 하나 파세요.」

「하지만 주교님은 터보에 만족하십니다. 좋은 기계죠. 물론 이번 것도 좋지만요. 책장 청소 시 흡입 기능이 향상되었습니다. 성능이 좋지 않으면 제가 팔지 않으리라는 걸 아시잖습니까.」

「압니다, 위몰드 씨. 그냥 이름만 바꾸면 안 되나요?」

「회사에서 허락하지 않을 겁니다. 회사는 이번 제품에 자부심이 대단하거든요. 회사는 이게 〈치면서, 밀면서, 깨끗하게〉[5]라는 캐치프레이즈 이후 제일 잘 빠진 홍보 문구라고 생각해요. 터보와 함께 나온 정화 패드라고 불리는 물건 기억

5 미국의 진공청소기 제조사인 후버에서 1919년에 내놓은 캐치프레이즈.

하시죠? 그건 아무도 관심을 보이지 않았어요. 좋은 물건이었지만요. 어제 어떤 여자분이 가게에 와서 원자로를 둘러보고는 그 정도 크기의 패드가 정말로 모든 방사능을 흡수하는지, 그리고 스트론튬 90을 흡수하는지 묻더군요.」

「제가 의학적 증명서를 드릴 수 있는데요.」 닥터 하셀바허가 말했다.

「그 어떤 것도 전혀 걱정되지 않으세요?」

「저한테는 걱정을 막는 비책이 있어요, 워몰드 씨. 저는 삶에 관심을 갖는답니다.」

「저도 그렇습니다, 하지만…….」

「당신은 삶이 아니라 사람에 관심을 갖지요. 그리고 사람들은 죽거나 우리를 떠납니다. 죄송합니다, 아내분 이야기를 하려던 건 아니었습니다. 하지만 삶에 관심을 가지면, 삶은 절대로 당신을 실망시키지 않습니다. 저는 치즈의 푸른 정도에 관심 있습니다. 십자말풀이를 하지 않으시죠, 워몰드 씨? 저는 합니다. 십자말풀이는 사람과 비슷합니다. 끝이 있죠. 저는 그 어떤 십자말풀이도 한 시간 안에 끝마칠 수 있습니다. 하지만 치즈의 푸른 정도에서는 결론에 도달하는 일 없이 계속해서 뭔가를 발견할 수 있습니다. 물론 결론에 이르는 순간이 올지 모른다고 꿈꾸는 사람도 있지만요……. 언제 한 번 제 실험실을 보여 드려야겠군요.」

「이제 가봐야겠습니다, 하셀바허.」

「꿈을 더 꾸셔야 합니다, 워몰드 씨. 우리 세기의 현실은 직면할 만한 것이 못 됩니다.」

2

워몰드가 람파리야 스트리트에 있는 자신의 가게에 도착
했을 때, 밀리는 미국 수녀회 학교에서 아직 돌아오지 않은
상태였고, 가게 문 안에 두 명이 보이는데도 워몰드는 가게
가 텅 비었다는 느낌을 받았다. 정말 텅 빈 느낌이었다! 그리
고 아마도 밀리가 돌아올 때까지는 계속 그런 느낌일 터였다.

워몰드는 자신의 가게에 들어설 때마다 진공을 느꼈다. 이
진공은 자신이 파는 청소기와 아무 상관 없었다. 그 어떤 손
님도 이 진공을 채울 수 없었다. 특히 아바나의 기준에선 너
무나 말쑥한 차림을 하고 저렇게 가게 안에 서서 원자로 청
소기에 대한 안내 책자를 읽으며 점원을 노골적으로 무시하
는 저 손님의 경우는 더욱더 그랬다. 성마른 로페스는 『컨피
덴셜』지의 스페인어판을 읽다가 방해받는 것을 좋아하지 않
았다. 로페스는 이방인을 노려볼 뿐, 물건을 팔려는 시도를
전혀 하지 않았다.

「Buenos dias(좋은 아침입니다).」 워몰드가 말했다. 워몰
드는 처음 보는 사람이 가게에 들어오면 무조건 의심을 품고
보는 버릇이 있었다. 10년 전, 어떤 남자가 손님인 척 가게에
들어오더니 바로 본색을 드러내며 차에 광택을 낼 때 쓰는
양모를 워몰드에게 팔았다. 그자는 말주변이 좋은 사기꾼이
었지만, 지금 가게에 있는 이 사람보다 차라리 그때 그자가
진공청소기를 살 가능성이 더 컸다. 키가 크고 우아한 이 사
람은 부드러운 회색의 열대 지방용 정장에 독특한 넥타이 차

림이었으며, 해변의 향기와 고급 클럽의 가죽 냄새를 풍겼다. 이자가 금방이라도 〈1분 뒤에 영사님께서 보자십니다〉라고 말해도 전혀 이상할 것 같지 않았다. 세탁은 늘 누군가가, 바닷물 또는 호텔의 세탁 담당원이 대신 해줄 터였다.

「아쉽지만, 제가 이 동네 말엔 아주 젬병이라서요.」낯선 남자가 대답했다. 그가 쓴 속어는 마치 아침 식사 뒤에 남은 달걀 얼룩처럼 그의 양복에 오점을 남겼다. 「영국인이시죠?」

「네.」

「제 말은, 진짜 영국인요. 영국 여권을 가지고 있고 등등 말입니다.」

「네. 왜 그러시죠?」

「영국인은 영국인 회사와 거래를 하고 싶어 하지요. 서로 어디에 있는지 알고요. 제 말이 무슨 의미인지 아시겠죠?」

「뭘 도와드릴까요?」

「그게, 우선, 저는 한번 둘러보고 싶었습니다.」그는 마치 서점에 온 사람처럼 말했다. 「그런데 당신 점원이 그 점을 도통 이해하지 못하더군요.」

「진공청소기를 보고 계셨나요?」

「그게, 딱히 보고 있었던 건 아닙니다.」

「제 말은, 하나 사실 생각이신가요?」

「그렇습니다, 선생님. 정곡을 찌르셨습니다.」워몰드는 이 남자가 평소와 다른 톤의 목소리로 말한다는 인상을 받았다. 지금 이자의 목소리가 가게에 어울렸기 때문이다. 람파리야 스트리트에 보호색처럼 어우러지는 목소리였다. 이자의 목소리에 담긴 경쾌함은 옷과 어울리지 않았다. 모든 종류의 사람에게 모든 것이 되는[6] 사도 바울로의 기술은 옷을 갈아입지 않고는 성공할 수 없었다.

워몰드가 기운차게 말했다. 「원자로보다 더 좋은 걸 구하시지는 못할 겁니다.」

「여기 터보란 것도 있네요.」

「그것도 아주 좋은 청소기입니다. 큰 아파트에 사십니까?」

「글쎄요, 크다고 할 수는 없겠군요.」

「여기 보시면, 브러시가 두 세트 있습니다. 이건 왁스용이고, 이건 광택용입니다. 아, 아닙니다, 바꿔서 말했네요. 터보는 공기 압력을 씁니다.」

「그게 무슨 뜻인가요?」

「그건, 물론, 그건…… 그게, 말 그대로입니다. 공기 압력을 쓰지요.」

「여기 달린 이 작은 거, 이건 뭔가요?」

「그건 양방향 카펫 노즐입니다.」

「그런가요? 흥미롭군요. 왜 양방향인가요?」

「사용자가 밀고 당기니까요.」

「제조사가 대충 상상력을 발휘해서 붙인 이름들이로군요.」 이방인이 말했다. 「이것들을 많이 파시겠군요?」

「이 가게가 여기서 유일한 대리점입니다.」

「그러면 중요한 사람들은 모두 원자로를 하나씩 사겠네요?」

6 『고린토인들에게 보낸 첫째 편지』 9장 22절.

「또는 터보제트를 사지요.」

「정부 사무실들도요?」

「물론이죠. 왜 그러시죠?」

「정부 사무실에서 쓸 정도로 좋은 거라면 저에게도 좋을 테니까요.」

「아마 극소형 편리기를 좋아하실 것 같습니다.」

「뭐가 편리하다는 겁니까?」

「정식 이름은 〈극소형 편리한 공기 압력 흡입 소형 가정용 청소기〉입니다.」

「공기 압력이라는 단어가 또 나오는군요.」

「제가 지은 이름이 아니랍니다.」

「화내지 마십시오, 선생님.」

「개인적으로, 저는 〈원자로〉라는 단어를 싫어합니다.」 위몰드의 목소리가 돌연 격앙되었다. 위몰드는 매우 흥분한 상태였다. 그때 어쩌면 이 이방인이 런던이나 뉴욕의 본부에서 파견된 감독관일 수도 있겠다는 생각이 퍼뜩 들었다. 만약 그렇다면 회사 사람들은 그 무엇보다 반드시 진실을 들어야 했다.

「무슨 의미인지 알겠습니다. 흡족한 선택이었다고는 할 수 없지요. 이 물건들은 애프터서비스도 해주나요?」

「분기별로요. 보증 기간 내에는 공짜입니다.」

「제 말은 당신이 직접 하느냐는 뜻이었습니다.」

「로페스를 시킵니다.」

「저 부루퉁한 사람 말입니까?」

「저는 기계에 밝지 못합니다. 어쩐 일인지 제가 만지면 작동을 멈추는 경향이 있더군요.」

「운전을 하지 않으시나요?」

「합니다. 하지만 차에 뭔가 문제가 생기면 제 딸이 살펴봅니다.」

「아, 알겠습니다. 따님이 있으시군요. 따님은 지금 어디 있나요?」

「학교에요. 자, 이제 이 간편 연결 기능을 보여 드리죠.」하지만 물론, 워몰드가 시연을 보이려 하자 연결되지 않았다. 워몰드는 밀고 돌려 보았다. 「불량품이네요.」워몰드가 자포자기하며 말했다.

「제가 해보지요.」이방인이 말했다. 그러자 이번에는 아주 매끄럽게 연결되었다.

「따님은 몇 살인가요?」

「열여섯 살입니다.」워몰드가 말했다. 그는 자신이 대답했다는 사실에 화가 났다.

「음,」이방인이 말했다. 「그만 가봐야겠습니다. 대화 즐거웠습니다.」

「청소기가 작동하는 걸 보고 싶지 않으십니까? 로페스가 시연을 보여 드릴 겁니다.」

「지금은 됐습니다. 다시 만날 테니까요. 여기나 다른 곳에서요.」남자는 오만하고 자신만만한 태도로 모호한 말을 던졌다. 남자가 가게 문을 나선 뒤에야 워몰드는 명함을 건네야겠다는 생각이 들었다. 그러나 남자는 람파리야 스트리트

끝의 광장에서 아바나 오후의 포주들과 복권 판매원들 속으로 사라졌다.

로페스가 말했다. 「그 사람은 처음부터 살 생각이 없어 보였어요.」

「그럼 왜 들어온 거지?」

「모르죠. 그 사람은 창밖에서 한참 동안 저를 바라봤어요. 만약 사장님이 들어오지 않으셨으면, 여자를 구해 달라고 제게 부탁했을 거예요.」

「여자?」

윔몰드는 10년 전 그날을 떠올렸고, 밀리에 대한 생각에 꺼림칙한 느낌이 들어 그렇게 많은 질문에 대답한 걸 후회했다. 그리고 간편 연결 기능이 한 번에 간편하게 찰카닥 연결되었으면 좋았을 거라고 생각했다.

2장

　멀리서도 경찰차가 오는 것을 알 수 있듯, 워몰드는 밀리
가 집 가까이 온 것을 알아챌 수 있었다. 사이렌 대신 휘파람
소리들이 밀리가 다가온다고 알려 주었다. 밀리는 벨히카 대
로의 버스 정류장에서부터 걸어오는 데 익숙했지만, 오늘은
늑대들이 콤포스테야 방향에서 추근거리는 듯했다. 위험한
늑대들은 아니었다. 워몰드는 마지못해 그 사실을 인정해야
만 했다. 밀리의 열세 살 생일 무렵부터 시작된 찬양은 사실
존경의 표시였다. 아바나의 높은 기준으로 봐도 밀리는 아름
다웠기 때문이다. 밀리의 머리털은 옅은 꿀색이었고, 눈썹은
갈색이었으며, 하나로 올려 묶은 머리는 도시 최고의 미용사
가 손질한 것이었다. 밀리는 휘파람 소리에 전혀 관심을 보
이지 않았다. 휘파람 소리는 오히려 밀리의 걸음을 재촉할
뿐이었다. 그녀가 걷는 걸 보면 공중 부양을 믿을 지경이었
다. 이제 밀리에게 침묵은 모욕처럼 느껴질 터였다.
　아무 종교도 없는 워몰드와 달리, 밀리는 가톨릭 신자였
다. 결혼 전, 워몰드는 자식을 가톨릭 신자로 키우겠다고 밀

리의 어머니와 약속한 바 있었다. 지금 생각해 보면 밀리의 어머니는 종교적 믿음이 전혀 없었지만, 가톨릭 신자 한 명을 워몰드의 손에 맡겨 놓고 떠났다. 가톨릭은 워몰드보다 밀리가 쿠바에 훨씬 더 깊숙이 자리 잡을 수 있게 해주었다.

　워몰드는 부자 가족들은 여전히 두에냐[7]를 둔다고 믿었고, 가끔 워몰드가 보기엔 밀리 역시 두에냐를 데리고 다니는 듯 느껴졌다. 다만 두에냐가 밀리 외엔 아무에게도 보이지 않을 뿐이었다. 밀리는 다른 그 어느 곳보다 교회에서 가장 아름다워 보였고, 교회에서 밀리의 두에냐는 겨울처럼 투명한 나뭇잎들이 수놓아진 가벼운 만틸라[8]를 쓰고 늘 밀리 곁에 앉아 밀리가 등을 곧게 펴고 있는지, 얼굴은 적당한 순간에 제대로 가렸는지, 성호는 제대로 그었는지 지켜보았다. 어린 남자아이들이 주변에서 몰래 사탕을 빨아 먹거나 기둥들 뒤에서 킬킬거리는 와중에도, 밀리는 수녀처럼 엄숙하게 앉아 자기 머리 색깔과 같은 모로코가죽(밀리가 직접 골랐다)으로 장정한, 가장자리에 금박을 입힌 작은 기도서를 들고 미사에 참석했다. 그리고 눈에 보이지 않는 그 두에냐는 밀리가 금요일에 생선을 먹는지, 사계 대재의 날[9]에 금식을 하는지, 일요일과 교회 축일뿐 아니라 밀리의 성인의 축일에 미사에 참석하는지도 지켜보았다. 밀리는 집에서 부르는 이름이었고, 진짜 이름은 〈세라피나〉였다. 세라피나 성인의 날은

　7 소녀를 따라다니며 감독과 지도를 하는 부인.
　8 스페인, 멕시코, 이탈리아 등지에서 여성이 의례적으로 머리에서 어깨까지 덮어쓰는 쓰개.
　9 가톨릭에서 계절마다 3일간 기도와 금식을 하는 날.

쿠바에서 〈2등급 반복 축일〉[10]이었는데, 위몰드는 〈2등급 반복 축일〉이라는 이 알쏭달쏭한 말을 들을 때마다 자동차 경주가 떠올랐다.

오래지 않아, 위몰드는 두에냐가 늘 밀리 곁에 있는 건 아니라는 사실을 깨달았다. 밀리는 식사 예절에 매우 민감하고, 잠자기 전 저녁 기도를 빼먹은 적이 한 번도 없었다. 밀리가 절대 저녁 기도를 거르지 않는다는 걸 위몰드는 모르려야 모를 수가 없었다. 아주 어린 시절부터 지금까지 밀리는 아버지가 가톨릭교도가 아니라는 이유로 저녁 기도가 끝날 때까지 위몰드를 자기 방 문 앞에서 기다리게 했기 때문이다. 과달루페의 성모화 앞에는 언제나 촛불이 켜져 있었다. 위몰드는 밀리가 네 살 때 〈고집불통 성모 마리아님께〉[11]라고 기도하던 걸 우연히 엿들은 기억이 떠올랐다.

하지만 밀리가 열세 살이던 어느 날, 베다도 외곽의 백인 부촌에 있는 〈미국 클레어 수녀회 학교〉에서 위몰드를 호출했다. 그리고 위몰드는 두에냐가 밀리를 학교의 창살 달린 정문 옆에 있는, 성경 구절이 적힌 현판 아래 두고 떠났다는 사실을 그날 처음 알게 되었다. 학교가 그를 호출한 이유는 심각한 일 때문이었다. 밀리가 토머스 얼 파크먼 주니어라는 어린 남자아이에게 불을 붙였던 것이다. 교장 수녀는 학교에

10 a double of the second class. 〈2등급 축일〉로 개명되었다가 현재는 〈축일〉이라고 부른다.
11 영국 동요 중 하나의 첫 구절 〈Mary, Mary, quite contrary〉에서 나온 말로, 여기의 메리는 성모 마리아 혹은 스코틀랜드의 메리 여왕을 뜻한다는 해석이 있다.

서 말썽꾸러기로 유명한 얼이 먼저 밀리의 머리카락을 잡아 당긴 것은 사실이라고 인정하면서도, 그렇다고 밀리의 행동이 결코 정당화되진 않는다며, 만약 다른 여자아이가 얼을 분수로 밀어 넣지 않았다면 심각한 결과를 초래할 수도 있었다고 말했다. 그러고 나서 밀리의 행동에 대해 유일하게 변호할 수 있는 점이 있다면 그건 바로 얼이 신교도란 점이고, 따라서 혹시 박해가 있을 경우 언제나 가톨릭이 신교도를 이길 수 있다고 말했다.

「그런데 밀리가 어떻게 얼에게 불을 붙였나요?」

「셔츠 밑단에 휘발유를 부었습니다.」

「휘발유라고요!」

「라이터 기름이었죠. 그러고는 성냥을 그었어요. 우리는 밀리가 그간 몰래 담배를 피워 왔을 거라고 생각합니다.」

「정말 뜻밖의 이야기로군요.」

「그렇다면 밀리를 제대로 모르시는 것 같네요. 워몰드 씨, 저희의 인내심이 한계에 도달했다는 걸 알려 드려야 할 듯합니다.」

그리고 교장 수녀는, 얼에게 불을 붙이기 6개월 전 밀리가 미술 수업 시간에 세계의 명화 그림엽서 세트를 돌려 본 이야기를 했다.

「그게 뭐가 잘못되었는지 모르겠습니다.」

「열두 살 나이에는요, 워몰드 씨, 그게 고전 명화든 아니든 간에 나체를 보아서는 안 됩니다.」

「그림이 모두 나체였나요?」

「고야의 〈옷 입은 마하〉만 빼고요. 하지만 〈옷 벗은 마하〉
도 같이 있었답니다.」

워몰드는 교장 수녀의 자비에 기댈 뿐 다른 도리가 없었
다. 워몰드는 가톨릭 아이를 둔 비신도 아버지였으며, 미국
수녀회 학교는 아바나에서 스페인어를 쓰지 않는 유일한 가
톨릭 학교였고, 워몰드는 가정 교사를 둘 여력이 없었다. 〈설
마 밀리를 하이럼 C. 트루먼 학교에 보내라고 하지는 않겠
지?〉 워몰드는 불안했다. 그런 일이 벌어지면 아내와 한 약
속을 어기게 된다. 워몰드는 새 아내를 찾아야 하는 것 아닐
까 하는 생각까지 해보았다. 물론 수녀들은 재혼을 용납하지
않을 것이고, 워몰드는 여전히 밀리의 어머니를 사랑했다.

워몰드는 밀리와 이야기를 나눴다. 밀리의 설명은 간결함
의 미덕을 품고 있었다.

「왜 얼에게 불을 붙였니?」

「전 악마에게 유혹당했어요.」 밀리가 말했다.

「밀리, 제발 말이 되는 소리를 하렴.」

「성인들도 악마에게 유혹을 받았어요.」

「넌 성인이 아니야.」

「제 말이요, 그래서 제가 유혹에 진 거예요.」 그 부분을 더
는 따질 수 없었다. 그날 오후 4시에서 6시 사이는 고해 성사
시간이어서 더 어쩔 수 없었다. 밀리의 두에냐가 밀리 곁에
돌아와 있었고, 고해 성사를 빠지는 일이 없도록 지켜볼 것
이었다. 워몰드는 생각했다. 〈두에냐가 하루 휴가를 내고 없
는 날이면 확실히 알아낼 수 있을 거야.〉

그리고 몰래 담배 피우는 것에 대한 질문도 했다.

「너 담배 피우니?」 워몰드가 밀리에게 물었다.

「아니요.」

밀리의 태도에서 뭔가 느낀 워몰드는 질문을 고쳤다. 「한 번이라도 담배를 피운 적이 있니, 밀리?」

「궐련만요.」 밀리가 말했다.

이제 밀리가 다가오는 것을 알려 주는 휘파람 소리들이 들리자, 워몰드는 왜 밀리가 벨히카 대로 쪽이 아니라 항구 쪽에서 람파리야로 오는지 궁금해졌다. 하지만 밀리를 보자 그 이유를 깨달았다. 밀리 뒤로 얼굴을 전부 가릴 정도로 커다란 꾸러미를 든 젊은 점원 한 명이 따라오고 있었다. 워몰드는 밀리가 다시 쇼핑했다는 걸 깨닫고 가슴이 철렁했다. 워몰드는 계단을 올라 가게 위에 있는 집으로 들어갔고, 이내 밀리가 점원을 시켜 물건들을 다른 방에 내려놓는 소리를 들었다. 쿵, 덜커덕, 그리고 금속성의 쨍그랑 소리가 났다. 밀리가 〈저기 놓으세요〉라고 말하더니, 이어서 〈아니, 저기요〉라고 말했다. 서랍이 열렸다가 닫혔다. 밀리는 벽에 못을 박기 시작했다. 워몰드 쪽 벽의 회벽 조각이 깨져 샐러드 위로 떨어졌다. 샐러드는 도우미가 만들어 놓고 간 점심이었다.

밀리는 정확히 식사 시간이 되어서야 식탁으로 왔다. 워몰드는 밀리의 미모를 모르는 척하는 게 언제나 어려웠지만, 보이지 않는 두에냐는 워몰드가 격에 맞지 않는 구혼자라도 된다는 듯이 차가운 눈으로 그를 꿰뚫어 보았다. 두에냐가 마지막으로 휴일을 즐긴 건 아주 오래전이었다. 워몰드는 그녀의 근면함이 거의 유감스러울 지경이었고, 가끔은 얼이 다시 불에 타는 걸 보는 것도 즐거울 터였다. 밀리는 기도를 한 뒤 성호를 그었고, 워몰드는 밀리가 그 과정을 다 마칠 때까지 고개를 숙이고 공손하게 앉아 있었다. 오늘은 평소보다 기도가 길었다. 그건 아마도 밀리가 별로 배고프지 않거나 시간을 끌고 있다는 의미였다.

「오늘은 어떠셨어요, 아빠?」 밀리가 공손하게 물었다. 오랜 세월 같이 지낸 아내가 할 법한 말이었다.

「그리 나쁘지 않았지. 너는?」 워몰드는 밀리를 볼 때면 겁쟁이가 되었다. 워몰드는 무슨 일에서든 밀리에게 반대하는 게 싫었고, 밀리의 쇼핑에 대해서는 되도록 언급을 미루려 애썼다. 밀리는 매달 용돈을 받았지만, 눈독 들이던 귀걸이와 세라피나 성인의 작은 조상을 사느라 이번 달 치 용돈을 2주 전에 다 써버렸다. 워몰드는 그 사실을 알고 있었다.

「〈교리와 도덕〉에서 1등했어요.」

「잘했구나. 질문이 뭐였는데?」

「〈소죄〉에서는 최고점을 받았어요.」

「오늘 아침에 닥터 하셀바허를 만났어.」 워몰드는 전혀 상관없는 말을 했다.

밀리는 공손하게 대답했다. 「그분이 잘 지내시면 좋겠네요.」 워몰드는 둘에냐가 너무 애쓴다고 생각했다. 사람들은 가톨릭 학교가 품행을 잘 가르친다고 칭찬하지만, 품행은 이방인에게 좋은 인상을 주려는 행동일 뿐이었다. 워몰드는 쓸쓸해하며 생각했다. 〈하지만 여기선 내가 이방인인걸.〉 워몰드는 초, 레이스, 성수, 정중히 무릎 꿇는 행동으로 이루어진 밀리의 낯선 세계를 이해할 수 없었다. 가끔은 자신에게 자식이 없다는 느낌이 들기도 했다.

「네 생일에 한잔하러 오실 거야. 그다음에는 나이트클럽에 갈까 해.」

「나이트클럽요!」 두에냐가 잠깐 한눈을 판 게 분명했다. 밀리가 기쁨에 겨워 소리를 질렀던 것이다. 「오, 글로리아 파트리.」[12]

「평소엔 늘 〈할렐루야〉라고 하더니.」

「그건 중학교 1학년 때였죠. 나이트클럽, 어디요?」

「나시오날에 갈까 생각하고 있단다.」

「상하이 시어터가 아니라요?」

「상하이 시어터는 절대로 안 돼. 네가 그곳 이름을 어디서 들었는지 모르겠구나.」

「학교에서요.」

위몰드가 말했다. 「아직 네 선물 얘기를 안 했구나. 열일곱 살 생일은 특별하지. 나는 네 생일 선물로……」

「정말로, 진짜로,」 밀리가 말했다. 「저는 원하는 것이 없어요.」

위몰드는 불안한 마음으로 거대한 꾸러미를 머릿속에 떠올렸다. 만약 밀리가 정말로 밖에서 자신이 원하는 걸 다 사왔다면……. 위몰드가 밀리에게 애원하다시피 말했다. 「분명 뭔가 원하는 게 있을 거야.」

12 O Gloria Patri. 아버지께 영광을.

「없어요, 정말 없어요.」

「새 수영복은 어떠니?」 워몰드가 절박하게 제안했다.

「음, 원하는 게 하나 있긴 해요……. 하지만 그건 크리스마스 선물 겸이 되어야 할 거고, 내년이랑 이듬해 선물 겸도 되어야 할 거예요…….」

「맙소사, 뭔데 그러니?」

「오랫동안 선물에 대해 걱정하지 않으셔도 될 거예요.」

「재규어 자동차를 원한다고 말할 생각은 아니겠지?」

「어머, 아니에요, 이건 꽤 작은 선물이에요. 차가 아니에요. 그리고 오래갈 거예요. 아주 경제적인 생각이고요. 심지어 휘발유를 아끼는 방법이기도 해요.」

「휘발유를 아껴?」

「그리고 오늘 이것저것 나머지는 다 샀어요. 제 돈으로요.」

「너는 돈이 전혀 없잖니. 세라피나 성인의 조상을 산다고 해서 내가 3페소나 빌려줬잖아.」

「하지만 전 신용이 좋아요.」

「밀리, 벌써 수도 없이 말했지만, 나는 네가 외상으로 물건을 사지 않았으면 한다. 어쨌든 그건 네 신용이 아니라 내 신용이고, 내 신용은 계속 떨어지고 있어.」

「가엾은 우리 아빠, 우린 망하고 있는 건가요?」

「오, 혼란이 가라앉으면 다시 장사가 잘될 거라고 생각해.」

「쿠바는 늘 혼란스럽다고 생각했어요. 만약 최악의 경우가 닥치면 저도 나가서 일할 수 있어요. 그렇죠?」

「무슨 일?」

「제인 에어처럼, 가정 교사를 할 수도 있죠.」

「누가 널 쓰겠니?」

「세뇨르[13] 페레스요.」

「밀리, 대체 무슨 말을 하는 거니? 그자는 네 번째 부인이랑 살고 있고, 너는 가톨릭 신자야…….」

「저한테 죄인들을 다루라는 특별한 소명이 내려진 것일 수도 있죠.」 밀리가 말했다.

「밀리, 말이 되는 소리를 해라. 어쨌든 나는 망한 게 아니야. 아직은 아니야, 내가 아는 한. 밀리, 뭘 산 거니?」

「와서 보세요.」 워몰드는 밀리를 따라 딸의 침실로 들어갔다. 침대에 안장이 놓여 있었다. 아까 벽에 박은 못들에 굴레와 재갈이 걸려 있고(못을 박다가 가장 좋은 구두의 굽을 망가뜨렸다) 고삐는 조명의 브래킷들에 걸쳐져 있었다. 채찍은 바닥으로 떨어지지 않게 화장대 위에 잘 놓여 있었다. 워몰드는 절망에 빠져 말했다. 「말은 어디 있니?」 그러고는 화장실에서 말이 나오길 반쯤 기대했다.

「컨트리클럽 근처 마구간에요. 그 애 이름이 뭔지 알아맞혀 보세요.」

「그걸 내가 어떻게 아니?」

「세라피나예요. 신의 손길이 닿은 것 같죠?」

「하지만 밀리, 나는 그 말을 살 만한 여력이…….」

「돈을 한 번에 다 내지 않아도 돼요. 그 애는 밤색이에요.」

---

13 señor. 남자분, 남성분, 어른, 주인 등의 의미. 남성을 칭할 때 쓰인다. 미혼 여성이나 아가씨를 칭할 때는 세뇨리타señorita라고 한다.

「색깔이 무슨 상관이니?」

「그 애는 혈통 대장에도 등록되어 있어요. 모마는 산타 테레사이고, 부마는 카스티야의 페르디난드예요. 원래 두 배는 더 비싸야 하지만, 철망을 뛰어넘다가 말굽 뒤쪽 위 돌기 부분에 문제가 생겼어요. 하지만 괜찮아요, 그냥 살짝 혹이 있는 것뿐이에요. 그래도 시장에 내놓을 수는 없죠.」

「그게 4분의 1 가격이라도 상관없어. 장사가 너무 안 돼, 밀리.」

「설명드렸잖아요. 돈을 한 번에 다 내지 않아도 돼요. 몇 년에 걸쳐 내도 되고요.」

「그리고 그게 죽은 뒤에도 계속 돈을 갚아 나가야겠지.」

「그 애는 여자예요. 〈그거〉라고 부르면 안 돼요. 그리고 세라피나는 자동차보다 더 오래 살 거예요. 아빠보다도 오래 살걸요.」

「하지만 밀리, 마구간에 가는 비용이며 마구간에 말을 맡기는 비용만 해도…….」

「캡틴 세구라랑 다 이야기해 뒀어요. 저한테 아주 싼값을 제시했어요. 마구간 비용을 받지 않겠다고 했지만, 아빠가 그런 호의를 원치 않는다는 걸 알기에 거절했어요.」

「캡틴 세구라가 누구니, 밀리?」

「베다도 경찰서 서장이에요.」

「그 사람을 대체 어디서 만난 거니?」

「오, 그 사람이 가끔 람파리야까지 차로 태워다 줘요.」

「교장 수녀님도 이 사실을 아시니?」

밀리는 뻣뻣하게 말했다. 「누구나 사생활은 있는 법이에요.」

「내 말 잘 듣거라, 밀리. 나는 말을 살 여유가 없고, 너는 이 모든 물건을 살 여유가 없어. 그러니 모두 취소해라.」 워몰드는 불같이 화를 내며 덧붙였다. 「그리고 캡틴 세구라의 차를 타면 안 돼.」

「걱정 마세요. 그 사람은 절대로 저를 만지거나 하지 않아요.」 밀리가 말했다. 「그 사람은 운전하는 동안 그냥 슬픈 멕시코 노래를 부를 뿐이에요. 꽃과 죽음에 관한 노래들요. 그리고 황소에 대한 노래도 하나 있어요.」

「타지 말거라, 밀리. 교장 수녀님과 이야기해 봐야겠구나. 밀리, 너는 내게 약속을……」 워몰드는 갈색 눈썹 아래 녹황색 눈동자에 눈물이 고이는 걸 보았다. 워몰드는 덜컥 겁이 났다. 6년간의 삶이 갑자기 끝나던 그날, 상처투성이이던 10월 어느 날 오후 자신을 바라보던 아내의 그 모습과 너무나 닮아 있었다. 워몰드가 말했다. 「캡틴 세구라라는 사람과 사랑에 빠진 건 아니지? 그렇지?」

눈물 두 방울이 광대뼈의 곡선을 타고 서로를 뒤쫓으며 우아하게 흘러내렸고, 벽의 마구처럼 반짝였다. 그 역시 밀리의 무기 가운데 하나였다. 「저는 캡틴 세구라에게 아무 관심도 없어요.」 밀리가 말했다. 「제 관심은 오로지 세라피나뿐이에요. 그 아이는 키가 150센티미터이고, 입은 벨벳 같아요. 모두가 그렇게 말해요.」

「밀리, 너도 알겠지만, 내가 가능하다면 어떻게 해서든……」

「오, 아빠가 이렇게 말씀하실 줄 알았어요.」밀리가 말했다. 「이미 제 마음 한구석에선 알고 있었다고요. 아빠가 이렇게 나올까 봐 9일 기도를 두 번이나 했는데, 결국 소용없네요. 제가 얼마나 노력했는지 아세요? 9일 기도 내내 우아한 자세를 취했다고요. 이제 다시는 9일 기도를 믿지 않을래요. 절대로, 절대로요.」밀리의 목소리는 에드거 앨런 포의 〈까마귀〉처럼 울려 퍼지며 맴돌았다. 워몰드는 믿음이 없었지만, 자기 행동으로 밀리의 믿음이 약해지는 건 절대로 원치 않았다. 워몰드는 끔찍한 책임감을 느꼈다. 이제 밀리가 신의 존재를 부정하는 것은 시간문제였다. 오래전에 했던 약속이 과거에서 튀어나와 그의 마음을 약화시켰다.

그가 말했다. 「밀리, 미안하구나…….」

「미사에도 두 번이나 더 갔다고요.」워몰드의 양어깨 위로 밀리의 상심이 한가득 내려앉았다. 오래되고 낯익은 마법이었다. 아이들은 툭하면 눈물을 흘린다고 사람들은 쉽게 말하지만, 아버지가 되면 선생님이나 가정 교사와 같은 호사를 누릴 수 없는 법이다. 하필이면 시계가 울릴 때 얼굴을 찡그리고 있다가 영원히 그 얼굴로 굳어지듯이,[14] 아이들에게는 그 순간이 세상이 영원히 바뀌는 순간이 아니라고 누가 장담할 수 있단 말인가?

「밀리, 약속하는데, 만약 내년에 가능하면……. 내 말 잘 들

14 유럽에서는 바람이 바뀌면서 시계가 12시를 울리고 동시에 수탉이 우는 순간 얼굴을 찡그리고 있으면 영원히 그 표정으로 살아야 한다는 미신이 있다.

어, 밀리. 그때까지 마구랑 다른 물건은 가지고 있어도 돼.」

「말이 없는데 안장이 무슨 소용이에요? 그리고 저는 캡틴 세구라에게 이미 말했…….」

「캡틴 세구라 그 자식, 그자에게 뭐라고 했니?」

「세라피나를 갖고 싶다고 얘기하면 아빠가 허락하실 거라고 했어요. 아빠가 아주 훌륭한 분이라고 말했어요. 9일 기도에 대해서는 말하지 않았고요.」

「세라피나가 얼만데?」

「3백 페소요.」

「오, 밀리, 밀리.」 항복할 수밖에, 다른 도리가 없었다. 「마구간 비용은 네 용돈으로 대야 할 거야.」

「당연히 그럴 거예요.」 밀리가 그의 귀에 키스했다. 「다음 달부터 시작할게요.」 밀리가 절대로 그러지 않으리라는 걸 둘 다 잘 알았다. 밀리가 말했다. 「결국 효과가 있었네요, 9일 기도요. 내일 또 할래요, 장사가 잘되라고요. 어떤 성인에게 빌어야 가장 좋을지 모르겠네요.」

「성 유다가 절망한 사람들을 위한 성자라고 하더구나.」 워몰드가 말했다.

3장

1

어느 날 잠에서 깨어나 보니 베다도 근교의 부유한 거주자들처럼 엄청난 저축과 채권과 증권 증서 들이 있고 배당금이 정기적으로 들어오면 좋겠다는 것이 워몰드의 백일몽이었다. 만약 그렇게 된다면 워몰드는 은퇴해 캡틴 세구라도 없고 휘파람을 불어 대며 성희롱하는 놈들도 없는 영국에서 밀리와 함께 살 수 있었다. 하지만 워몰드가 오비스포에 있는 커다란 미국 은행에 들어갈 때마다 그 꿈은 희미해져 갔다. 네잎클로버로 장식된 거대한 석조 입구를 지나면, 워몰드는 밀리를 안전한 곳으로 데려가기에 충분하지 않은 연금을 받는, 소규모 점포 주인으로 돌아갔다.

영국 은행과 달리, 미국 은행에서 수표를 발행하는 것은 그리 간단한 과정이 아니다. 미국 은행원들은 개인적인 친밀함을 믿는다. 미국 은행원들은 자신들이 그곳에 우연히 들렀으며, 그곳에서 생각지도 못하게 당신을 만나 기뻐 죽겠다는 듯한 인상을 준다. 「와,」 은행원은 웃음에 따뜻한 햇살의 온기를 담으려는 듯이 보인다. 「제가 그 많은 사람 가운데 당신을, 하고 많은 곳 가운데 바로 여기 은행에서 만날 줄 어떻게 알았겠어요?」 서로의 건강에 대한 소식을 주고받고, 그다음엔 좋은 겨울 날씨에 둘 다 관심 있다는 것을 알게 된 다음, 당신은 그 은행원에게 부끄럽고 사과하는 듯한 태도로 (이 모든 과정이 정말 하찮고 중요하지 않다는 듯이) 수표를 슬쩍 들이밀지만, 그가 수표에 미처 눈길도 제대로 주기 전에 그의 팔꿈치 근처에 있는 전화기의 벨이 울린다. 「와, 헨리.」 그는 마치 헨리와도 그날 대화를 하게 될 줄 꿈에도 생각하지 못했다는 듯이 전화기에 대고 경탄하며 외친다. 「무슨 좋은 소식 있으신가요?」 그 소식은 한참 동안 시간을 잡아먹는다. 은행원은 뜬금없이 당신에게 미소를 보낸다. 〈일은 일이죠?〉라는 표정으로.

「지난밤 에디스가 아주 멋져 보였다는 말을 꼭 해야겠습니다.」 은행원이 말했다.

워몰드는 끊임없이 몸을 뒤척였다.

「멋진 저녁이었습니다, 확실히요. 저요? 아, 저는 잘 있습니다. 오늘은 뭘 도와드릴까요?」

「…….」

「아무렴요, 뭐든 말씀만 하십시오. 헨리, 아시겠지만……. 3년 동안 15만 달러라……. 아니요, 고객님 사업체 정도면 당연히 아무것도 문제 될 게 없습니다. 뉴욕의 허락을 받아야 하지만, 그저 형식적인 겁니다. 아무 때고 편할 때 오셔서 지점장님께 말씀해 주십시오. 월 얼마냐고요? 미국 회사에 그런 건 필요하지 않습니다. 5퍼센트 정도로 조정할 수 있을 겁니다. 4년 동안 20만 달러로 하자고요? 물론입니다, 헨리.」

워몰드의 손안에 든 수표가 갑자기 초라하기 그지없어졌다. 〈350달러〉. 수표에 적힌 숫자는 그의 재산만큼이나 하찮아 보였다.

「내일 슬레이터 부인 댁에서 볼까요? 마사지사가 온다고 알고 있습니다. 오셔서 딴 말씀으로 저를 놀래키지 마시고요, 헨리. 승인받는 데 얼마나 걸리냐고요? 전보를 치면, 이틀이면 될 겁니다. 내일 11시요? 언제든지 됩니다, 헨리. 그냥 편할 때 오세요. 지점장님에게는 제가 말해 놓겠습니다. 지점장님이 무척 만나고 싶어 하십니다.」

「기다리게 해서 죄송합니다, 워몰드 씨.」 은행원이 다시 그의 성을 불렀다. 워몰드는 생각했다. 〈어쩌면 나는 친해질 가치가 없거나 국적이 우리를 갈라놓는 모양이로군.〉「350달러라고 하셨죠?」 은행원은 지폐를 세기 전에 슬쩍 장부를 보았다. 그리고 그가 돈 세는 것을 시작하기도 전에 두 번째 전화벨이 울렸다.

「와, 애슈워스 부인, 그동안 어디 숨어 계셨어요? 마이애미요? 농담이시죠?」

애슈워스 부인과의 통화에 다시 몇 분이 걸렸다. 마침내 은행원은 워몰드에게 지폐와 함께 종이 한 장을 주었다. 「언짢아하지 않으셨으면 합니다, 워몰드 씨. 이런 일이 있으면 알려 달라고 일전에 요청하셨잖아요.」 그 종이에는 50달러

초과 인출했다고 되어 있었다.

「천만에요, 아주 친절하시네요.」 워몰드가 말했다. 「하지만 아무 걱정 안 하셔도 됩니다.」

「오, 은행은 걱정하는 게 아닙니다, 워몰드 씨. 워몰드 씨가 먼저 알려 달라고 요청하셨기 때문이죠. 그것뿐입니다.」

워몰드는 생각했다. 〈만약 초과 인출액이 5만 달러였다면 이 사람은 나를《짐》이라고 불렀을 거야.〉

2

무슨 이유에서인지, 그날 아침 워몰드는 모닝 다이키리를 마시는 동안 닥터 하셀바허를 보고 싶지 않았다. 닥터 하셀바허가 좀 심하게 속 편한 소리를 할 때가 있어, 워몰드는 원더 바 대신 슬로피 조에 들렀다. 아바나 주민은 슬로피 조에 가지 않았다. 그곳은 관광객들의 집결지였기 때문이다. 하지만 유감스럽게도 근래 들어 관광객의 수가 줄어들었다. 현 대통령의 정권이 위태롭게 삐걱거리며 종말을 향해 가고 있었기 때문이다. 눈에 보이지 않는 곳, 즉 윗분들의 내실에서는 언제나 불쾌한 행동들이 일어났지만, 나시오날 호텔이나 세비야빌트모어 호텔의 관광객들은 동요하지 않았다. 그러나 최근에 궁전 근처 발코니 아래에서 그림 같은 거지의 모습을 사진 찍던 관광객 한 명이 유탄에 맞아 죽었고, 그 죽음은 〈바라데로 해변과 아바나의 밤 문화 일정이 포함된〉 패키지 관광에 조종(弔鐘)을 울렸다. 희생자의 라이카 카메라 역시 박살 났다. 그 모습은 총탄의 파괴력과 함께 희생자의 패키지 일행들에게 깊은 인상을 남겼다. 나중에 워몰드는 나시오날의 바에서 그 일행들이 이야기하는 것을 우연히 들었다. 「카메라를 관통했어.」 그들 가운데 한 명이 말했다. 「5백 달러가 그렇게 날아갔다니까.」

「그 사람은 즉사한 거야?」

「당연하지. 그리고 렌즈도 박살 났어. 약 50미터 떨어진 곳에까지 파편이 튀었더라고. 봐, 나중에 돌아가서 험펠니커씨에게 보여 주려고 조각 하나를 챙겼어.」

그날 아침, 슬로피 조의 기다란 바에는 지난번에 본 우아한 차림의 이방인이 한쪽 끝에 앉아 있고 시가를 피우는 뚱뚱한 관광 경찰 한 명이 다른 쪽 끝에 앉아 있을 뿐 손님이 거의 없었다. 그 영국인은 엄청나게 많은 병의 모습에 넋을 잃고 있어 상당한 시간이 흐른 뒤에야 워몰드가 가까이 있다는 것을 알아차렸다. 「어이쿠, 세상에나.」 그가 말했다. 「워몰드 씨 아니십니까?」 워몰드는 지난번에 명함을 주지 못했는데 그가 어떻게 자신의 이름을 아는지 의아했다. 「열여덟 종류의 스카치라니요.」 이방인이 말했다. 「블랙 레이블을 포함해서요. 여기에 버번은 포함하지도 않았습니다. 멋진 광경이에요, 정말 멋져요.」 그가 경의를 담아 목소리를 낮추고 반복해서 말했다. 「이렇게 많은 위스키를 본 적 있으십니까?」

「솔직히 말하면, 있습니다. 저는 미니어처 술병을 모으는데, 집에 아흔아홉 개 있습니다.」

「흥미롭네요. 그러면 오늘은 뭘 선택하셨나요? 헤이그 딤플 위스키?」

「고맙습니다만, 저는 방금 다이키리를 주문했습니다.」

「저는 저것들을 마실 수 없습니다. 저것들을 마시면 긴장이 풀리거든요.」

「어떤 청소기로 할지 아직 결정하지 못하셨나요?」 워몰드가 대화를 이어 갈 목적으로 물었다.

「청소기요?」

「진공청소기요. 제가 파는 물건들요.」

「아, 청소기. 그딴 건 집어치우고 스카치나 하시지요.」

「저는 스카치를 저녁에만 마십니다.」

「남쪽 분이시군요!」

「그게 무슨 상관인지 모르겠습니다.」

「피를 묽게 하지요, 태양이요. 선생님은 니스에서 태어나셨죠?」

「그걸 어떻게 아십니까?」

「뭐, 주워들었습니다. 여기저기서요. 이런저런 사람들과 이야기하면서요. 사실 예전부터 선생님과 이야기를 나누고 싶었습니다.」

「음, 이제 하시면 되겠네요.」

「좀 더 조용한 곳이었으면 좋겠습니다. 여기는 사람들이 계속 드나들어서요.」

이보다 더 부정확한 설명이 또 있을까? 밖의 강렬한 햇살 아래에서 문을 통과해 여기로 들어오는 이는 아무도 없었다.

관광 경찰은 재떨이 위에 시가를 올려놓은 뒤 단잠에 빠져 있었다. 이 시각에는 보호하거나 관리할 관광객이 없었기 때문이다. 워몰드가 말했다. 「만약 청소기에 관한 거라면 가게로 오시지요.」

「그러고 싶지 않습니다. 그곳에 있는 모습을 보이기 싫거든요. 어쨌거나 술집이 나쁜 곳도 아니고요. 우연히 이곳 주민을 만나 함께 어울리다니, 이보다 더 자연스러운 일이 어디 있습니까?」

「무슨 말인지 모르겠군요.」

「잘 아실 텐데요.」

「아니요.」

「음, 그러면 자연스럽지 않다고 말씀하시는 건가요?」

워몰드는 두 손을 들고 말았다. 그는 카운터에 80센트를 놓고 말했다. 「그만 가게에 가봐야겠습니다.」

「왜요?」

「로페스 혼자 오래 두고 싶지 않습니다.」

「아하, 로페스. 로페스에 대해 선생님과 이야기를 나누고 싶습니다.」 워몰드에게 가장 그럴듯해 보이는 설명은 역시나 본부에서 온 괴상한 검사관이라는 거였는데, 그자가 낮은 목소리로 〈화장실에 가시면 제가 뒤따라가겠습니다〉라고 말했을 때 괴상함이 극에 달했다.

「화장실에요? 제가 왜 그래야 합니까?」

「왜냐하면 저는 화장실이 어디 있는지 모르거든요.」

미친 세상에서는 언제나 그냥 따르는 게 더 간단해 보인다. 워몰드는 이방인을 데리고 뒤쪽에 있는 문을 지나 짧은 복도를 걸어간 뒤 화장실을 가리켰다.「저기 있습니다.」

「먼저 들어가시지요, 선생님.」

「하지만 저는 갈 필요가 없습니다.」

「깐깐하게 굴지 마십시오.」이방인이 말했다. 그는 워몰드의 어깨에 손을 얹고 문 너머로 밀었다. 안에는 세면대 두 개, 등받이가 부서진 의자 하나, 화장실에 늘상 있는 좌변기 칸들과 소변기들이 있었다.「앉으십시오, 선생님.」이방인이 말했다.「저는 수돗물을 틀겠습니다.」하지만 수돗물을 틀고도 그는 손을 씻으려 하지 않았다.「좀 더 자연스러워 보이니까요.」그가 설명했다(〈자연스럽다〉는 단어는 그가 가장 좋아하는 형용사인 듯했다).「혹시 누군가 갑자기 들어올 수도 있잖아요. 그리고 물론 마이크를 혼란스럽게 하려는 용도이기도 하고요.」

「마이크요?」

「충분히 그 질문을 하실 만합니다, 충분히요. 아마도 이런 장소에는 마이크가 있을 가능성이 없겠지만, 그래도 이건 절차이고 중요한 일입니다. 절차를 따르면 늘 결말이 좋다는 걸 아시게 될 겁니다. 아바나에서는 세면대에 물마개를 설치하지 않아서 얼마나 다행인지 모릅니다. 계속 물을 틀어 둘 수 있으니까요.」

「제발 설명을 좀……?」

「그러고 보니 생각나서 하는 말인데, 화장실에 있다고 해도 아주 조심해야 합니다. 1940년 덴마크에서 우리 사람 한 명은 자기 집 창문을 통해 독일 선단이 카테가트[15]를 지나는 걸 보았지요.」

「무슨 카트요?」

「카테가트요. 물론 그 사람은 예상하던 사태가 드디어 터졌다는 걸 알았습니다. 그래서 서류들을 태우기 시작했죠. 변기에 재를 넣고 물을 내리려고 줄을 잡아당겼습니다. 그런데 늦서리가 문제였습니다. 파이프가 얼어 재가 몽땅 아래층 욕조로 흘러들어 갔습니다. 아래층 아파트에는 나이 든 노처녀가 살았지요. 남작인가 뭐 그런 사람이었는데, 막 목욕을 하려던 참이었죠. 그 우리 사람에게는 뭐라 말할 수 없을 정도로 당혹스러운 일이었습니다.」

「마치 비밀 정보기관처럼 들리는군요.」

「비밀 정보기관 〈맞습니다〉, 선생님. 뭐, 소설가들은 그렇게 부르지요. 그래서 제가 직원인 로페스에 대해 선생님과 이야기하고 싶었던 겁니다. 그 사람은 믿을 만한가요, 아니면 해고해야 하나요?」

「비밀 정보기관 소속이십니까?」

「그렇게 표현해도 되겠죠.」

「대체 제가 왜 로페스를 해고해야 한다는 겁니까? 그 사람은 10년을 저와 함께 일했습니다.」

「우리가 진공청소기에 대해 아주 잘 아는 사람을 찾아드릴 수 있습니다. 하지만 물론 결정은 선생님에게 맡길 겁니다.」

「하지만 저는 당신의 기관 소속이 아닙니다.」

15 덴마크와 스웨덴 사이의 해협.

「곧 그 이야기를 할 겁니다, 선생님. 어쨌든 우리가 로페스를 조사해 봤는데, 깨끗하더군요. 하지만 선생님 친구인 하셀바허 말인데요, 저라면 그 사람을 조심할 겁니다.」

「하셀바허에 대해 어떻게 아셨습니까?」

「하루이틀 돌아다니며 이것저것 주워들었습니다. 이런 경우는 그렇게 해야 합니다.」

「무슨 경우요?」

「하셀바허가 어디서 태어났습니까?」

「베를린일 겁니다.」

「동쪽, 서쪽 어디를 지지합니까?」

「우리는 절대로 정치 얘기를 하지 않습니다.」

「그건 중요하지 않습니다. 중요한 건, 독일인의 경우엔 동쪽이냐 서쪽이냐가 문제 된다는 겁니다. 독소 불가침 조약을 잊지 마십시오. 우리는 또다시 그런 식으로 뒤통수를 맞지 않을 겁니다.」

「하셀바허는 정치가가 아닙니다. 그 사람은 늙은 의사일 뿐이고, 여기에서 30년을 살았습니다.」

「그럼에도 불구하고, 열 길 물속은 알아도 한 길 사람 속은 모르는 법입니다…… 물론 선생님 말씀에 동의합니다. 갑자기 그 사람을 만나지 않으면 사람들이 이상하게 여길 겁니다. 그저 함께 어울릴 때 조금 조심해 주십시오. 그게 전부입니다. 제대로만 다루면 그 사람도 유용할 수 있습니다.」

「저는 그 사람을 다루고 어쩌고 할 의향이 없습니다.」

「이 일에는 필요하다는 걸 알게 되실 겁니다.」

「저는 다른 일이 필요 없습니다. 왜 저를 고른 겁니까?」

「애국심 충만한 영국인이니까요. 당신은 여기서 오랫동안 살았고, 유럽 상인회의 존경받는 회원이죠. 우리는 아바나에 우리 사람이 필요합니다. 잠수함은 연료가 필요합니다. 독재자들은 끼리끼리 뭉칩니다. 커다란 존재들이 작은 존재들을 끌어들이지요.」

「원자력 잠수함엔 연료가 필요 없는데요.」

「맞는 말씀입니다, 선생님, 맞는 말씀이에요. 하지만 전쟁은 언제나 시대에 살짝 뒤처져 시작하지요. 재래식 무기에 대한 준비 역시 해야 합니다. 경제 첩보전도 있지요. 설탕, 커피, 담배 등요.」

「그런 것들은 정부 연감들만 봐도 다 나오는데요.」

「우리는 연감들을 믿지 않습니다, 선생님. 정치 첩보 문제도 있습니다. 선생님의 청소기와 함께라면 선생님은 어디든 들어갈 수 있습니다.」

「제가 먼짓덩어리를 분석하길 기대하시는 겁니까?」

「농담처럼 들릴 수도 있을 겁니다. 하지만 드레퓌스 시절 프랑스 첩보의 주요 공급원은 독일 대사관의 폐지 통에서 폐지를 수거하던 청소부였습니다.」

「저는 당신의 이름조차 모릅니다.」

「호손입니다.」

「그런데 당신은 누굽니까?」

「음, 일단 카리브해의 네트워크를 세우고 있다고만 해두죠. 잠시만요, 누가 옵니다. 저는 손을 씻겠습니다. 저 칸 안으로 들어가십시오. 함께 있는 모습을 보여선 안 됩니다.」

「우리가 함께 있는 모습은 〈이미〉 보였습니다.」

「지나다가 우연히 본 것뿐입니다. 이 동네 사람입니다.」그는 워몰드를 화장실에 밀어 넣을 때처럼 이번에도 칸 안으로 밀어 넣었다. 「아시겠지만, 절차입니다.」 그 후로는 물 흐르는 소리만 들렸다. 워몰드는 변기에 앉았다. 달리 할 수 있는 일이 없었다. 변기에 앉아도 워몰드의 두 다리는 화장실 칸의 짧은 문 아래로 여전히 보였다. 수도 손잡이가 돌아갔다. 누군가의 발이 타일 바닥을 지나 소변기 쪽으로 갔다. 수돗물이 계속 흘렀다. 워몰드는 엄청나게 당황했고 어찌할 바를 몰랐다. 이 터무니없는 일을 왜 처음부터 막지 않았는지 후회되었다. 메리가 그를 떠난 게 당연했다. 그는 둘이 했던 말다툼 가운데 하나가 생각났다. 「왜 뭐라도 해보지 않는 거야? 어떻게든, 뭐라도 해보지 않아? 당신은 늘 그렇게 가만히 서 있기만 해…….」워몰드는 생각했다. 〈적어도 이번에는 서 있지 않아, 앉아 있지.〉 하지만 어쨌든 뭐라고 말할 수 있었겠는가? 상대는 그에게 한 마디도 말할 여유를 주지 않았다. 몇 분 정도 흘렀다. 쿠바인의 방광이 얼마나 큰지, 지금쯤 호손의 손은 아주 깨끗할 터였다. 수돗물이 멈췄다. 아마도 호손은 손을 말리고 있을 테지만, 워몰드는 화장실에 수건이 없다는 기억이 났다. 그것이 호손에게는 또 다른 문제가 되겠지만, 알아서 잘할 터였다. 그것도 절차의 일부이리라. 마침내 발이 문을 향해 갔다. 그리고 문이 닫혔다.

「이제 나가도 되겠습니까?」워몰드가 물었다. 그건 마치 항복 같았다. 워몰드는 이제 명령에 따르고 있었다.

호손이 조심스레 발끝으로 걸으며 다가오는 소리가 들렸다. 「몇 분만 시간을 주십시오, 선생님. 저 사람이 누군지 아십니까? 그 경찰요, 좀 의심스러운데요.」

「문 아래로 제 다리를 알아보았을 수도 있습니다. 우리가 바지를 갈아입어야 한다고 생각하십니까?」

「자연스러워 보이지 않을 겁니다.」 호손이 말했다. 「하지만 어떻게 일하는지 슬슬 감을 잡고 계시네요. 제 방 열쇠를 세면대에 놓고 가겠습니다. 세비야빌트모어 호텔 5층입니다. 그냥 걸어서 올라오십시오. 오늘 밤 10시입니다. 의논할 일이 있습니다. 돈 등등 현실적인 주제들에 관해서요. 프런트 데스크에서 저에 대해 묻지 마십시오.」

「당신은 열쇠가 없어도 됩니까?」

「저는 마스터키가 있습니다. 그럼 이따 보죠.」

워몰드는 우아한 남자의 입에서 나온 무시무시하게 속된 말에 깜짝 놀라, 남자가 나가며 닫은 문을 잠시 멍하니 바라보았다. 열쇠는 세면대 위에 있었다. 501호실이었다.

3

9시 반이 되었을 때, 워몰드는 잘 자라는 인사를 하기 위해 밀리의 방으로 갔다. 두에냐가 책임지고 있는 그곳은 모든 게 정돈되어 있었다. 성 세라피나 조상 앞에는 촛불이 켜져 있고, 꿀색 기도서는 침대 옆에 놓여 있었다. 옷들은 존재한 적도 없다는 듯이 치워져 있고, 오드콜로뉴의 은은한 냄새가 향을 피운 것처럼 맴돌았다.

「뭔가 마음에 걸리는 거라도 있으세요?」 밀리가 말했다. 「아직도 캡틴 세구라에 대해 걱정하시는 건 아니죠?」

「너는 결코 내게 장난치거나 놀려 먹지 않겠지, 밀리?」

「네, 그런데 왜요?」

「다른 사람들은 다 그러는 것 같거든.」

「엄마도 그랬어요?」

「아마도. 결혼 초기에는.」

「닥터 하셀바허도 그러세요?」

위몰드는 다리를 절며 천천히 걷던 흑인이 생각났다. 그가 말했다. 「아마도. 가끔은.」

「그건 애정의 표시예요, 안 그런가요?」

「꼭 그런 건 아니야. 아빠의 옛날 기억으론 학교에서······.」 위몰드는 말을 멈췄다.

「무슨 일이 있었는데요, 아빠?」

「아, 많은 일이 있었지.」

어린 시절은 모든 불신의 씨앗이었다. 잔인하게 조롱당하기도 하고, 다른 사람을 잔인하게 조롱하기도 했다. 남에게 고통을 가함으로써 자신이 받은 고통의 기억을 잃기도 했다. 하지만 어떻든 자신과 전혀 상관없는 이유에서, 그는 그런 과정을 겪지 않았다. 아마도 개성이랄 게 별로 없어서였을 것이다. 학교는 학생들의 모난 구석을 깎아 성격을 만들어

낸다고들 한다. 워몰드 역시 모난 구석들이 깎였지만, 그 결과 성격이 만들어진 것이 아니라 그저 형태가 없어지기만 했다는 생각이 들었다. 마치 현대 미술관의 전시물처럼.

「행복하니, 밀리?」 그가 물었다.

「오, 그럼요.」

「학교에서도?」

「네, 왜요?」

「이제 네 머리카락을 당기는 애도 없고?」

「당연히 없죠.」

「너도 누군가에게 불을 붙이지 않지?」

「그건 열세 살 때 일이에요.」 밀리가 냉소하며 말했다. 「무슨 걱정을 하시는 거예요, 아빠?」

밀리는 하얀색 나일론 가운을 입고 침대에 앉아 있었다. 워몰드는 두에냐가 옆에 있을 때의 밀리를 사랑했고, 두에냐가 없을 때의 밀리는 더욱더 사랑했다. 이제는 남은 시간이 많지 않았기에, 그는 밀리를 단 한시도 사랑하지 않을 수 없었다. 그건 마치 밀리 혼자 마쳐야 하는 여행에 워몰드가 잠깐 동행한 것과 비슷했다. 여행하다가 역에서 내리듯, 곧 때가 되면 긴 시간을 헤어져 살아야 하고, 밀리에겐 앞날이 온통 새로운 것들로 가득하겠지만, 워몰드에겐 잃을 것만 잔뜩이었다. 그날 저녁 시간은 진짜였지만 수수께끼투성이에 터무니없는 호손, 경찰서와 정부의 잔인함, 크리스마스섬에서 새 수소 폭탄을 실험한 과학자들, 외교 문서를 작성한 흐루쇼프 따위는 사실이 아니었다. 워몰드에게 이런 것들은 학교

기숙사의 어쭙잖은 고문보다 덜 현실적으로 보였다. 방금 워몰드의 머릿속을 스쳐 간, 축축한 수건을 든 작은 소년은 지금 어디 있나? 잔인한 사람들은 도시와 왕자, 권력처럼 왔다가 잔해만 남기고 사라졌다. 그것들은 영원하지 않았다. 하지만 작년에 밀리와 함께 서커스에서 봤던 광대, 그 광대는 영원했고, 그 광대의 공연은 절대로 바뀌지 않았다. 삶은 그러해야 했다. 그 광대는 대중의 변덕과 위대한 이들의 거대한 발견에 영향을 받지 않았다.

워몰드는 거울을 보며 인상을 쓰기 시작했다.

「대체 뭐 하시는 거예요, 아빠?」

「날 웃게 만들고 싶어서.」

밀리가 킥킥거렸다. 「저는 아빠가 슬프고 심각하신 줄 알았어요.」

「그래서 웃고 싶은 거야. 작년에 본 광대 기억나니, 밀리?」

「사다리 끝에서 걸어 나가 회반죽 통 속으로 떨어졌죠.」

「그 광대는 매일 밤 10시에 그 통으로 떨어지지. 우리는 모두 광대여야만 해, 밀리. 절대 경험으로부터 뭔가 배우지 말거라.」

「교장 수녀님이 말씀하시길…….」

「그분 말씀은 잊어버려. 하느님은 경험에서 배우지 않았어. 안 그러냐? 그랬으면 인간에게 희망을 품을 리가 없지. 문제를 일으키는 사람은 숫자를 더해 늘 같은 결과를 내는 과학자들이야. 뉴턴은 중력을 발견했지. 뉴턴은 경험에서 배웠고, 그 결과…….」

「저는 사과에서 발견한 줄 알았는데요.」

「같은 거야. 러더퍼드 경이 원자를 쪼개는 것은 단지 시간 문제였어. 러더퍼드 경도 경험에서 배웠고, 히로시마의 사람들 역시 그랬지. 만약 우리가 그냥 광대로 태어났다면, 몇 군데 멍들고 회반죽이 묻는 정도 말고는 나쁜 일이 일어나지 않았을 거야. 경험으로부터 배우지 말거라, 밀리. 그건 우리의 평화와 삶을 망쳐.」

「지금 뭐 하시는 거예요?」

「귀를 움직여 보려는 거야. 예전에는 할 수 있었는데, 이제는 안 되네.」

「엄마 때문에 여전히 불행하세요?」

「가끔은.」

「아직도 엄마를 사랑하세요?」

「아마도. 이따금.」

「엄마는 젊었을 때 아주 아름다웠을 거예요.」

「지금도 늙지 않았어. 서른여섯 살인걸.」

「꽤 늙은 거예요.」

「엄마가 전혀 기억나지 않니?」

「별로요. 엄마는 많이 나가 계셨죠?」

「많이.」

「물론 저는 엄마를 위해 기도드려요.」

「무슨 기도를 하니? 엄마가 돌아오라고?」

「어, 아니에요, 〈그건〉 아니에요. 우리는 엄마 없이도 잘 지낼 수 있어요. 저는 엄마가 다시 좋은 가톨릭 신자가 되기를

54

기원해요.」

「나는 좋은 가톨릭 신자가 아니야.」

「어, 그건 달라요. 아빠는 불가항력적 무지의 상태인 거고요.」

「그래, 그런 것 같구나.」

「모욕하려는 게 아니에요, 아빠. 그냥 신학에서 말하는 거예요. 아빠는 선한 무교로서 구원받으실 거예요. 소크라테스나 케취와요처럼요.」

「케취와요가 누군데?」

「줄루의 왕이었어요.」

「또 누구를 위해 기도하니?」

「음, 물론 최근에는 말에 집중하고 있어요.」

워몰드는 밀리에게 잘 자라고 키스했다. 밀리가 물었다. 「어디 가세요?」

「말 때문에 해야 할 일들이 있어.」

「제가 여러 가지로 귀찮게 만들었네요.」 밀리가 별 의미 없이 말했다. 이윽고 밀리는 만족스러운 한숨을 내쉬고는 시트를 목까지 끌어당겼다. 「기도하는 게 늘 이루어지니, 정말 좋지 않아요?」

4장

1

모든 모퉁이마다 마치 그가 이방인이라는 듯이 그를 향해 〈택시〉라고 외치는 사람들이 있었고, 파세오를 걸어가는 내내 몇 미터마다 포주들이 기계적으로 다가와 〈즐거운 시간을 원하십니까, 선생님?〉, 〈예쁜 여자들을 압니다〉, 〈아름다운 여인을 원하시는군요〉, 〈엽서를 사시렵니까?〉, 〈야한 영화를 보고 싶으십니까?〉라며 말을 걸었다. 워몰드가 처음 아바나에 왔을 때 그 사람들은 어린아이에 불과했고, 5센트 주화 하나에 그의 자동차를 지켜봐 줬고, 비록 그와 함께 나이 들어 갔지만, 결코 그에게 익숙해지지 않았다. 그들 눈에 워몰드는 절대로 그곳 주민이 아니었다. 그는 영원히 여행객이었고, 그래서 그들은 계속 그에게 공을 들였다. 그들은 워몰드 역시 다른 모두와 마찬가지로 조만간 아바나의 샌프란시스코 매음굴에서 슈퍼맨 공연을 보고 싶어 할 거라고 확신했다. 그나마 다행이라면, 광대처럼 그들도 경험에서 배우지 않는다는 거였다.

비르두데스 모퉁이에 도착했을 때, 닥터 하셀바허가 원더 바에서 큰 소리로 그를 불렀다. 「워몰드 씨, 어딜 그렇게 급히 가십니까?」

「약속이 있습니다.」

「그래도 스카치 한잔 할 시간은 언제나 있지요.」〈스카치〉라는 단어를 말할 때의 발음으로 미루어 보건대, 하셀바허에겐 스카치를 아주 여러 잔 마실 시간이 있었던 게 분명했다.

「벌써 약속에 늦었습니다.」

「이 도시에서 늦는다는 개념 따위는 존재하지 않습니다, 워몰드 씨. 그리고 드릴 선물도 있고요.」

워몰드는 파세오에서 방향을 틀어 원더 바로 들어갔다. 그는 자신의 머릿속에 떠오른 어떤 생각 때문에 쓸쓸하게 웃음 지었다. 「당신은 동쪽과 서쪽 가운데 어디를 지지합니까, 닥터 하셀바허?」

「어디의 동쪽, 서쪽 말인가요? 아, 〈그〉 뜻이었군요. 둘 다 성가십니다.」

「저한테 무슨 선물을 준비하신 건가요?」

「제 환자 가운데 한 명에게 마이애미에서 가져다 달라고 부탁했습니다.」 하셀바허가 말하고는 주머니에서 미니어처 위스키병 두 개를 꺼냈다. 하나는 로드 칼버트이고, 다른 하나는 올드 테일러였다. 「이거 가지고 계신가요?」 하셀바허가 걱정스럽게 물었다.

「칼버트는 가지고 있지만, 테일러는 없습니다. 제 수집품을 기억해 주다니 정말 친절하시네요, 하셀바어.」자신이 눈앞에 없을 때도 남들에게 자신이 존재한다는 사실이 위몰드에겐 늘 낯설기만 했다.

「지금까지 몇 병이나 모으셨어요?」

「버번과 아이리시 위스키까지 합치면 1백 개입니다. 스카치는 76개이고요.」

「언제 마실 건가요?」

「아마도 2백 개가 되면요.」

「만약 저라면 그걸로 뭘 할지 아십니까?」하셀바허가 말했다.「그걸로 체커 게임을 할 겁니다. 상대편 말을 잡으면, 그걸 마시는 거죠.」

「그거 좋은 생각인데요.」

「자연스레 핸디캡이 생기는 거죠.」하셀바허가 말했다.「그게 그 방법의 묘미입니다. 더 잘하는 사람이 더 마시는 거죠. 아주 절묘하지 않습니까? 스카치 한 잔 더 하시죠.」

「그래야 할 것 같네요.」

「도움이 필요합니다. 오늘 아침에 제가 말벌에 쏘였습니다.」

「의사는 당신이지 제가 아니잖습니까.」

「그건 중요하지 않습니다. 한 시간 뒤에는 공항 너머로 왕진 가다가 차로 닭을 치었습니다.」

「무슨 말인지 아직 못 알아듣겠습니다.」

「어이쿠, 위몰드 씨, 생각이 너무 많으시네요. 현실적이 되세요. 추첨이 시작되기 전에 얼른 복권을 사야 합니다. 말벌은 27이고 닭은 37입니다.」

「하지만 저는 약속이 있습니다.」

「약속에 좀 늦어도 됩니다. 그 스카치를 마시세요. 우리는 복권을 사러 시장에 가야 합니다.」 워몰드는 하셀바허를 따라 그의 차로 갔다. 밀리와 마찬가지로, 닥터 하셀바허에겐 믿음이 있었다. 밀리가 성자들의 지배를 받는 것처럼, 그는 숫자의 지배를 받았다.

시장 곳곳에 파란색과 빨간색으로 중요한 숫자들이 걸려 있었다. 소위 추한 숫자들은 카운터 아래 있었다. 그것들은 조무래기나 거리 장사치들용이었다. 거기에는 유력한 숫자들이 없었다. 의미심장한 숫자들이 들어 있지 않았고, 수녀나 고양이나 말벌이나 닭을 의미하는 숫자들도 없었다. 「보세요, 저기 27483이 있네요.」 워몰드가 가리켰다.

「닭이 없으면 말벌은 소용없습니다.」 닥터 하셀바허가 말했다.

그들은 주차하고 나서 걸어갔다. 이 시장에는 포주들이 없었다. 복권은 관광객들에게 오염되지 않은 진지한 거래였다. 일주일에 한 번, 정부 부서에 의해 번호가 배포되었고, 정치가는 자신의 지지도에 따라 티켓을 배당받았다. 그는 정부 부서에 한 장당 18달러씩 지불하고 티켓을 산 뒤 대규모 상인들에게 장당 21달러를 받고 되팔았다. 비록 그의 몫은 20장밖에 되지 않았지만, 그는 일주일에 60달러의 이익을 챙길 수 있었다. 상인들은 인기 있는 종류의 미신이 담긴 아름다운 숫자를 30달러까지 가격을 올려 팔았다. 물론 거리의 잔챙이들은 그런 이익을 챙길 수 없었다. 잔챙이들에겐 23달러 정도까지 주고 산 추한 숫자들만 있었기에 먹고살기 위해서는 따로 일을 해야만 했다. 그런 사람들은 복권을 1백 조각으로 나눠 한 조각에 25센트씩 받고 팔았다. 그러고는 주차장들을 어슬렁거리며 자기 복권 가운데 하나와 숫자가 같은 번호판이 달린 차를 찾았다(차주 가운데 그런 우연을 거부할 수 있는 사람은 없었다). 심지어 전화번호부에서 번호를 찾은 다음 전화를 걸기 위해 5센트를 쓰는 위험을 감수하는 사람도 있었다. 「선생님, 저한테 복권이 한 장 있는데, 선생님 전화번호와 같은 번호입니다.」

워몰드가 말했다. 「보세요, 저기 72와 37이 있습니다.」

「충분하지 않아요.」 닥터 하셀바허가 단호히 말했다.

닥터 하셀바허는 충분히 아름다운 숫자가 아니라서 전시되지 못한 복권 종이들을 엄지손가락으로 넘겼다. 무슨 숫자가 있을지 모르는 법이었다. 사람마다 아름다움의 잣대가 다를 수 있었다. 누군가에게는 말벌이 하찮을 수도 있었다. 시장의 삼면을 둘러싼 어둠을 뚫고 경찰차 사이렌이 날카롭게 울렸고, 자동차 한 대가 지나갔다. 연석에 앉아 마치 기결수처럼 자기 셔츠 위에 한 자리 숫자를 전시하던 남자가 말했다. 「붉은 독수리로군.」

「붉은 독수리가 누굽니까?」

「당연히 캡틴 세구라죠.」 닥터 하셀바허가 말했다. 「정말 세상 모른 채 콕 틀어박혀 사는군요.」

「사람들이 왜 그자를 그렇게 부릅니까?」

「고문과 절단이 그자의 특기입니다.」

「고문요?」

「여기엔 아무것도 없군요.」 닥터 하셀바허가 말했다. 「오비스포에 가보는 게 좋겠습니다.」

「아침까지 기다리면 어떨까요?」

「오늘이 추첨 전 마지막 날입니다. 어찌 그리 냉혈한이 된 겁니까, 워몰드 씨? 운명이 지금처럼 말벌과 닭이라는 단서를 줄 때는 지체 없이 따라가야 합니다. 행운이 오면 재빨리 잡아야죠.」

그들은 차로 돌아가서 오비스포로 향했다. 「그 캡틴 세구라라는 자 말인데요.」 워몰드가 입을 열었다.

「네?」

「아닙니다.」

11시가 되어서야 둘은 닥터 하셀바허가 원하는 숫자들이 있는 복권을 찾았지만, 그 복권 번호를 전시한 가게는 아침이 되어야 문을 열었기에, 두 사람은 또다시 술을 마시는 것 말고 달리 할 일이 없었다. 「약속 장소가 어딘가요?」

「세비야빌트모어 호텔입니다.」 워몰드가 말했다.

「다 거기가 거기죠.」 닥터 하셀바허가 말했다.

「그래도 당신 생각엔 원더 바가……?」

「아니요, 아니요. 변화는 좋은 겁니다. 단골 술집을 바꿀 수 없다고 느끼면 늙은 거죠.」

둘은 세비야빌트모어 호텔 바에 들어가 어둠 속을 더듬거리며 앞으로 나아갔다. 어찌나 어두침침한지 다른 손님들이 보일 듯 말 듯 했다. 다들 강하 신호를 우울하게 기다리는 낙하산병처럼 침묵과 어둠에 잠겨 구부정하게 앉아 있었다. 오직 닥터 하셀바허가 주문한 독주들의 높은 도수만이 그 기운을 잃지 않았다.

「아직 복권에 당첨되지 않았어요.」 워몰드는 닥터 하셀바허를 말리려고 속삭였지만, 어둠 속에서는 그런 속삭임조차 거슬린다는 듯 어떤 사람이 그들 쪽으로 고개를 돌렸다.

「오늘 밤, 저는 당첨되었습니다.」 닥터 하셀바허가 크고 당당한 목소리로 말했다. 「내일은 어쩌면 잃을 수도 있지만, 오늘 밤에는 그 무엇도 제 당첨을 빼앗아 갈 수 없습니다. 14만 달러입니다, 워몰드 씨. 이제는 너무 나이 들어 여자를 가까이할 수 없는 게 아쉽네요. 루비 목걸이로 아름다운 여자를 행복하게 해줄 수 있을 텐데 말입니다. 이제 저는 어찌할 바를 모르겠습니다. 이 돈을 어떻게 써야 할까요, 워몰드 씨? 병원에 기부할까요?」

「실례합니다.」 그림자 속에서 누군가 속삭였다. 「이분이 진짜로 14만 달러에 당첨되었나요?」

「네, 제가 당첨되었답니다.」 워몰드가 미처 대답하기 전에 닥터 하셀바허가 단호하게 말했다. 「당신이 존재하는 것만큼이나 확실하게 제가 당첨되었습니다, 거의 눈에 보이지 않는 친구여. 제가 당신을 존재한다고 믿지 않으면 당신은 존재하지 않을 것이고, 제 복권 당첨액 역시 마찬가지입니다. 저는 믿고, 따라서 당신은 존재합니다.」

「제가 존재하지 않을 거라니, 그게 무슨 말입니까?」

「당신은 오로지 제 생각 속에서만 존재하는 겁니다, 친구여. 만약 제가 이곳을 나가면…….」

「당신, 미쳤군요.」

「그렇다면 당신이 존재한다는 사실을 증명해 보이세요.」

「증명하라는 게 무슨 의미입니까? 당연히 저는 존재합니다. 저는 부동산 쪽에서 가장 잘나가는 사업가입니다. 마이애미에 아내와 아이 두 명이 있습니다. 델타 항공으로 오늘 아침 이곳에 왔습니다. 저는 이 스카치를 마시고 있습니다, 안 그렇습니까?」그 목소리에는 눈물이 살짝 배어 있었다.

「가엾은 양반,」닥터 하셀바허가 말했다. 「당신은 저보다 더 상상력이 풍부한 창조주를 만났어야 하는데. 왜 저는 당신에게 마이애미와 부동산보다 더 나은 걸 만들어 주지 못했을까요? 상상력으로 빚어낸 특별한 것. 기억될 만한 이름을요.」

「제 이름이 뭐가 어때서요?」

바 양쪽 끝의 낙하산병들은 못마땅하다는 기운을 뿜으며 긴장했다. 강하하기 전에는 긴장한 티를 내면 안 되는 법이었다.

「상상력을 살짝만 발휘하면 제가 바로잡지 못할 게 없지요.」

「마이애미에 가서 아무나 붙잡고 해리 모건에 대해 물어보시면…….」

「제가 정말로 그보다는 잘했어야 하는데 말입니다. 하지만 이제 제가 어찌할지 말씀드리지요.」닥터 하셀바허가 말했다. 「저는 1분 정도 이 술집을 나가서 당신을 제거하고 더 나은 버전으로 돌아오겠습니다.」

「더 나은 버전이라니, 무슨 말씀이십니까?」

「만약 여기 제 친구 워몰드 씨가 당신을 창조해 냈다면, 당신은 더 행복한 사람이었을 겁니다. 워몰드 씨는 당신이 옥스퍼드 졸업생이며 이름은 페니페더라고 지어 줬…….」

「페니페더라니, 무슨 말입니까? 취하셨군요.」

「당연히 저는 취했습니다. 음주는 상상력을 빈곤하게 만듭니다. 바로 그 때문에 저는 당신을 이렇게 진부한 존재로 생각해 낸 겁니다. 마이애미와 부동산, 델타 항공 같은 거요. 페니페더라면 K.L.M.을 타고 유럽에서 왔을 거고, 자기 나라 술인 핑크 진[16]을 마셨을 겁니다.」

「저는 스카치를 마시고 있고, 저는 이걸 좋아합니다.」

「당신은 자신이 스카치를 마시고 있다고 생각하죠. 또는, 정확히 말하자면, 전 당신이 스카치를 마시고 있다고 상상합니다. 하지만 우리는 그 모든 것을 바꿀 겁니다.」 닥터 하셀바허가 밝은 목소리로 말했다. 「저는 1분 정도 복도로 나가서 당신을 제대로 개선된 버전으로 상상해 오겠습니다.」

「놀리지 마십시오.」 남자가 초조해하며 말했다.

닥터 하셀바허는 자기 술을 마저 마신 뒤 바에 1달러를 놓고 조금 품위를 잃은 태도로 휘청거리며 일어났다. 「이 일로 저에게 고마워하실 겁니다.」 닥터 하셀바허가 말했다. 「어떻게 만들어 드릴까요? 저와 여기 워몰드 씨를 믿으십시오. 화

16 19세기 중반 영국에서 유행한 칵테일.

가, 시인, 아니면 총포 밀반입자나 비밀 요원처럼 모험 가득한 삶을 원하십니까?」

문가에서, 닥터 하셀바허는 흥분한 그림자를 향해 고개 숙여 인사했다.「부동산에 관해 사과드립니다.」

그림자의 목소리가 다른 사람들이 동의해 주길 바라며 초조하게 말했다.「술에 취했거나 미친 거야.」하지만 낙하산병들은 아무런 대꾸도 하지 않았다.

위몰드가 말했다.「음, 이제 작별해야겠습니다, 하셀바허. 약속에 늦었습니다.」

「제가 함께 가서 저 때문에 당신이 약속에 늦었다고 말하게 해주십시오, 위몰드 씨. 제 행운에 대해 설명하면 당신 친구도 분명히 이해해 줄 겁니다.」

「그럴 필요 없습니다. 정말로 그럴 필요 없습니다.」위몰드가 말했다. 호손이 성급하게 결론 내릴 거라는 걸 위몰드는 알았다. 사리 분별이 있는 호손(그런 존재가 있다면)만으로도 충분히 나쁘지만, 의심 많은 호손……. 그 생각만으로도 위몰드는 아찔했다.

위몰드는 승강기 쪽으로 갔고, 닥터 하셀바허가 그 뒤를 따랐다. 붉은 경고등과 〈계단 조심〉이라는 경고를 무시한 닥터 하셀바허가 발이 걸려 비틀거렸다.「아, 이런,」그가 말했다.「내 발목.」

「집에 가세요, 하셀바허.」위몰드가 절박한 심정으로 말했다. 위몰드는 승강기에 탔고, 닥터 하셀바허 역시 걸음을 재촉해 승강기 안으로 들어왔다.「돈은 모든 고통을 치료해 주지요. 이렇게 좋은 저녁 시간을 보낸 건 참으로 오랜만입니다.」

「6층에 갑니다.」 워몰드가 말했다. 「저는 혼자 가고 싶습니다, 하셀바허.」

「왜요? 실례합니다, 딸꾹질이 나오네요.」

「이건 개인적인 만남입니다.」

「사랑스러운 여인인가요, 워몰드 씨? 여자를 만나 즐기는 일에 제 복권 당첨금을 좀 쓰셔도 됩니다.」

「당연히 여자를 만나는 건 아닙니다. 이건 일과 관련된 만남입니다. 그게 전부입니다.」

「개인적인 일입니까?」

「그렇다고 이미 말씀드렸습니다.」

「진공청소기에 대해 뭐가 그리 개인적일 수 있단 말입니까, 워몰드 씨?」

「새로운 대리점에 관한 일입니다.」 워몰드가 말했다. 승강기 조작원이 말했다. 「6층입니다.」

워몰드는 하셀바허보다 한참 앞서 있었고, 머리도 그보다 더 맑았다. 방들은 직사각형 발코니를 둘러싼 것이 마치 감방 같았다. 1층에 있는 두 남자의 벗어진 머리가 마치 신호등처럼 위를 향해 번쩍였다. 워몰드는 절룩이며 발코니를 걸어 모퉁이의 계단으로 갔고, 닥터 하셀바허 역시 절룩이며 워몰드의 뒤를 쫓았다. 하지만 워몰드는 절룩이는 데 익숙했다. 「워몰드 씨,」 닥터 하셀바허가 외쳤다. 「워몰드 씨, 저는 기꺼이 1천 달러를 당신……」

위몰드가 계단 한 층을 끝까지 내려왔을 때, 닥터 하셀바 허는 여전히 첫 번째 계단에 있었다. 501호는 가까웠다. 위 몰드는 열쇠로 문을 열었다. 작은 탁상 스탠드가 텅 빈 거 실을 비췄다. 그는 아주 조심스레 문을 닫았다. 닥터 하셀바 허는 아직도 계단을 내려오고 있었다. 위몰드는 귀를 기울 여, 닥터 하셀바허가 껑충이고 가볍게 뛰며 딸꾹질하는 소 리가 문 앞을 지나 멀어지는 소리를 들었다. 위몰드는 생각 했다. 〈스파이가 된 기분이군. 나는 스파이처럼 행동하고 있어. 이건 말도 안 돼. 내일 아침 하셀바허에게 뭐라고 말 한담.〉

  침실 문은 닫혀 있었다. 위몰드는 그 문을 향해 가기 시작 했다. 이윽고 그는 걸음을 멈췄다. 〈괜히 골칫거리를 깨울 필 요는 없지.〉 호손에게 위몰드가 필요하다면, 호손이 알아서 위몰드를 찾을 일이었다. 하지만 호손에게 호기심이 생긴 위 몰드는 떠나기 전에 마지막으로 실내를 살폈다.

  책상에는 책이 두 권 있었다. 램의 『셰익스피어 이야기』가 똑같은 판본으로 두 권 있고, 하나의 메모장에는 〈1. 급료, 2. 비용, 3. 전송, 4. 찰스 램, 5. 잉크〉라고 적혀 있었다. 아마도 호 손이 둘이 만났을 때 할 얘기를 적어 놓은 듯했다. 위몰드가 막 램의 책을 열려는 순간 목소리가 들렸다. 「손 들어. Arriba los manos(손 들어).」

  「Las manos(손)입니다.」 위몰드가 틀린 단어를 정정해 줬 다. 위몰드는 상대가 호손인 것을 보고 안심했다.

  「아, 누군가 했습니다.」 호손이 말했다.

「좀 늦었습니다, 죄송합니다. 하셀바허와 있었습니다.」

호손은 주머니에 H.R.H.를 모노그램[17]해 수놓은 담자색 실크 파자마를 입고 있었다. 파자마 때문에 호손은 왕족처럼 보였다. 호손이 말했다. 「잠들었는데, 당신이 움직이는 소리를 들었습니다.」속어를 쓰지 않는 걸 보니 꽤 놀란 모양이었다. 호손은 옷을 챙겨 입을 정신만 없었던 게 아니라 속어를 장전할 시간도 없었던 것이다. 호손이 말했다. 「램을 만지셨군요.」호손은 마치 구세군 예배당 책임자처럼 비난조로 말했다.

「죄송합니다, 그냥 둘러보려던 거였습니다.」

「상관없습니다. 당신에게 본능적 감각이 있다는 걸 증명한 셈이니까요.」

「저 책을 특별히 좋아하시나 보네요.」

「한 권은 당신 겁니다.」

「하지만 저는 이미 저 책을 읽었습니다,」워몰드가 말했다. 「오래전에요. 램은 제 취향이 아니더군요.」

「읽으라고 드리는 게 아닙니다. 책 암호에 대해 들어 보지 못하셨나요?」

「솔직히 들어 보지 못했습니다.」

「어떻게 하는 건지 곧 알려 드리겠습니다. 한 권은 제 겁니다. 당신이 할 일은, 저와 통신할 때 암호를 시작할 쪽수와 줄수를 알려 주는 겁니다. 물론 기계 암호와 달리 파훼하는 게 어렵지 않지만, 하셀바허 같은 사람에게는 충분히 어려울 겁

17 두 개 이상의 글자를 합쳐 한 글자 모양으로 도안한 것.

니다.」

「더는 닥터 하셀바허를 생각하지 않으셨으면 합니다.」

「여기에 충분한 보안을 갖춰 당신 사무실을 꾸리고 나면, 즉 금고, 무전기, 훈련받은 직원들, 모든 장치 등을 갖추고 나면, 물론 더는 이런 원시적인 암호를 쓰지 않을 겁니다. 하지만 암호 해독 전문가가 아니면 책 제목과 판본을 알지 않는 한 이 암호법을 깨는 건 아주 어렵습니다.」

「왜 램을 고르신 건가요?」

「『톰 아저씨의 오두막』을 빼고는 두 권 살 수 있는 유일한 책이었습니다. 저는 시간이 없었고, 떠나기 전에 킹스턴의 CTS 서점에서 뭐라도 사야만 했습니다. 아,『불 켜진 등불: 저녁 기도 매뉴얼』이라는 책이 있긴 했지만, 당신이 종교가 없을 경우 서가에 꽂혀 있으면 의심받을 것 같았습니다.」

「종교는 없습니다.」

「그리고 당신이 쓸 잉크도 가져왔습니다. 집에 전기 주전자가 있나요?」

「네, 왜요?」

「편지를 개봉하기 위해서요. 우리는 우리 사람들이 비상시에 대비되어 있기를 원합니다.」

「말씀하신 잉크는 무슨 용도입니까? 잉크라면 집에 충분히 있습니다.」

「물론 비밀 잉크입니다. 일반 우편으로 뭔가 보내야 할 경우에 대비해서요. 따님에게 뜨개질용 바늘이 있겠죠?」

「제 딸은 뜨개질을 하지 않습니다.」

「그러면 하나 사십시오. 플라스틱으로 된 것이 좋습니다. 쇠로 된 건 자국을 남기거든요.」

「어디에 자국을 남긴다는 겁니까?」

「당신이 여는 편지봉투에요.」

「대체 제가 왜 편지봉투를 열어야 하는 겁니까?」

「닥터 하셀바허의 편지를 확인할 필요가 있을지도 모릅니다. 물론 당신은 우체국에 보조 요원을 만들어 둬야 합니다.」

「저는 절대로 그런 일을…….」

「너무 깐깐하게 굴지 마십시오. 런던에 그 사람의 행적에 관한 보고서를 보내 달라고 해뒀습니다. 그 보고서를 읽어본 뒤 하셀바허의 우편물에 대해 결정할 겁니다. 그리고 팁을 하나 말씀드리자면, 만약 잉크가 부족하면 새똥을 쓰십시오. 제가 너무 빨리 설명하고 있나요?」

「저는 아직 하겠다는 말조차 한 적이…….」

「런던에서는 한 달에 150달러씩 지급할 것이고, 더불어 경비로 150달러를 더 지불하겠노라고 동의했습니다. 물론 경비는 이유가 확실해야 합니다. 보조 요원이라든가 등등요. 그 이상의 금액은 특별 허가를 받아야 합니다.」

「너무 앞서 나가시네요.」

「비과세입니다.」 호손이 말하고는 장난스럽게 윙크를 했다. 윙크는 왠지 왕족스러운 모노그램과 어울리지 않았다.

「저에게 시간을 좀…….」

「당신 번호는 59200/5입니다.」 호손이 자부심 넘치는 목소리로 덧붙였다. 「물론 59200은 〈저〉입니다. 당신이 고용한 보조 요원에게는 59200/5/1 이런 식으로 번호를 붙이면 됩니다. 아시겠습니까?」

「제가 당신에게 무슨 소용이 있는지 모르겠습니다.」

「당신은 영국인입니다, 그렇지 않습니까?」 호손이 기운차게 말했다.

「물론 저는 영국인입니다.」

「그런데 조국에 봉사하길 거부하신다고요?」

「그렇게 말하지 않았습니다. 하지만 진공청소기 판매만으로도 충분히 바쁩니다.」

「위장하기에 정말 최고네요.」 호손이 말했다. 「아주 잘 생각하셨습니다. 당신 직업은 아주 진짜 같아 보입니다.」

「하지만 제 직업은 〈진짜〉입니다.」

「괜찮으시다면,」 호손이 단호히 말했다. 「그만 램 이야기로 넘어갈까요.」

2

「밀리,」 워몰드가 말했다. 「시리얼을 전혀 먹지 않았구나.」

「저는 시리얼을 먹지 않기로 했어요.」

「커피에 각설탕 하나만 넣어 마셨잖니. 다이어트하는 건 아니지?」

「아니에요.」

「그럼 속죄 행위 중이니?」

「아니에요.」

「점심때 되면 무척 배고플 거야.」

「그 부분도 이미 생각해 봤어요. 저는 감자를 엄청 많이 먹을 거예요.」

「밀리, 무슨 일이니?」

「저는 절약할 거예요. 잠들지 못하고 뒤척이다가 갑자기 깨달았어요. 제가 돈을 정말 많이 쓰고 있더라고요. 마치 어떤 목소리가 저한테 그렇게 말하는 것 같았어요. 저는 하마터면 〈누구세요?〉 하고 말할 뻔했어요. 하지만 그러면 〈너의 신이자 하느님이니라〉라고 답할까 봐 두려웠어요. 저도 이제 그럴 나이가 되었잖아요.」

「무슨 나이?」

「하느님의 목소리를 들을 나이요. 저는 성 테레사 수녀님이 수녀원에 갔을 때보다도 나이가 많아요.」

「밀리, 혹시 수녀가 될 생각이라고 말…….」

「아니, 아니에요. 저는 캡틴 세구라가 옳다고 생각해요. 캡틴 세구라는 제가 수녀원에 적합한 재목이 아니라고 말했어요.」

「밀리, 사람들이 캡틴 세구라를 뭐라고 부르는지 아니?」

「네, 붉은 독수리요. 그 사람은 죄수들을 고문해요.」

「그자가 그걸 시인하디?」

「오, 물론 저와 있을 때는 최대한 점잖게 행동해요. 하지만 그 사람에겐 사람 가죽으로 만든 담배 케이스가 있어요. 송아지 가죽인 척하지만요. 마치 송아지 가죽이 어떻게 생겼는지 제가 모른다는 것처럼요.」

「그자를 끊어 내야 해, 밀리.」

「그렇게 할 거예요, 천천히요. 우선 마구간부터 정해야 돼요. 그 말을 하니까 아까 그 목소리가 생각나네요.」

「그 목소리가 뭐라고 말했는데?」

「한밤중에 들으니까 더 끔찍했어요. 그 목소리는 〈너는 씹을 수 있는 것보다 더 많은 음식을 입에 넣었구나. 컨트리클럽은 어떻고?〉라고 했어요.」

「컨트리클럽이 어떻냐?」

「제가 말을 제대로 탈 수 있는 유일한 곳인데, 우리는 그곳 회원이 아니에요. 마구간에 말이 있으면 뭐 하겠어요? 물론 캡틴 세구라는 그곳 회원이지만, 아버지는 제가 그 사람에게 의지하는 걸 원치 않으시잖아요. 그래서 만약 제가 굶으면 집안 살림에 보탬이 되지 않을까 생각했어요…….」

「대체 그게 무슨…….」

「그러면 아빠는 가족 회원권을 살 여유가 생길 거예요. 저는 세라피나라는 이름으로 등록해 주세요. 밀리보다 그 이름이 더 잘 어울리는 것 같아요.」

워몰드에게는 밀리가 하는 말이 모두 이치에 맞는 것 같았다. 유년기의 잔인하고 설명할 수 없는 세계에 속한 자는 호손인 듯했다.

그사이 런던에서 벌어진 일

메이다 베일 근처, 강철과 콘크리트로 된 커다란 건물 지하실에서 문 위의 불빛이 빨간색에서 녹색으로 바뀌자, 호손은 안으로 들어갔다. 우아한 태도를 카브리해에 두고 온 그는 이런 중요한 날에 입는 회색 플란넬 정장 차림이었다. 모국에서는 외모에 신경 쓸 필요가 없었다. 그는 잿빛 1월 런던의 일부였다.

국장은 책상 뒤에 앉아 있었다. 책상에는 거대한 녹색 대리석 문진으로 눌러 놓은 종이 한 장, 반쯤 마신 우유가 담긴 유리잔 하나, 녹색 알약 통 하나, 그리고 검은 전화기 옆에 크리넥스 통 하나가 놓여 있었다(빨간색 전화기는 도청 방지용이었다). 국장은 검은색 모닝코트, 검은색 넥타이, 왼쪽 눈을 가린 검은 외알 안경 때문에 장의사 같은 인상을 주었고, 마찬가지로 그가 있는 지하실 방은 지하 납골당, 능묘, 무덤의 분위기를 풍겼다.

「보자고 하셨습니까, 국장님?」

「그냥 세상 이야기나 하자고 부른 거야. 세상 이야기나 하자고.」마치 그날의 장례식들이 끝난 뒤 언어 장애인이 우울하게 말하는 듯했다.「언제 돌아왔지, 호손?」

「일주일 전입니다, 국장님. 금요일에 자메이카로 돌아갑니다.」

「다 잘 돌아가지?」

「제 생각에 카리브 쪽은 이제 완료된 것 같습니다, 국장님.」호손이 말했다.

「마르티니크는?」

「그쪽도 문제없습니다, 국장님. 우리가 포르드프랑스에서 되시엠 뷔로[18]와 함께 일하고 있는 걸 기억하실 겁니다.」

「어느 정도 선까지만 그렇지.」

「아, 네, 물론, 어느 정도 선까지만요. 아이티가 더 문제지만, 59200/2는 활발하게 활동하는 것으로 드러났습니다. 처음에는 59200/5쪽이 더 확신 없었습니다.」

「/5?」

「아바나의 우리 사람입니다, 국장님. 그곳에서는 선택할 수 있는 사람이 별로 많지 않았습니다. 처음에는 이 일을 할 정도로 명민해 보이지 않았습니다. 좀 고집불통이었고요.」

「그런 종류가 가끔 최고가 되기도 하지.」

「그렇습니다, 국장님. 저는 그 사람이 만나는 사람들 때문에도 조금 걱정했습니다(하셀바허라는 독일 사람이 있지만, 아직까지 그자에 관해 아무런 정보도 찾지 못했습니다). 하지만 기대 이상으로 잘하고 있는 듯합니다. 제가 킹스턴을

18 프랑스군 해외 정보부. 프랑스 제3공화국이 끝날 때 함께 해산되었다.

막 떠날 때 추가 경비 신청을 해왔습니다.」

「그건 언제나 좋은 신호지.」

「그렇습니다, 국장님.」

「창의력을 발휘하고 있단 뜻이야.」

「네, 그 사람은 컨트리클럽의 회원이 되고 싶어 했습니다. 아시겠지만, 백만장자들이 자주 찾는 곳이죠. 정치적, 경제적 정보를 얻기에 최고의 장소입니다. 가입비가 아주 비싸 백인들 클럽보다 열 배는 되지만, 저는 허락했습니다.」

「잘했어. 그 사람이 보내온 보고서는 어때?」

「음, 사실은 아직 아무런 보고서도 받지 못했습니다. 하지만 물론 그 사람도 자기 정보원들을 꾸리는 데 시간이 좀 걸릴 겁니다. 아마도 제가 보안의 필요성을 지나치게 강조한 듯합니다.」

「그건 아무리 강조해도 지나치지 않아. 퓨즈가 나가 버리면 전선이 연결되어 있어도 소용없지.」

「마침 그 사람은 다소 유리한 위치에 있습니다. 사업상 만나는 사람들이 아주 물이 좋습니다. 상당수가 정부 관리와 종교 지도자입니다.」

「아하.」국장은 검은 외알 안경을 벗어 휴지로 닦기 시작했다. 안경알에 가려졌던 눈은 유리 눈알이었다. 하늘색이고 가짜 티가 나는 그 눈알은 마치 원래는 〈엄마〉라고 말하는 인형에 박혀 있던 것만 같았다.

「무슨 사업을 하는 사람이지?」

「아, 수입상입니다. 기계류, 뭐 그런 쪽을 수입합니다.」좋은 사회적 위치에 있는 사람을 요원으로 고용하는 건 자기 경력에 늘 중요했다. 람파리야 스트리트의 가게에 대해 기밀 파일에 적혀 있는 세부 사항은 평범한 상황이라면 절대로 이 지하실 방에 들어올 일이 없었다.

「왜 그 사람이 여태 컨트리클럽 회원이 아니었던 거지?」

「제 생각에는 최근 몇 년간 좀 은둔해 있었던 듯합니다. 가정 문제로요.」

「바람을 피우는 그런 문제는 아니지?」

「아, 전혀 그런 게 아닙니다, 국장님. 아내가 그 사람을 떠났습니다. 미국인이랑요.」

「반미주의자는 아니겠지? 아바나는 그런 종류의 편견에 어울리지 않는 곳이야. 우리는 그 사람들과 함께 일해야 해. 물론 어느 선까지만.」

「아, 전혀 그런 사람이 아닙니다, 국장님. 그 사람은 아주 공평하고 균형이 잘 잡혀 있습니다. 이혼을 잘 받아들였고, 아내의 바람대로 자기 아이를 가톨릭 학교에 보냈습니다. 이혼한 아내에게는 크리스마스 때마다 축하 전보를 보낸다고 들었습니다. 보고서가 도착하면 백 퍼센트 믿을 만한 사람이라는 내용이 담겨 있을 거라고 생각합니다.」

「아이에 대해서는 아주 감동적이군, 호손. 흠, 그 사람에게 살짝 재촉해 봐. 과연 얼마나 소용 있는지 판단할 수 있게 말이야. 만약 그 사람이 자네 말대로라면, 그 사람 팀을 확장하는 걸 고려해 보는 것도 괜찮겠지. 아바나는 중요한 지역이야. 공산주의자들은 문제가 있는 곳이면 언제나 찾아가니까.

그 사람과는 어떻게 연락하지?」

「매주 외교 행낭을 통해 킹스턴에 보고서를 두 부씩 보내라고 해두었습니다. 한 부는 제가 보관하고 다른 한 부는 런던으로 보낼 겁니다. 전보를 보낼 때 쓸 암호를 위해 책을 한 권 주었습니다. 영사관을 통해 전보를 보내게 했습니다.」

「그쪽에서는 그걸 좋아하지 않을 거야.」

「그쪽에는 임시라고 말해 두었습니다.」

「만약 능력 있는 사람이라고 밝혀지면 무선 부서를 따로 두는 쪽이 나을 듯하군. 그 사람은 사무실 직원을 늘릴 수 있겠지?」

「아, 물론입니다. 그래도…… 알아 두셔야 할 게 있는데, 사무실이 그리 크지 않습니다. 구식인 곳이죠. 해외 시장을 처음 개척할 때 상인들이 어떤 식으로 사업을 꾸려 가는지 아시잖습니까.」

「어떤 식인지 나도 알아, 호손. 책상은 작고 초라하며, 두 명이 간신히 있을 만한 휴게실에서 대여섯 명이 복작거리지. 회계 기계들은 낡은 데다, 여비서는 회사에서 40년째 뼈를 묻고 말이야.」

호손은 이제 긴장을 풀어도 되겠다는 느낌이 들었다. 이제 공은 국장에게로 넘어갔다. 설사 어느 날 국장이 그 기밀 파일을 읽더라도 그 내용은 국장에게 아무런 의미도 없을 터였다. 진공청소기를 파는 작은 가게는 국장의 문학적 상상력의 물결 속에 가라앉아 단단히 뿌리내렸다. 59200/5 요원은 자리를 잡은 것이다.

「모두 그 남자 성격 때문이야.」 마치 람파리야 스트리트의 가게 문을 연 건 호손이 아니라 자신이라는 듯이, 국장이 호손에게 설명했다. 「페니를 아끼려다가 파운드를 손해 보는 짓을 매번 하는 사람이지. 그래서 그 사람은 컨트리클럽 회원이 아닌 거야. 결혼 생활이 깨진 것과는 아무 상관 없어. 자네는 낭만적이야, 호손. 그 사람의 삶에서 여자는 스쳐 가는 인연인 거야. 내 생각에, 그 사람은 여자보다 자기 일을 훨씬 더 소중하게 여겨. 요원을 성공적으로 쓰는 비결은 그 요원을 이해하는 거야. 아바나의 우리 사람은, 말하자면 키플링 시대에 속해 있다고 할 수 있어. 〈왕들과 함께 걸으면서,〉 그다음이 어떻게 되더라? 〈너의 미덕을 지킬 수 있다면, 민중과 함께하고 그들의 마음을 놓치지 않는다면.〉[19] 그 사람의 잉크가 얼룩진 책상 어딘가에는 검은 염소 가죽을 댄 1페니짜리 낡은 공책이 있을 거고, 거기에는 첫 구매 내역이 적혀 있을 거야. 지우개 세 다스, 강철 펜촉 여섯 상자…….」

「그 사람은 강철 펜촉을 썼을 정도로 나이가 많지 않은 것 같은데요, 국장님.」

국장은 한숨을 쉬더니 검은 외알 안경을 다시 꼈다. 호손의 반박하는 기운을 느끼자마자 순진한 눈동자는 다시 모습을 감추었다.

「그런 사소한 건 중요하지 않아, 호손.」 국장은 짜증이 담긴 목소리로 말했다. 「하지만 그 사람을 제대로 다룰 생각이

19 조지프 러디어드 키플링(1865~1936)이 아버지가 아들에게 주는 조언 형식으로 쓴 시 「만약에if」에 나오는 구절.

라면, 자네는 그 싸구려 공책을 찾아내야만 할 거야. 나는 은유를 한 거야.」

「알겠습니다, 국장님.」

「아내를 잃었기 때문에 은둔한 채 지냈다는 이야기는 잘못된 판단이야, 호손. 그런 사람들은 꽤 다른 식으로 반응해. 아바나의 우리 사람은 상실감을 남에게 보이지 않고 감정을 잘 나타내지 않아. 만약 자네 판단이 옳다면, 왜 아내가 죽기 전에 그 클럽 회원으로 가입하지 않았을까?」

「죽은 게 아니라 떠난 겁니다.」

「떠나? 확실해?」

「아주 확실합니다, 국장님.」

「아하, 그 여자는 그 싸구려 공책을 찾지 못한 거로군. 그걸 찾아, 호손. 그러면 그 사람은 영원히 자네 손아귀에 있게 돼. 우리가 무슨 이야기를 하고 있었지?」

「그 사람의 사무실 크기였습니다, 국장님. 그 사람이 새로운 직원을 고용해도 있을 곳이 마땅치 않을 겁니다.」

「오래된 직원을 점차 줄여 나가면 돼. 그 사람의 늙은 비서도 연금을 주어 퇴직시키고…….」

「사실을 말씀드리자면…….」

「물론 이건 아직 그냥 하는 생각일 뿐이야, 호손. 결국 적당한 사람이 아니라고 밝혀질 수도 있으니까. 이런 예스러운 상업계 거물들은 아주 좋은 인재야. 하지만 때로는 너무 장사에만 몰두해서 우리 같은 사람들에게 쓸모없을 때도 있지. 우리는 그 사람이 보내오는 첫 번째 보고서를 보고 판단할 거야. 하지만 늘 한 걸음 앞서 계획을 짜두는 게 좋아. 젠킨슨 씨와 상의해서 혹시 배치 가능한 직원 중에 스페인어를 하는 사람이 있는지 확인해 봐.」

호손은 승강기를 타고 지하실에서 몇 층 올라갔다. 마치 로켓을 타고 세상을 보는 느낌이었다. 그의 아래로 서유럽이 가라앉았다. 극동이. 라틴 아메리카가. 젠킨슨 씨 주위로 서 있는 파일 캐비닛들은 늙은 사제를 둘러싼 신전의 기둥들 같았다. 그 건물에서 오직 그녀만이 성씨로 불렸다. 뭔가 알 수 없는 보안상 이유로, 그 건물의 다른 모든 사람은 성을 빼고 이름으로만 불렸다. 호손이 들어갔을 때, 젠킨슨 씨는 비서 한 명에게 명령을 내리고 있었다. 「안젤리카가 8파운드로 주급 인상과 함께 C.5로 옮겼다고 회계과에 메모를 남기세요. 봉급 인상이 즉시 이뤄지는지 꼼꼼하게 챙겨 주시고요. 당신이 반대할 것에 대비해 미리 짚고 넘어가는데, 안젤리카는 이제야 버스 운전사 수준의 봉급에 근접해 가고 있어요.」

「무슨 일이죠?」 젠킨슨 씨가 날카롭게 물었다. 「무슨 일이죠?」

「국장님이 당신을 만나 보라고 하셨습니다.」

「배치 가능한 인력이 없어요.」

「당장은 아무도 필요하지 않습니다. 그냥 가능성만 논의하는 거예요.」

「에설, 자기야, D.2에 전화 걸어 국가 비상 사태가 아닌 이상 나는 내 비서들을 오후 7시 이후엔 일을 시키지 않는다고 말해 줘요. 만약 전쟁이 났거나 날 것 같은 상황이라면 비서

인력 풀에 미리 연락해야 한다고 말해요.」

「우리는 카리브해에서 일할 스페인어가 가능한 비서가 한 명 필요할 수도 있습니다.」

「배치 가능한 사람이 없어요.」 젠킨슨 씨가 기계적으로 말했다.

「아바나, 작은 부서이고, 지내기에 좋은 날씨예요.」

「직원은 몇 명이나 되나요?」

「현재는 한 명입니다.」

「여긴 결혼 중개소가 아니에요.」 젠킨슨 씨가 말했다.

「열여섯 살짜리 딸이 있는 중년 남자입니다.」

「기혼이고요?」

「그렇다고 할 수 있지요.」 호손이 애매하게 말했다.

「착실한가요?」

「착실하냐니요?」

「믿음직하고, 안전하고, 차분해요?」

「아, 네, 네. 그건 확실해요. 그 사람은 구시대 상인 유형이에요.」 호손은 국장이 하다 만 말을 이어서 했다. 「자수성가했어요. 여자에게는 관심 없고요. 섹스는 관심 밖이라고 해도 돼요.」

「섹스가 관심 밖인 사람은 없어요.」 젠킨슨 씨가 말했다. 「해외로 보내는 여자들은 제 책임이란 말이에요.」

「배치 가능한 사람이 없다고 하지 않았나요?」

「그게,」 젠킨슨 씨가 말했다. 「특정 조건에서라면 가능할 수도 있어요. 비어트리스를 데려가세요.」

「비어트리스라니요, 젠킨슨 씨!」파일 캐비닛들 뒤에서 누군가 외쳤다.

「나는 비어트리스라고 말했어요, 에설. 그러면 비어트리스인 거예요.」

「하지만 젠킨슨 씨…….」

「비어트리스는 실무 경험이 필요해요. 그것 빼곤 완벽해요. 그곳 근무가 개에게 딱일 거예요. 비어트리스는 너무 어리지도 않아요. 아이들을 좋아하고요.」

「그 부서에 필요한 사람은,」호손이 말했다. 「스페인어를 할 줄 알아야 합니다. 아이를 사랑하든 말든 상관없고요.」

「비어트리스는 프랑스인의 피가 반 섞였어요. 영어보다 프랑스어를 훨씬 더 잘하지요.」

「저는 스페인어라고 했습니다.」

「그게 그거예요. 둘 다 라틴어에서 나왔잖아요.」

「만나서 이야기를 몇 마디 나눠 봐야겠네요. 훈련은 제대로 받았나요?」

「비어트리스는 암호를 아주 잘 다루고, 애슐리 파크에서 마이크로필름 촬영술 과정을 마쳤어요. 속기는 약하지만, 타자는 아주 잘 쳐요. 전기 역학을 잘 알고요.」

「그게 뭔데요?」

「나도 잘 몰라요. 하지만 비어트리스는 퓨즈 상자도 겁내지 않고 잘 다뤄요.」

「그러면 진공청소기도 잘 다루겠군요?」

「비어트리스는 비서지 가정부가 아니에요.」

파일 서랍 하나가 요란하게 닫혔다. 「가져가든가 말든가 하세요.」 젠킨슨 씨가 말했다. 호손은 젠킨슨 씨가 일부러 비어트리스를 물건처럼 표현했다는 인상을 받았다.

「가능한 사람이 비어트리스뿐인가요?」

「유일한 사람이에요.」

또다시 파일 서랍이 요란하게 닫혔다. 「에설,」 젠킨슨 씨가 말했다. 「감정을 조용히 표출할 수 없으면, 당신을 D.3로 돌려보낼 거예요.」

호손은 생각에 잠겨 물러났다. 그는 젠킨슨 씨가 스스로도 믿지 않는 뭔가를, 겉보기만 번드르르하고 쓸모없는 뭔가를, 아니 골칫거리를 아주 손쉽게 자기에게 떠넘겼다는 느낌이 들었다.

제2부

1장

1

위몰드는 재킷의 가슴 주머니에 전보 용지를 넣고 영국 영사관을 나섰다. 영사관 직원은 무례한 태도로 전보 용지를 쑥 내밀었고, 위몰드가 뭐라 말하려 하자 곧바로 제지했다. 「우리는 아무것도 알고 싶지 않습니다. 임시로 편의를 봐드리는 것뿐입니다. 우리로선 어서 끝났으면 좋겠습니다.」

「호손 씨가 말하기를…….」

「우리는 호손이라는 분을 전혀 모릅니다. 부디 명심해 주셨으면 합니다. 여기엔 그런 이름의 직원이 없습니다. 좋은 아침 되십시오.」

그는 집으로 걸어갔다. 기다란 도시는 탁 트인 대서양을 따라 펼쳐져 있었다. 마세오 대로 위로 파도가 부서지며 자동차 앞 유리창에 고운 물방울을 흩뿌렸다. 한때 고상한 지역이었던 곳의 분홍색, 회색, 노란색 기둥들은 바위처럼 침식되어 있었다. 원래 모습을 거의 잃고 더러워진 고대 문장들이 허름한 호텔의 출입구 위에 박혀 있고, 습기와 바다의 소금기를 막기 위해 나이트클럽의 셔터는 밝고 조악한 색들로 칠해져 있었다. 서쪽으로는 신도시의 강철 마천루들이 등대들보다 더 높게, 맑은 2월 하늘을 향해 솟아 있었다. 그 도시는 방문하기에는 괜찮아도 살기에는 적합한 곳이 아니었지만, 워몰드는 그곳에서 처음으로 사랑에 빠졌고, 그래서 그는 재난 현장에 끌리듯 그곳에 끌렸다. 시간은 전장에 시를 주고, 아마도 밀리는 오래전에 엄청난 희생을 치르며 공격을 물리친 낡은 성벽에 피어난 꽃을 조금 닮은 듯했다. 거리에서는 마치 땅에 묻혔다가 세상으로 나온 것처럼 이마에 재를 바른 여자들이 지나갔다. 워몰드는 오늘이 사순절임을 깨달았다.

방학이었지만, 워몰드가 집에 왔을 때 밀리는 없었다. 아마도 아직 미사에서 돌아오지 않았거나 말을 타러 컨트리클럽에 간 듯했다. 로페스는 원자로 청소기를 거절한 성직자의 가정부에게 터보 흡입 청소기를 시연해 보이고 있었다. 워몰드는 원자로 청소기를 단 한 대도 팔지 못했고, 그로써 그가 새로운 모델에 대해 했던 최악의 걱정이 단순한 기우가 아님이 증명되었다. 그는 위층으로 올라가서 전보 용지를 열었다. 전보는 영사관의 한 부서 앞으로 온 것이었고, 뒤이어 적힌 숫자들은 추첨 전날까지 팔리지 않고 남은 복권 번호처럼 추해 보였다. 숫자는 2674로 시작되었고, 그 뒤로 42811 79145 72312 59200 80947 62533 10605와 같이 다섯 자리 번호가 이어졌다. 워몰드가 처음으로 받은 전보였다. 그는 그 전보가 런던에서 온 것임을 알아차렸다. 워몰드는 자신이 과연 그 전보 내용을 해독할 수 있을지 자신 없었지만(호손에게 암호 해독법을 배운 지가 벌써 까마득하게 느껴졌다), 갑자기 59200이 눈에 띄었다. 그 숫자는 돌연히 나타나 훈계하는 듯이 보였다. 마치 그 순간 호손이 계단을 올라와 책망하는 것 같았다. 그는 우울한 심정으로 램의 『셰익스피어 이야기』를 뽑았다. 워몰드는 엘리아와 돼지구이에 관한 수필을 좋아한 적이 단 한 번도 없었다.[20] 그는 숫자의 첫 번째 그룹이 페이지, 줄, 암호 해독을 시작하는 단어를 뜻한다는 걸 떠올렸다. 「클레온의 사악한 아내인 디오니시아는,」 그가 읽었다. 「응분의 결말을 맞이했다.」 그는 〈응분〉이라는 단어에서부터 암호 해독을 시작했다. 놀랍게도, 진짜로 내용이 해독되었다. 마치 유산으로 받은 이상한 앵무새가 말하기 시작한 것처럼 다소 묘한 느낌이었다. 〈1월 24일 1번 59200이 보냄 A 문단 시작.〉

45분 동안 보태고 덜어 내는 과정을 거친 뒤, 워몰드는 마지막 문단을 제외한 전체 내용을 해독했다. 마지막 문단은 워몰드 자신이나 59200 또는 찰스 램에게 뭔가 문제가 있는지 해독되지 않았다. 〈59200이 보냄 A 문단 시작 컨트리클럽 회원 가입을 승인하고 거의 한 달이 지났지만 보조 요원에 대한 그 어떤 정보도 아직 도착하지 않았음 반복 않았음 마침표 후보들에 대한 신원 조회를 제대로 하기 전에는 그

---

20 엘리아는 찰스 램이 쓴 『엘리아의 수필』에서 화자이자 찰스 램의 가명.

어떤 보조 요원도 고용하지 않으려는 반복 않으려는 것이라고 나는 믿음 마침표 B 문단 시작 당신에게 전달된 질문 사항들에 대한 경제적 정치적 보고서를 곧장 59200에게 보낼 것 마침표 C 문단 시작 지랄 같은 레이스 끈은 킹스턴 제일 결핵 메시지로 전달해야 함 끝.〉

마지막 문단은 화가 담긴 횡설수설 효과가 있었고, 그 때문에 워몰드는 걱정되었다. 워몰드는 자신이 그들(〈그들〉이 누구든 간에) 눈에 돈만 받고 아무것도 주지 않는 인간으로 보인다는 사실을 처음으로 깨달았다. 그 생각에 심란해졌다. 그때까지 워몰드는 자신이 묘한 선물을 받았으며, 그 덕분에 밀리는 컨트리클럽에서 승마를 하고, 자신은 탐내던 책 몇 권을 영국에서 주문할 수 있었다고 생각했던 것이다. 남은 돈은 은행에 넣어 두었다. 언젠가 호손에게 돈을 돌려줘야 할 수도 있다는 생각이 어느 정도 들었기 때문이다.

워몰드는 생각했다. 〈뭔가 해야만 해. 신원 조회할 사람들 이름을 주고, 보조 요원을 고용해서 그쪽을 기쁘게 해야만 해.〉 그는 밀리와 가게 놀이를 할 때 밀리가 물건을 사는 척하며 자기 용돈을 그에게 주던 기억을 떠올렸다. 게임을 하려면 그래야 했으니까. 하지만 늘 얼마 지나지 않아 밀리는 자기 돈을 돌려달라고 요구했다.

워몰드는 보조 요원을 어떻게 고용할지 생각해 보았다. 호손이 〈자신〉을 어떻게 고용했는지 잘 생각나지 않았다. 생각나는 건 화장실에서 있었던 일이 전부였다. 하지만 확실히 화장실이 필수 요소는 아니었다. 그는 적당히 쉬워 보이는 일부터 시작하기로 결정했다.

「저를 찾으셨다고요, 세뇨르 보르멜.」 무슨 이유에서인지 로페스는 워몰드라는 이름을 정확히 발음하지 못했다. 하지만 로페스를 대신할 마땅한 사람을 구할 수도 없고, 워몰드를 두 번 연속 똑같은 이름으로 부르는 경우도 드물었다.

「자네와 이야기를 좀 했으면 해서, 로페스.」

「Si(네), 세뇨르 보멜.」

워몰드가 말했다. 「나와 오랫동안 같이 일했지. 우리는 서로를 믿어.」

로페스는 완벽하게 믿는다는 뜻에서 손으로 자기 심장을 가리켰다.

「매달 돈을 조금 더 벌고 싶은가?」

「어, 당연히요…… 제가 먼저 말씀드리려고 했습니다, 세뇨르 오멜. 곧 아기가 태어납니다. 20페소 정도?」

「이건 가게와 관련 없는 일이야. 장사가 너무 안 돼, 로페스. 이건 비밀스러운 일이야, 내 개인적인 일이고. 알겠지?」

「아, 네, 세뇨르. 개인 용무요. 저를 믿으셔도 됩니다. 저는 입이 무겁습니다. 물론 세뇨리타에게도 아무 말 하지 않을 겁니다.」

「내 말을 〈제대로〉 이해하지 못한 것 같군.」

「남자가 어떤 나이쯤 되면,」 로페스가 말했다. 「더는 스스로 여자를 찾고 싶은 생각이 없어지지요. 골칫거리에서 벗어나 명령을 내리고 싶어 하고요. 〈오늘 밤은 좋아, 내일 밤은 싫어.〉 그 사람이 믿는 누군가에게 지시를 내리……」

「내 말은 그런 의미가 아니야. 내가 하려던 말은…… 음, 여자와는 아무런…….」

「저와 얘기할 땐 부끄러워하실 필요 없습니다, 세뇨르 보르몰레. 저는 사장님과 오랫동안 함께했습니다.」

「자네는 오해하고 있어.」 워몰드가 말했다. 「나는 절대 그럴 의향이…….」

「사장님 같은 위치의 영국인들에겐 샌프란시스코 같은 장소가 적당하지 않다는 거 압니다. 심지어 맘바 클럽도요.」

워몰드는 자신이 무슨 말을 하든 이 직원의 청산유수를 막을 수 없으며, 아바나의 핵심 주제에 휘말렸다는 사실을 깨달았다. 아바나에서 성매매는 그 도시의 주요 상품일 뿐 아니라 남자 인생의 raison d'être(존재 이유)였다. 사람들은 성을 사고팔았다. 비물질적이었지만, 절대로 공짜는 아니었다.

「젊은이는 변화가 필요하죠.」 로페스가 말했다. 「특정한 나이의 남자 역시 마찬가지입니다. 젊은이들은 모르는 것에 대한 호기심 때문에 그러지만, 나이 든 이들은 둔해진 욕구를 되살리기 위해서랍니다. 사장님 뜻을 받드는 데는 절 따라올 사람이 없죠. 전 사장님을 쭉 지켜봐 왔으니까요, 세뇨르 베넬. 사장님은 쿠바 사람이 아닙니다. 사장님에게는 여자의 엉덩이 모양보다 사근사근한 행동이 더 중요하지요.」

「자네는 나를 완전히 오해하고 있어.」 워몰드가 말했다.

「오늘 저녁 세뇨리타는 콘서트에 갑니다.」

「자네가 그걸 어떻게 알지?」

로페스는 그 질문을 무시했다. 「세뇨리타가 외출한 동안,

저는 사장님에게 젊은 숙녀를 데려오겠습니다. 만약 그 여자가 맘에 들지 않으면 다른 여자를 데려오겠습니다.」

「그런 일은 전혀 할 필요 없어. 내가 원하는 건 그런 일이 아니야, 로페스. 내가 원하는 건…… 음, 자네가 두 눈을 크게 뜨고 두 귀를 쫑긋 세우고 내게…….」

「세뇨리타에 대해 보고하는 건가요?」

「맙소사, 아니야.」

「그러면 뭐에 대해 보고하는 건가요, 세뇨르 봄몰드?」

워몰드가 말했다. 「그게, 뭐냐 하면…….」 하지만 워몰드는 로페스가 무슨 주제에 대해 보고할 능력이 있는지 도무지 감이 잡히지 않았다. 그는 기다란 질문지에서 몇 가지밖에 기억나지 않았고, 〈군대에 공산주의자가 침투했을 가능성. 작년 설탕과 담배의 실제 생산량〉 따위 중 그 어느 것도 적당하지 않아 보였다. 물론 로페스가 청소기를 고치러 가는 사무실들에 휴지통이 있기는 하지만, 드레퓌스 사건은 분명 호손이 농담 삼아 한 얘기일 터였다. 호손 같은 사람도 농담을 한다면 말이다.

「뭔가요, 세뇨르?」

워몰드가 말했다. 「나중에 말해 줄게, 그만 가게로 가봐.」

2

다이키리를 마시는 시간이 되어, 닥터 하셀바허는 원더 바에서 두 번째 스카치를 마시며 행복해했다. 「아직도 걱정하고 있나요, 워몰드 씨?」 닥터 하셀바허가 말했다.

「네, 아직도 걱정하고 있습니다.」

「여전히 그 청소기, 원자로 청소기 때문에요?」

「청소기 문제가 아닙니다.」 워몰드는 자기 다이키리를 들이켜고 한 잔 더 주문했다.

「오늘은 아주 빨리 마시는군요.」

「하셀바허, 당신은 돈이 필요하다고 느낀 적이 한 번도 없으시죠? 하긴, 아이가 없으니까요.」

「당신도 얼마 지나지 않아 그렇게 될 겁니다.」

「전 그렇지 않을 것 같습니다.」 위로는 다이키리처럼 차가웠다. 「시간이 되면, 하셀바허, 저는 밀리와 함께 여기를 떠났으면 합니다. 저는 밀리가 캡틴 세구라 같은 자 옆에서 깨어나는 걸 원치 않아요.」

「이해할 수 있습니다.」

「저번에, 저는 돈을 제안받았습니다.」

「그래요?」

「정보를 주는 대가로요.」

「무슨 정보인데요?」

「비밀 정보입니다.」

닥터 하셀바허가 한숨을 쉬었다. 그가 말했다. 「당신은 운이 좋군요, 워몰드 씨. 그런 정보는 늘 쉽게 줄 수 있지요.」

「쉽게요?」

「만약 그게 진짜로 비밀이면, 당신만이 그걸 알지요. 당신에게는 약간의 상상력만 있으면 됩니다, 워몰드 씨.」

「그쪽에서는 저보고 스파이로 일할 사람들을 고용하라는 군요. 어떻게 해야 스파이를 고용할 수 있단 말입니까, 하셀 바허?」

「그 사람들도 꾸며 내면 됩니다, 워몰드 씨.」

「마치 경험이 있는 것처럼 말씀하시는군요.」

「제 경험은 의학 쪽이죠, 워몰드 씨. 비밀스럽게 전수되었다는 치료 약의 광고 같은 걸 한 번도 본 적이 없으신가요? 붉은 인디언 부족의 추장이 죽기 직전에 몰래 알려 줬다는 발모제 따위요. 비밀스러운 치료 약은 제조법을 인쇄할 필요가 없지요. 그리고 〈비밀〉에는 사람들이 그걸 믿게 만드는 뭔가가 있습니다……. 아마도 마법의 유물이겠죠. 제임스 프레이저의 『황금 가지』를 읽어 보셨습니까?」

「책 암호라고 들어 보셨습니까?」

「그래도 저한테 너무 많이 말하지는 마십시오, 워몰드 씨. 비밀은 제 분야가 아닙니다. 제겐 아이가 없습니다. 부디 저를 당신의 스파이로 만들지는 말아 주십시오.」

「네, 그럴 수야 없지요. 이 사람들은 우리의 우정을 달가워하지 않습니다, 하셀바허. 당신과 거리를 두기를 원하더군요. 그 사람들은 당신의 신원을 조회하고 있습니다. 그 사람들이 남들의 신원을 조회하는 걸 어떻게 생각하십니까?」

「모르겠습니다. 조심하십시오, 워몰드 씨. 그 사람들 돈을 받기는 하되, 뭔가를 건네지는 마십시오. 당신은 세구라 같은 이들에게 공격받기 쉽습니다. 그냥 거짓말하고 자유를 누리십시오. 그자들은 진실을 알 가치가 없습니다.」

「그자들이라니, 누구를 말하시는 겁니까?」

「왕국들, 공화국들, 권력자들요.」하셀바허는 잔을 단숨에 비웠다. 「저는 그만 가서 배양 조직이나 봐야겠습니다, 워몰드 씨.」

「아직 아무 일도 일어나지 않았나요?」

「네, 다행히 아무 일도 없었습니다. 아무 일도 벌어지지 않는 한 뭐든 가능하지요, 안 그렇습니까? 복권 결과가 자꾸만 나온다는 게 안타깝네요. 저는 일주일마다 14만 달러씩 잃고, 그래서 가난합니다.」

「밀리의 생일을 잊지는 않으셨겠죠?」

「신원 조회를 당하는 게 좋은 일은 아닐 테니, 제가 가지 않는 것이 낫지 않을까요? 하지만 잊지 마십시오, 거짓말하는 한 아무 해도 없을 겁니다.」

「저는 그자들의 돈을 받았습니다.」

「그자들의 돈은 전부 당신과 저 같은 이에게서 빼앗아 간 것입니다.」

그는 원더 바의 자재 문을 열고 나갔다. 닥터 하셀바허는 도덕에 관해 전혀 말하지 않았다. 그건 의사가 다루는 분야가 아니었다.

3

위몰드는 밀리의 방에서 컨트리클럽 회원 명단을 찾았다. 그는 명단이 어디 있는지 이미 알고 있었다. 명단은 『여성 승마인 연감』 최신 호와 〈조랑말〉 트래거스 씨가 쓴 『하얀 암말』이라는 소설 사이에 있었다. 그는 적당한 스파이를 찾기 위해 컨트리클럽에 가입했고, 이제 스무 장도 넘는 종이에 장마다 두 단씩 후보들의 이름이 가득 적힌 명단이 그의 손에 있었다. 그의 눈에 앵글로색슨 이름이 들어왔다. 빈센트 C. 파크먼. 아마도 얼의 아버지인 듯했다. 위몰드 생각에는 세상의 모든 파크먼을 한 가족으로 여겨야 마땅할 듯했다.

암호를 작성하기 위해 앉았을 때, 그는 다른 이름 두 개를 더 고른 상태였다. 공학자인 시푸엔테스, 그리고 교수인 루이스 산체스였다. 누군지는 모르지만 그 교수는 경제 첩보에 적합한 후보 같았고, 공학자는 기술 정보를 제공할 수 있을 듯했고, 파크먼 씨는 정치 쪽이었다. 그는 『셰익스피어 이야기』를 펼쳐 놓고(〈행복이 함께하기를〉이라는 열쇠 문장을 고른 상태였다) 암호 작성을 시작했다. 〈1월 25일의 1번 A 문단 시작 나는 보조 요원을 모집했고 그를 59200/5/1로 지명했음 마침표 매월 15페소의 급료를 제안함 마침표 B 문단 시작 부디 다음 인물의 신원 조회를…….〉

위몰드 생각에 이렇게 암호를 작성하는 건 엄청난 시간과 돈의 낭비 같았지만, 가게에서 구매하는 모든 물건은 설사 유리구슬 하나일지라도 꼭 포장지에 싸야 한다고 주장하는 밀리처럼, 호손은 이게 절차의 일부라고 말했다. 〈C 문단 시작 요청한 경제 보고서는 곧 행낭에 담아 전달할 것임.〉

기다리며 경제 동향 보고서를 작성하는 것 말고는 달리 할 수 있는 게 없었다. 그는 매우 괴로웠다. 워몰드는 로페스에게 설탕과 담배 산업에 대해 구할 수 있는 모든 정부 발행 관보를 사 오라고 시켰다. 그게 로페스의 첫 번째 임무였다. 이제 워몰드는 날마다 몇 시간씩 지방 신문들을 읽으며 교수나 공학자가 쓸 법한 문장이 나오는지 확인했다. 킹스턴이나 런던에 있는 누군가가 아바나의 신문을 일일이 확인할 것 같지는 않았다. 심지어 그는 조악하게 인쇄된 신문들에서 새로운 세상을 발견하기까지 했다. 그동안 세상을 이해하는 데 『뉴욕 타임스』나 『헤럴드 트리뷴』에 너무 의지해 온 듯했다. 원더 바에서 모퉁이를 돌아간 곳에서 젊은 여자 한 명이 칼에 찔려 죽었다. 〈사랑의 순교자〉였다. 아바나는 이런저런 순교자들로 가득했다. 하룻밤 사이 트로피카나에서 거액을 잃은 한 남자는 무대로 올라가 유색인 가수를 껴안아 본 뒤, 자동차를 타고 바다에 뛰어들어 죽었다. 또 다른 남자는 바지 멜빵으로 꼼꼼하게 목을 매어 죽었다. 기적들도 일어났다. 성모 마리아의 그림이 짭짤한 눈물을 흘렸고, 불가사의하게도 성모 마리아 앞에서 촛불 하나가 금요일부터 금요일까지 일주일간 꺼지지 않고 탔다. 하지만 폭력과 열정과 사랑의 세상에서 캡틴 세구라의 희생자들은 제외되어 있었다. 그들은 고통받고 죽었지만, 언론의 관심을 받지 못했다.

경제 동향 보고서 작성은 지루한 작업이었다. 워몰드는 타자를 할 때 두 손가락만 썼고, 타자기의 도표 작성 장치 사용법을 몰랐기 때문이다. 본부의 누군가가 두 개의 보고서를 비교할 경우에 대비해서 그는 공식 통계치를 조작해야 했고, 그러다가 어떤 때는 숫자를 바꿨다는 사실을 잊곤 했다. 워몰드는 덧셈과 뺄셈이 장기라고 할 수 없는 사람이었다. 소수점을 잘못 찍곤 했으며, 그걸 고칠 때마다 여러 열의 숫자도 함께 바꿔야 했다. 마치 동전 게임기의 미니어처 자동차를 조종하는 것 같았다.

일주일 뒤, 워몰드는 답장이 없어 걱정되기 시작했다. 호손이 수상한 낌새를 챈 걸까? 하지만 영사관의 호출을 받고 워몰드는 잠시 기운이 났다. 영사관에서는 부루퉁한 직원이 그에게 무슨 이유에서인지 〈루크 페니 씨〉라고 적힌 봉인된 봉투를 내밀었다. 봉투 안에는 〈헨리 레드베터 시민 연구소〉라고 적힌 또 다른 봉투가 들어 있고, 59200/5라고 적힌 세 번째 봉투에 3개월 치 급료와 경비가 쿠바 지폐로 들어 있었다. 워몰드는 그 돈을 가지고 오비스포의 은행으로 갔다.

「가게 계좌로 입금인가요, 워몰드 씨?」

「아니요, 개인 계좌요.」 하지만 은행원이 돈을 세는 동안 그는 죄책감이 들었다. 마치 회삿돈을 횡령하는 듯한 느낌이었다.

2장

1

열흘이 지났지만 아무런 답장도 오지 않았다. 워몰드는 자신이 추천한 가짜 스파이의 신원 조회가 끝나고 채용 허락을 받기 전에는 그 스파이가 제공한 걸로 되어 있는 경제 동향 보고서를 보낼 수 없었다. 워몰드가 아바나 바깥의 소매상들, 즉 마탄사스, 시엔푸에고스, 산타클라라, 산티아고를 연례 방문하는 시기가 되었다. 워몰드는 으레 그의 낡은 힐만을 타고 그 도시들을 방문하곤 했다.

떠나기 전, 그는 호손에게 전보를 보냈다. 〈진공청소기 소매점들을 방문한다는 구실로, 마탄사스의 항구, 산타클라라의 공업 기지, 시엔푸에고스의 해군 본부, 산티아고의 반정부 세력 중심지에서 요원들을 고용할 수 있는지 알아볼 것임. 하루에 50달러의 경비가 들 것으로 예상.〉

그는 밀리에게 키스를 했고, 자신이 없는 동안 캡틴 세구라의 차를 타지 않겠노라는 약속을 받아 냈으며, 원더 바에서 닥터 하셀바허와 이별의 술잔을 나누었다.

2

1년에 한 번 있는 출장 때마다 워몰드는 노샘프턴에 사는 여동생에게 편지를 썼다(아마도 전처인 메리에게 편지를 썼다면 밀리와 떨어져 있을 때 느끼는 외로움이 조금이나마 덜했을 것이다). 또한 언제나 조카를 위해 최신 쿠바 우표를 동봉했다. 그 아이는 여섯 살 때부터 우표를 모았고, 시간이 쏜살같이 흘렀지만, 무슨 이유인지 워몰드는 조카가 이제는 열일곱 살 훌쩍 넘었으며 아마도 오래전에 우표 수집을 그만뒀을 수도 있다는 생각을 하지 못했다. 어쨌든 조카는 워몰드가 우표들 옆에 접어 둔 쪽지를 읽기에 너무 나이가 들었을 게 분명했다. 그건 심지어 밀리에게조차 너무 유치하고, 조카는 밀리보다 몇 살이나 많았다.

〈사랑하는 마크에게,〉 워몰드는 쪽지에 이렇게 썼다. 〈여기 네 우표 수집에 더할 우표들을 약간 보낸다. 이제 꽤 많이 모았겠구나. 아쉽게도 이번 우표들은 그리 흥미로운 게 없어. 네가 과테말라 것이라면서 보여 줬던 멋진 우표들과 달리 쿠바에는 새며 짐승이며 나비 우표가 없어서 아쉬워. 사랑하는 삼촌. 추신. 바다를 보며 앉아 있는데, 아주 덥구나.〉

여동생에게는 더 솔직하게 썼다. 〈나는 시엔푸에고스의 만 옆에 앉아 있어. 한 시간 전에 해가 졌는데도 지금 기온이

32도가 넘어. 극장에서는 매릴린 먼로의 영화를 상영하고, 항구에는 《후안 벨몬테》[21] (마드리드에서 보낸 겨울, 투우를 보러 갔던 거 기억해?)라는 묘한 이름의 보트가 한 척 있어. 그 보트의 1등 항해사로 보이는 사람이 내 옆 테이블에서 스페인산 브랜디를 마시고 있어. 그 사람에게는 영화를 보러 가는 것 말고 달리 할 일이 없어. 여기는 세상에서 가장 조용한 항구가 분명해. 분홍색과 노란색 거리들, 술집 몇 개, 설탕 정제소의 커다란 굴뚝, 그리고 잡초가 자란 길의 끝에 있는 《후안 벨몬테》가 전부야. 웬일인지 밀리와 함께 그 보트를 타면 좋겠다는 생각이 드네. 하지만 과연 그럴 수 있을지 모르겠어. 진공청소기가 잘 팔리지 않아. 요즘 시기가 워낙 어수선하다 보니 전력 상황이 좋지 않거든. 어젯밤 마탄사스에서는 세 번이나 정전되었어. 첫 번째 정전 때 나는 욕조에 있었어. 노샘프턴까지 편지로 알리기에는 시시한 일들이네.

내가 불행하다고 생각하지는 마. 우리가 사는 곳에 대해서는 할 이야기가 많아. 가끔 고향으로 돌아가서 부츠나 울워스, 카페에 가기가 두렵다는 생각이 들어. 그리고 이제는 화이트호스에서조차 나는 이방인일 거야. 아까 말한 1등 항해사는 이제 여자와 함께 있어. 아마 마탄사스에도 여자가 있을 거라고 생각해. 그리고 그 사람은 마치 고양이에게 약을 먹이듯 여자 목구멍으로 브랜디를 쏟아붓고 있어. 해가 지기 직전에는 빛이 끝내줘. 태양 빛이 바다에 길게 반사되고, 바닷새들은 백랍색 파도를 배경으로 검은 얼룩처럼 보여. 낮에

21 스페인 역사상 가장 유명한 투우사 중 한 명.

는 빅토리아 여왕을 닮아 보이는 파세오의 커다란 흰색 조상이 이제는 엑토플라즘[22] 덩어리처럼 보이고. 구두닦이들은 모두 자기 상자를 챙겨 분홍색 주랑 안의 안락의자 밑에 넣었어. 난 마치 서고용 사다리에 올라타듯 인도 위 높은 곳에 앉아 두 발을 페니키아인이 가져왔을 듯한 작은 청동 해마 두 마리의 등에 올려. 왜 이렇게 향수에 젖는 걸까? 아마도 돈을 조금 모았고, 곧 이곳을 영원히 떠나는 문제에 대해 결정을 내려야 하기 때문일 거야. 밀리가 과연 런던 북부의 회색 거리에서 비서 교육 대학을 다니는 데 만족할지 모르겠어.

앨리스 이모는 잘 지내셔? 그리고 그분의 그 유명한 귀지 관련해 새로운 소식은 없고? 에드워드 삼촌은 어떻게 지내셔? 아니면 돌아가셨나? 나도 이제 친척들의 갑작스러운 부고가 이상하지 않은 나이가 되었네.〉

위몰드는 계산서대로 값을 치르고 1등 항해사 이름을 물었다. 집에 가면 여행 경비를 정당화하기 위해 신원 조회할 사람의 이름 몇 개는 알려 줘야 한다는 생각이 들었기 때문이다.

3

산타클라라에서 위몰드의 낡은 힐만은 피곤한 노새처럼 그의 발밑에 퍼져 있었다. 차 내부 어딘가 심각하게 고장 난

22 영적인 존재가 나타날 때 발생한다는 물질.

듯했다. 어디가 문제인지는 오직 밀리만 알 터였다. 정비소에서는 수리하는 데 며칠 걸린다고 했다. 워몰드는 버스를 타고 산티아고에 가기로 결정했다. 어쨌든 간에 버스가 더 빠르고 안전할 터였다. 오리엔테주 산악 지역은 반란군들이 점령하고 도로들과 도시들은 정부군이 장악했기 때문에 바리케이드가 자주 보여, 자가용보다 버스 쪽이 지연될 가능성이 덜했다.

그는 저녁에야 산티아고에 도착했다. 저녁은 위험해서 거리가 텅 비는 비공식적인 통행금지 시간대였다. 대성당의 정면을 바라보게 지어진 광장의 모든 가게가 문을 닫은 상태였다. 한 커플이 호텔 앞을 서둘러 지나갔다. 밤은 덥고 습했으며, 푸른 나무들은 희미한 불빛 아래 음울하고 무겁게 드리워져 있었다. 호텔 프런트에서는 워몰드를 마치 스파이 보듯 의심스러운 눈으로 맞았다. 그는 사기꾼이 된 기분이었다. 이 호텔은 진짜 스파이들과 진짜 경찰 정보원들과 진짜 반란군 스파이들이 묵는 곳이었기 때문이다. 우중충한 바에서는 술 취한 남자가 끊임없이 말하고 있었는데, 마치 거트루드 스타인[23]의 〈쿠바는 쿠바는 쿠바다〉와 같은 말을 계속해서 듣는 기분이었다.

워몰드는 낡은 원고처럼 얼룩지고 끄트머리가 접힌 맛없고 퍽퍽한 오믈렛과 시큼털털한 와인으로 저녁 식사를 했다. 식사하는 동안, 그는 닥터 하셀바허에게 보낼 그림엽서에 몇

23 Gertrude Stein(1874~1946). 20세기 초반에 활동한 미국의 작가이자 시인.

줄 적었다. 그는 아바나를 떠나 있을 때면 늘 밀리와 닥터 하셀바허에게, 그리고 가끔은 로페스에게까지 3류 호텔의 3류 그림이 담긴 엽서를 보냈고, 추리 소설에서 범죄 현장을 뜻하려 × 표시를 하듯 그 호텔의 창문에 × 표시를 했다. 〈자동차가 고장 났습니다. 모든 게 아주 조용합니다. 목요일에는 돌아갈 수 있으면 좋겠네요.〉 그림엽서는 외로움의 표현이었다.

9시에 워몰드는 자신의 소매상을 만나러 나갔다. 그는 어두워진 뒤 산티아고의 거리가 얼마나 황량한지 잊고 있었다. 쇠창살 안쪽으로 셔터들이 내려져 있고, 점령된 도시답게 집들은 통행인들에게 등을 돌렸다. 극장이 약간의 조명을 더 밝혔지만, 그 안으로 들어가는 손님은 없었다. 법에 의해 극장은 문을 열어야 했지만, 군인이나 경찰을 제외하고는 어두워진 뒤 그곳에 들어가려는 사람이 없었다. 워몰드는 군 순찰차 한 대가 골목길을 지나가는 걸 보았다.

워몰드는 작고 뜨거운 방 안에서 소매상과 앉았다. 열린 문 너머로 파티오[24]가 있었고, 그 뒤로 야자나무 한 그루와 주철 지붕을 씌운 우물이 보였지만, 바깥 공기는 안쪽과 마찬가지로 뜨거웠다. 두 사람은 흔들의자에 앉아 몸을 흔들며 마주 앉은 서로에게 가까워졌다가 멀어지길 반복했고, 그에 따라 공기가 계속해서 조금씩 움직였다.

판매가 시원찮아요 ── 흔들흔들 ── 산티아고에서는 아무도 전기 제품을 사지 않아요 ── 흔들흔들 ── 이유가 뭔가요?

24 스페인식 가정의 안뜰.

— 흔들흔들. 마치 강조라도 하듯 전깃불이 꺼졌고, 두 사람은 어둠 속에서 흔들의자에 앉아 몸을 흔들었다. 리듬을 놓치는 바람에 둘의 머리가 가볍게 부딪쳤다.

「죄송합니다.」

「제 잘못입니다.」

흔들흔들흔들.

누군가 파티오에서 의자 다리로 바닥을 긁었다.

「아내분인가요?」 워몰드가 물었다.

「아니요, 아무도 아닙니다. 우리 둘뿐입니다.」

워몰드는 의자를 앞으로, 뒤로, 다시 앞으로 흔들면서 파티오에 숨은 이에게 귀를 기울였다.

「그렇군요.」 여기는 산티아고였다. 어느 집이든 도망자를 데리고 있을 터였다. 아무것도 듣지 않는 것이 최선이었고, 아무것도 보지 않는 건 정말로 쉬웠다. 전등이 마지못해 다시 켜져도 필라멘트가 노란색으로 희미하게 빛나는 것이 고작일 때는 더욱 그랬다.

호텔로 돌아오는 길에 경찰 두 명이 그를 멈춰 세웠다. 그들은 이렇게 늦은 시각에 왜 그가 밖에 나와 있는지 알고 싶어 했다.

「이제 겨우 10시인데요.」 워몰드가 말했다.

「10시인데 밖에 나와서 도대체 뭘 하고 있는 겁니까?」

「통행금지가 있는 것도 아니잖습니까.」

갑자기, 아무런 경고도 없이, 경찰 한 명이 그의 따귀를 때렸다. 워몰드는 화가 나는 게 아니라 충격을 받았다. 그는 법을 준수하는 부류에 속했고, 그전까지 경찰은 그의 당연한 보호자였다. 워몰드는 뺨에 손을 대고 말했다. 「대체 당신들 무슨 생각으로…….」 다른 경찰이 워몰드의 등을 가격해, 그는 보도를 따라 몇 걸음 비틀거렸다. 그의 모자가 더러운 배수구 속으로 떨어졌다. 워몰드는 〈모자를 돌려주십시오〉라고 말했으나, 누군가에게 다시 밀쳐지는 것을 느꼈다. 그는 영국 영사관에 대해 뭔가 말하기 시작했지만, 도로 건너편의 보도로 떠밀린 다음, 계속해서 비틀비틀 내몰렸다. 이번에는 어느 문을 지나 책상 앞에 도착했다. 책상에서는 어떤 남자가 팔로 머리를 괸 채 자고 있었다. 그는 잠에서 깨더니 워몰드에게 호통을 쳤다. 그자가 한 가장 유순한 표현은 〈돼지〉였다.

워몰드가 말했다. 「저는 영국인이고, 이름은 워몰드이며, 주소는 아바나, 람파리야 스트리트 37번지입니다. 나이는 마흔다섯이고, 이혼했고, 영사관에 전화를 하고 싶습니다.」

워몰드를 돼지라 부른, 팔에 경사 계급을 뜻하는 갈매기형 수장을 단 남자가 여권을 보여 달라고 말했다.

「지금은 없습니다. 제 여권은 호텔의 서류 가방에 있습니다.」

그를 잡은 경찰 가운데 한 명이 만족스레 말했다. 「신분증도 없이 거리를 다니는 걸 발견했습니다.」

「주머니를 뒤져 봐.」 경사가 말했다. 그들은 워몰드의 지갑, 그리고 닥터 하셀바허에게 쓴 그림엽서(깜박하고 아직 부치지 못했다), 호텔 바에서 산 올드 그랜드대드 미니어처 위스키 한 병을 꺼냈다. 경사는 술병과 그림엽서를 살폈다.

경사가 말했다. 「왜 이 병을 가지고 다니는 겁니까? 안에 뭐가 들었습니까?」

「무슨 말입니까?」

「반란군들은 병으로 수류탄을 만듭니다.」

「이렇게 작은 병은 절대 아닐 겁니다.」

경사가 코르크를 빼고 킁킁거리며 냄새를 맡더니 손바닥에 내용물을 조금 따랐다. 「위스키 같군요.」 경사가 말하고는 그림엽서로 주의를 돌렸다. 그가 말했다. 「이 그림 위에 × 표시는 왜 한 겁니까?」

「제가 묵는 방 창문입니다.」

「당신이 묵는 방 창문을 왜 알리는 겁니까?」

「안 될 게 뭡니까? 그건 단지…… 음, 여행할 때 버릇 가운데 하나일 뿐입니다.」

「창문으로 누군가 오기로 되어 있습니까?」

「당연히 아닙니다.」

「닥터 하셀바허가 누굽니까?」

「오랜 친구입니다.」

「그 사람이 산티아고로 오고 있습니까?」

「아닙니다.」

「그러면 당신 방이 어디인지 그 사람에게 왜 알리려는 겁니까?」

위몰드는 범죄자들에겐 자명한 사실, 즉 권력을 쥔 자에게는 그 어떤 설명도 불가능하다는 사실을 깨닫기 시작했다.

위몰드가 충동적으로 말했다. 「닥터 하셀하버는 여자입니다.」

「여자 의사라고요!」 경사가 말도 안 된다는 어투로 외쳤다.

「철학 박사[25]입니다. 아주 아름다운 여인입니다.」 위몰드는 손으로 허공에 곡선을 두 개 그렸다.

「그 여자는 산티아고에서 당신을 만나기로 했고요?」

「아니, 아닙니다. 하지만 여자랑 어떻게 해야 하는지 아시잖습니까, 경사님. 여자들은 자기 남자가 어디서 자는지 알고 싶어 하지요.」

「그 여자와 연인 관계입니까?」 분위기가 좀 나아졌다. 「그렇다고 해서 당신이 밤에 거리를 나다니는 이유가 설명되지는 않습니다.」

「그러면 안 된다는 법은…….」

「없지요. 하지만 분별 있는 사람이라면 집에 있지요. 오직 선동자들만 밖에 나옵니다.」

「에마 생각에 잠을 이룰 수가 없었습니다.」

「에마가 누굽니까?」

「닥터 하셀바허요.」

경사가 천천히 말했다. 「당신 주장에는 뭔가 미심쩍은 게 있습니다. 냄새가 납니다. 당신은 제게 진실을 말하고 있지 않습니다. 만약 에마와 사랑에 빠져 있다면, 당신은 왜 산티아고에 와 있는 겁니다.」

「그 여자 남편이 의심하고 있습니다.」

25 닥터에는 〈의사〉와 〈박사〉라는 뜻이 있다.

「그 여자에게 남편이 있다고요? No es muy agradable(아주 좋지 않군요). 당신은 가톨릭입니까?」

「아닙니다.」

경사는 엽서를 집어 들고 다시 살폈다. 「침실 창문에 × 표시, 이것도 아주 좋지 않습니다. 그 여자는 이걸 남편에게 어떻게 설명하겠습니까?」

위몰드가 재빨리 생각했다. 「그 여자 남편은 장님입니다.」

「그리고 그것 역시 좋지 않습니다, 전혀 좋지 않아요.」

「이자를 한 대 더 때릴까요?」 위몰드를 데려온 경찰 가운데 한 명이 물었다.

「서두를 필요 없어. 우선 신문부터 마치고. 이 에마 하셀바허라는 여자를 얼마나 알고 지냈습니까?」

「일주일입니다.」

「일주일이라고요? 당신이 말하는 건 전부 좋지 않습니다. 당신은 개신교도이고, 상간남입니다. 이 여자를 어떻게 만났습니까?」

「캡틴 세구라가 소개해 줬습니다.」

엽서를 든 경사의 손이 공중에서 얼어붙었다. 경찰 한 명이 침을 꼴깍 삼키는 소리가 위몰드의 귀에 들렸다. 한참 동안 모두가 침묵에 잠긴 채 아무 말도 하지 않았다.

「캡틴 세구라요?」

「네.」

「캡틴 세구라를 압니까?」

「제 딸의 친구입니다.」

「즉, 당신은 딸이 있군요. 당신은 결혼했군요.」경사가 다시 말하기 시작했다. 「그건 좋지…….」그때 경찰 한 명이 말을 가로챘다. 「이자는 캡틴 세구라를 압니다.」

「당신이 진실을 말하고 있는지 제가 어떻게 알죠?」

「캡틴 세구라에게 전화해서 확인해 보시죠.」

「아바나로 전화를 연결하려면 몇 시간은 걸릴 겁니다.」

「저는 밤에 산티아고를 떠날 수 없습니다. 호텔에서 당신을 기다리겠습니다.」

「아니면 여기 경찰서 유치장에서 기다려도 되지요.」

「그건 캡틴 세구라가 좋아하지 않을 거라고 생각합니다.」

경사는 그 문제에 대해 오랫동안 생각했고, 그러면서 워몰드의 지갑 속을 살폈다. 이윽고 그는 워몰드를 데려온 경찰 가운데 한 명에게 그를 호텔에 데려다주고 여권을 검사하라고 시켰다(경사는 이렇게 하면 자기 체면을 살릴 수 있다고 생각한 게 분명했다). 워몰드는 어색한 침묵 속에서 경찰과 함께 걸어서 호텔로 돌아갔고, 침대에 누운 뒤에야 닥터 하셀바허에게 보내려던 그림엽서를 경사의 책상에 두고 왔다는 생각이 났다. 하지만 아무래도 좋았다. 아침에 다시 한 장 쓰면 될 일이었다. 인간은 삼라만상이, 심지어 그림엽서 한 장까지도 모두 얽혀 있다는 사실을 깨닫지 못하고 아무렴 어떠냐고 경솔하게 넘어가는 우를 범하곤 한다.

3일 후 워몰드는 산타클라라로 가는 버스를 탔다. 힐만은 수리가 끝나 있었다. 아바나로 가는 길에는 아무 문제도 일어나지 않았다.

3장

늦은 오후, 워몰드가 아바나에 돌아오자 굉장히 많은 전보가 기다리고 있었다. 밀리가 남긴 메모도 하나 있었다. 〈어떠셨어요? 아빠도 아시는 그 사람이〉(하지만 워몰드는 밀리가 누구를 말하는지 알지 못했다) 〈굉장히 들이댔어요. 하지만 나쁜 식으로는 아니고요. 닥터 하셀바허가 아빠를 급히 만나고 싶어 하세요. 사랑해요. 추신. 컨트리클럽에서 말을 타고 있었는데, 사진 기자가 세라피나 사진을 찍었어요. 유명하다는 게 이런 건가요?《가서, 군인들에게 대포를 쏘라고 일러라.》[26]〉

닥터 하셀바허는 나중에 연락해도 되었다. 전보 두 개는 긴급이라고 표시되어 있었다.

〈3월 5일의 2번 A 문단 시작 하셀바허의 신원 조회 결과는 애매함 마침표 접촉 시 최대한 조심하고 가급적 만남을 자제할 것 메시지 끝.〉

빈센트 C. 파크먼은 요원으로 신청하자마자 즉시 거절되

26 셰익스피어의 『햄릿』 5막 2장에 나오는 구절.

었다. 〈다시는 그자와 접촉하지 말 것 반복 말 것 마침표 그 자는 이미 미국 요원일 가능성이 있음.〉

다음 전보(3월 4일의 1번)는 냉랭하게 적혀 있었다. 〈앞으로는 지시한 대로 전보 하나에 한 가지 주제로 한정할 것.〉

3월 5일의 1번은 훨씬 고무적이었다. 〈교수인 산체스와 공학자인 시푸엔테스는 아무 문제 없음 마침표 둘은 고용해도 됨 마침표 아마도 그 정도 직위의 사람들이라면 최대 지출 한도액 이상을 요구하지는 않을 것임.〉

마지막 전보는 다소 맥이 빠졌다. 〈회계과에 따르면 59200/5/1(로페스였다)은 요원으로 등록되었음 하지만 제안한 급료는 유럽 임금 기준에 미치지 못함 급료를 월 25 반복 25페소로 바꿔야 함 메시지 끝.〉

로페스가 계단에서 외치고 있었다. 「닥터 하셀바허 전화입니다.」

「바쁘다고 전해 줘, 나중에 전화한다고 해.」

「빨리 받으시래요, 목소리가 이상합니다.」

워몰드는 아래층으로 가서 전화를 받았다. 그가 말하기 전, 격앙된 늙은 목소리가 들렸다. 워몰드는 이전까지 닥터 하셀바허가 늙었다고 생각한 적이 없었다. 「제발, 워몰드 씨……..」

「네, 무슨 일이십니까?」

「제게 와주십시오. 뭔가 일어났습니다.」

「어디 계십니까?」

「제 아파트에요.」

「무슨 일이 일어난 겁니까, 하셀바허?」

「전화로는 말할 수 없습니다.」

「아프신 겁니까…… 다치셨습니까?」

「단지 그 정도면 좋겠습니다.」 하셀바허가 말했다. 「부디 와주십시오.」 둘이 알고 지낸 그 오랜 세월 동안 워몰드는 하셀바허의 집에 한 번도 간 적이 없었다. 둘은 원더 바에서 만났고, 밀리의 생일에는 레스토랑에서 만났으며, 워몰드가 고열에 시달릴 때 닥터 하셀바허가 람파리야로 왕진 온 적이 딱 한 번 있었다. 밀리의 어머니가 마이애미로 가는 아침 비행기를 타고 떠났을 때, 워몰드가 파세오에서 의자에 앉아 하셀바허 앞에서 운 적이 한 번 있긴 하지만, 둘의 우정은 어느 정도 거리를 두고 유지되었다. 가장 가까운 우정이 언제나 가장 깨지기 쉬운 법이었다. 이제 그는 하셀바허에게 집이 어딘지부터 물어봐야 했다.

「모르세요?」 하셀바허가 당황하며 물었다.

「네.」

「부디 빨리 와주십시오.」 하셀바허가 말했다. 「혼자 있고 싶지 않습니다.」

하지만 이런 저녁 시간에 속력을 내기란 불가능했다. 오비스포는 길이 꽉 막혀, 워몰드가 하셀바허가 사는 특색 없는 블록의 12층짜리 납빛 석조 건물에 도착하기까지 30분이나 걸렸다. 그 건물은 20년 전에는 현대적이었지만, 서쪽으로 옆에 새로 높은 강철 건물들이 생겨나면서 쪼그라들고 빛이 바랬다. 그 건물은 금속 프레임 의자 시대에 속했다. 닥터 하셀바허가 워몰드를 안으로 들였을 때 처음으로 본 것도 바로 금속 프레임 의자였다. 그 의자와 라인강의 성이 담긴 낡은 컬러 인쇄물이 그를 맞이했다.

목소리와 마찬가지로 닥터 하셀바허는 갑자기 늙은 듯했다. 피부색이나 머리색 때문이 아니었다. 주름지고 늘어진 피부는 이미 거북의 등딱지처럼 그 상태로 굳어지고, 세월에 허옇게 센 머리는 더는 색이 바래려야 바랠 곳이 없었다. 하지만 표정이 달라져 있었다. 삶에 대한 전체적인 분위기에 폭력으로 고통받은 흔적이 있었다. 닥터 하셀바허는 더는 낙천주의자가 아니었다. 그가 공손히 말했다. 「와주셔서 고맙습니다, 워몰드 씨.」 워몰드는 이 노인이 자신을 파세오에서 원더 바로 데려가 술잔을 채워 주고, 계속 말하고, 알코올과 웃음과 불가항력의 희망으로 상처를 소독해 주던 날이 떠올랐다. 워몰드가 물었다. 「무슨 일이 있었던 겁니까, 하셀바허?」

「안으로 들어오시죠.」 하셀바허가 말했다.

거실은 엉망진창이었다. 못된 말썽꾸러기 아이가 금속 프레임 의자들 사이에서 이걸 열어 보고 저걸 뒤집어 보고, 내키는 대로 부수고 망가뜨린 것만 같았다. 맥주잔을 들고 있는 젊은이들의 사진이 액자에서 빠져나와 찢겨 있었다. 「웃고 있는 기사」[27]의 컬러 복제품은 소파 위 벽에 여전히 걸려 있었지만, 소파의 쿠션 세 개 가운데 하나는 배가 갈린 채 펼쳐져 있었다. 찬장의 내용물(낡은 편지들과 청구서들)은 바닥에 흩어져 있고, 검은 리본을 묶은 선명한 황금색 머리카

27 네덜란드의 화가 프란스 할스가 1624년에 그린 그림.

락 한 올이 그 잔해들 사이에 깨끗하게 씻어 놓은 물고기처럼 놓여 있었다.

「왜 이렇게 된 겁니까?」 워몰드가 물었다.

「그건 별로 중요하지 않습니다.」 하셀바허가 말했다. 「하지만 여기로 와보십시오.」

실험실로 개조한 작은 방은 난장판이 되어 있었다. 잔해 속에서 가스버너의 불꽃이 아직도 살아 있었다. 닥터 하셀바허가 버너의 불을 껐다. 그는 실험관 하나를 집어 들었다. 내용물이 싱크대 위로 흘러나와 있었다. 그가 말했다. 「당신은 이해하지 못할 겁니다. 저는 여기에서 아주 귀중한 걸 배양...... 아니, 맘 쓰지 마십시오. 어차피 아무런 결과물도 얻지 못할 걸 알고 있었으니까요. 그냥 한바탕 꿈이었을 뿐입니다.」 닥터 하셀바허가 높낮이 조절이 가능한 높은 금속 프레임 의자에 털썩 앉았다. 그러자 의자 다리가 그의 무게를 견디지 못하고 아래로 쑥 내려앉아 그를 바닥에 내팽개쳤다. 비극의 현장에는 언제나 누군가 버려 둔 바나나 껍질이 있는 법. 하셀바허는 일어나서 바지를 털었다.

「언제 이렇게 된 겁니까?」

「전화가 왔습니다. 왕진을 요청하는 전화였죠. 뭔가 이상하다고 느꼈지만, 그래도 가야만 했습니다. 가지 않았다가 환자에게 무슨 일이라도 생기면 안 되니까요. 돌아와 보니 〈이런〉 상태였습니다.」

「누가 이런 겁니까?」

「모릅니다. 일주일 전에 누군가 전화했는데, 모르는 사람이었습니다. 그 사람은 저더러 자기를 좀 도와달라고 했습니다. 하지만 의사로서 해달라는 일은 아니었지요. 저는 거절했습니다. 그자는 저한테 동쪽을 지지하는지 서쪽을 지지하는지 묻더군요. 저는 그자와 농담을 하려고 중간을 지지한다고 했습니다.」 닥터 하셀바허는 비난하듯 말했다. 「몇 주 전에 당신도 같은 질문을 했었죠.」

「저는 그냥 농담한 거였습니다, 하셀바허.」

「압니다, 용서하십시오. 그자들이 한 가장 끔찍한 일은 이렇게 모든 일에 의심을 불러일으킨 겁니다.」 닥터 하셀바허는 싱크대 안을 물끄러미 바라보았다. 「유치한 꿈이지요. 물론 저도 압니다. 플레밍[28]은 우연한 일에서 영감을 받아 페니실린을 발견했죠. 하지만 우연과 영감은 서로 연결되어야만 합니다. 2류 의사에게는 절대로 그런 우연이 일어날 수 없지만, 그건 그자들이 상관할 바가 아니죠. 안 그렇습니까? 제가 꿈을 원한다고 할지라도 말입니다.」

「무슨 말인지 이해하지 못하겠습니다. 이 일의 배경이 뭡니까? 정치적인 뭔가가 있습니까? 그자의 국적이 뭐였습니까?」

「그자는 저처럼 영어를 썼고, 악센트가 있었지요. 요즘에는 사방에서 사람들이 말할 때 악센트가 있지요.」

「경찰에 전화했습니까?」

28 Sir Alexander Fleming(1881~1955). 영국의 세균학자. 1928년 포도상 구균 배지에서 인플루엔자 바이러스에 관한 연구를 하던 중 우연히 배양기에 발생한 푸른곰팡이 주위가 무균 상태라는 사실에서 영감을 받아 페니실린을 발견했다.

「제가 아는 바에 따르면,」 닥터 하셀바허가 말했다. 「〈그자〉가 경찰이었습니다.」

「뭔가 없어진 게 있습니까?」

「네, 몇 가지 서류요.」

「중요한 건가요?」

「애초에 가지고 있으면 안 되는 것들이었습니다. 30년도 더 된 것들입니다. 젊을 때는 이런저런 일에 얽히게 되지요. 세상에 깨끗하게만 사는 사람은 없습니다, 워몰드 씨. 하지만 저는 과거는 과거일 뿐이라고 생각했습니다. 너무 낙관적이었죠. 당신과 저는 여기 사람들과 다릅니다. 우리에게는 나쁜 과거를 묻을 수 있는 고해소가 없습니다.」

「그래도 뭔가 짚이는 게 있으실 겁니다……. 그자들이 다음에는 뭘 할까요?」

「아마도 저를 색인 카드에 기입해 분류하겠죠.」 닥터 하셀바허가 말했다. 「그자들은 자신들이 중요한 일을 했다고 증명해야만 할 테니까요. 아마도 카드에는 제 지위가 격상되어 원자력 과학자로 분류되겠지요.」

「실험을 다시 시작할 수는 없나요?」

「아, 그럼요. 물론 할 수 있을 겁니다. 하지만 아시다시피, 저는 그 실험을 믿지 않았고, 이젠 내용물이 하수구로 흘러가 버렸습니다.」 닥터 하셀바허는 수돗물을 틀어 싱크대를 씻어 냈다. 「저는 이 모든 걸 그냥 오물이었다고 기억할 겁니다. 그건 꿈이었습니다. 이게 현실이지요.」 배수구에 독버섯 조각 같아 보이는 것이 끼었다. 닥터 하셀바허는 손가락으로 그걸 밀어 넣었다. 「와주셔서 고맙습니다, 워몰드 씨. 당신은 진정한 친구입니다.」

「별 도움도 못 되었는데요.」

「당신 덕분에 제가 이 이야기를 할 수 있었지요. 저는 벌써 기분이 나아졌습니다. 제가 지금 이렇게 두려운 건 서류들 때문입니다. 어쩌면 그게 사라진 건 우연일지도 모르겠습니다. 어쩌면 이 난장판 탓에 찾지 못한 것일 수도 있고요.」

「제가 찾는 걸 도와드리겠습니다.」

「아닙니다, 워몰드 씨. 저의 부끄러운 과거를 당신에게 보여 주고 싶지 않습니다.」

거실의 잔해 속에서 함께 술을 한 잔씩 마신 뒤 워몰드는 그곳을 떠났다. 닥터 하셀바허는 「웃고 있는 기사」 그림 아래 무릎을 꿇고 소파 밑을 손으로 쓸었다. 워몰드는 차에 탄 뒤 문을 닫았고, 죄책감이 마치 감방 안의 쥐처럼 자기 주위에서 뭔가 갉아먹는 것을 느꼈다. 어쩌면 둘은 곧 서로에게 익숙해지고, 죄책감이란 쥐는 그의 손에서 먹이를 받아먹는 날이 올 수도 있었다. 이런 짓을 한 자는 워몰드와 같은 부류였다. 화장실 변기에 앉은 채 채용 제안을 수락하는 사람들, 남의 열쇠로 호텔 문을 열고 비밀 잉크와 램의 『셰익스피어 이야기』를 희한하게 써서 지시를 받는 사람들의 짓이었다. 모든 농담에는 언제나 상대가, 희생자가 있었다.

산토크리스토 성당에서 종들이 울리고 있었고, 황금빛 저녁 아래 지붕에서 비둘기들이 날아올라 오레이예 스트리트의 복권 가게들과 오비스포의 은행들 위를 선회했다. 새들처럼 성별을 거의 구별할 수 없을 정도로 어린 남녀 아이들이 검은색과 흰색 교복 차림에 작고 검은 가방을 들고 홀리 이노센트 학교에서 쏟아져 나왔다. 아이들의 나이가 그 아이들의 세계와 59200이 속한 어른들의 세계를 완전히 갈라놓았고, 그 아이들의 잘 믿는 성향 또한 어른들과는 종류가 완전히 달랐다. 워몰드는 말랑말랑해진 마음으로 생각했다. 밀리가 곧 집에 올 터였다. 워몰드는 밀리가 아직 동화를 받아들인다는 게 기뻤다. 처녀가 아이를 잉태하고, 그림들이 어둠 속에서 울거나 사랑의 말을 속삭이는 그런 동화들을. 호손과 같은 부류는 똑같이 잘 믿었지만, 그들이 꿀꺽꿀꺽 받아 삼키는 것은 악몽들, 과학 소설에 나오는 기괴한 이야기들이었다.

　마지못해서 하는 게임이 무슨 의미가 있단 말인가? 적어도 그 사람들이 낸 돈만큼은 즐거워할 만한 뭔가를, 경제 동향 보고서보다 나으면서 파일에 꽂아 둘 만한 뭔가를 제공해야만 했다. 워몰드는 재빨리 초고를 썼다. 〈3월 8일의 1번 A 문단 시작 최근 산티아고로 출장 갔을 때 오리엔테주의 산맥에 거대한 군사 시설을 짓고 있다는 보고를 여러 정보원으로부터 들음 마침표 이 시설은 그 지역을 장악한 소규모 반란군들이 목표로 삼기에 너무 거대함 마침표 그 지역에서 삼림이 빠르게 사라지는 이유가 산불 때문이라고 위장함 마침표 돌들을 운반하기 위해 여러 마을의 농부들이 징용됨 B 문단 시작 산티아고 호텔의 바에서 엄청나게 취한 쿠바나 항공 소속의 스페인 조종사를 만났음 마침표 그 조종사는 아바나에서 산티아고로 가는 비행기에 건물에는 쓸 수 없을 정도로 커다란 콘크리트 플랫폼이 실려 있는 것을 목격했다고 말했음 C 문단 시작 나와 함께 산티아고에 간 59200/5/3은 바야모에 있는 군사 본부 근처에서 위험한 임무를 수행했고 숲으로 옮겨지는 이상한 모양의 기계를 그림으로 그렸음 마침표 이 그림들을 행낭에 넣어 보내겠음 D 문단 시작 아주 위험한 임무를 수행한 그에게 보너스를 지급하고 오리엔테에서 나온 이 보고들의 위협적이고 중대한 성격으로 볼 때 경제 동향 보고서 작성을 한동안 보류할 수 있게 허락해 주길 바람 E 문단 시작 쿠바나 항공 조종사인 라울 도밍게스를 59200/5/4로 채용하려 하니 신원 조회를 요청함.〉

워몰드는 즐거운 마음으로 암호 작성에 들어갔다. 그는 생각했다. 〈내가 이런 일을 할 수 있으리라고는 생각도 못 했어.〉 그는 자부심을 느끼며 생각했다. 〈59200/5가 일은 좀 하지. 유머 감각이 탁월하니 심지어 찰스 램까지 끌어안잖아.〉 그는 217쪽 열두 번째 줄을 골랐다. 〈하지만 저는 커튼을 젖히고 그림을 보여 드리죠. 괜찮은 작품 아닌가요?〉[29]

워몰드는 가게에 있는 로페스를 불렀다. 그는 로페스에게 25페소를 주었다. 워몰드가 말했다. 「이건 첫 번째 달 급료를 미리 주는 거야.」 그는 로페스를 너무나 잘 알기에 5페소를 더 준다고 감사해할 것은 바라지도 않았지만, 로페스가 〈최저 임금은 30페소인데요〉라고 말하자 조금 놀랐다.

「최저 임금이라니, 무슨 말이야? 지금도 회사에서 아주 잘

29 셰익스피어의 희곡 『십이야』 1막 5장을 인용.

주고 있잖아.」

「이건 이 일이 아주 힘들 거라는 뜻입니다.」 로페스가 말했다.

「힘들 거라니? 뭐가? 무슨 일이?」

「개인 업무 보조요.」

「무슨 개인 업무 보조?」

「어려운 일이 분명합니다. 그렇지 않고서야 25페소나 주실 리가 없지요.」 워몰드는 돈 문제 관련 토론에서 로페스를 이긴 적이 없었다.

「가게에서 원자로 청소기를 하나 가져다줘.」 워몰드가 말했다.

「가게에 하나 있는 게 다인데요.」

「여기에 두고 싶어.」

로페스가 한숨을 쉬었다. 「개인 업무 보조 지시인가요?」

「그래.」

혼자 있게 되자 워몰드는 원자로 청소기를 분해해 부속들을 늘어놓았다. 그리고 책상 앞에 앉아 신중하게 그림을 그리기 시작했다. 이윽고 그는 의자에 등을 기댄 채 청소기의 호스 손잡이에서 분리한 분무기, 강력 분사기, 노즐, 연장 파이프 등의 스케치를 보며 생각했다. 〈내가 너무 막 나가는 것 아닐까?〉 그는 그림에 축척이 빠졌다는 걸 깨달았다. 그는 자로 선을 그린 뒤 1인치가 3피트[30]라고 표시했다. 그리고 비교하기 편하도록 노즐 아래에 2인치 높이로 작게 사람을 그

---

30 1인치는 약 2.54센티미터, 1피트는 1인치의 12배로 약 30.48센티미터.

려 넣었다. 그러고는 그림 속 사람에게 말끔한 검은 양복을 입히고, 중산모를 쓰고 우산을 들게 했다.

그날 저녁 밀리가 집에 왔을 때, 워몰드는 책상에 커다란 쿠바 지도를 펼쳐 놓고 첫 번째 보고서를 쓰느라 여전히 바빴다.

「뭐 하세요, 아빠?」

「새로운 직업의 첫발을 내딛는 중이란다.」

밀리는 워몰드의 어깨 너머를 넘겨다보았다. 「작가가 되시려는 거예요?」

「그래, 상상력이 필요한 작가.」

「돈을 많이 벌게 되나요?」

「적당히 벌게 될 거야, 밀리. 만약 내가 집중하고, 정기적으로 쓴다면 말이야. 토요일 저녁마다 이런 수필을 한 편씩 쓸 계획이야.」

「유명해지시는 거예요?」

「그렇지는 않을 거야. 대부분의 작가와 달리, 나는 내 모든 영예를 내 유령들에게 돌릴 거거든.」

「유령들이라고요?」

「진짜 일을 대신 해주는 사람들을 유령이라고 불러. 돈은 작가가 받아 가지만. 내 경우에는, 진짜 일은 내가 하고 영예는 유령들이 받게 될 거야.」

「그래도 돈은 받으실 거죠?」

「아, 그럼.」

「그러면 제가 박차를 한 쌍 살 수 있을까요?」

「당연하지.」

「괜찮으세요, 아빠?」

「기분 최고야. 토머스 얼 파크먼 주니어에게 불을 붙였을 때 너도 이렇게 해방감을 느꼈겠구나.」

「그 이야기는 왜 또 꺼내세요, 아빠? 오래전 일이라고요.」

「왜냐하면 그 일을 한 네가 장해서. 그걸 다시 할 순 없을까?」

「당연히 안 되죠. 저는 이제 너무 컸어요. 게다가 고등학교에는 남자아이가 없어요. 아빠, 이건 다른 일인데요, 사냥용 물통 하나 사도 될까요?」

「원하는 건 뭐든 사렴. 아, 잠깐, 거기에 뭘 넣으려고?」

「레모네이드요.」

「착하지, 종이 한 장만 가져다주렴. 공학자인 시푸엔테스는 말이 많은 사람이구나.」

그사이 런던에서 벌어진 일

「비행은 괜찮았나?」 국장이 물었다.

「아조레스 제도를 지날 때 좀 덜컹거렸습니다.」 호손이 말했다. 이번에는 열대용 연회색 양복을 다른 옷으로 갈아입을 시간이 없었다. 그는 킹스턴에 있을 때 긴급 호출을 받았고, 런던 공항에 도착하자 자동차가 기다리고 있었다. 그는 스팀 방열기에 최대한 가까이 앉았지만, 그래도 가끔 몸이 떨리는 건 어쩔 수 없었다.

「거기 꽂고 있는 그 이상한 꽃은 뭐지?」

호손은 그 꽃을 까맣게 잊고 있었다. 그는 라펠에 손을 가져다 댔다.

「한때 난초였던 것처럼 보이는군.」 국장이 못마땅한 기색으로 말했다.

「팬아메리칸 항공에서 어젯밤 저녁 식사와 함께 준 겁니다.」 호손이 설명했다. 그는 담자색 천 조각을 뽑아 재떨이에 버렸다.

「저녁 식사와 함께? 별 걸 다 주는군.」 국장이 말했다. 「그

125

런다고 음식이 더 맛있어지는 것도 아닌데. 개인적으로 나는 난초가 싫어. 퇴폐적인 물건이잖아. 초록색 난초를 꽂은 사람도 있었겠군?」

「식사용 쟁반에서 치우려고 단춧구멍에 꽂은 것뿐입니다. 음식이 많아서 쟁반이 비좁았거든요. 핫케이크며 샴페인, 달달한 샐러드, 토마토수프, 매릴랜드치킨,[31] 아이스크림……..」

「끔찍한 조합이로군. 영국 해외 항공B.O.A.C. 비행기를 탔어야지.」

「예약할 시간이 충분하지 않았습니다, 국장님.」

「뭐, 좀 응급한 일이긴 하지. 알겠지만, 아바나의 우리 사람이 최근에 꽤 걱정되는 보고를 했잖아.」

「그 사람은 좋은 요원입니다.」 호손이 말했다.

「그건 부정하지 않아. 그런 요원이 더 있으면 좋겠어. 내가 이해할 수 없는 건, 어째서 미국인들은 그곳에서 일어나는 일을 알아차리지 못했는가 하는 점이야.」

「그쪽에 물어보셨습니까, 국장님?」

「물론 물어보지 않았지. 그자들의 판단을 믿지 않으니까.」

「아마 그쪽도 우리를 그렇게 생각할 겁니다.」

「그 도면들 말인데, 살펴봤어?」 국장이 말했다.

「저는 그쪽으로 별로 아는 게 없습니다, 국장님. 그 도면들을 곧바로 보내 드린 겁니다.」

「음, 그럼 지금 좀 봐봐.」

국장은 도면들을 책상에 펼쳐 놓았다. 호손은 마지못해 방

31 크림소스를 곁들인 닭튀김 요리.

열기 곁을 떠났고, 그러자마자 몸이 떨렸다.

「무슨 문제라도 있어?」

「어제 킹스턴은 33도였습니다.」

「열대 기후에 익숙해져서 그래. 감기를 살짝 앓는 게 몸엔 오히려 좋을 거야. 이것들에 대해 어떻게 생각해?」

호손은 도면들을 물끄러미 바라보았다. 도면들이 뭔가와 비슷해 보여, 호손은 왠지 모르게 껄끄러웠다.

「이 도면과 함께 온 보고서들을 기억하겠지?」 국장이 말했다. 「정보원은 빗금 3이었어. 그게 누구지?」

「아마도 공학자인 시푸엔테스일 겁니다, 국장님.」

「흠, 그자조차 이건 종잡을 수 없어 하더군. 기술 쪽 지식이 풍부한데도 말이야. 이 기계들은 대형 수송 트럭을 이용해 바야모에 있는 군 본부에서 숲 가장자리로 옮겨졌어. 그런 다음 당나귀들이 날랐지. 전반적으로 그 미지의 콘크리트 플랫폼을 향해 갔어.」

「공군성에서는 뭐라고 하나요?」

「모두 걱정해, 아주 많이. 물론 흥미로워하기도 하고.」

「원자력 연구원들은 뭐라고 하던가요?」

「그 사람들에게는 아직 도면을 보여 주지 않았어. 그 사람들이 어떤지 자네도 알잖아. 파이프의 비례가 맞지 않는다느니 방향이 잘못되었다느니 하는 식으로 사소한 부분들을 트집 잡으면서 전체를 믿을 수 없다고 하겠지. 기억에 의존해서 일하는 요원에게 사소한 부분까지 모두 정확하기를 바랄 수는 없잖아. 그래서 난 사진이 있었으면 해, 호손.」

「너무 큰 걸 바라는 거죠.」

「사진을 손에 넣어야만 해. 어떤 위험을 무릅쓰더라도. 세비지가 내게 뭐라고 했는지 알아? 정말이지, 그 때문에 아주 끔찍한 악몽을 꿨어. 세비지 말로는 그 도면들 중 한 장을 보고 있으면 거대한 진공청소기가 떠오른대.」

「진공청소기!」 호손은 몸을 숙이고 다시 한번 도면들을 살폈다. 한기가 다시 한번 그의 몸을 훑고 갔다.

「보고 있자니 온몸이 떨리지, 안 그래?」

「하지만 그건 불가능합니다.」 호손은 이대로 자기 경력을 골로 보낼 수 없다고 안간힘을 쓰는 내면의 목소리를 들었다. 「이건 진공청소기일 수 없습니다. 진공청소기가 아닙니다.」

「참으로 끔찍하지 않아?」 국장이 말했다. 「정교함, 간결함, 악마 같은 상상력이 결합된 물건이지.」 국장이 검은 외알 안경을 벗자, 하늘색 눈알에 반사된 빛이 방열기 위 벽에서 이리저리 춤췄다. 「사람 키 여섯 배나 되는 이걸 봐, 거대한 분무기 같아. 그리고 이거, 이걸 보면 뭐가 떠올라?」

호손은 암담해하며 말했다. 「양방향 노즐요.」

「양방향 노즐이 뭔데?」

「진공청소기에 종종 있는 겁니다.」

「또 진공청소기 타령이로군. 호손, 내가 볼 때 우린 지금 수소 폭탄을 재래식 무기로 만들 만큼 엄청난 뭔가를 보고 있다고.」

「바람직한 일인가요?」

「당연히 바람직하지. 재래식 무기를 걱정하는 사람은 아무도 없어.」

「무슨 생각을 하시는 겁니까, 국장님?」

「나는 과학자가 아니야.」 국장이 말했다. 「하지만 이 커다란 탱크를 봐. 높이가 숲의 나무들만 해. 꼭대기의 쩍 벌린 입과 여기 파이프라인. 그 요원이 그린 파이프는 단지 일부분이었던 거지. 아마도 몇 킬로미터에 걸쳐 뻗어 있을 거야. 산에서부터 바다까지 말이야. 다들 러시아인들이 뭔가 꿍꿍이 수작을 부리고 있다고 하잖아. 태양의 힘, 바다의 증발과 관련된 뭔가를 말이야. 그게 뭔지는 모르지만, 엄청나다는 건 알겠어. 아바나의 우리 사람에게 사진이 필요하다고 말해.」

「제 생각에는 사진을 찍을 만큼 가까이 접근할 수 없…….」

「비행기를 한 대 빌려 타고 가다가 바다 위에서 항로를 이탈하라고 해. 물론 직접 하지는 말고 빗금 3 또는 빗금 2에게 하라고 해. 빗금 2는 누구지?」

「산체스 교수입니다. 하지만 격추당할 겁니다. 그자들은 그 지역 전체를 공군 비행기로 순찰합니다.」

「그래?」

「반란군을 탐지하기 위해서요.」

「그렇다더군. 있잖나, 방금 촉이 왔어, 호손.」

「네?」

「그 반란군들은 존재하지 않아. 그냥 지어낸 존재야. 그쪽 정부는 그걸 핑계로 그 지역을 완전히 통제할 수 있으니까.」

「국장님 생각이 맞기를 바랍니다.」

「우리 모두를 위해선,」 국장은 들뜬 목소리로 말했다. 「내가 틀리는 쪽이 좋지. 나는 이것들이 두렵고 무서워, 호손.」 그가 외알 안경을 다시 끼자 빛이 벽에서 사라졌다. 「호손, 지난번에 왔을 때, 59200/5 밑에서 일할 비서를 구하는 일로 젠킨슨 씨와 이야기해 봤어?」

「네, 국장님. 딱히 마땅한 후보는 없지만 비어트리스란 여자가 그 자리에 가능할 거라고 하더군요.」

「비어트리스? 나는 요원들을 성 없이 이름으로만 부르는 게 왜 그렇게 싫은지 몰라. 훈련은 제대로 받았고?」

「네.」

「아바나의 우리 사람에게 도움을 줘야 할 때야. 훈련도 받지 않은 일개 요원이 제대로 된 지원 인력 없이 해내기엔 너무 벅찬 일이야. 비어트리스와 무선 요원도 함께 보내는 게 좋겠군.」

「제가 먼저 가서 그 사람을 만나 보는 게 좋지 않을까요? 제가 직접 가서 그것들을 보고 그 사람과 대화를 해볼 수도 있습니다.」

「보안에 안 좋아, 호손. 그 사람 정체가 드러날 수도 있고. 무선 통신이 가능하면 그 사람은 런던과 직통으로 연락할 수 있어. 나는 이 일이 영사관과 얽혀 있는 게 마음에 안 들고, 그쪽도 마음에 안 들어 해.」

「그 사람이 보낸 보고서는요, 국장님?」

「킹스턴으로 보내는 배달인 같은 걸 구해야 할 거야. 자기 가게에서 일하는 영업 사원 같은 사람을 쓰면 되겠지. 비서를 보낼 때 지시 사항을 함께 전달해. 비서 역할을 할 여자는 만나 봤어?」

「아니요.」

「당장 만나 봐. 자리에 맞는 사람인지 확인해 봐야지. 기술 쪽 임무를 맡을 능력이 있는지도. 그쪽 상황과 임무에 대해 자세히 가르쳐 줘야 할 거야. 이전 비서는 내보내고. 그 여자가 원래 은퇴하기로 되어 있는 날까지 적절한 연금을 지급할 수 있도록 회계과와 상의해 봐.」

「알겠습니다.」호손이 말했다.「이 도면들을 한 번 더 봐도 될까요?」

「흥미가 끌리는 모양이군. 자네 눈엔 어때 보이는데?」

「그게,」호손이 비참한 목소리로 말했다.「간편 연결 기능 부품 같아 보입니다.」

호손이 문 앞까지 갔을 때 국장이 다시 말했다.「알겠지만, 호손, 우리는 이 건으로 자네에게 큰 빚을 졌어. 예전에 자네가 사람 볼 줄 모른다는 말을 들은 적이 있지만, 나는 그래도 자네를 믿었지. 잘했어, 호손.」

「고맙습니다, 국장님.」호손이 문손잡이를 잡았다.

「호손.」

「네, 국장님?」

「그 싸구려 공책은 찾았어?」

「아니요, 국장님.」

「아마도 비어트리스가 할 수 있을 거야.」

제3부

1장

그날 밤은 워몰드가 절대로 잊지 못할 것 같은 날이었다. 그는 밀리의 열일곱 번째 생일 파티 장소로 트로피카나를 선택했다. 비록 룰렛 게임 룸이 있기는 했지만(관광객들이 카바레에 가기 전에 꼭 지나가는 곳이었다), 나시오날보다는 트로피카나가 훨씬 건전했다. 무대와 댄스 플로어는 하늘을 향해 열려 있었다. 코러스 걸들은 지상 6미터 높이에서 커다란 야자나무들 사이를 행진했고, 분홍색과 담자색 서치라이트가 바닥을 휩쓸었다. 밝은 파란색 야회복을 입은 남자가 미국식 영어로 프랑스 파리에 대한 즐거운 노래를 불렀다. 이윽고 피아노가 덤불 안으로 사라지더니 나뭇가지들에서 댄서들이 새처럼, 그러나 부자연스러운 몸짓으로 내려왔다.

「마치 아덴의 숲[32] 같네요.」밀리가 열광하며 말했다. 두에냐는 거기에 없었다. 두에냐는 첫 번째 샴페인 잔이 비었을 때 그곳을 떠났다.

---

32 잉글랜드 중부의 삼림 지대이자, 셰익스피어의 희곡『뜻대로 하세요』의 배경이 되는 숲.

「아덴의 숲에는 야자수가 없었을 거야. 춤추는 여자들도.」

「아빠는 모든 걸 너무 문자 그대로 받아들이세요.」

「셰익스피어를 좋아하니?」 닥터 하셀바허가 물었다.

「어, 전 셰익스피어의 아덴의 숲을 얘기한 게 아닌데요. 제게 셰익스피어는 지나치게 시적이거든요. 이런 식이잖아요. 전령이 들어온다. 〈나리, 공작이 오른쪽으로 진군합니다.〉 〈그렇다면 우리는 기꺼이 전투에 임하리라.〉」

「그거 셰익스피어 맞니?」

「셰익스피어같이 들리잖아요.」

「말도 안 되는 소리를 하는구나, 밀리.」

「하지만 내가 알기로 아덴의 숲은 셰익스피어이기도 한데.」 닥터 하셀바허가 말했다.

「네, 하지만 저는 그 사람 작품을 램의 『셰익스피어 이야기』로만 읽었어요. 램은 전령이며 준공작, 시를 모두 잘라 냈죠.」

「그 책을 학교에서 본 거야?」

「아, 아니에요. 아빠 방에 있는 걸 찾았어요.」

「당신은 그런 형식의 셰익스피어를 읽습니까, 워몰드 씨?」 닥터 하셀바허가 살짝 놀라며 물었다.

「어, 아니, 아니요. 당연히 아니죠. 사실은 밀리에게 읽히려고 산 겁니다.」

「그런데 전에 제가 그 책을 빌려 갔을 때 왜 그리 화내셨어요?」

「화를 낸 게 아니야. 단지 네가…… 너와 상관없는 물건들을 이리저리 뒤적이는 게 싫었을 뿐이지.」

「저를 꼭 스파이처럼 취급하시네요.」 밀리가 말했다.

「밀리, 오늘은 네 생일이잖니. 말다툼은 그만두자. 여기 닥터 하셀바허도 계시잖니.」

「왜 그렇게 조용하세요, 닥터 하셀바허?」 밀리가 두 번째로 잔에 샴페인을 따르며 물었다.

「언젠가 나한테 램의 『셰익스피어 이야기』를 빌려주겠니, 밀리. 나도 셰익스피어가 어렵거든.」

몸에 너무 딱 붙는 제복을 입은 아주 작은 남자가 그들이 있는 테이블을 향해 손을 흔들었다.

「걱정하시는 거 아니죠, 닥터 하셀바허?」

「네 생일에 내가 걱정할 게 뭐 있겠니, 밀리? 가는 세월만 빼면 말이야.」

「열일곱 살이 나이가 너무 많은 건가요?」

「내게는 세월이 너무 빨리 흐르는구나.」

몸에 딱 붙는 제복을 입은 남자가 워몰드 일행이 앉은 테이블 옆에 와서 서더니 허리 숙여 인사했다. 그의 얼굴은 해변의 기둥들처럼 얽고 상해 있었다. 그는 거의 자기 몸만큼이나 커다란 의자를 가지고 왔다.

「이쪽은 캡틴 세구라예요, 아빠.」

「앉아도 될까요?」 캡틴 세구라는 워몰드의 대답을 기다리지 않고 밀리와 닥터 하셀바허 사이에 끼어 앉았다. 그가 말했다. 「밀리의 아버지를 만나게 되어 매우 기쁘군요.」 참으로 빠르고 자연스러운 오만무례함에 워몰드가 미처 분개할 틈도 없이, 캡틴 세구라는 또다시 상대의 신경을 긁는 행동을 했다. 「당신의 친구에게 저를 소개해 주세요, 밀리.」

「이쪽은 닥터 하셀바허예요.」

캡틴 세구라는 닥터 하셀바허를 무시하고 밀리의 잔을 채웠다. 그는 웨이터를 불렀다. 「한 병 더 가져와.」

「우리는 막 가려던 참이었습니다, 캡틴 세구라.」 워몰드가 말했다.

「말도 안 됩니다. 당신은 제 손님입니다. 이제 막 자정이 지났는걸요.」

워몰드의 옷소매에 잔이 걸렸다. 잔은 떨어지더니 생일 파티처럼 요란한 소리를 내며 깨졌다. 「웨이터, 잔 하나 더.」 세구라는 부드럽게 노래를 부르기 시작했다. 〈정원에서 장미를 뽑았네.〉 그리고 닥터 하셀바허에게서 등을 돌리고는 밀리 쪽으로 몸을 기울였다.

밀리가 말했다. 「아주 무례하게 행동하시네요.」

「무례하다고요? 당신에게?」

「우리 모두에게요. 이건 제 열일곱 살 생일 파티이고, 아버지의 파티지 당신의 파티가 아니에요.」

「당신의 열일곱 살 생일이라고요? 그러면 더더욱 여러분 모두가 제 손님이 되셔야겠네요. 우리 테이블에 댄서들을 부르겠습니다.」

「우리는 댄서를 원하지 않아요.」 밀리가 말했다.

「제가 수치스러운 짓을 했나요?」

「네.」

「아하,」 캡틴 세구라가 기뻐하며 말했다. 「오늘 제가 학교로 당신을 데리러 가지 않아서 그러는 거군요. 하지만 밀리, 가끔은 경찰 업무를 먼저 해야 할 때가 있답니다. 웨이터, 지휘자에게 〈생일 축하합니다〉를 연주하라고 말해.」

「그런 거 하지 마세요.」 밀리가 말했다. 「어쩌면 그렇게, 그렇게 천박할 수가 있나요?」

「제가요? 천박해요?」 캡틴 세구라는 유쾌하게 웃었다. 「따님이 농담을 잘하십니다.」 그가 워몰드에게 말했다. 「저도 농담을 좋아합니다. 그래서 우리가 서로 잘 맞는 거랍니다.」

「이 아이가 그러는데, 당신은 사람 가죽으로 만든 담배 케이스를 가지고 있다더군요.」

「따님은 그걸로 저를 놀린답니다. 그럴 때 저는 이렇게 대답하죠. 만약 따님의 살가죽을 쓰면 아주 멋진⋯⋯.」

닥터 하셀바허가 갑자기 일어났다. 그가 말했다. 「저는 룰렛을 보러 가겠습니다.」

「저분이 저를 좋아하지 않는 건가요?」 캡틴 세구라가 말했다. 「혹시 저분이 오래전부터 당신을 흠모해 온 연상의 남자는 아니죠, 밀리? 아주 연상의 남자요, 하하하!」

「오랜 친구입니다.」 워몰드가 말했다.

「워몰드 씨, 하지만 당신과 저는 남자와 여자 사이에는 우정 같은 게 없다는 걸 알지요.」

「밀리는 아직 여자가 아닙니다.」

「당신은 정말 아버지처럼 말씀하시는군요, 워몰드 씨. 자기 딸을 제대로 아는 아버지는 세상에 없습니다.」

위몰드는 샴페인병을 본 다음, 캡틴 세구라의 머리를 바라보았다. 둘을 맞부딪치고 싶은 충동이 강하게 들었다. 캡틴 세구라 바로 뒤 테이블에서, 전에 한 번도 본 적 없는 젊은 여인이 위몰드에게 진지하게 고개를 끄덕이며 격려했다. 위몰드는 샴페인병에 손을 댔고, 그 여자는 한 번 더 고개를 끄덕였다. 자기 생각을 그렇게 정확히 읽다니, 예쁜 만큼이나 똑똑한 여자라고 위몰드는 생각했다. 그는 그녀와 함께 있는 사람들이, K.L.M.의 조종사 두 명과 승무원 한 명이 부러웠다.

「가서 춤을 춥시다, 밀리.」 캡틴 세구라가 말했다. 「그래 주면 절 용서한다는 뜻으로 받아들이겠습니다.」

「춤추고 싶지 않아요.」

「내일은 수녀회 학교 정문 앞에서 기다리겠노라고 약속합니다.」

위몰드는 살짝 몸짓을 해 〈용기가 안 납니다, 도와주세요〉라는 신호를 보냈다. 여자는 위몰드를 진지하게 지켜보았다. 위몰드 눈에, 여자는 이 상황 전체를 가늠 중이며, 뭐든 결론 내리면 그 즉시 행동에 옮길 것처럼 보였다. 여자가 자기 위스키에 탄산수를 조금 따랐다.

「갑시다, 밀리. 제 파티를 망치면 안 됩니다.」

「이건 당신 파티가 아니라 아빠의 파티예요.」

「너무 오래 화내는군요. 제가 가끔은 사랑스럽고 귀여운 밀리보다 일을 우선시해야만 한다는 사실을 이해해 줘야죠.」

캡틴 세구라 뒤에 있던 여자가 탄산수병의 각도를 바꿨다.

「안 돼,」 워몰드가 본능적으로 말했다. 「안 돼.」 탄산수병 주둥이가 위쪽을 향하며 캡틴 세구라의 목을 노렸다. 여자의 손가락이 행동을 취할 준비를 했다. 워몰드는 저렇게나 예쁜 여자가 저토록 경멸스러운 표정으로 자신을 보는 것에 상처받았다. 그가 말했다. 「제발요, 네.」 여자는 탄산수병을 움직였다. 탄산수 줄기가 치이익 소리를 내며 캡틴 세구라의 목을 때린 다음 뒷덜미의 옷깃을 타고 흘러내렸다. 테이블들 사이에서 〈브라보〉라고 외치는 닥터 하셀바허의 목소리가 들렸다. 캡틴 세구라가 〈씨발!〉 하고 으르렁댔다.

「정말 죄송해요.」 젊은 여자가 말했다. 「제 위스키에 타려던 건데, 이 일을 어째요.」

「당신 위스키!」

「헤이그 딤플이에요.」 여자가 말했다. 밀리가 킥킥거렸다.

캡틴 세구라가 뻣뻣하게 고개를 숙였다. 겉만 봐선 술의 도수를 알 수 없듯이, 캡틴 세구라도 덩치만 봐선 얼마나 위험한 인물인지 알 수 없었다.

닥터 하셀바허가 말했다. 「탄산수를 다 드셨군요, 부인. 제가 한 병 더 가져다드리겠습니다.」 테이블에 함께 있던 네덜란드 사람들이 불편해하며 서로 속삭였다.

「한 병 더 마시면 안 될 것 같아요.」 여자가 말했다.

캡틴 세구라는 간신히 웃음을 짜냈다. 마치 튜브가 찢어져 엉뚱한 곳에서 새어 나오는 치약 같았다. 그가 말했다. 「생전 처음 뒤통수를 맞았군요. 여자가 그래서 다행입니다.」 그는 놀라울 정도로 빨리 평정을 되찾았다. 그의 머리에서는 여전히 탄산수가 뚝뚝 떨어졌고, 옷깃은 탄산수로 흠뻑 젖어 있었다. 그가 말했다. 「다음에 제가 재대결을 요청할 수도 있겠지만, 지금은 경찰서에 가봐야 합니다. 다시 뵐 수 있겠죠?」

「저는 여기에 머물고 있어요.」그녀가 말했다.

「휴가인가요?」

「아니요, 직장이 있어요.」

「허가증에 무슨 문제라도 생기면,」 캡틴 세구라가 애매하게 말했다. 「저한테 오십시오. 좋은 밤 보내요, 밀리. 좋은 밤 되십시오, 워몰드 씨. 웨이터에게는 여러분이 제 손님이라고 말해 놓겠습니다. 뭐든 주문하십시오.」

「멋지게 빠져나갔군요.」여자가 말했다.

「멋진 공격이었습니다.」

「샴페인병으로 치게 두는 건 좀 심할 것 같았거든요. 그런데 그 사람은 누군가요?」

「많은 사람이 그자를 〈붉은 독수리〉라고 부릅니다.」

「그자는 죄수들을 고문해요.」밀리가 말했다.

「제가 그자와 꽤 친한 사이가 된 것 같네요.」

「저라면 그렇게 확신하지 않을 겁니다.」닥터 하셀바허가 말했다.

그들은 서로 테이블을 합쳤다. 조종사 두 명이 고개 숙여 인사한 뒤 따라서 발음할 수 없는 이름을 말했다. 닥터 하셀바허는 이 네덜란드인들에게 경악하며 말했다. 「코카콜라를 마시고 있군요.」

「규정 때문입니다. 우리는 3시 30분에 몬트리올로 출발합니다.」

워몰드가 말했다. 「만약 캡틴 세구라가 돈을 내는 거라면, 우리는 샴페인을 더 마시죠. 코카콜라도요.」

「저는 코카콜라를 더는 마실 수 없을 것 같습니다. 너는 어때, 한스?」

「저는 볼스[33]를 마시겠습니다.」 더 젊은 조종사가 말했다.

「볼스는 안 돼.」 승무원이 단호하게 말했다. 「암스테르담까지 가기 전에 술은 안 돼.」

더 젊은 조종사가 워몰드에게 속삭였다. 「저는 저 여자와 결혼하고 싶습니다.」

「누구요?」

「펑크 양요.」 대충 그렇게 들렸다.

「여자 쪽은 싫답니까?」

「네.」

더 나이 든 네덜란드인이 말했다. 「저는 아내와 아이 셋이 있습니다.」 그는 가슴 주머니 단추를 열었다. 「여기 사진이 있어요.」

그는 워몰드에게 컬러 사진을 한 장 내밀었다. 사진 속에는 몸에 딱 맞는 노란색 스웨터와 수영복 바지를 입은 여자 한 명이 스케이트 끈을 고쳐 매고 있었다. 스웨터에는 맘바 클럽이라 써 있고, 사진 아래에는 〈재미를 보장합니다. 50명의 아름다운 여자. 외로운 시간은 이제 안녕〉이라고 적혀 있었다.

33 네덜란드의 주류 회사 루카스 볼스에서 생산하는 주류 브랜드.

「사진을 잘못 주신 것 같습니다.」 워몰드가 말했다.

트로피카나의 현란한 조명 때문에 분간이 잘 안 되었지만, 적갈색 눈동자를 지닌 듯한 밤색 머리털의 젊은 여자가 말했다. 「우리 춤춰요.」

「저는 춤을 잘 못 춥니다.」

「상관없지 않나요?」

워몰드는 여자를 이리저리 밀고 당겼다. 여자가 말했다. 「당신 말이 무슨 뜻이었는지 이제 알겠어요. 룸바는 그렇게 추는 게 아니에요. 옆에 있던 여자아이는 따님인가요?」

「네.」

「아주 예쁘네요.」

「방금 도착하신 건가요?」

「네. 저 승무원들이 오늘 밤에 즐겁게 놀고 있어서 저도 낀 거예요. 여기 아는 사람이 없거든요.」 여자의 머리가 워몰드의 턱 끝까지 와, 그는 그녀의 머리카락 냄새를 맡을 수 있었다. 둘이 움직일 때 여자의 머리카락이 그의 입을 스쳤다. 그는 그녀가 결혼반지를 꼈다는 사실에 은근히 실망했다. 여자가 말했다. 「제 이름은 세번이에요, 비어트리스 세번.」

「저는 워몰드라고 합니다.」

「그리고 저는 당신 비서예요.」 여자가 말했다.

「무슨 말입니까? 저는 비서가 없어요.」

「아니, 이제 있어요. 저쪽에서 제가 온다는 말을 하지 않던 가요?」

「네.」 워몰드는 〈저쪽〉이 누구냐고 물을 필요가 없었다.

「하지만 제가 직접 전보를 보냈는데요.」

「지난주에 하나 받긴 했습니다. 하지만 무슨 내용인지 도통 이해할 수가 없었어요.」

「가지고 있는 램의 『셰익스피어 이야기』가 어디 판본인가요?」

「에브리맨요.」

「이런, 저한테 다른 판본을 줬네요. 전보 내용이 엉망진창이었겠어요. 어쨌든 당신을 찾아내 기뻐요.」

「저도 기쁩니다. 물론 살짝 당황스럽지만요. 어디 머무르시나요?」

「오늘 밤은 잉글라테라에서 묵지만, 내일 옮기려고요.」

「어디로요?」

「물론 당신 사무실이죠. 저는 어디에서 자든 상관없어요. 당신 직원실 가운데 하나에서 대충 자면 돼요.」

「직원실 같은 건 따로 없어요. 아주 작은 사무실 하나가 전부입니다.」

「뭐, 그럼 비서실도 괜찮아요.」

「하지만 저는 비서를 둬본 적이 한 번도 없습니다, 세번부인.」

「비어트리스라고 부르세요. 그게 보안에 좋을 거예요.」

「보안이라고요?」

「비서실조차 없으면 그건 다소 〈문제〉가 되겠네요. 우리, 앉죠.」

정글의 나무들 사이에서 검은색 디너 재킷을 입은, 마치 영국의 지방관처럼 보이는 남자가 노래를 부르고 있었다.

> 제정신인 사람들이 당신을 둘러싸고 있어요.
> 가족의 오랜 친구들이죠.
> 그 사람들은 지구가 둥글다고 하지요.
> 제 광기가 화를 내요.
> 그 사람들은 오렌지에 씨가 있다고,
> 사과에 두꺼운 껍질이 있다고 말해요.
> 저는 밤은 낮이라고 말해요.
> 그리고 저는 딴마음을 품고 있지 않아요.

> 제발 믿지 마세요……

그들은 룰렛 게임 룸 뒤쪽의 빈 테이블 주위에 앉았다. 그들은 작은 공들이 딸꾹질하는 소리를 들을 수 있었다. 비어트리스는 다시금 진지한 표정을 지었다. 처음으로 긴 드레스를 입은 소녀처럼 약간 남들의 눈을 의식하는 듯했다. 비어트리스가 말했다. 「만약 제가 비서로 모실 상사가 당신이라는 걸 미리 알았다면, 절대로 그 경찰에게 탄산수를 붓지 않았을 거예요. 당신의 허락 없이는요.」

「그 부분은 걱정하지 않으셔도 됩니다.」

「저는 정말로 당신의 일을 도우려고 온 거예요, 방해하려는 게 아니라.」

「캡틴 세구라는 문제가 되지 않습니다.」

「저는 모든 훈련을 마쳤어요. 암호와 마이크로 사진 촬영 과정도 통과했고요. 당신의 요원들 연락을 제가 담당할 수 있어요.」

「아.」

「그동안 당신이 일을 너무나 잘 해왔기 때문에 본부에서는 당신의 정체가 드러날까 봐 걱정해요. 제 정체는 드러나 봤자 그리 문제가 되지 않지만요.」

「당신이 너무 활짝 피는 건 싫습니다. 반쯤만 피는 건 괜찮 지만요.」[34]

「무슨 말을 하는 건지 모르겠군요.」

「장미를 생각하고 있었습니다.」

비어트리스가 말했다. 「물론 그 전보가 엉망이 되었으니 무선 요원에 대해서도 모르시겠군요.」

「모릅니다.」

「그 사람도 잉글라테라에 있어요. 비행기 멀미로 고생 중 이에요. 그 사람이 있을 곳도 알아봐야 해요.」

「비행기 멀미라면…….」

「그 사람을 회계 보조로 고용해도 돼요. 그쪽으로 훈련을 받았어요.」

「하지만 저는 회계 보조가 필요 없습니다. 회계 담당자조 차 없는걸요.」

「걱정 마세요. 내일 아침에 제가 다 제대로 해놓을게요. 그 러려고 온 거니까.」

34 정체가 드러난다는 영어 표현 blown에는 꽃이 핀다는 뜻도 있다.

「당신에겐 왠지,」워몰드가 말했다. 「제 딸을 생각나게 하
는 면이 있네요. 9일 기도를 하시나요?」

「그게 뭔가요?」

「모르세요? 그거 다행입니다.」

디너 재킷을 입은 남자가 노래의 마지막 부분을 부르고 있
었다.

저는 겨울은 5월이라고 말해요.

그리고 저는 딴마음을 품고 있지 않아요.

조명이 파란색에서 장미색으로 바뀌었고, 댄서들은 다시
야자수들 사이로 돌아갔다. 게임 테이블들에서는 주사위가
달그락거렸고, 밀리와 닥터 하셀바허는 즐거운 표정으로 댄
스 플로어를 향해 갔다. 망쳐졌던 밀리의 생일 파티가 다시
원래대로 돌아온 듯했다.

2장

1

이튿날 아침, 위몰드는 일찍 일어났다. 그는 샴페인 때문에 살짝 숙취를 느꼈다. 전날 밤 트로피카나에서 겪은 일의 비현실적인 느낌이, 일해야 하는 다음 날까지도 계속 머릿속에서 떠나지 않았다. 비어트리스는 그가 잘하고 있다고 말했다. 그녀는 호손과 〈그 사람들〉의 대변인이었다. 위몰드는 호손처럼 비어트리스도 그의 요원들과 같은 상상 속 세계에 속한다는 생각에 실망감을 느꼈다. 그의 요원들······.

위몰드는 색인 카드 앞에 앉았다. 비어트리스가 오기 전에 카드들을 최대한 그럴듯해 보이게 만들어 놓아야 했다. 이제 보니 어떤 요원들은 진실과 거짓의 경계선에 있었다. 산체스 교수와 시푸엔테스 공학자는 일에 깊이 관여하고 있었기에 제거할 수 없었다. 두 사람은 경비로 거의 2백 페소를 받아 갔다. 로페스도 고정적으로 돈을 받고 있었다. 쿠바나 항공의 술 취한 조종사는 산속 건설 현장 이야기로 5백 페소라는 두둑한 보너스를 받았지만, 믿을 수 없다는 이유로 해고해도 될 듯했다. 그리고 시엔푸에고스에서 술 마실 때 본 〈후안 벨몬테〉의 수석 공학자가 있었다. 그는 꽤 그럴듯해 보였으며, 한 달에 75페소밖에 받아 가지 않았다. 하지만 면밀히 조사하면 들통날 것 같아 불안한 사람들도 있었다. 예를 들어, 카드에 나이트클럽 거물이라고 적어 놓은 로드리게스나, 카드에 국방부 장관과 우정청장 둘의 정부라고 적어 둔 상하이 시어터의 댄서 테레사가 그러했다(런던이 로드리게스나 테레사에 대해 아무런 정보도 찾아내지 못한 건 당연했다). 워몰드는 로드리게스를 버릴 준비가 되어 있었다. 아바나에 대해 잘 아는 사람이라면 누구라도 조만간 그자의 존재에 대해 분명 의문을 품을 터였다. 하지만 테레사는 포기할 수 없었다. 워몰드에게 테레사는 유일한 여자 스파이이자 그의 마타하리[35]였다. 새로 온 비서가 상하이 시어터에 갈 것 같지는 않았다. 그곳에서는 밤이면 나체 춤 공연 중간에 포르노 영화 세 편을 상영했다.

밀리가 그의 곁에 앉았다. 「이 카드들은 뭐예요?」 밀리가 물었다.

「손님들.」

「어젯밤 그 여자는 누구였어요?」

「내 비서로 일할 분이야.」

「아빠 장사가 잘되어 가는군요.」

---

35 Mata Hari(1876~1917). 제1차 세계 대전 중 독일을 위해 활동했다는 첩자 혐의로 처형된 네덜란드 출신 무용수.

「그 여자가 맘에 드니?」

「제가 아니요, 당최 이야기할 기회가 없었는데요. 아빠가 내내 그 여자분과 춤추고 비비대느라 엄청 바쁘셨잖아요.」

「비비대진 않았어.」

「그분이 아빠랑 결혼하고 싶대요?」

「무슨 소리를. 아니야.」

「그분이랑 결혼하고 싶으세요?」

「밀리, 정신 차려. 그 여자는 어젯밤에 처음 만났어.」

「수녀회 학교에 있는 프랑스 애 마리 말로는 모든 진실한 사랑은 coup de foudre(첫눈에 반하는 사랑)래요.」

「수녀회 학교에서도 그런 이야기들을 하니?」

「당연하죠. 미래잖아요, 안 그래요? 우리는 이야기할 과거란 게 도통 없으니까요. 아그네스 수녀님에겐 있지만요.」

「아그네스 수녀님이 누구지?」

「전에 말했잖아요. 비탄에 잠긴, 예쁜 분이에요. 마리 말로는 젊었을 때 불행한 coup de foudre(첫눈에 반하는 사랑)를 했대요.」

「그 수녀님이 마리에게 그렇게 말했어?」

「아니요, 당연히 아니죠. 하지만 마리는 알아요. 마리도 coup de foudre(첫눈에 반하는 사랑)를 두 번이나 했어요. 마른하늘에 날벼락처럼 갑작스레 찾아왔대요.」

「아빠는 이제 나이를 충분히 먹어서 그런 일은 그냥 지나치고 안전한 편을 택한단다.」

「아, 아니에요. 마리 엄마에게 coup de foudre(첫눈에 반하는 사랑)를 한 사람이 있었는데, 노인이었어요. 거의 50이 었어요. 그 사람도 결혼을 했었대요, 아빠처럼요.」

「음, 내 비서도 결혼했어. 그러니 괜찮을 거야.」

「아직도 결혼한 상태인가요, 아니면 남편을 여읜 예쁜 부인인가요?」

「몰라, 안 물어봤어. 그 여자가 예쁘다고 생각하니?」

「그런 편이죠, 그럭저럭요.」

로페스가 계단 아래쪽에서 외쳤다. 「여자분이 오셨습니다. 사장님이 기다리실 거라고 말씀하시네요.」

「올라오시라고 전해 줘.」

「저는 여기 있을래요.」 밀리가 경고 조로 말했다.

「비어트리스, 이쪽은 밀리입니다.」

워몰드는 비어트리스의 눈동자가 어젯밤과 같은 색이며 머리털 색 역시 그렇다는 사실을 알아차렸다. 결국 샴페인과 야자수 효과가 아니었던 것이다. 워몰드는 생각했다. 〈이 여자는 진짜처럼 보여.〉

「좋은 아침이에요. 좋은 밤 보내셨기를 바라요.」 밀리가 두 에냐의 목소리로 말했다.

「끔찍한 꿈들을 꿨어요.」 비어트리스는 워몰드와 색인 카드와 밀리를 바라보았다. 비어트리스가 말했다. 「그래도 어제저녁은 즐거웠어요.」

「탄산수병으로 아주 대단하셨어요.」 밀리가 너그럽게 말했다. 「성함이……」

「세번 부인이야. 하지만 비어트리스라고 불러 주렴.」

「아, 결혼하셨어요?」밀리가 짐짓 궁금한 척하며 물었다.

「결혼〈했었지〉.」

「남편분은 돌아가셨어요?」

「내가 알기로는 아니야. 희미하게 사라져 버렸달까.」

「아.」

「그 사람 같은 유형에게 종종 있는 일이지.」

「어떤 유형이었는데요?」

「밀리, 넌 이제 그만 가렴. 넌 세번 부인, 아니 비어트리스 에게 그런 걸 물어볼 이유가 없어.」

「제 나이에는요,」밀리가 말했다. 「다른 사람들의 경험에 서 배워야 해요.」

「네 말이 맞아. 아마도 너라면 그 사람을 지적이고 예민한 타입이라고 할 것 같아. 내 눈에 그 사람은 아주 아름다웠어. 동물 다큐멘터리에 보면 둥지에서 밖을 내다보는, 막 깃털이 나기 시작한 아기 새들 있잖아, 그 사람 얼굴이 딱 그런 아기 새 같았어. 울대뼈 주위에 솜털 같은 깃털들도 있고. 울대뼈 가 좀 크긴 했지만. 문제는, 그 남자가 마흔이 되었는데도 여 전히 아기 새처럼 보였다는 거지. 여자들은 그 사람을 사랑 했어. 그 사람은 베네치아와 빈 같은 곳에서 열리는 유네스 코 회의에 참석하곤 했지. 금고가 있으신가요, 워몰드 씨?」

「아니요.」

「그래서 어떻게 되었나요?」밀리가 물었다.

「아, 난 그이를 훤히 들여다보게 됐어. 내 말은, 말 그대로 들여다봤다고. 음란한 그런 식으로가 아니고. 그 사람은 몸이 상당히 말랐으면서 여기저기 들어간 곳이 많은 체형이었는데, 나중엔 좀 투명해졌어. 그이를 보면, 그이의 갈비뼈들 사이에 앉아 있는 대표들이 모두 보였고, 기조연설자가 일어나서 〈자유는 창작 작가들에게 중요합니다〉라고 말하는 걸 볼 수 있었지. 아침 식사 때 보기엔 정말 묘한 광경이었어.」

「그리고 그 사람이 살아 있는지 모르시는 거예요?」

「작년까지는 살아 있었어. 이탈리아의 타오르미나에서 그이가 〈지식인과 수소 폭탄〉에 대한 서류를 읽는 모습이 담긴 자료들을 보았거든. 금고가 있어야 해요, 워몰드 씨.」

「왜요?」

「물건들을 아무 곳에나 그냥 놔둘 수는 없으니까요. 게다가 당신처럼 예스러운 상업계 거물이라면 당연히 금고가 있어야죠.」

「제가 예스러운 상업계 거물이라고 누가 그러던가요?」

「런던의 본부는 그렇게 여겨요. 제가 지금 당장 나가서 금고를 구해 올게요.」

「저는 이제 나가요.」 밀리가 말했다. 「분별 있게 행동하실 거죠, 아빠? 제 말 무슨 뜻인지 아실 거예요.」

2

힘든 하루였다. 우선, 비어트리스는 나가더니 다이얼 자물쇠가 달린 커다란 금고를 구해 왔다. 이 대형 금고는 이동하는 데만 대형 트럭 한 대와 인부 여섯 명이 필요했다. 인부들은 금고를 위층으로 운반하는 과정에서 계단 난간 여러 군데와 액자 하나를 망가뜨렸다. 가게 밖에는 학교를 빼먹은 이웃집 학생 몇 명, 아름다운 흑인 여자 두 명, 경찰 한 명을 포함해 사람들이 몰려들었다. 워몰드가 이 일로 사람들이 의심할 거라고 불평하자, 비어트리스는 사람들 눈에 안 띄려고 애쓰면 진짜로 의심을 사게 된다고 말했다.

「예를 들어, 그 탄산수병 말이에요.」 비어트리스가 말했다. 「그 일로 모두가 저를 그 경찰에게 탄산수를 쏟은 여자로 기억할 거예요. 그러니 제가 누군지 더 캐묻는 사람도 없을 거예요. 이미 만족스러운 답을 얻었으니까요.」

그들이 여전히 금고 때문에 낑낑거리고 있을 때 택시 한 대가 도착해, 워몰드가 지금까지 본 것 가운데 가장 큰 슈트케이스 하나와 청년 한 명을 내려놓았다. 「이쪽은 루디예요.」 비어트리스가 말했다.

「루디가 누군데요?」

「회계 보조원요. 어젯밤에 말했잖아요.」

「맙소사,」 워몰드가 말했다. 「어젯밤에 벌어진 일들 가운데 제가 뭔가 기억하지 못하는 게 있는 듯하군요.」

「들어와요, 루디. 그리고 긴장 풀어요.」

「들어오라고 말해 봤자 소용없어요.」 워몰드가 말했다. 「어디로 들어온단 말입니까? 저 사람이 있을 만한 방이 없어요.」

「사무실에서 자면 돼요.」 비어트리스가 말했다.

「저 금고와 제 책상만으로도 꽉 차서 침대까지 들어갈 공간이 없어요.」

「작은 책상을 구해 드릴게요. 비행기 멀미는 어때요, 루디? 이쪽은 워몰드 씨예요, 우리의 상사죠.」

루디는 아주 젊고 아주 창백했으며, 손가락들이 니코틴 아니면 질산 때문에 노랗게 물들어 있었다. 루디가 말했다. 「어젯밤에 두 번 토했어요, 비어트리스. 사람들이 X선 진공관 하나를 깨먹었어요.」

「그건 신경 쓰지 말아요. 우선, 준비 작업부터 마쳐야 해요. 나가서 접이식 간이침대를 하나 사 오세요.」

「바로 갑니다.」 루디가 말하고는 사라졌다.

흑인 여자 가운데 한 명이 비어트리스 옆으로 슬그머니 다가오더니 말했다. 「저는 영국인이에요.」

「저도요.」 비어트리스가 말했다. 「만나서 반가워요.」

「당신이 캡틴 세구라에게 물을 부었다는 사람이죠?」

「음, 그런 셈이죠. 정확히는 뿌린 거지만요.」

그 흑인 여자는 몸을 돌리더니 그곳에 모인 사람들에게 스페인어로 설명했다. 여러 명이 손뼉을 쳤다. 경찰은 당황한 표정으로 그곳을 떠났다. 그 흑인 여자가 말했다. 「당신은 아주 아름다워요, 아가씨.」

「당신도 아주 아름다워요.」 비어트리스가 말했다. 「이 슈트케이스 옮기는 것 좀 도와주세요.」 두 사람은 루디의 슈트케이스를 밀었다 당겼다 하며 씨름했다.

「실례합니다.」 어떤 남자가 군중을 헤치고 나오며 말했다.

「실례합니다.」

「무슨 일이시죠?」비어트리스가 물었다. 「지금 바쁜 거 안 보이세요? 약속을 잡고 오세요.」

「전 그냥 진공청소기를 사러 온 건데요.」

「아, 진공청소기요. 그러면 안으로 들어가셔야 할 거예요. 슈트 케이스 위로 넘어갈 수 있으세요?」

워몰드가 로페스에게 외쳤다. 「이분을 도와드려. 제발 원자로를 팔도록 해봐. 아직 하나도 못 팔았단 말이야.」

「여기서 사실 건가요?」흑인 여자가 물었다.

「여기에서 일할 거예요. 도와줘서 정말 고마워요.」

「우리 영국인들끼리 서로 도와야죠.」흑인 여자가 말했다.

위층에 금고를 설치한 남자들이 자신들의 일이 얼마나 고되었는지 좀 봐달라고 손에 침을 뱉고 그 손을 진 바지에 문지르며 아래층으로 내려왔다. 워몰드는 그들에게 팁을 주었다. 그는 위층으로 올라가 자기 사무실을 우울한 눈으로 바라보았다. 가장 큰 문제는, 사무실에 마침 접이식 침대 딱 하나 놓을 만큼의 공간이 있어 더는 변명할 수 없다는 거였다. 워몰드가 말했다. 「루디 옷을 보관할 공간이 없어요.」

「루디는 옷을 막 입으니 괜찮아요. 어쨌든 저게 당신 책상이군요. 서랍에 있는 것들을 금고에 넣으면 루디가 자기 물건들을 서랍에 넣을 수 있을 거예요.」

「다이얼 금고를 써본 적이 한 번도 없습니다.」

「아주 간단해요. 기억할 수 있는 번호 3세트를 선택하세요. 여기 거리 번지수가 어떻게 되나요?」

「모릅니다.」

「음, 그러면 전화번호, 아니, 그건 안전하지 않아요. 도둑이 한번 시도해 볼 만한 번호죠. 당신 생일은요?」

「1914년요.」

「날짜는요?」

「12월 6일입니다.」

「음, 그러면 19-6-14로 하죠.」

「저는 그걸 기억하지 못할 겁니다.」

「아휴, 기억하시고말고요. 자기 생일을 잊어버릴 수는 없잖아요. 자, 잘 보세요. 손잡이를 반시계 방향으로 네 번 돌린 뒤 19에 맞추고, 시계 방향으로 세 번 돌리고 6에 맞추고, 반시계 방향으로 두 번 돌리고 14에 맞추고, 한 바퀴 돌리면, 자, 잠겼어요. 열 때도 같은 방식이에요. 19-6-14 그리고 짜잔, 열렸어요.」 금고 안에 죽은 생쥐 한 마리가 있었다. 비어트리스가 말했다. 「그 가게 엉망이네요. 할인을 받았어야 했는데.」

비어트리스는 루디의 슈트 케이스를 열더니 무선기 세트, 배터리들, 카메라 장비, 루디의 양말에 싸인 정체불명의 관들을 꺼내기 시작했다. 워몰드가 말했다. 「이런 걸 가지고 어떻게 세관을 통과했대요?」

「우리가 한 게 아니에요. 59200/4/5가 우리를 위해 킹스턴에서 가져왔어요.」

「그 사람이 누굽니까?」

「크리올[36] 밀수꾼이에요. 코카인, 아편, 마리화나를 밀수해요. 물론 세관과 잘 결탁해 있지요. 세관원은 이번 것도 평소에 그자가 밀수하던 물건이라고 생각했어요.」

「저 슈트 케이스를 채우려면 엄청난 양의 마약이 될 텐데요.」

「네, 좀 비싸게 지불해야 했어요.」

비어트리스는 책상 서랍에 있던 것들을 싹 다 금고로 옮긴 뒤 모든 것을 빠르고 깔끔하게 정리했다. 비어트리스가 말했다. 「루디의 셔츠들이 좀 구겨지겠지만, 신경 쓰지 마세요.」

「신경 안 써요.」

「이것들은 뭔가요?」 워몰드가 살펴보던 카드들을 비어트리스가 집어 들며 물었다.

「제 요원들입니다.」

「이걸 책상 위에 두고 있었단 말인가요?」

「아, 밤에는 다른 곳에 넣고 잠가요.」

「보안에 대한 개념이 별로 없으시군요, 그렇죠?」 비어트리스가 카드 한 장을 보았다. 「테레사가 누구죠?」

「벌거벗고 춤추는 여자입니다.」

「완전히 벌거벗고요?」

「네.」

「참 재미있으시네요. 런던에서는 제가 당신 요원들과 연락하는 일을 맡기를 원해요. 테레사가 옷 입고 있을 때 언제 한 번 소개해 주시겠어요?」

워몰드가 말했다. 「테레사가 여자 밑에서 일할 거라고는

36 식민지에서 태어나 자란 유럽인 혹은 그와의 혼혈인.

생각하지 않습니다. 이런 여자들이 어떤지 알잖습니까.」

「저는 몰라요. 당신은 알지요. 아, 시푸엔테스 공학자, 런던은 이 사람을 아주 높게 평가하고 있어요. 설마 이 사람이 여자 밑에서 일하는 걸 싫어한다고 말하진 않으시겠죠?」

「그 사람은 영어를 못합니다.」

「제가 스페인어를 배우면 되죠. 위장으로 썩 나쁘지 않을 거예요, 그 사람에게 스페인어를 배우는 거죠. 이 사람도 테레사만큼 외모가 뛰어난가요?」

「그 사람 아내는 질투가 아주 심합니다.」

「아, 그 여자는 제가 다룰 수 있을 거예요.」

「사실 터무니없지요. 시푸엔테스 나이를 생각하면요.」

「몇 살인데요?」

「예순다섯 살요. 게다가 배불뚝이이기 때문에 다른 여자들은 그 사람에게 눈길도 안 줘요. 원하신다면, 당신에게 스페인어를 가르쳐 줄 수 있는지 물어보겠습니다.」

「급할 것 없어요. 그건 잠시 접어 둬도 돼요. 여기 다른 사람부터 시작할게요. 산체스 교수. 저는 전남편 덕분에 지식인들에게 익숙해요.」

「그 사람도 영어를 하지 못합니다.」

「프랑스어는 하겠죠. 돌아가신 제 어머니가 프랑스 사람이었어요. 저는 프랑스어를 할 줄 알아요.」

「그 사람이 프랑스어를 할 수 있는지 모르겠습니다. 알아보죠.」

「있잖아요, 여기 이렇게 카드에 이름들을 en clair(알아보기 쉽게) 적어 놓으면 안돼요. 캡틴 세구라가 당신을 조사한다고 가정해 보세요. 시푸엔테스 공학자의 불룩한 배가 가죽이 벗겨져 담배 케이스가 되는 건 생각하기도 싫어요. 59200/5/3 이런 식으로, 누군지 기억할 수 있는 표식만 써두고 그 아래에 자세한 사항을 적는 거예요. 질투 많은 아내, 배불뚝이. 제가 대신 정리하고 지금 이건 불태울게요. 셀룰로이드 판들은 어디 있나요?」

「셀룰로이드 판이라니요?」

「서류를 급히 태울 때 쓰는 거요. 아, 루디가 셔츠들 안에 넣어 두었을 거예요.」

「당신네들은 별 걸 다 가지고 다니는군요.」

「이제 암실을 마련해야 돼요.」

「저는 암실이 없습니다.」

「요즘엔 암실을 가진 사람이 아무도 없죠. 제가 다 준비해 왔어요. 암막 커튼하고 암실용 적색등요. 물론 현미경도요.」

「현미경은 왜 필요한데요?」

「마이크로 사진용이에요. 전보로 보낼 수 없을 만큼 진짜로 긴급한 상황이 벌어지면, 런던은 우리가 직접 교신하길 원할 거예요. 킹스턴을 통하면 시간이 걸리니까요. 우리는 일반 우편에 마이크로필름을 넣어서 보낼 수 있어요. 마침표 대신 마이크로필름을 붙여서 보내면, 런던에서는 편지를 물에 띄우고, 그럼 마이크로필름이 떨어져 위로 떠올라요. 가끔 고향에 편지를 보내시겠죠? 사무용 서신이라든가?」

「그건 뉴욕으로 보냅니다.」

「친구들과 친척들은요?」

「지난 10년간 연락을 안 했습니다. 제 누이만 빼고요. 물론 크리스마스카드는 보냅니다.」

「크리스마스 때까지 기다릴 수는 없을 거예요.」

「가끔 조카에게 우표를 보내곤 합니다.」

「바로 그거예요. 우표 가운데 한 장을 골라 뒷면에 마이크로필름을 붙이면 돼요.」

루디가 접이식 침대를 들고 계단을 힘겹게 올라오는 바람에 액자는 다시 한번 떨어져 부서졌다. 비어트리스와 워몰드는 루디에게 공간을 내주기 위해 옆방으로 물러나 워몰드의 침대에 앉았다. 루디가 있는 곳에서 치고 부딪히고 뭔가 부서지는 소리가 많이 들렸다.

「루디는 손끝이 여물지 못해요.」 비어트리스가 말하고는 눈으로 이곳저곳 훑었다. 비어트리스가 말했다. 「사진이 한 장도 없네요. 사생활이 없으세요?」

「별로 없는 듯합니다, 밀리를 빼면요. 그리고 닥터 하셀바허하고요.」

「런던에선 닥터 하셀바허를 좋아하지 않아요.」

「런던은 나가 뒈지라죠.」 워몰드가 말했다. 그는 갑자기 그녀에게 닥터 하셀바허의 엉망이 된 아파트와 망친 실험에 대해 설명하고 싶어졌다. 그가 말했다. 「런던에 있는 사람들 말입니다…… 죄송합니다, 당신도 그 가운데 한 명이지요.」

「당신도요.」

「네, 그러네요. 저도 한패네요.」

루디가 옆방에서 불렀다.「끝났어요.」

「당신이 그 사람들과 한패가 아니면 좋았을 텐데요.」워몰드가 말했다.

「생계 수단이에요.」

「그건 진짜 생계 수단이 아니에요. 이런 염탐질이라니. 뭘 염탐해요? 비밀 요원들은 다른 사람들이 이미 다 아는 사실을 알아내죠…….」

「아니면 그냥 꾸며 내거나요.」비어트리스가 말했다. 워몰드는 갑자기 얼어붙었고, 비어트리스는 목소리 하나 변하지 않은 채 계속 말했다.「다른 직업들도 진실이 아닌 건 많아요. 새로운 플라스틱 비누 상자를 설계하거나, 선술집에 걸 나무 판에 농담을 새기거나, 광고 문구를 쓰거나, 수상이 되거나, 유네스코 회의에서 발표를 하거나요. 하지만 돈은 진짜예요. 퇴근 후에 일어나는 건 진짜죠. 제 말은, 당신 딸은 진짜이고, 당신 딸의 열일곱 번째 생일은 진짜라는 거예요.」

「퇴근 후에는 뭘 하세요?」

「지금은 별거 없어요. 하지만 예전 사랑에 빠졌을 때는…… 함께 극장에 가고, 에스프레소 바에서 커피를 마시고, 공원에 앉아서 여름 저녁을 보내곤 했죠.」

「그런데 무슨 일이 있었던 거죠?」

「뭔가를 진짜로 유지하려면 두 명이 필요해요. 그 사람은 늘 연기를 했어요. 그 사람은 자신이 훌륭한 연인이라고 생각했죠. 가끔 전 심지어 그 사람이 한동안 발기 불능을 겪길 바라기까지 했다니까요. 그러면 좀 자신감을 잃을까 해서요.

그 사람만큼 열심히 사랑하면서 자신감 넘치는 사람을 본 적이 없어요. 사람은 뭔가 사랑하면 그걸 잃을까 봐 두려워해요. 그렇지 않나요?」 비어트리스가 말했다. 「아, 이런, 제가 당신에게 왜 이런 이야기를 하고 있죠? 가서 마이크로필름이랑 전보로 보낼 암호나 만들어요.」 비어트리스가 문 너머를 보았다. 「루디는 자기 침대에 누워 있네요. 다시 비행기 멀미가 나나 봐요. 이렇게 오랫동안 멀미가 날 수도 있나요? 침대가 없는 방은 없어요? 침대에 앉으면 늘 말이 많아져요.」 그녀가 다른 문을 열었다. 「식탁에 점심이 차려져 있네요. 콜드미트랑 샐러드. 2인분. 이걸 다 누가 차렸죠? 꼬마 요정인가요?」

「아침에 도우미가 와서 두 시간 동안 집안일을 도와줘요.」

「저 뒤편 방은 누구 건가요?」

「밀리 방이에요. 거기에도 침대가 있어요.」

3장

1

어떻게 하든 워몰드는 이 상황이 불편했다. 워몰드는 시푸엔테스 공학자와 산체스 교수의 비정기 급여, 그리고 자신과 〈후안 벨몬테〉의 수석 공학자, 누드 댄서 테레사의 월급을 청구하는 데 익숙해져 있었다. 술주정뱅이 비행기 조종사는 대개 위스키로 급여를 갈음했다. 워몰드는 그 돈을 은행에 예금했다. 훗날 밀리의 지참금으로 쓰기 위해서였다. 그리고 당연하게도 이러한 지출을 정당화하기 위해, 그는 정기적으로 보고서를 작성해야 했다.

커다란 지도, 서반구를 다루는 난의 상당한 지면을 쿠바에 할애하는 주간지 『타임』, 정부에서 발행하는 다양한 경제 간행물, 그리고 그 무엇보다 상상력의 도움을 받아, 워몰드는 보고서를 일주일에 적어도 한 개씩 작성했고, 비어트리스가 도착하기 전까지는 매주 토요일 저녁 시간에 꼬박꼬박 숙제를 했다. 산체스 교수는 경제 쪽 전문가였고, 시푸엔테스 공학자는 오리엔테의 산속에 있는 수수께끼 건축물을 다루었다(그의 보고서는 쿠바나 항공 조종사의 보고서와 일치할 때도 있고 그렇지 않을 때도 있었다. 둘의 내용이 서로 다른 건 보고서의 진실성에 풍미를 더했다). 수석 공학자는 산티아고, 마탄사스, 시엔푸에고스의 노동 상황을 설명했고, 커지고 있는 해군의 동요에 대해 보고했다. 누드 댄서는 국방부 장관과 우정청장의 사생활과 기묘한 성적 취향에 대해 상스러울 정도로 자세한 내용을 알려 줬다. 그녀의 보고서는『컨피덴셜』지에 나오는 영화배우들의 기사와 많은 부분 비슷했다. 이 분야에 대한 워몰드의 상상력이 아주 좋지는 않았기 때문이다.

이제 비어트리스가 와 있어, 워몰드는 토요일 저녁의 일과보다 훨씬 더 큰 걱정거리가 생겼다. 비어트리스가 가르쳐 주겠노라고 고집 부리는 마이크로 사진술에 대한 기본 훈련뿐 아니라, 루디를 기쁘게 할 전보 내용도 생각해 내야 했으며, 워몰드가 전보를 보내면 보낼수록 답장도 더 많이 돌아왔다. 이제 런던은 오리엔테의 시설 사진을 보내라고 매주 그를 닦달했으며, 비어트리스는 그의 요원들을 넘겨받으려 점점 더 안달이 났다. 비어트리스는 지부의 장이 정보원들을 직접 만나는 건 규칙 위반이라고 말했다.

한번은 워몰드가 비어트리스를 데리고 컨트리클럽에 저녁 식사를 하러 갔는데, 하필 운 나쁘게도 누가 시푸엔테스 공학자를 호출했다. 그러자 아주 키가 크고 마른 사팔뜨기 남자가 근처 테이블에서 일어났다.

「저 사람이 시푸엔테스인가요?」비어트리스가 날카롭게 물었다.

「네.」

「하지만 시푸엔테스가 예순다섯 살이라고 했잖아요.」

「나이에 비해 젊어 보입니다.」

「그리고 배불뚝이라고 했고요.」

「〈배불뚝이〉가 아니라 〈배불렉이〉라고 했어요. 사팔뜨기를 뜻하는 이 지역 방언입니다.」아슬아슬한 순간이었다.

그 뒤로 비어트리스는 워몰드의 상상 속 인물 가운데 좀 더 낭만적인 인물, 즉 쿠바나 항공의 조종사에게 관심을 보이기 시작했다. 비어트리스는 열과 성을 다해 조종사에 대한 기존 정보를 색인 카드에 완벽히 정리해 넣었고, 아주 개인적인 세부 정보들을 더 원했다. 라울 도밍게스는 확실히 연민의 정을 자아내게 하는 구석이 있었다. 그는 스페인 내전 학살 때 아내를 잃어 양쪽 모두에, 특히 공산주의 친구들에게 환멸을 느꼈다. 비어트리스가 워몰드에게 라울에 대해 물어보면 물어볼수록 그 사람에 대한 묘사는 더 치밀해졌고, 그럴수록 비어트리스는 그 사람을 더 만나고 싶어 했다. 가끔 워몰드는 라울에 대한 질투심으로 부아가 치밀어 오르기까지 했고, 그럴 때면 라울을 헐뜯으려 했다. 「그 사람은 하루에 위스키 한 병을 마셔요.」워몰드가 말했다.

「그건 외로움과 아픈 기억을 잊으려는 거죠.」비어트리스가 말했다. 「〈당신은〉 뭔가 잊고 싶었던 적이 없나요?」

「누구나 가끔은 그렇지 않나요.」

「저는 그런 외로움이 어떤 건지 알아요.」비어트리스가 동정심을 담아서 말했다. 「그 사람은 하루 종일 마시나요?」

「아니요. 가장 끔찍할 때는 새벽 2시예요. 그때 잠에서 깨면 생각이 많아 다시 잘 수가 없고, 그래서 자는 대신 술을 마시죠.」라울에 대한 그 어떤 질문을 들어도 곧바로 대답이 튀어나와 워몰드 자신도 깜짝 놀랐다. 워몰드와 라울은 마치 의식의 경계에 사는 듯했다. 워몰드가 불을 켜기만 하면 라울과 워몰드 둘 다 뭔가 자기 성격을 보여 주는 행동을 하다가 그대로 정지한 모습이 보였다. 비어트리스가 도착하고 얼마 안 되어 라울의 생일이 되었다. 비어트리스는 라울에게 샴페인 한 상자를 선물하자고 제안했다.

「그는 마시지 않을걸요.」워몰드는 이유도 모른 채 말했다. 「위산 과다로 고생 중이에요. 샴페인을 마시면 발진이 생겨요. 반면에 교수는 샴페인 말고는 안 마시고요.」

「비싼 취향이네요.」

「타락한 취향이죠.」워몰드가 아무 생각 없이 말했다. 「그 사람은 스페인산 샴페인을 좋아합니다.」자신도 모르는 사이 이 사람들이 어둠 속에서 슬그머니 자라나, 워몰드는 가끔 두려움을 느꼈다. 눈길이 닿지 않는 곳에서 테레사는 무엇을 하고 있을까? 워몰드는 그에 대해 생각하고 싶지 않았다. 연인 두 명을 두고 사는 삶이 어떤가에 대해 테레사는 부끄러움 없이 당당하게 설명했고, 이에 워몰드는 충격을 받곤 했다. 하지만 당면한 문제는 라울이었다. 그래서 때로 워몰드는 진짜로 요원을 포섭했으면 차라리 더 쉬웠겠다는 생각이 들기도 했다.

위몰드는 목욕할 때 생각에 가장 집중할 수 있었다. 어느 날 아침 위몰드가 집중하고 있는데, 분노의 고함 소리와 주먹으로 문을 계속 두드리는 소리가 나더니 누군가 거칠게 계단을 올라오는 소리가 들렸다. 하지만 그는 막 창조적인 순간에 이르렀기에 욕실의 증기 너머 세상에 아무런 신경도 쓰지 않았다. 라울은 음주 문제로 쿠바나 항공에서 막 해고되었다. 그로 인해 라울은 낙담했다. 이제 실직자 신세였던 것이다. 그는 캡틴 세구라와 불편한 만남을 가졌고, 캡틴 세구라에게 위협을 받았다······.

「괜찮으세요?」 밖에서 비어트리스가 외쳤다. 「설마 죽어 가고 있는 건 아니죠? 문을 부수고 들어갈까요?」

위몰드는 허리에 수건을 두르고 이제 사무실로 변한 자신의 침실로 들어갔다.

「밀리가 화나서 펄펄 뛰었어요.」 비어트리스가 말했다. 「밀리는 목욕도 걸렀어요.」

「역사의 진행 방향을 바꿀 만한 순간이군요.」 위몰드가 말했다. 「루디는 어디 있나요?」

「당신이 주말 휴가를 주셨잖아요.」

「신경 쓰지 말아요. 영사관을 통해 전보를 보내면 돼요. 암호책을 가져다주세요.」

「그건 금고에 있어요. 비밀번호가 뭐죠? 당신 생일이죠, 그렇죠? 12월 6일이던가?」

「제가 바꿨어요.」

「당신 생일을요?」

「아니, 아니요. 당연히 금고 번호죠.」워몰드는 설교 조로 말했다. 「우리 모두를 위해, 번호를 아는 사람이 적으면 적을수록 좋잖아요. 루디와 저만 알면 충분합니다. 아시겠지만, 중요한 건 절차를 따르는 거니까요.」워몰드는 루디의 방으로 가서 다이얼을 돌리기 시작했다. 왼쪽으로 네 번, 그리고는 생각에 잠겨 오른쪽으로 세 번. 그의 수건이 자꾸만 미끄러져 내렸다. 「게다가 제 생일은 외국인 등록증을 보면 누구나 알 수 있잖습니까. 제일 위험한 번호죠. 가장 먼저 시도해 볼 번호에 들어갑니다.」

「계속하세요.」비어트리스가 말했다. 「한 번 더 돌리세요.」

「이건 누구도 알아낼 수 없어요. 절대 안전합니다.」

「왜 안 돌리고 가만히 계세요?」

「실수를 한 모양입니다. 다시 시작해야 합니다.」

「이 번호는 확실히 안전해 보이네요.」

「제발 다른 곳을 봐주세요. 계속 보고 있으니 떨려서 못 하겠습니다.」비어트리스가 자리를 떠나 벽을 보고 섰다. 그녀가 말했다. 「언제 다시 돌아서면 되는지 알려 주세요.」

「아주 이상하네요. 이 빌어먹을 것이 고장 난 모양입니다. 전화로 루디를 불러 주세요.」

「안 돼요. 전 루디가 어디에서 묵는지 몰라요. 바라데로 해변에 갔어요.」

「제길!」

「번호를 어떤 식으로 기억했는지 말씀해 주시면, 제가 어쩌면……」

「대고모님 전화번호였습니다.」

「그분이 어디 사시는데요?」

「옥스퍼드 우드스톡 로드 95번지요.」

「왜 하필 대고모님을 고르셨나요?」

「그러면 안 될 이유라도 있나요?」

「옥스퍼드에 연락해서 알아낼 수 있을 거예요.」

「도움이 될지 의문입니다.」

「대고모님 성함이 어떻게 되나요?」

「그것도 잊어버렸습니다.」

「자물쇠 번호는 정말로 안전하겠네요. 안 그래요?」

「우리는 늘 그분을 케이트 대고모님이라고만 알았습니다. 어쨌든 그분은 15년 전에 돌아가셨고, 번호는 바뀌었을 겁니다.」

「왜 그 번호를 고르셨는지 모르겠네요.」

「아무 이유 없이 평생 머릿속에서 떠나지 않는 번호가 하나도 없으세요?」

「머릿속에서 떠나지 않는 번호처럼 보이지 않는데요.」

「금방 기억날 겁니다. 7, 7, 5, 3, 9 비슷한 겁니다.」

「맙소사, 옥스퍼드의 전화번호가 다섯 자리 맞을 거예요.」

「77539로 나오는 모든 조합을 시도해 보면 됩니다.」

「그게 몇 개나 되는지 아세요? 거의 6백 개는 될걸요. 전보가 급한 게 아니었으면 좋겠네요.」

「7만 빼고 다른 번호는 확실합니다.」

「그건 좋네요. 어느 7요? 이제 아마도 6천 개 정도의 조합을 시도해 봐야 할 거예요. 제가 수학자는 아니지만요.」

「분명 루디가 어딘가에 적어 놨을 겁니다.」

「아마 물에 들어갈 때도 가지고 있으려고 방수 종이에 적어 뒀을 거예요. 우리는 일을 제대로 할 줄 알거든요.」

「아마도요.」 워몰드가 말했다. 「그냥 원래 암호를 쓸걸 그랬네요.」

「그건 그리 안전하지가 않아요. 하지만…….」 그들은 마침내 밀리의 침대 옆에서 찰스 램의 책을 찾아냈다. 책 귀퉁이가 접힌 걸로 보아, 밀리는 『베로나의 두 신사』 중간 부분을 읽고 있었다.

「전보 내용을 받아 적으세요. 3월 ×일 ×번.」 워몰드가 말했다.

「오늘이 며칠인지조차 모르시는 거예요?」

「〈59200/5가 보냄 A 문단 시작 59200/5/4가 음주로 인해 해고되었음 마침표 그는 자신의 생명이 위태로울 스페인으로 추방될까 봐 두려워함 마침표.〉」

「가엾은 우리 라울.」

「〈B 문단 시작 59200/5/4…….〉」

「그냥 〈그〉라고 쓰면 안 될까요?」

「좋아요, 그. 〈그는 이런 상황이 올 수도 있다는 걸 예상했을 거고 적절한 보너스와 자메이카의 도피처를 보장한다면 경비행기로 비밀 건설 현장으로 날아가 사진을 찍어 올 수 있을 것임 마침표 C 문단 시작 그는 산티아고에서 비행을 시작해야 할 것이고 만약 59200이 착륙에 필요한 준비를 해줄 수 있다면 킹스턴에 착륙할 것임 마침표.〉」

「마침내 우리가 한 건 하네요, 안 그래요?」 비어트리스가 말했다.

「〈D 문단 시작 마침표 59200/5/4가 쓸 비행기를 빌릴 비용으로 5백 달러를 승인해 주기 바람 마침표 그리고 아바나 공항의 직원에게 줄 뇌물로 2백 달러가 더 필요할 수 있음 마침표 E 문단 시작 오리엔테산맥 위를 감시하는 정찰기들에 발각될 위험을 고려할 때 59200/5/4의 보너스는 넉넉해야 함 마침표 1천 달러를 제안함 마침표.〉」

「아주 큰돈이네요.」 비어트리스가 말했다.

「〈메시지 끝.〉 계속해요. 안 쓰고 뭐 해요?」

「적절한 문구를 찾으려는 중이에요. 저는 램의 『셰익스피어 이야기』가 진짜 별로예요. 당신은요?」

「1천7백 달러.」 워몰드가 생각에 잠겨 말했다.

「2천 달러라고 했어야 해요. 회계과는 딱 떨어지는 숫자를 좋아해요.」

「너무 낭비하는 것처럼 보이는 건 원치 않아요.」 워몰드가 말했다. 1천7백 달러면 스위스의 교양 완성 학교[37] 1년 치 학비로 충분할 터였다.

「즐거워 보이시네요.」 비어트리스가 말했다. 「그 사람을 사지로 보낸다는 생각은 안 드세요?」 워몰드는 생각했다.

37 사회로 나가기 전 여성의 교양과 매너를 집중적으로 교육하던 학교. 주로 1년 과정이 많았다.

〈제가 계획한 게 바로 그거라고요.〉

워몰드가 말했다. 「영사관에 이 전보는 최우선이어야 한다고 말해 주세요.」

「이건 양이 많아요.」 비어트리스가 말했다. 「이 문장 어때요? 〈그는 폴리도어와 캐드월을 왕에게 데려가, 그 둘이 자신이 잃어버렸던 아들인 기데리어스와 아비라거스라고 말했다.〉[38] 셰익스피어가 좀 지루할 때가 있어요. 안 그런가요?」

2

일주일 뒤, 워몰드는 비어트리스를 데리고 항구 근처 생선 요리 전문 레스토랑에 저녁 식사를 하러 갔다. 요청한 허가가 났지만, 요청 금액에서 2백 달러가 깎여, 결국 회계과는 딱 떨어지는 숫자로 지불했다. 워몰드는 라울이 위험한 비행을 하기 위해 공항으로 운전해서 가는 모습을 마음속에 그렸다. 아직 이야기가 완성된 건 아니었다. 실제 삶과 마찬가지로, 사고가 일어날 수도 있었다. 가령 등장인물 하나가 이야기를 끌고 가기 시작하는 것이다. 어쩌면 라울은 비행을 하기 전에 제지당할 수도 있었다. 공항으로 가다가 경찰차에 잡힐 수도 있었다. 그는 캡틴 세구라의 고문실 속으로 사라질 수도 있었다. 언론에는 그 어떤 언급도 없을 것이다. 워몰드는 라울이 고문에 못 이겨 입을 열 경우에 대비해 연락을

38 셰익스피어의 희곡 『심벨린』의 한 구절.

끊겠노라고 런던에 경고할 것이다. 마지막 연락을 한 뒤 무선 장비를 분해해서 감추고, 최후의 순간 모든 것을 태워 없애야 할 경우에 대비해 셀룰로이드 판을 항상 가까운 곳에 둘 것이다……

또는 어쩌면 라울은 안전하게 이륙하겠지만, 오리엔테산맥에서 정확히 무슨 일이 일어났는지 그들은 결코 알지 못하리라. 이야기가 어떻게 전개되든 하나는 분명했다. 그는 자메이카에 도착하지 못할 것이고, 사진도 없으리라.

「무슨 생각을 하세요?」 비어트리스가 물었다. 워몰드는 속을 채운 닭새우 요리에 손도 대지 않은 상태였다.

「라울을 생각하고 있었어요.」 대서양에서 바람이 불어왔다. 항구 저편의 〈모로 캐슬〉[39]은 돌풍을 향해 다가가는 정기 여객선처럼 보였다.

「불안하세요?」

「당연히 불안하죠.」 만약 라울이 자정에 출발했다면 새벽이 되기 바로 전에 산티아고에서 주유했을 것이다. 산티아고에서 일하는 사람들은 친절한 반면, 오리엔테 지방의 모든 사람은 마음속으로 반란군이라 할 수 있었다. 이윽고 사진을 찍을 만큼은 날이 밝지만 순찰기들이 뜨기엔 아직 이른 시각에 라울은 산과 숲 위로 정찰을 시작할 터였다.

「그 사람은 술꾼 아니었나요?」

「더는 안 마신다고 제게 약속했어요. 하지만 알 수 없는 법이죠.」

39 아바나만 입구를 방어하는 요새.

「가엾은 라울.」

「가엾은 라울.」

「그 사람은 즐거움이 뭔지 한 번도 느껴 보지 못했죠? 테레사에게 소개해 주지 그랬어요.」

워몰드는 비어트리스를 날카롭게 보았지만, 그녀는 자신의 닭새우 요리에 푹 빠져 있는 듯했다.

「그건 별로 안전하지 않아요, 안 그런가요?」

「아휴, 보안이 이리저리 걸리적거리네요.」 비어트리스가 말했다.

저녁 식사를 마치고 두 사람은 마세오 대로를 따라 내륙 쪽으로 걸어갔다. 축축하고 바람이 심한 밤길을 걷는 이는 거의 없었고, 차도 한산했다. 대서양 쪽에서 큰 파도들이 밀려와 방파제를 때려 댔다. 길 너머 4차선 도로 위까지 물보라를 흩뿌리고, 그들이 걷는 우묵우묵 얽은 기둥들 아래를 비처럼 때려 댔다. 동쪽에서 구름들이 몰려들었다. 워몰드는 아바나의 느릿느릿한 침식의 일부가 된 느낌이었다. 15년은 긴 시간이었다. 그가 말했다. 「저기 보이는 빛 가운데 하나가 아마 라울일 거예요. 정말 고독한 기분이겠네요.」

「소설가처럼 말하시네요.」 비어트리스가 말했다.

워몰드는 기둥 아래에서 발걸음을 멈추고 초조함과 의심이 담긴 눈으로 비어트리스를 바라보았다.

「무슨 뜻인가요?」

「아, 별 의미는 없었어요. 가끔은 당신이 요원들을 소설 속 등장인물 다루듯 한다는 생각이 들어서요. 하지만 저기 위에

「있는 건 진짜 사람이잖아요.」

「듣기에 좀 거북하네요.」

「아, 그냥 듣지 않은 걸로 하세요. 당신이 진심으로 아끼는 사람 이야기를 해주세요. 당신 아내, 그분 이야기를 좀 해주세요.」

「예쁜 여자죠.」

「보고 싶으세요?」

「물론이죠, 그 여자 생각을 할 때면요.」

「저는 피터가 보고 싶지 않아요.」

「피터요?」

「제 남편요, 유네스코.」

「그러면 당신은 운이 좋은 거예요. 자유로우니까요.」 워몰드는 자기 손목시계를, 그리고 하늘을 보았다. 「지금쯤이면 마탄사스 위를 날고 있겠군요. 어디서 지체되지 않으면요.」

「그쪽으로 보내신 거예요?」

「아, 어떻게 가야 할지는 당연히 라울이 결정해요.」

「그리고 자신의 결말요?」

비어트리스의 목소리에 담긴, 왠지 적대적인 기운에 워몰드는 다시 한번 깜짝 놀랐다. 비어트리스가 벌써 그를 의심하는 게 가능할까? 워몰드는 빠르게 발걸음을 옮겼다. 두 사람은 카르멘 바와 차차 클럽을 지났다. 18세기 외관 건물의 낡은 셔터들 위에 선명한 색으로 칠해진 간판들이 걸려 있었다. 침침한 실내에서 밖을 내다보는 이들이 있었다. 아름다운 얼굴들, 갈색 눈, 검은 머리, 스페인 사람들과 밝은 피부색의 흑백 혼혈인들. 바에 아름다운 엉덩이를 기댄 채 바닷물에 젖은 거리로 누군가 지나가길 기다리는 사람들. 아바나에서 사는 건 인간의 아름다움을 컨베이어 벨트에서 조립하는 공장에서 사는 것과 마찬가지였다. 워몰드는 아름다움을 원하지 않았다. 그는 가로등 아래 서서 비어트리스의 두 눈을 정면으로 바라보았다. 그는 정직하고 싶었다. 「우리, 어디로 가는 건가요?」

「모르시는 거예요? 라울의 비행처럼 모두 계획되어 있는 것 아니었어요?」

「저는 그냥 걷는 거였습니다.」

「무선기 옆에 앉아 있고 싶지 않으세요? 루디가 근무 중이에요.」

「새벽 전에는 아무 소식도 없을 겁니다.」

「그러면 산티아고에서 추락했다고 늦게 연락할 계획도 없는 건가요?」

걱정과 소금기 때문에 워몰드의 입술이 바짝 타들어 갔다. 비어트리스가 모든 걸 눈치챈 게 분명했다. 비어트리스가 호손에게 그 사실을 보고할까? 〈그들〉의 다음 행동은 무엇일까? 이 건은 법적으로 어쩔 도리 없어도, 워몰드가 영국으로 영원히 돌아오지 못하게 막을 수는 있을 듯했다. 그는 생각했다. 비어트리스는 곧바로 비행기를 타고 돌아갈 것이고, 그의 삶은 예전으로 돌아갈 것이다. 물론 그렇게 되는 게 훨씬 나았다. 그의 삶이 온전히 밀리의 것이던 때가. 워몰드가 말했다. 「무슨 의미인지 모르겠네요.」 거대한 파도가 대로의 방파제에 부딪히더니 이윽고 플라스틱 눈으로 덮인 크리스마스트리처럼 솟아올랐다. 그러고 나서 파도는 시야에서 사라졌고, 조금 떨어진 나시오날 쪽 도로에서 또 다른 크리스마스트리가 솟아났다. 워몰드가 말했다. 「저녁 내내 이상하게 행동하시더군요.」 시간 끌어 봤자 소용없었다. 만약 게임을 끝내야 할 상황이라면 빨리 끝내는 게 나았다. 그가 말했다. 「무슨 말을 하고 싶은 건가요?」

「공항에서나 비행 도중에 추락 사고가 없을 거라는 뜻인가요?」

「그걸 제가 어떻게 알겠습니까?」

「저녁 내내 마치 이미 안다는 듯이 구셨잖아요. 라울을 살아 있는 사람이 아닌 것처럼 말씀하셨어요. 꼭 재능 없으면서 극적 효과를 노리는 소설가처럼 라울의 죽음을 애도하는 시를 읊고 계셨다고요.」

거센 바람 때문에 두 사람은 부딪혔다. 비어트리스가 말했다. 「다른 사람들을 위험한 곳으로 보내는 게 넌더리 난 적 없으세요? 왜 그런 일을 해요? 『보이스 온 페이퍼』[40]에 기고할 소설이라도 쓰시게요?」

「소설을 쓰는 건 그쪽 같은데요.」

「호손이나 당신 말을 믿지, 저는 안 믿어요.」 비어트리스가 분노하며 말했다. 「저는 얼간이나 멍청이로 사느니 차라리 악당이 되는 편을 택하겠어요. 이런 일 하지 않아도 이미 진

---

40 *Boy's own paper*. 19세기 후반에 나온 영국의 남학생 잡지. 모험담과 학교 이야기가 주를 이루었다.

공청소기 사업으로 충분히 벌지 않나요?」

「아니요, 밀리가 있으니까요.」

「호손이 당신을 접촉하지 않았다면요?」

워몰드는 우울한 심정으로 그 말을 농담으로 받아넘겼다. 「돈을 보고 재혼했을 수도 있죠.」

「다시는 결혼하지 않으실 작정인가요?」 비어트리스는 진지해지기로 작정한 듯했다.

「글쎄요,」 워몰드가 말했다. 「다시 할지 모르겠네요. 밀리는 그걸 결혼으로 생각하지 않을 거고, 아빠가 되어 아이에게 충격을 줄 수는 없으니까요. 집으로 돌아가서 무선을 들어 볼까요?」

「하지만 아무 소식도 없을 거라고 생각하시잖아요, 안 그래요? 그렇게 말씀하셨어요.」

워몰드가 애매하게 말했다. 「앞으로 세 시간 동안은 없을 거예요. 하지만 착륙하기 전에 무선이 올 거라고 생각해요.」 묘하게도, 워몰드는 긴장되기 시작했다. 그는 바람이 심한 하늘에서 무슨 메시지라도 제발 하나만 떨어져 주길 반쯤 바라기까지 했다.

비어트리스가 말했다. 「아무런 음모도 꾸미지 않았다고 약속해 주실래요?」

워몰드는 대답을 피하고 몸을 돌려 깜깜한 창문의 대통령궁으로 향했다. 대통령은 지난번 암살 시도 이후 절대로 그곳에서 잠을 자지 않았다. 그리고 보도 저쪽에서 닥터 하셀바허가 물보라를 피하기 위해 고개를 숙인 채 걸어가고 있었다. 아마도 원더 바에서 나와 집으로 돌아가는 듯했다.

「닥터 하셀바허.」 워몰드가 큰 소리로 그를 불렀다.

노인이 고개를 들었다. 잠시 워몰드는 그가 아무런 말 없이 등을 돌려 그냥 갈 거라고 생각했다. 「무슨 일입니까, 하셀바허?」

「아, 당신이군요, 워몰드 씨. 막 당신 생각을 하던 참이었습니다. 호랑이도 제 말 하면 온다더니.」 하셀바허는 농담으로 한 말이었지만, 워몰드는 하셀바허가 그 호랑이를 보고 깜짝 놀란 게 분명하다고 맹세라도 할 수 있었다.

「제 비서인 세번 부인 기억하시죠?」

「생일 파티. 네, 탄산수도요. 이렇게 늦은 시간에 뭘 하고 계십니까, 워몰드 씨?」

「저녁을 먹었고…… 산책을 좀 했습니다……. 당신은요?」

「저도 그렇지요.」

바람이 거칠게 부는 하늘에서 갑자기 엔진 소리가 들렸다. 그 소리는 커졌다가 다시 작아지더니 바람과 파도 소리에 묻혀 사라졌다. 닥터 하셀바허가 말했다. 「산티아고에서 출발한 비행기네요. 하지만 굉장히 늦은 시각이군요. 오리엔테의 날씨는 나쁠 게 분명한데요.」

「누군가 만나기로 하셨나요?」 워몰드가 물었다.

「아니요, 아니요, 아무 약속도 없습니다. 세번 부인과 함께 제 아파트에서 한잔하시겠습니까?」

난장판의 흔적은 사라지고 없었다. 액자들은 제자리에 걸려 있고, 금속 프레임 의자들이 어색한 손님들처럼 빙 둘러

자리 잡고 있었다. 아파트는 장례를 치르기 위해 화장하고 꾸며 놓은 사람처럼 다시 정돈되어 있었다. 닥터 하셀바허는 위스키를 따랐다.

「워몰드 씨에게 비서가 생기다니 참으로 잘됐습니다.」 닥터 하셀바허가 말했다. 「불과 얼마 전까지만 해도 장사가 안 되어 걱정했잖습니까. 새로 나왔다던 그 청소기⋯⋯.」

「세상일이란 게 별 이유 없이 바뀌기도 하니까요.」

워몰드는 젊은 시절 닥터 하셀바허가 제1차 세계 대전 당시 군복을 입고 찍은 사진이 있다는 걸 처음으로 알아차렸다. 아마도 침입자가 벽에서 떼어 낸 액자 가운데 하나인 듯했다. 「군대에 계셨는 줄 몰랐습니다, 하셀바허.」

「제가 의사 수련 과정을 밟고 있을 때 전쟁이 났습니다, 워몰드 씨. 그래서 아주 묘한 상황에 처했죠. 사람들을 치료하긴 했는데, 그 목적이 그 사람들이 빨리 회복해 다시 죽임당할 수 있게 하려는 거였으니까요. 원래 의사는 사람들을 더 오래 살게 하려고 치료하는데 말입니다.」

「언제 독일을 떠나셨나요, 닥터 하셀바허?」 비어트리스가 물었다.

「1934년에요. 그래서 전 무죄를 주장할 수 있답니다, 젊은 아가씨. 그게 당신이 궁금해하는 거라면요.」

「그런 의미가 아니었어요.」

「그러면 용서해 주십시오. 워몰드 씨에게 물어보시면 알 겁니다. 제가 늘 그런 의심을 받고 살았다는 걸요. 음악을 들어 볼까요?」

닥터 하셀바허는 「트리스탄」 레코드판을 올려 놓았다. 위몰드는 아내 생각을 했다. 아내는 심지어 라울보다도 더 비현실적이었다. 아내는 사랑과 죽음 같은 건 아무래도 좋았고, 오직 『여성의 집 저널』과 다이아몬드 약혼반지, 모르핀 섞인 무통 분만용 마취제에만 관심이 있었다. 위몰드는 방 저편에 있는 비어트리스 세번을 보았다. 위몰드가 볼 때, 비어트리스는 역사적 인물들의 독살, 아일랜드에서의 절망적인 이주,[41] 숲에서의 항복[42]과 같은 세계에 속하는 듯했다. 갑자기 닥터 하셀바허가 일어서더니 벽에서 플러그를 뽑고 말했다. 「죄송합니다, 전화가 오기로 해서요. 음악 소리가 너무 크네요.」

「환자 전화인가요?」

「꼭 그런 건 아닙니다.」 닥터 하셀바허가 위스키를 더 따랐다.

「실험을 다시 시작하셨나요, 하셀바허?」

「아니요.」 닥터 하셀바허는 절박한 눈으로 주위를 둘러보았다. 「죄송합니다, 탄산수가 다 떨어졌네요.」

「저는 스트레이트를 좋아해요.」 비어트리스가 말했다. 비어트리스는 책꽂이로 갔다. 「의학 서적 외에 읽으시는 게 있나요, 닥터 하셀바허?」

---

41 1846~1847년의 대기근으로 아일랜드에서 수백만 명이 아사하거나 외국으로 이주한 일을 말한다.

42 1918년에 연합군이 독일의 항복을 받아 콩피에뉴 숲에서 제1차 세계 대전 정전 협정 서명식을 했고, 같은 장소에서 제2차 세계 대전 중 1940년에 독일이 프랑스의 항복 서명을 받았다.

「거의 없어요. 하이네, 괴테. 다 독일 작가입니다. 독일 책을 읽으시나요, 세번 부인?」

「아니요, 하지만 여기에 영어 책이 몇 권 있네요.」

「어떤 환자가 진료비 대신 준 겁니다. 읽지는 않았습니다. 여기 위스키 받으십시오, 세번 부인.」

비어트리스는 책꽂이에서 돌아와 위스키를 받았다. 「저게 당신 고향집인가요, 닥터 하셀바허?」 비어트리스는 젊은 하셀바허 대위의 사진 옆에 걸린 석판화를 보고 있었다. 석판화는 빅토리아식의 짙고 어두운 색상들로 되어 있었다.

「저기서 태어났습니다. 아주 작은 마을이고, 오래된 우물들이 있고, 폐허가 된 성이 하나 있고…….」

「저기에 간 적이 있어요.」 비어트리스가 말했다. 「전쟁이 일어나기 전에요. 아버지가 데리고 가셨어요. 라이프치히 근처죠?」

「그렇습니다, 세번 부인.」 닥터 하셀바허가 우울한 눈으로 그녀를 바라보며 말했다. 「라이프치히 근처입니다.」

「러시아가 그곳을 망가뜨리지 않고 떠났길 바라요.」

닥터 하셀바허의 집 복도에 있는 전화기가 울렸다. 그는 잠시 망설였다. 「실례하겠습니다, 세번 부인.」 그가 말했다. 그는 등 뒤로 문을 닫고 복도로 갔다. 「동쪽이든 서쪽이든,」 비어트리스가 말했다. 「집이 최고예요.」

「런던으로 보고하고 싶겠죠? 하지만 저는 저 사람을 15년간 알아 왔습니다. 저 사람은 이곳에서 20년 넘게 살았습니다. 좋은 사람입니다, 가장 친한 친구고요…….」 문이 열리고 닥터 하셀바허가 돌아왔다. 그가 말했다. 「죄송합니다, 몸이 좋지 않군요. 오늘은 돌아가시고, 음악은 다른 날 저녁에 와서 들으셔야 할 것 같습니다.」 그는 의자에 털썩 앉더니 위스키 잔을 들었다가 다시 내려놓았다. 그의 이마에 땀이 흘렀지만, 실제로 꿉꿉한 밤이기도 했다.

「나쁜 소식인가요?」 워몰드가 물었다.

「네.」

「제가 도울 수 있을까요?」

「당신이요?」 닥터 하셀바허가 말했다. 「아니요, 〈당신〉은 도울 수 없습니다. 세번 부인도요. 환자냐고요?」 닥터 하셀바허가 고개를 저었다. 그는 손수건을 꺼내 이마를 닦았다. 「환자가 아니면 누구겠습니까?」

「저희는 가보는 게 좋겠네요.」

「네, 그러세요. 제가 말씀드린 그대로입니다. 누군가는 사람들이 오래 살 수 있도록 치료를 잘할 수 있어야죠.」

「무슨 말인지 모르겠습니다.」

「평화라는 게 과연 존재했을까요?」 닥터 하셀바허가 물었다. 「죄송합니다, 의사란 늘 죽음과 연관 있다 보니. 하지만 저는 좋은 의사가 아닙니다.」

「누가 죽었는데요?」

「사고가 있었습니다.」 닥터 하셀바허가 말했다. 「그냥 사고입니다. 물론, 사고죠. 공항 근처에서 자동차 한 대가 충돌했습니다. 젊은이였습니다······.」 그가 격분해서 말했다. 「늘 사방에서 사고가 일어납니다. 이것도 분명 사고일 겁니다.

그 친구는 술을 너무 좋아했습니다.」

　비어트리스가 말했다.「혹시 그 사람 이름이 라울인가요?」

「네,」닥터 하셀바허가 말했다.「그렇습니다.」

제4부

1장

1

위몰드가 문의 자물쇠를 열었다. 길 맞은편에서 비추는 가로등 불빛 속에, 묘비들처럼 둘러선 진공청소기들이 어렴풋이 보였다. 그는 계단으로 향했다. 비어트리스가 속삭였다. 「잠깐만요, 잠깐만요. 무슨 소리가······.」 닥터 하셀바허의 아파트를 나선 이후 둘 사이 첫 대화였다.

「무슨 일인데요?」

비어트리스가 손을 내밀어 카운터 위에 있던 금속 부품을 움켜쥐더니 그것을 곤봉처럼 들고 말했다. 「겁이 나요.」

〈제 반만큼도 아닐걸요.〉 위몰드는 생각했다. 글을 써서 인간을 존재하게 만들 수 있을까? 그렇다면 어떤 종류의 존재로? 셰익스피어는 덩컨[43]의 죽음에 대한 소식을 술집에서 들었을까? 또는 『맥베스』 원고를 완성한 뒤 침실 문을 두드리는 소리를 들었을까? 위몰드는 가게 안에 서서 용기를 내

---

43 셰익스피어의 희곡 『맥베스』의 등장인물.

기 위해 노래를 흥얼거렸다.

　　사람들은 지구가 둥글다고 하지요——
　　제 광기가 화를 내요.

「조용!」비어트리스가 말했다.「위층에서 누군가 움직이고
있어요.」
　워몰드는 자신이 겁내는 건 상상의 인물들이지 마루를 삐
걱거리게 할 수 있는 살아 있는 사람이 아니라고 생각했다.
그는 계단을 뛰어올라 가다가 어떤 그림자 때문에 돌연 멈춰
서야 했다. 그는 자신이 창조한 인물들을 모두 불러내 한꺼
번에 쓸어 없애고 싶은 충동을 느꼈다. 테레사, 수석 공학자,
교수, 공학자 모두.
　「너무 늦게 다니시네요.」밀리가 말했다. 화장실과 밀리의
방 사이 복도에 서 있던 그림자는 바로 밀리였다.
　「산책을 갔다 왔어.」
　「언니까지 데리고 돌아오신 거예요?」밀리가 물었다.「언
니는 더 놀게 두지 왜 그러셨어요?」
　비어트리스가 곤봉처럼 쥔 금속 부품을 언제든 휘두를 자
세로 조심스레 계단을 올라왔다.
　「루디가 깨어 있니?」
　「아닐걸요.」
　「만약 소식이 있었다면, 루디는 자지 않고 당신을 기다리
고 있었을 거예요.」비어트리스가 말했다.

만약 어떤 가상의 인물이 충분히 생생하게 살아 있어 죽을 수 있다면, 충분히 진짜여서 소식도 보낼 수 있을 터였다. 워몰드는 사무실 문을 열었다. 루디가 뒤척였다.

「무슨 소식 있어요, 루디?」

「아니요.」

「재미있는 일이 많았는데, 다 놓치셨어요.」 밀리가 말했다.

「재밌는 일들?」

「경찰들이 사방으로 다녔어요. 사이렌 소리도 엄청 났고요. 혁명이 난 줄 알고, 캡틴 세구라에게 전화까지 했어요.」

「뭐라든?」

「누군가 내무부에서 나오다 암살될 뻔했대요. 캡틴 세구라는 그게 분명 장관일 거라고 생각했지만, 아니었대요. 누군가 차창 너머로 총을 쏘고 도망쳤대요.」

「그게 누군데?」

「범인은 아직 안 잡혔어요.」

「내 말은…… 암살될 뻔한 사람?」

「평범한 사람이에요. 하지만 장관을 닮았대요. 저녁은 어디서 드셨어요?」

「빅토리아.」

「속을 채운 닭새우를 드셨어요?」

「응.」

「아빠가 대통령을 닮지 않아서 다행이에요. 캡틴 세구라 말로는, 시푸엔테스 박사가 너무 겁에 질려 바지에 오줌을 쌌고, 그런 다음 컨트리클럽에 가서 엄청 취했대요.」

「시푸엔테스 박사?」

「아시잖아요, 그 공학자.」

「놈들이 그 사람을 쐈다고?」

「착각해서 그런 거라고 말씀드렸잖아요.」

「우리 좀 앉아요.」 비어트리스가 말했다. 그 말은 비단 워
몰드뿐 아니라 자신을 위한 것이기도 했다.

워몰드가 말했다. 「그럼 식탁에 가서…….」

「저는 단단한 의자에 앉고 싶지 않아요. 뭔가 부드러운 거
면 좋겠어요. 울고 싶어질 것도 같거든요.」

「음, 침실도 괜찮다면.」 워몰드가 애매하게 말하며 밀리를
바라보았다.

「시푸엔테스 박사를 아세요?」 밀리가 측은해하며 비어트
리스에게 말했다.

「아니, 배불렉이라는 것만 알아.」

「배불렉이가 뭔데요?」

「네 아버지 말로는 사팔뜨기라는 단어의 사투리래.」

「아빠가 그렇게 말씀하셨어요? 맙소사.」 밀리가 말했다.
「언니는 뭘 몰라도 너무 모르네요.」

「밀리, 그만 가서 자지 않으련? 비어트리스와 나는 할 일이
있어.」

「일요?」

「그래, 일.」

「일하기엔 너무 늦은 시간인데요.」

「초과 근무 수당을 주셔.」 비어트리스가 말했다.

「진공청소기에 대해 몽땅 배우시는 거예요?」밀리가 물었다. 「지금 들고 계신 건 분무기예요.」

「그래? 누군가를 때려야 할 경우에 대비해 아무거나 집어든 거였어.」

「그러기엔 적합한 물건이 아니에요.」밀리가 말했다. 「연장 파이프가 달렸잖아요.」

「그게 어때서?」

「적절하지 못한 순간에 펼쳐질 수도 있어요.」

「밀리야, 제발……」위몰드가 말했다. 「2시가 다 됐어.」

「걱정 마세요, 가요. 그리고 시푸엔테스 박사를 위해 기도할 거예요. 총에 맞는 건 심각한 문제잖아요. 총알이 벽돌 벽에 박혔대요. 시푸엔테스 박사는 정말 큰일날 뻔했어요.」

「라울이라는 사람을 위해서도 기도해 주렴.」비어트리스가 말했다. 「〈그 사람〉은 죽었어.」

위몰드는 침대에 반듯이 누워 눈을 감았다. 「이해가 안 가요.」그가 말했다. 「하나도 이해가 안 가요. 이건 우연이에요. 그래야만 해요.」

「그자들이 난폭해지고 있어요. 그자들이 누군지는 모르겠지만.」

「하지만 왜요?」

「스파이는 위험한 직업이에요.」

「하지만 시푸엔테스는 진짜…… 그 사람은 중요한 인물이 아니었어요.」

「오리엔테의 그 시설들은 중요해요. 당신의 요원들은 정체가 탄로 나는 경향이 있는 듯하네요. 어쩌다 들킨 걸까요? 산체스 교수와 그 여자에게도 경고해야 돼요.」

「그 여자라뇨?」

「누드 댄서요.」

「하지만 어떻게요?」 워몰드는 자신에게 아무런 요원도 없다는 사실, 시푸엔테스 공학자나 산체스 교수나 테레사를 만난 적이 없으며, 테레사와 라울은 존재하지도 않는다는 사실을 차마 얘기할 수 없었다. 라울은 단지 죽임을 당하기 위해 잠시 존재했다는 말을 할 수가 없었다.

「밀리가 이게 뭐라고 했죠?」

「분무기요.」

「어디선가 이 비슷한 걸 본 적이 있어요.」

「그랬을 거예요. 진공청소기에는 대부분 그게 있어요.」 워몰드는 비어트리스에게서 분무기를 건네받았다. 그는 호손에게 보낸 그림 중에 분무기가 있었는지 기억나지 않았다.

「이제 저는 뭘 해야 하나요, 비어트리스?」

「제 생각에, 당신 요원들은 잠시 숨어 있어야 해요. 물론 여긴 말고요. 이곳은 너무 좁고, 어쨌든 안전하지도 않아요. 수석 공학자는요? 그 사람이 다른 요원들을 밀항시킬 수 있을까요?」

「그 사람은 지금 시엔푸에고스로 항해 중입니다.」

「어쨌든 그 사람도 아마 발각될 거예요.」 비어트리스가 신중하게 말했다. 「그자들이 왜 당신과 저는 여기까지 무사히 돌아오게 했는지 모르겠네요.」

「무슨 말이에요?」

「그자들이 마음만 먹었다면 우리를 면전에서 손쉽게 쐈을 거예요. 아니, 어쩌면 우리를 미끼로 쓰고 있는 것일지도 모르죠. 물론 당신이 좋은 미끼가 아니라고 판명되면 없애 버릴 거고요.」

「당신, 굉장히 무서운 사람이네요.」

「어, 아니에요. 우리는 『보이스 온 페이퍼』의 세계로 돌아와 있는 것뿐이에요. 당신은 운이 좋다고 생각하셔도 돼요.」

「왜요?」

「『선데이 미러』일 수도 있었어요. 요즘에는 유명한 잡지를 따라 세계를 바꾸거든요. 제 남편은 『인카운터』에서 나왔어요. 우리가 생각해야 할 질문은 〈그자들이〉 어느 잡지에 속해 있는가 하는 거예요.」

「그자들이라뇨?」

「그자들 역시 『보이스 온 페이퍼』에 속해 있다고 가정해 봐요. 그자들은 러시아 스파이일까요, 독일 스파이일까요, 미국 스파이일까요? 쿠바 스파이일 가능성이 가장 커요. 그 콘크리트 플랫폼은 정부 것이 분명해요, 그렇지 않은가요? 가엾은 라울. 그 사람이 즉사했기를 바라요.」

워몰드는 비어트리스에게 모든 걸 털어놓고 싶은 충동이 일었지만, 뭐가 〈모든 것〉이란 말인가? 그는 더는 알지 못했다. 라울이 살해되었다. 하셀바허가 그렇게 말했다.

「우선 상하이 시어터로 가요.」 비어트리스가 말했다. 「아직 열려 있을까요?」

「두 번째 공연은 아직 끝나지 않았어요.」

「경찰이 우리보다 먼저 그곳에 가지 않는다면요. 물론 그자들이 시푸엔테스 공학자를 노렸을 때는 경찰을 쓰지 않았지만요. 그 사람은 아마도 너무 중요했을 거예요. 누군가를 죽여야 한다면 스캔들을 피해야 하니까요.」

「저는 그런 식으로 생각해 본 적이 없어요.」

비어트리스는 협탁의 조명을 끄고 창가로 갔다. 그녀가 말했다. 「뒷문이 있나요?」

「아니요.」

「뒷문을 달아야 해요.」 비어트리스가 마치 건축가라도 되는 듯 경쾌하게 말했다. 「다리를 저는 흑인을 아세요?」

「아마 조일 거예요.」

「그 사람이 천천히 지나가네요.」

「그 사람은 야한 엽서를 팔아요. 집에 가는 것뿐이에요.」

「물론 저렇게 다리를 절면서 당신을 미행하지는 못하겠죠. 저 사람이 그자들의 눈일 수도 있어요. 어쨌든 우리는 위험을 무릅써야 해요. 그자들은 오늘 밤에 우리 조직을 일망타진하려는 게 분명해요. 여자들과 아이들이 먼저예요. 교수는 나중에 구해도 돼요.」

「하지만 저는 테레사를 극장에서 본 적이 한 번도 없습니다. 극장에서는 아마도 다른 이름을 쓸 겁니다.」

「하지만 아무리 옷을 다 벗었다 해도 그 여자가 누군지 알아볼 수는 있겠죠? 비록 여자들은 옷을 벗으면 다 비슷해 보이지만요.」

「당신은 가면 안 될 것 같아요.」

「가야만 해요. 그래야 만약 한 명이 저지당하더라도 다른 한 명은 뚫고 나갈 수 있죠.」

「제 말은 상하이 시어터예요. 그건 『보이스 온 페이퍼』가 아니에요.」

「결혼도 아니죠.」 비어트리스가 말했다. 「유네스코에서조차요.」

2

잔야 스트리트 근처 좁은 거리에 있는 상하이 시어터는 주위에 동굴 같은 술집들이 둘러서 있었다. 〈포즈들〉이라고 쓰인 간판이 걸려 있었는데, 무슨 이유에서인지 표를 도로에서 팔았다. entr'acte(막간)에 오락거리를 원하는 사람들을 위해 로비에 포르노물 판매소를 설치한 탓에 매표소를 설치할 공간이 없었기 때문인 듯했다. 거리에서는 흑인 포주들이 호기심 어린 눈으로 그들을 지켜보았다. 이곳에 유럽인 여자가 나타나는 건 보기 드문 광경이었기 때문이다.

「영국과는 느낌이 아주 다르네요.」 비어트리스가 말했다.

자릿값은 다 합쳐 1페소 25센트였고, 커다란 홀에는 빈자리가 거의 없었다. 그들을 자리까지 안내해 준 이는 위몰드에게 포르노 엽서 한 묶음을 1페소에 사지 않겠느냐고 제안했다. 위몰드가 거절하자, 그는 주머니에서 두 번째 묶음을

197

꺼냈다.

「원하면 사세요.」 비어트리스가 말했다. 「그것 때문에 당혹스러우시면 저는 쇼에서 눈을 떼지 않을게요.」

「별 차이 없어요.」 워몰드가 말했다. 「쇼랑 엽서랑.」

안내원은 혹시 숙녀분께서 마리화나 담배를 피우고 싶으냐고 물었다.

「Nein, danke(고맙지만, 사양할게요).」 비어트리스가 언어를 혼동해 독일어로 말했다.

무대 양쪽에는 여자들 물이 좋다고 평판이 난 인근 클럽을 안내하는 포스터들이 붙어 있었다. 표지판에는 관객들이 댄서들을 괴롭히면 안 된다는 내용이 스페인어와 문법이 엉망인 영어로 적혀 있었다.

「누가 테레사인가요?」 비어트리스가 물었다.

「가면을 쓴 뚱뚱한 사람이 테레사 같아요.」 워몰드가 아무나 집어 말했다.

그 여자는 벌거벗은 커다란 엉덩이를 씰룩이며 막 무대를 떠나는 참이었고, 관객들은 손뼉을 치고 휘파람을 불었다. 이윽고 조명이 꺼지고 스크린이 내려왔다. 영화가 시작되었다. 처음에는 꽤 잔잔한 내용이었다. 영화는 자전거 타는 이, 숲속 풍경, 펑크 난 타이어, 우연한 만남, 밀짚모자를 들어 올리는 신사를 보여 주었다. 영상이 굉장히 흔들리고 아주 뿌옜다.

비어트리스는 조용히 앉아 있었다. 함께 이 사랑의 청사진을 보는 동안, 두 사람 사이에는 묘한 친밀감이 흘렀다. 그들에게도 저런 동작들이 세상 그 무엇보다 중요하던 때가 있었다. 욕망의 행동과 사랑의 행동은 같다. 그것은 감정과 마찬가지로 왜곡할 수 없다.

불이 켜졌다. 두 사람은 말없이 앉아 있었다. 「입술이 마르네요.」 워몰드가 말했다.

「저는 삼킬 침조차 없어요. 지금 무대 뒤로 가서 테레사를 만나면 안 되나요?」

「이것 다음에 다른 영화를 상영하고, 그 뒤에 댄서들이 다시 나와요.」

「전 영화를 한 편 더 견딜 만큼 강하지 못해서요.」 비어트리스가 말했다.

「쇼가 다 끝나기 전에는 우리를 무대 뒤로 들여보내지 않을 거예요.」

「거리에서 기다려도 되지 않을까요? 그러면 적어도 우리가 미행당했는지는 알 수 있을 거예요.」

두 번째 영화가 시작될 때 두 사람은 밖으로 나왔다. 자리를 떠나는 사람은 그들뿐이었다. 따라서 누군가 그들을 미행했다면 거리에서 그들을 기다려야 했지만, 포주들과 택시 운전사들 중에는 그럴 만한 사람이 없어 보였다. 어떤 남자 한 명이 목에 복권 번호 하나를 삐딱하게 건 채 가로등에 기대어 자고 있었다. 워몰드는 닥터 하셀바허와 함께 보낸 밤을 떠올렸다. 램의 『셰익스피어 이야기』의 새로운 용도를 배운 날 밤이었다. 가엾은 하셀바허는 만취했었다. 워몰드가 호손의 호텔방에서 내려왔을 때, 닥터 하셀바허는 호텔 라운지에 털썩 주저앉아 있었다. 워몰드가 비어트리스에게 말했다. 「만약 올바른 책을 가지고 있을 경우, 책 암호를 깨는 게 쉬운가요?」

「전문가라면 쉽게 할 수 있어요.」 비어트리스가 말했다. 「인내심의 문제일 뿐이죠.」 그러고는 거리를 가로질러 복권 판매상에게 가더니 삐딱한 복권 번호를 바로잡아 주었다. 남자는 잠에서 깨지 않았다. 비어트리스가 말했다. 「기울어져 있으니 읽기가 힘들어서요.」

워몰드가 램을 겨드랑이에 끼고 있었던가, 주머니에 넣었던가, 아니면 서류 가방에 넣었던가? 닥터 하셀바허를 일으켜 세울 때 책을 내려놓았었나? 그는 아무것도 기억하지 않았다. 그리고 그런 의심들은 비열했다.

「저는 수상한 우연의 일치를 생각했어요.」 비어트리스가 생각했다. 「닥터 하셀바허는 우리가 쓰는 판본의 『셰익스피어 이야기』를 읽고 있었어요.」 그녀의 기본 훈련 과정에는 텔레파시도 포함된 것 같았다.

「그 책을 하셀바허의 아파트에서 봤나요?」

「네.」

「하지만 그랬다면 숨겨 뒀을 거예요.」 워몰드가 항의했다. 「만약 그 책에 뭔가 의미가 있다면요.」

「아니면 당신에게 경고하려는 거였을 수도 있죠. 기억나시죠? 하셀바허가 우리를 그곳에 데려간 거요. 그리고 우리에게 라울에 대해 말했어요.」

「하셀바허는 우리를 만날 줄 몰랐어요.」

「그걸 어떻게 아세요?」

위몰드는 모두 말이 안 된다고 말하고 싶었다. 라울도, 테레사도 존재하지 않는다고 말하고 싶었다. 그리고 비어트리스가 짐을 꾸려 떠나고 모든 상황이 결론 나지 않는 이야기처럼 되는 상상을 했다.

「사람들이 나오네요.」 비어트리스가 말했다.

그들은 커다란 분장실로 통하는 옆문을 찾아냈다. 너무 오래 밤낮으로 켜져 있어 침침해진 알전구 하나가 복도를 밝혔다. 복도는 쓰레기통들로 거의 막혀 있고, 빗자루를 든 흑인 한 명이 파운데이션과 립스틱, 알 수 없는 것들로 얼룩진 탈지면 조각들을 쓸어 담고 있었다. 그곳에서는 과일사탕 냄새가 났다. 거기에는 테레사라는 사람이 없을 가능성이 컸지만, 그래도 위몰드는 너무 인기 있는 성인의 이름을 고르지 말걸 그랬다고 후회했다. 그가 문을 밀어 열자 담배 연기와 벌거벗은 여자들로 가득한 중세의 지옥 같은 장면이 눈앞에 펼쳐졌다.

위몰드가 비어트리스에게 말했다. 「당신은 집에 돌아가는 게 낫지 않을까요?」

「여기서 보호가 필요한 사람은 바로 당신인걸요.」 비어트리스가 말했다.

사람들은 그들이 그곳에 있는 것조차 알아차리지 못했다. 뚱뚱한 여자는 한쪽 귀에서 가면이 대롱거리는 상태로 다리 하나를 의자에 올리고 유리잔에 담긴 와인을 마시고 있었다. 갈비뼈가 피아노 건반처럼 드러난 아주 마른 여자가 스타킹을 신고 있었다. 가슴들이 흔들렸고, 엉덩이들이 구부러졌고, 반쯤 피운 담배가 접시 위에서 연기를 피워 올렸다. 공기 중에 종이 타는 냄새가 자욱했다. 남자 한 명이 드라이버를 들고 발판 사다리 위에 서서 뭔가 고치고 있었다.

「그 여자는 어디에 있나요?」 비어트리스가 물었다.

「여기 없어 보이는군요. 아마도 아프거나 연인이랑 함께 있나 봅니다.」

누군가가 원피스를 입자 공기가 그들 주위로 따스하게 펄럭였다. 작은 파우더 가루들이 재처럼 내려앉았다.

「그 여자 이름을 불러 보세요.」

워몰드는 마지못해 〈테레사!〉라고 외쳤다. 아무도 신경 쓰지 않았다. 워몰드가 다시 부르자 드라이버를 든 남자가 그를 내려다보았다.

「Paso algo(무슨 일입니까)?」 남자가 물었다.

워몰드는 테레사라는 여자를 찾고 있다고 스페인어로 말했다. 그 남자는 마리아도 괜찮을 거라고 제안하면서 드라이버로 뚱뚱한 여자를 가리켰다.

「뭐라고 하는 건가요?」

「테레사가 누군지 모르는 것 같네요.」

드라이버를 든 남자는 사다리 꼭대기에 앉더니 연설을 시작했다. 그는 마리아가 아바나에서 구할 수 있는 최고의 여자라고 말했다. 마리아는 아무것도 입지 않아도 1백 킬로그램은 나가 보였다.

「테레사는 여기 없는 게 확실하네요.」 워몰드가 안심하며 설명했다.

「테레사, 테레사, 테레사를 왜 찾는 겁니까?」

「네, 왜 저를 찾는 거죠?」마른 여자가 스타킹 한 짝을 들고 앞으로 나오며 캐물었다. 여자는 가슴이 주먹 하나 크기 정도로 작은 여자였다.

「누구시죠?」

「Soy Teresa(테레사예요).」

「이 사람이 테레사인가요? 뚱뚱하다고 했잖아요. 저기 마스크를 썼던 여자처럼요.」비어트리스가 말했다.

「아니, 아니에요.」워몰드가 말했다.「이 여자는 테레사가 아니에요. 이 여자는 테레사의 여동생이에요. Soy[44]는 여동생이라는 뜻이에요.」워몰드가 말했다.「저 여자를 통해 테레사에게 메시지를 보낼게요.」

워몰드는 마른 여자의 팔을 잡고 살짝 옆으로 갔다. 워몰드는 부디 조심해야 한다고 마른 여자에게 스페인어로 설명하려 애썼다.

「당신은 누구죠? 무슨 말인지 모르겠어요.」

「착오가 있었습니다. 설명하기에는 이야기가 너무 길어요. 당신을 해치려는 사람들이 있어요. 제발 며칠 동안만 집에 계세요. 극장에 나오지 마시고요.」

「나와야만 해요. 손님들을 만나려면 여기로 와야 해요.」

워몰드는 돈다발을 꺼냈다. 그가 말했다.「친척들이 있어요?」

44 스페인어로 〈나는 ~이다〉라는 뜻.

「어머니가 계세요.」

「어머니에게 가세요.」

「하지만 어머니는 시엔푸에고스에 계세요.」

「이 돈이면 시엔푸에고스까지 가고도 남을 거예요.」이제 모두가 두 사람의 대화에 귀를 기울였다. 그들이 가까이 다가와 두 사람을 에워쌌다. 드라이버를 든 남자는 사다리에서 내려와 있었다. 워몰드는 사람들의 원 밖에 있는 비어트리스를 보았다. 비어트리스는 워몰드가 무슨 말을 하는지 들으려 애쓰면서, 가까이 다가오려고 사람들을 밀어 댔다.

드라이버를 든 남자가 말했다.「그 여자는 페드로 겁니다. 그런 식으로 데리고 나갈 수는 없어요. 우선 페드로와 이야기해야 합니다.」

「시엔푸에고스에 가고 싶지 않아요.」마른 여자가 말했다.

「그곳에서는 안전할 거예요.」

마른 여자가 드라이버를 든 남자에게 호소했다.「이 남자가 저를 겁주고 있어요. 저한테 뭘 원하는지 모르겠어요.」마른 여자가 돈다발을 보여 줬다.「이 돈은 너무 많아요.」여자는 사람들에게 호소했다.「저는 착한 사람이에요.」

「밀 수확이 많으면 나쁜 해가 아니야.」뚱뚱한 여자가 엄숙하게 말했다.

「네 페드로는 어디 있지?」드라이버를 든 남자가 물었다.

「페드로는 아파요. 이 남자가 왜 저한테 이렇게 많은 돈을 주는 거죠? 저는 착한 사람이에요. 제 가격이 15페소인 건 당신도 알잖아요. 저는 사기꾼이 아니에요.」

「마른 개는 빈대가 들끓지.」 뚱뚱한 여자가 말했다. 그녀는 어떤 상황에 대해서도 그에 어울리는 속담을 아는 듯했다.

「무슨 일인가요?」 비어트리스가 물었다.

누군가 쉿, 쉿 소리를 냈다. 「쉬잇, 쉬잇!」 복도를 쓸던 흑인이었다. 흑인이 말했다.

「Policia(경찰)!」

「제길,」 워몰드가 말했다. 「기회를 놓쳤습니다. 당신을 데리고 이곳을 빠져나가야겠습니다.」 크게 동요하는 사람은 아무도 없었다. 뚱뚱한 여자는 자기 와인을 들이켠 뒤 속바지를 입었다. 테레사라 불리는 여자는 남은 스타킹 한 짝을 신었다.

「저는 상관없어요.」 비어트리스가 말했다. 「〈저 여자〉를 데리고 여기서 빠져나가야 해요.」

「경찰이 뭘 원하는 거죠?」 워몰드가 사다리 위에 있던 남자에게 물었다.

「여자요.」 남자가 냉소를 담아 말했다.

「이 여자를 데리고 나가고 싶습니다.」 워몰드가 말했다. 「어딘가에 뒷문이 있지 않나요?」

「경찰과 얽힌 경우라면 언제든 뒷문이 있지요.」

「어딘가요?」

「50페소를 쓸 생각 있습니까?」

「네.」

「저 사람에게 주십시오. 어이, 미구엘.」 남자가 흑인을 불렀다.

「경찰들에게 3분간만 조용히 있으라고 해. 자, 여기서 자유를 원하는 사람?」

「나는 경찰서가 더 좋아.」 뚱뚱한 여자가 말했다. 「하지만 우선 옷부터 제대로 챙겨 입어야지.」 그녀는 브래지어를 제대로 입었다.

「저랑 같이 가요.」 워몰드가 테레사에게 말했다.

「제가 왜요?」

「모르겠어요? 경찰이 원하는 건 당신이에요.」

「아닐걸요.」 드라이버를 든 남자가 말했다. 「그 여자는 너무 말랐어요. 서두르는 게 좋을 겁니다. 50페소가 영원히 효과 있는 건 아니라고요.」

「여기, 제 코트를 가져가요.」 비어트리스가 말했다. 비어트리스는 자기 코트로 스타킹만 신은 채 벌거벗은 여자의 어깨를 감쌌다. 마른 여자가 말했다. 「하지만 저는 여기 있고 싶어요.」

드라이버를 든 남자가 마른 여자의 엉덩이를 찰싹 때리고는 밀었다. 「이 남자에게서 돈을 받았잖아.」 그가 말했다. 「이 남자와 같이 가.」 그 남자는 그들을 작고 악취 나는 화장실로 데려간 뒤 창문으로 나가게 했다. 창문 밖은 거리였다. 극장 밖에서 감시하던 경찰이 일부러 다른 곳을 보았다. 포주 한 명이 휘파람을 불며 워몰드의 자동차를 가리켰다. 여자가 다시 말했다. 「저는 여기 있고 싶어요.」 하지만 비어트리스가 여자를 차 뒷좌석으로 밀고는 자신도 따라 들어갔다. 「비명을 지를 거예요.」 여자가 말하고는 창밖으로 몸을 내밀었다.

「바보같이 굴지 말아요.」비어트리스가 말하며 그 여자를 안으로 끌어당겼다.

위몰드는 자동차의 시동을 걸었다.

여자는 비명을 질렀지만, 심하게 머뭇거리는 비명이었다. 경찰이 몸을 돌려 반대편을 보았다. 50페소는 아직 효과가 있는 듯했다. 그들은 오른쪽으로 돌아 해변으로 향했다. 뒤쫓는 차는 없었다. 지금까지는 바라는 대로 잘 풀렸다. 이제 별다른 선택이 없게 된 여자는 조신하게 코트를 걸친 뒤 편안하게 등을 기대고 앉았다. 여자가 말했다. 「Hay mucha corriente.」

「뭐라고 하는 건가요?」

「외풍이 심하다고 불평하네요.」위몰드가 말했다.

「고마움을 별로 모르는 여자네요. 이 여자의 언니는 어디 있나요?」

「우정청장이랑 같이 시엔푸에고스에 있대요. 물론 이 여자를 그곳까지 태워다 줄 수도 있어요. 아침 식사 때까지는 도착할 수 있어요. 하지만 밀리 때문에.」

「밀리보다 더 중요한 사항이 있어요. 산체스 교수를 잊으셨네요.」

「산체스 교수는 분명 기다릴 수 있을 겁니다.」

「누군지 모르지만, 그자들이 빠르게 행동하는 듯해요.」

「저는 산체스 교수가 어디 사는지 모릅니다.」

「제가 알아요, 나오기 전에 컨트리클럽 명단에서 확인해 뒀어요.」

「당신은 이 여자와 집에 가서 기다리세요.」

그들은 해안 산책로에 도착했다.「여기서 왼쪽으로 꺾으세요.」비어트리스가 말했다.

「당신을 집에 데려다줄게요.」

「함께 있는 게 나아요.」

「하지만 밀리가…….」

「〈밀리〉를 위험하게 만들고 싶지는 않겠죠?」

워몰드는 마지못해 왼쪽으로 방향을 꺾었다.「어디로 가나요?」

「베다도로 가요.」비어트리스가 말했다.

3

신시가지의 마천루들이 달빛 속에서 마치 고드름처럼 그들 앞에 우뚝 서 있었다. 거대한 H.H.가 하늘에 찍혀 있었다. 호손의 주머니에 있던 모노그램과 비슷해 보였지만, 이것 역시 왕족의 문장은 아니었다. 단지 미스터 힐턴의 광고일 뿐이었다. 바람에 차가 흔들리고, 파도가 뿜어낸 가는 물방울들이 도로에 뿌려지고 바다 쪽 차창을 뿌옇게 만들었다. 뜨거운 밤은 소금 맛이 났다. 워몰드는 바다 반대쪽으로 방향을 돌렸다. 여자가 말했다.「Hace demasiado calor?」

「뭐라고 하는 건가요?」

「아주 덥다고 하는군요.」

「까다로운 사람이네요.」비어트리스가 말했다.「창문을 다시 내리는 게 좋겠어요.」

「비명을 지르면요?」

「제가 뺨을 때릴게요.」

그들은 베다도의 신축 구역에 와 있었다. 부자들이 소유한 크림색과 흰색의 작은 집들이 있는 곳이었다. 고층 건물이 아니라는 사실에서 그 사람들이 얼마나 부자인지 알 수 있었다. 오직 백만장자들만 마천루가 들어서는 곳에 단층집을 지을 여유가 있었다. 워몰드가 차창을 내리자 꽃향기가 났다. 비어트리스는 높은 흰색 담장에 난 문 옆에서 차를 세우게 했다. 비어트리스가 말했다.「파티오에 불이 켜져 있네요. 모든 게 괜찮아 보여요. 당신이 들어가 있는 동안, 저는 여기서 당신의 귀한 생명을 지키고 있을게요.」

「교수치고는 아주 부자 같아 보이네요.」

「당신이 보낸 회계를 보면 비용을 청구하지 않을 정도로 아주 부자는 아니던데요.」

워몰드가 말했다.「몇 분만 기다리세요, 어디 가지 말고.」

「제가 어딘가로 갈 것 같아요? 서두르시는 게 좋아요. 지금까지 우리는 세 명 가운데 한 명만 구했고, 그나마 하마터면 그르칠 뻔했어요.」

워몰드는 창살이 쳐진 게이트를 열어 보았다. 게이트는 잠겨 있지 않았다. 그는 어처구니없는 상황에 놓여 있었다. 자기가 무슨 이유로 왔는지 어떻게 설명한단 말인가? 〈당신은 모르시겠지만, 당신은 제 요원입니다. 당신은 위험에 처해

209

있습니다. 숨으셔야 합니다.〉 그는 산체스 교수의 전공조차 몰랐다.

야자수 두 그루 사이에 난 짧은 오솔길을 지나자 또다시 창살 쳐진 게이트가 나왔고, 그 너머로 조명이 켜진 작은 파티오가 있었다. 축음기에서는 부드러운 음악이 흘러나왔고, 키가 큰 사람 둘이 뺨을 맞대고 조용히 빙글빙글 돌며 춤을 췄다. 워몰드가 절룩이며 오솔길을 걸어가자 감춰진 경보기가 울렸다. 춤추던 이들은 동작을 멈췄고, 그 가운데 한 명이 오솔길로 걸어와 워몰드에게 다가왔다.

「누구세요?」

「산체스 교수님이신가요?」

「네.」

두 사람은 조명이 닿는 곳으로 이동했다. 교수는 하얀 디너 재킷을 입고 있었다. 머리털은 하얗고, 턱에는 하얀 그루터기 수염이 나 있었다. 그가 손에 든 리볼버로 워몰드를 겨냥했다. 워몰드는 교수 뒤에 있는 여자가 아주 젊고 아주 예쁘다는 걸 깨달았다. 여자는 몸을 숙여 축음기를 껐다.

「이런 시각에 찾아와서 죄송합니다.」 워몰드가 말했다. 그는 어떻게 말을 시작해야 할지 막막했고, 리볼버 때문에 불안했다. 교수들은 리볼버를 가지고 다닐 이유가 없었다.

「실례지만, 누구신지 모르겠군요.」 교수는 정중하게 말했으나, 리볼버로 계속 워몰드의 배를 겨냥했다.

「저를 아실 이유가 없습니다. 진공청소기를 가지고 계시다면 모를까요.」

「진공청소기요? 아마 가지고 있을 겁니다. 왜요? 제 아내는 당신을 알겠군요.」젊은 여자가 파티오에서 벗어나 두 사람에게로 왔다. 여자는 신발을 신고 있지 않았다. 벗은 신발이 축음기 옆에 쥐덫처럼 놓여 있었다.「이 사람은 뭘 원하는 건가요?」여자가 못마땅한 투로 물었다.

「귀찮게 해서 죄송합니다, 산체스 부인.」

「저는 산체스 부인이 아니라고 말하세요.」젊은 여자가 말했다.

「이 사람은 자신이 진공청소기와 뭔가 관련 있다는군.」교수가 말했다.「혹시 마리아, 그 여자가 떠나기 전에……?」

「새벽 1시에 온 이유가 뭐래요?」

「죄송하게 됐습니다.」교수가 당황한 기색으로 말했다.「하지만 〈지금〉은 손님이 올 만한 시간이 아니니까요.」그는 리볼버를 표적에서 살짝 내렸다.「누군들 이런 시각에 손님이 오리라 기대하겠습니까…….」

「당신은 기대하신 듯합니다만.」

「아, 이거요. 조심해야 하니까요. 제겐 아주 훌륭한 르누아르 작품이 몇 개 있거든요.」

「저자는 그림 때문에 온 게 아니에요. 마리아가 보낸 거예요. 당신은 스파이죠, 그렇죠?」젊은 여자가 격노해서 물었다.

「뭐, 어떤 면에서 보면 그렇다고도 할 수 있습니다.」

젊은 여자는 자신의 길고 가는 옆구리를 치며 흐느끼기 시작했다. 여자의 팔찌가 짤랑이며 반짝거렸다.

「그러지 마, 자기야. 그러지 마. 분명 그럴 만한 이유가 있을 거야.」

「그 여자는 우리의 행복을 질투해요.」젊은 여자가 말했다. 「처음에는 추기경님을 보냈어요, 안 그래요? 그리고 이제는 이 남자를 보냈어요…… 당신은 신부님인가요?」여자가 물었다.

「맙소사, 당연히 신부님이 아니지. 저 사람 옷을 봐.」

「당신이 비교 교육학 교수라고 해서,」젊은 여자가 말했다. 「다른 사람들에게 속지 않는다는 뜻은 아니에요. 당신은 성직자인가요?」젊은 여자가 반복해서 물었다.

「아니요.」

「그럼 누구인가요?」

「솔직히 말하면, 저는 진공청소기를 팝니다.」

「스파이라고 하셨잖아요.」

「음, 네, 어떤 의미에서는요…….」

「여긴 무슨 일로 오셨나요?」

「경고하려고요.」

젊은 여자는 마치 암캐처럼 이상하게 흐느꼈다. 「봐요.」여자가 교수에게 말했다. 「이제 그 여자는 우리를 위협하고 있어요. 처음에는 추기경님이더니 이제는…….」

「추기경님은 자기 의무를 다한 것뿐이야. 어쨌든 그분은 마리아의 사촌이시잖아.」

「당신은 추기경님을 두려워하잖아요. 당신은 절 떠나고 싶은 거예요.」

「자기야, 그게 사실이 아닌 건 당신도 알잖아.」교수가 워몰드에게 말했다. 「지금 마리아는 어디 있습니까?」

「모릅니다.」

「그 여자를 마지막으로 본 게 언제입니까?」

「저는 그 여자를 한 번도 본 적이 없습니다.」

「말이 안 된다고 생각하지 않으십니까?」

「이 사람은 거짓말쟁이예요.」 젊은 여자가 말했다.

「꼭 그렇지 않을 수도 있어, 자기야. 이 사람은 아마도 어딘가 흥신소에 고용된 사람일 거야. 일단 조용히 앉아서 이 사람이 하는 말부터 들어 보자고. 분노는 늘 실수를 낳지. 이 사람은 자기가 해야 할 일을 하는 것뿐이야. 우리보다 훨씬 더 말이야.」 교수는 워몰드를 파티오로 안내했다. 그는 리볼버를 주머니에 다시 넣었다. 젊은 여자는 워몰드가 교수 뒤를 따라가길 기다렸다가 이윽고 경비견처럼 워몰드 뒤를 따랐다. 워몰드는 여자가 자기 발목을 물지도 모르겠다는 생각이 들었다. 그러면서 생각했다. 〈어서 말하지 않으면 결코 말하지 못할 거야.〉

「의자에 앉으세요.」 교수가 말했다. 비교 교육학이 〈뭐〉였더라? 「마실 것을 드릴까요?」

「괜찮습니다.」

「임무 수행 중에는 술을 마시지 않나요?」

「임무!」 젊은 여자가 말했다. 「당신은 저 사람을 인간처럼 대하고 있어요. 자신을 고용한 비열한 인간을 위해 일하는 것 말고 저 사람에게 무슨 임무가 있겠어요?」

「저는 경고하러 왔습니다. 경찰이…….」

「아, 이러지 마십시오. 간음이 범죄는 아니잖습니까.」교수
가 말했다. 「17세기 미국 식민지를 제외하고 간음이 범죄라
고 여겨진 적은 거의 없을 겁니다. 그리고 물론 모세의 율법
에서랑요.」

「이건 간음과 아무 상관이 없어요.」젊은 여자가 말했다.
「그 여자는 우리가 같이 자건 말건 관심 없어요. 그 여자는
우리가 같이 있는 게 싫은 거예요.」

「하나는 하고 하나는 안 하는 건 거의 불가능해. 신약을 생
각하는 게 아니라면 말이야.」교수가 말했다. 「마음으로 하는
간음.」

「이 남자를 내보내지 않으면 당신이야말로 마음이란 게 없
는 거죠. 우리는 오랫동안 결혼한 사이처럼 여기 앉아서 이
야기하고 있어요. 만약 당신이 원하는 게 밤새 앉아서 이야
기하는 거라면 왜 마리아와 함께 있지 않는 거죠?」

「자기야, 잠자기 전에 춤을 추자고 한 건 당신이었어.」

「당신이 한 그걸 춤이라고 부른단 말이에요?」

「강습을 받겠노라고 말했잖아.」

「아, 그래요. 강습받으면서 젊은 여자들이랑 같이 있으려
고요.」

대화가 엉뚱한 방향으로 흘러가자 워몰드가 다급히 말
했다.

「그자들이 공학자인 시푸엔테스를 총으로 쐈습니다. 당신
도 같은 위험에 처해 있습니다.」

「만약 내가 젊은 여자들을 원했다면, 자기야, 대학에 차고

넘쳐. 그들이 내 수업을 들으러 온다고. 당신도 분명 잘 알 텐데. 당신 역시 내 수업을 들었잖아.」

「지금 그걸로 저를 비웃는 건가요?」

「우리는 지금 주제를 벗어나고 있어, 자기야. 지금 주제는 마리아가 다음 행동으로 무엇을 할 것인가야.」

「그 여자는 녹말이 들어간 음식을 2년 전에 끊어야 했어요.」 젊은 여자가 다소 경박하게 말했다. 「당신을 잡으려면요. 당신은 오로지 육체에만 관심 있으니까. 당신 나이에, 부끄러운 줄 알아요.」

「만약 내가 당신을 사랑하는 걸 원하지 않는다면…….」

「사랑, 사랑.」 젊은 여자가 파티오에서 서성이기 시작했다. 여자는 허공에 대고 사랑을 갈기갈기 찢는 시늉을 했다.

위몰드가 말했다. 「지금 마리아가 문제가 아닙니다.」

「이 거짓말쟁이,」 여자가 위몰드에게 외쳤다. 「당신은 그 여자를 본 적도 없다면서요.」

「없습니다.」

「그러면 왜 그 여자를 마리아라고 부르죠?」 여자가 외치고는 가상의 파트너와 승리에 도취한 댄스 스텝을 밟기 시작했다.

「방금 시푸엔테스에 대해 말했죠, 젊은 양반?」

「오늘 저녁 총에 맞았습니다.」

「누구한테서요?」

「정확히는 모릅니다. 하지만 모두가 같은 일당의 소행입니다. 설명하기는 어렵지만, 당신은 정말로 커다란 위험에 처해 있는 듯합니다, 산체스 교수님. 물론 이 모든 건 착오 때문에 일어난 일입니다. 경찰은 상하이 시어터에도 갔습니다.」

「제가 상하이 시어터와 무슨 상관이 있습니까?」

「진짜로 뭐예요?」 젊은 여자가 연극 조로 외쳤다. 「남자들이란!」 여자가 말했다. 「남자는 다 똑같아! 가엾은 마리아. 마리아의 상대는 여자 하나가 아니었어. 그 여자는 대량 학살을 준비해야 할 거야.」

「나는 상하이 시어터의 그 누구와도 아무런 관련이 없어.」

「마리아는 더 잘 알아요. 당신이 자면서 걸어다니나 보죠.」

「이 사람이 하는 말 당신도 들었잖아. 착오라잖아. 어쨌든 그자들이 시푸엔테스를 봤대. 그걸 마리아 탓이라고 할 수는 없지.」

「시푸엔테스요? 지금 시푸엔테스라고 말했어요? 아, 당신의 그 스페인 얼뜨기. 클럽에서 당신이 샤워하는 동안 그 사람이 저에게 말을 걸었다는 이유만으로 당신은 악당을 고용해 그 사람을 죽이려는 거군요.」

「제발, 자기야, 현실을 좀 직시해. 나는 이 신사분이 말한 지금에서야 그 사실을…….」

「저 사람은 신사가 아니에요. 저 사람은 거짓말쟁이예요.」 그들의 대화가 다시 처음으로 돌아갔다.

「만약 저 사람이 거짓말쟁이라면 저 사람이 하는 말에 신경 쓸 필요 없어. 저 사람은 아마 마리아에 대해서도 욕을 하고 다닐 거야.」

「아, 당신은 그 여자를 감싸는군요.」

워몰드가 필사적으로 말했다. 마지막 시도였다. 「이 일은 마리아, 아니 그러니까 산체스 부인과 아무 상관 없습니다.」

「이 일이 제 아내와 대체 무슨 상관이 있는 겁니까?」 교수가 물었다.

「제 생각에 당신은 마리아가…….」

「이봐요, 젊은 양반, 당신은 진심으로 마리아가 제 아내 그리고 여기 제…… 제 친구에게 뭔가 할 계획을 꾸미고 있다고 말하는 건 아니겠죠? 그건 너무 터무니없습니다.」

지금까지 워몰드는 이 착오가 꽤 간단히 해결될 줄 알았다. 하지만 이제 보니, 풀린 올 한 가닥을 당겼더니 옷 전체가 풀리기 시작한 상황이었다. 이런 게 비교 교육학이었나? 워몰드가 말했다. 「저는 여기 와서 경고하는 게 당신을 위한 일이라고 생각했습니다만, 이제 보니 당신의 죽음이 가장 좋은 해결책인 듯하네요.」

「당신은 정말 수수께끼 같은 젊은이군요.」

「젊지 않습니다. 상황을 보아하니 젊은 분은 바로 교수님입니다.」 워몰드는 초조해하며 큰 소리로 말했다. 「비어트리스가 여기 있더라면 좋았을 텐데.」

교수가 재빨리 말했다. 「단언컨대, 저는 비어트리스라는 사람을 전혀 모릅니다. 전혀요.」

젊은 여자가 격렬한 웃음을 터뜨렸다.

「당신이 여기에 온 건,」 교수가 말했다. 「오로지 문제를 일으키려는 의도였던 듯하군요.」 그건 교수가 처음으로 한 불평이었고, 상황을 고려할 때 아주 온건해 보였다. 「그렇게 해서 당신이 얻는 게 뭔지 모르겠습니다.」교수는 말하고 나서 집 안으로 걸어 들어가 문을 닫았다.

「저자는 괴물이에요,」여자가 말했다. 「괴물. 색마예요, 호색한이에요.」

「당신은 이해하지 못합니다.」

「〈모든 것을 아는 것은 모든 것을 용서한다는 뜻이다.〉 저도 그 말을 알아요. 하지만 이 경우는 아니에요.」여자는 워몰드에 대한 적대감이 사라진 듯했다. 「마리아, 저, 비어트리스. 저이의 아내는 넣지도 않았어요. 불쌍한 여자 같으니. 저는 저이의 아내에게 아무런 적대감도 없어요. 당신은 총이 있나요?」

「물론 없습니다. 저는 오로지 저분을 구하기 위해서 여기 온 겁니다.」워몰드가 말했다.

「그자들이 총을 쏘게 두세요.」젊은 여자가 말했다. 「배에다가요. 아래쪽 배로요.」그리고 그녀 역시 단호한 분위기를 풍기며 집 안으로 들어갔다.

워몰드는 돌아가는 것 말고 달리 할 수 있는 게 없었다. 문을 향해 걸어가자 보이지 않는 경보기가 다시 경고했지만 작고 하얀 집에서는 그 어떤 반응도 보이지 않았다. 〈난 최선을 다했어.〉 워몰드는 생각했다. 교수는 그 어떤 위험에도 잘 대비되어 있는 듯했고, 아마도 경찰이 도착하면 오히려 안심할 듯했다. 같이 있는 젊은 여자보다는 경찰 쪽이 상대하기 쉬울 것 같았다.

4

밤에 피는 꽃들의 향기를 맡으며 걸어 나가는 동안, 워몰드에게는 오직 한 가지 소원뿐이었다. 비어트리스에게 모두 말하는 것. 〈저는 비밀 요원이 아닙니다. 저는 사기꾼입니다. 여기 사람들 그 누구도 제 요원이 아니고, 저는 무슨 일이 벌어지고 있는지 모릅니다. 상황을 이해할 수 없습니다. 두렵습니다.〉 비어트리스는 분명 어떻게든 상황을 통제할 터였다. 어쨌든 그녀는 프로였다. 하지만 워몰드는 자신이 비어트리스에게 호소하지 않으리라는 사실을 알았다. 그런 행동은 밀리의 미래를 위한 돈을 포기한다는 뜻이었다. 그는 차라리 라울처럼 제거되는 쪽을 택할 터였다. 자기가 죽으면 밀리가 연금을 받게 될지 궁금했다. 하지만 라울은 누구란 말인가?

워몰드가 두 번째 문에 도착하기 전에 비어트리스가 그를 불렀다. 「짐, 조심해요. 오지 마세요.」 그 급박한 순간에조차, 그는 〈내 이름은 워몰드나 워몰드 씨, 세뇨르 보멜인데. 나를 짐이라 부르는 사람은 아무도 없는데〉라는 생각이 들었다. 곧이어 그는 달렸다. 껑충거리고 뛰어넘어 목소리가 들리는 쪽으로 달리고, 거리로 나와 무전기가 장착된 차로, 경찰관 세 명에게로, 자신의 배를 겨냥한 또 다른 리볼버에게로 갔다. 비어트리스가 보도에 서 있고, 그 옆에 상하이 시어터에서 데려온 여자가 코트를 엉뚱한 방식으로 여미려 애쓰고 있었다.

「무슨 일인가요?」

「저 사람들이 하는 말을 단 한 마디도 알아들을 수가 없어요.」

경찰관 한 명이 워몰드에게 차에 타라고 말했다.

「제 차는요?」

「저희가 경찰서로 가져다 둘 겁니다.」 워몰드가 명령에 따르기 전에, 경찰들은 그의 가슴과 옆구리를 더듬어 무기가 있는지 확인했다. 워몰드가 비어트리스에게 말했다. 「무슨 일인지 모르겠지만, 밝은 미래는 끝난 것처럼 보이는군요.」 경찰이 다시 뭐라고 말했다. 「당신도 차에 타랍니다.」

「전달해 주세요.」 비어트리스가 말했다. 「저는 테레사의 동생과 함께 있을 거예요. 저 사람들을 믿을 수가 없어요.」

차 두 대는 백만장자들의 작은 집들 사이를 조용히 빠져나갔다. 아무도 깨우지 않으려 조심하는 것이 마치 병원들이 늘어선 거리를 지날 때 같았다. 부자들은 숙면이 필요했다. 차들은 멀리 가지 않았다. 곧 담으로 둘러싸인 안뜰에 도착했고, 자동차들 뒤에서 문이 닫혔고, 이윽고 마치 동물원의 암모니아 냄새처럼 경찰서 냄새가 사방에 진동했다. 회칠한 복도에는 진실하지 못해 보이는 수염 난 늙은 전문가들의 현상 수배 전단지가 줄줄이 붙어 있었다. 방 끝에서는 캡틴 세구라가 드래프트[45] 게임을 하고 있었다. 「허프.」[46] 캡틴 세구라가

---

45 체커 게임을 다르게 부르는 말.
46 영국식 체커에서, 상대의 말을 잡을 수 있는데 다른 수를 둔 경우 벌칙으로 원래 움직여야 했던 자기 말을 판에서 제거하며 하는 말.

말하고 나서 말 두 개를 치웠다. 이윽고 그는 고개를 들어 그들을 바라보았다. 「워몰드 씨.」 캡틴 세구라가 놀라서 말했고, 비어트리스를 보자 마치 단단히 꽈리를 틀고 있던 작은 녹색 뱀처럼 자리에서 일어났다. 그는 비어트리스 뒤의 테레사를 보았다. 코트가 다시 벌어진 상태였다. 아마도 일부러 그런 듯했다. 캡틴 세구라가 말했다. 「대체 이게…….」 그리고 그는 같이 체커 게임을 하던 경찰에게 말했다. 「Anda(나가)!」

「이게 다 어찌 된 일입니까, 캡틴 세구라?」

「그걸 저한테 묻는 겁니까, 워몰드 씨?」

「네.」

「어찌 된 일인지 당신의 설명을 듣고 싶군요. 당신을, 밀리의 아버지를 여기서 보게 될 줄은 생각도 못 했습니다. 워몰드 씨, 우리는 산체스 교수에게서 전화를 받았습니다. 어떤 남자가 자기 집에 무단으로 침입해 막연한 위협을 했다더군요. 산체스 교수는 그게 자기 그림들과 관련 있다고 생각했습니다. 그 사람에게는 아주 값나가는 그림들이 있지요. 그래서 이쪽에선 즉시 무전기 달린 경찰차를 보냈는데, 경찰들이 잡아 온 게 당신이지 뭡니까. 여기의 세뇨리타(우리는 전에 만난 적이 있지요), 그리고 벌거벗은 창녀랑요.」 산티아고에서 만난 경사처럼, 캡틴 세구라가 덧붙였다. 「그건 아주 좋지 않습니다, 워몰드 씨.」

「우리는 상하이 시어터에 있었습니다.」

「그것도 아주 좋지 않습니다.」

「경찰에게서 좋지 않다는 소리를 듣는 게 이젠 아주 신물

나네요.」

「산체스 교수는 왜 찾아가셨습니까?」

「그건 모두 착오였습니다.」

「당신 차에 벌거벗은 창녀는 왜 태우고 있었습니까?」

「차를 태워 주던 참이었습니다.」

「저 여자는 길거리에서 벌거벗고 있을 권리가 없습니다.」 경찰관이 책상 위로 몸을 숙이고 속삭였다. 「아하,」 캡틴 세구라가 말했다. 「이제 이해가 가기 시작하는군요. 오늘 저녁에 상하이 시어터에서 경찰 검문이 있었다더군요. 이 여자는 신분 서류를 지참하는 걸 잊어버렸고, 밤새 유치장에 있고 싶지 않아서 당신에게 애원했고…….」

「그런 게 전혀 아닙니다.」

「그런 것이 더 좋을 겁니다, 워몰드 씨.」 캡틴 세구라가 여자에게 스페인어로 말했다. 「네 서류. 너는 서류가 없어.」

여자가 분개하며 말했다. 「Si, yo tengo(아니, 있어요).」 여자는 몸을 숙이고 스타킹 위쪽에서 구겨진 서류를 꺼냈다. 캡틴 세구라는 서류를 받아서 살펴보았다. 그는 땅이 꺼져라 한숨을 쉬었다. 「워몰드 씨, 워몰드 씨, 이 여자의 서류엔 문제가 없습니다. 왜 벌거벗은 여자를 차에 태우고 돌아다니신 겁니까? 왜 산체스 교수의 집에 무단으로 침입해 그 사람의 아내에 대해 이야기하고 협박하신 겁니까? 그 사람의 아내와는 무슨 관계십니까?」 캡틴 세구라가 벌거벗은 여자에게 날카롭게 말했다. 「가.」 여자는 망설이더니 코트를 벗기 시작했다.

「그냥 코트를 입고 가라고 하세요.」비어트리스가 말했다.

캡틴 세구라는 피곤해하며 체커판 앞에 앉았다. 「워몰드 씨, 충고 하나 해드리죠. 산체스 교수의 아내와 얽히지 마십시오. 그 여자는 당신이 만만하게 다룰 수 있는 사람이 아닙니다.」

「저는 그 여자와 얽히지⋯⋯.」

「체커 게임을 하십니까, 워몰드 씨?」

「네, 아주 잘하지는 못합니다.」

「경찰서의 이 돼지들보다는 잘하시겠죠. 언제 같이 체커 한 판 두시죠. 하지만 체커 게임에서는 신중히 행동하셔야 합니다. 산체스 교수의 아내 경우처럼요.」캡틴 세구라가 체커판 위에서 말 하나를 아무렇게나 움직이고 나서 말했다. 「오늘 밤 닥터 하셀바허와 같이 계셨죠?」

「네.」

「그것이 현명한 행동이었을까요, 워몰드 씨?」캡틴 세구라는 고개를 숙인 채 말들을 이리저리 움직이며 혼자 체커를 두었다.

「현명한 행동이냐뇨?」

「닥터 하셀바허는 묘한 사람들과 어울렸습니다.」

「전혀 아는 바가 없습니다.」

「산티아고에서 왜 당신의 방 위치를 표시한 그림엽서를 그 사람에게 보냈습니까?」

「시시한 일을 많이 알고 계시는군요, 캡틴 세구라.」

「당신에게 관심을 가져야 할 이유가 있습니다, 워몰드 씨.

저는 당신이 얽히는 걸 원치 않습니다. 오늘 저녁 닥터 하셀 바허가 당신에게 말하려던 게 뭐였습니까? 이해하시겠지만, 그자의 전화기는 도청되고 있습니다.」

「하셀바허는 우리에게 〈트리스탄〉 레코드를 들려주고 싶 어 했습니다.」

「그리고 이걸 말하기 위해서였겠죠?」 캡틴 세구라가 책상 위에 있던 사진을 뒤집어 보였다. 플래시가 터진 탓에 허옇 게 번들거리는 얼굴들이 한때는 자동차였던 찌그러진 금속 더미 주위에 모여 있는 사진이었다. 「그리고 이것도요?」 플 래시 조명에도 굴하지 않고 단호한 표정을 한 젊은 남자의 얼굴 사진이었다. 그 청년의 삶처럼 구겨진 빈 담뱃갑도 보 였다. 그리고 누군가의 발 하나가 그 청년의 어깨에 닿아 있 었다.

「이 사람을 아십니까?」

「아니요.」

캡틴 세구라가 레버를 누르자, 그의 책상 위에 있는 상자 에서 영어로 말하는 소리가 들렸다. 「여보세요, 여보세요, 하 셀바허입니다.」

「지금 누군가와 ㅎ-함께 있습니까, ㅎ-하셀바허?」

「네, 친구들과 같이 있습니다.」

「어떤 친구들입니까?」

「꼭 아셔야겠다면, 워몰드 씨가 여기 있습니다.」

「그자에게 라울이 죽었다고 말하십시오.」

「죽어요? 하지만 그 사람들은 약속하길…….」

「사고가 늘 통제할 수 있는 건 아닙니다, ㅎ-하셀바허.」목소리의 주인공은 ㅎ으로 시작하는 단어를 발음할 때마다 살짝 뜸을 들였다.

「하지만 그 사람들은 약속을……」

「자동차가 너무 여러 번 뒤집혔습니다.」

「그냥 경고만 할 거라고 했습니다.」

「여전히 경고입니다. 그 사람에게 가서 라울이 죽었다고 말하십시오.」

잠시 테이프에서 쉬잇 하는 소리가 이어졌다. 문이 닫혔다.

「여전히 라울에 대해 전혀 모른다고 하실 건가요?」캡틴 세구라가 물었다.

워몰드는 비어트리스를 바라보았다. 그녀는 고개를 살짝 저어 보였다. 워몰드가 말했다. 「제 명예를 걸고 말하겠습니다, 세구라. 저는 오늘 저녁까지 그런 사람이 존재하는지조차 몰랐습니다.」

세구라가 체커 말 하나를 움직였다. 「명예를 걸고 말한다고요?」

「명예를 걸고요.」

「당신은 밀리의 아버지입니다. 나는 당신의 그 말을 받아들여야만 합니다. 하지만 벌거벗은 여자들과 산체스 교수의 아내는 가까이하지 마십시오. 안녕히 가십시오, 워몰드 씨.」

「안녕히 계세요.」

그들이 문까지 갔을 때 캡틴 세구라가 다시 말했다. 「그리고 같이 체커 게임 하기로 한 거 잊지 마십시오, 워몰드 씨.」

낡은 힐만 자동차는 길에 세워져 있었다. 위몰드가 말했다. 「밀리를 좀 부탁드리겠습니다.」

「집에 안 가세요?」

「잠을 자기엔 너무 늦었습니다.」

「어디 가시는데요? 저도 같이 가면 안 되나요?」

「혹시 모르니까, 당신이 밀리와 함께 있었으면 합니다. 그 사진을 보셨죠?」

「네.」

두 사람은 람파리야 스트리트에 도착할 때까지 더는 아무 말도 하지 않았다. 이윽고 비어트리스가 말했다. 「명예를 건다는 말을 하지 않았으면 좋았을 텐데요. 그렇게까지 하실 필요는 없었어요.」

「그래요?」

「아, 프로 정신에서 그렇게 말한 거였군요. 이제 알겠어요. 죄송해요, 제가 멍청했네요. 당신은 제가 생각했던 것보다 훨씬 더 프로 정신이 투철하군요.」 위몰드는 비어트리스가 내릴 수 있도록 거리 쪽 차 문을 열었다. 그러고는 그녀가 애도하기 위해 묘지에 온 사람처럼 진공청소기들 사이로 사라지는 모습을 지켜보았다.

2장

닥터 하셀바허의 아파트 건물 문 앞에서, 워몰드는 모르는 집의 초인종을 눌렀다. 2층에 있는 그 사람 집에 불이 켜져 있었기 때문이다. 지잉 하는 소리가 나더니 문이 열렸다. 마침 승강기가 1층에 서 있어, 그는 승강기를 타고 닥터 하셀바허의 아파트로 갔다. 닥터 하셀바허 역시 자고 있지 않은 듯했다. 문 아래 틈으로 불빛이 보였다. 혼자 있는 걸까, 아니면 테이프 속 목소리의 주인공과 같이 있는 걸까?

워몰드는 조심하는 법, 그리고 그의 비현실적인 직업의 요령들을 배워 가고 있었다. 계단참에 있는 기다란 창문은, 너무 좁아서 쓸 수 없는 발코니로 이어졌다. 그 발코니에서 워몰드는 하셀바허의 집에서 나오는 불빛을 볼 수 있었다. 이쪽 발코니에서 다른 쪽 발코니까지는 크게 한 걸음만 디디면 되는 거리였다. 그는 아래쪽 땅을 보지 않고 다른 쪽 발코니로 건너갔다. 커튼은 완전히 쳐져 있지 않았다. 그는 커튼 틈으로 안을 들여다보았다.

닥터 하셀바허는 스파이크가 붙은 낡은 철모, 흉갑, 부츠,

하얀 장갑 차림을 하고 워몰드 쪽을 향해 앉아 있었다. 딱 옛날 독일 창기병 복장이었다. 그는 두 눈을 감은 채 잠든 듯 보였다. 칼을 차고 있어 마치 영화 촬영장의 엑스트라 같았다. 워몰드가 창을 두드리자 닥터 하셀바허가 두 눈을 뜨고 그를 똑바로 바라보았다.

「하셀바허.」

닥터 하셀바허가 살짝 움직였다. 아마도 깜짝 놀라서 그런 듯했다. 그는 철모를 벗으려 애썼지만, 턱끈 때문에 벗겨지지 않았다.

「접니다, 워몰드요.」

닥터 하셀바허는 마지못해 창가로 왔다. 그의 반바지가 너무 꽉 끼었다. 더 젊은 사람들을 위한 옷이었다.

「거기서 뭐 하는 겁니까, 워몰드 씨?」

「거기서 뭐 하는 겁니까, 하셀바허?」

닥터 하셀바허는 창문을 열고 워몰드를 들어오게 했다. 워몰드는 자신이 하셀바허의 침실에 들어왔다는 사실을 깨달았다. 문이 열린 커다란 옷장에는 하얀 양복 두 벌이 마치 노인의 입에 남은 마지막 치아 두 개처럼 걸려 있었다. 하셀바허는 장갑을 벗기 시작했다. 「가장 무도회라도 다녀온 겁니까, 하셀바허?」

닥터 하셀바허는 부끄러움이 담긴 목소리로 말했다. 「당신은 이해하지 못할 겁니다.」 그는 장비를 하나씩 벗기 시작했다. 처음에는 장갑, 다음에는 철모, 그다음에는 흉갑이었다. 마치 거울로 가득한 복도에 섰을 때처럼, 워몰드와 방 안 가구들이 홍갑에 뒤틀린 채 반사되어 보였다.「왜 돌아온 겁니까? 왜 초인종을 누르지 않은 겁니까?」

「저는 라울이 누군지 알고 싶습니다.」

「당신은 이미 알고 있습니다.」

「전혀 모릅니다.」

닥터 하셀바허는 의자에 앉아 부츠를 당겨 벗었다.

「당신은 찰스 램의 팬입니까, 닥터 하셀바허?」

「그 책은 밀리가 빌려준 겁니다. 밀리가 그 책에 대해 이야기한 걸 기억하지 못하시나요……?」닥터 하셀바허는 터질 듯이 꽉 끼는 반바지 차림으로 고독하게 앉아 있었다. 반바지는 현재 하셀바허의 몸을 담기 위해 한쪽 솔기가 터져 있었다. 그제야 워몰드는 트로피카나에서 함께한 저녁이 기억났다.

「제 생각에,」하셀바허가 말했다.「이 군복에 대해 당신에게 설명해야 할 것 같군요.」

「다른 것들에 대한 설명도요.」

「저는 창기병 장교였습니다. 아, 45년 전에요.」

「다른 방에 있는 당신 사진을 본 적 있습니다. 그 사진에서는 지금과 같은 차림이 아니었습니다. 좀 더, 뭐랄까, 좀 더 실용적인 차림이었죠.」

「그건 전쟁이 시작된 뒤였습니다. 경대 옆쪽을 보십시오. 1913년 6월 기동 연습 때였는데, 황제가 우리를 사열하고 있었습니다.」모서리에 사진사의 인장이 올록볼록하게 찍힌 낡은 갈색 사진에는 칼을 찬 기병대가 길게 정렬한 모습, 그리고 한쪽 팔이 유달리 짧은 황제가 백마를 타고 지나가는 모습이 담겨 있었다. 「너무나 평화로웠습니다,」 닥터 하셀바허가 말했다. 「그 시절에는요.」

「평화로워요?」

「전쟁이 일어나기 전까지는요.」

「하지만 저는 당신이 의사였다고 생각했는데요.」

「나중에 의사가 되었지요, 전쟁이 끝났을 때요. 제가 사람을 죽인 뒤에요. 사람을 죽이는 건 너무나 쉽습니다.」 닥터 하셀바허가 말했다. 「아무런 기술이 필요 없지요. 자신이 무엇을 했는지 확신할 수 있습니다. 죽음을 판정할 수 있습니다. 하지만 사람을 구하는 일, 그건 6년 이상의 훈련이 필요하고, 그런 뒤에도 과연 자신이 그 사람을 구했는지 절대로 확신할 수 없습니다. 병균이 다른 병균을 죽이기도 하니까요. 사람들은 그냥 살아남는 겁니다. 제가 목숨을 구했다고 확신이 드는 환자가 한 명도 없습니다. 하지만 제가 죽인 사람은, 저는 그 사람을 제가 죽였다는 걸 압니다. 그 사람은 러시아인이었고, 아주 말랐지요. 제가 칼로 찔렀을 때, 칼이 뼈를 긁었습니다. 그 느낌에 신경이 곤두서더군요. 주위는 온통 늪이었고, 타넨베르크[47]라는 곳이었습니다. 저는 전쟁이 싫습니다, 워몰드 씨.」

「그런데 왜 군인처럼 입고 있는 겁니까?」

「제가 사람을 죽였을 땐 이렇게 입고 있지 않았습니다. 이

47 제1차 세계 대전 중 독일 제국을 침공한 러시아 제국이 독일군에 대패한 전투지.

걸 입었을 땐 평화로웠습니다. 저는 이것을 무척 좋아합니다.」 닥터 하셀바허는 자기 옆 침대에 놓인 흉갑에 살짝 손을 댔다. 「하지만 그곳에서 행진하며 우리는 온통 진흙투성이가 되었지요.」 그가 말했다. 「평화롭던 시절로 돌아가고 싶다는 마음이 간절했던 적이 한 번도 없으신가요, 워몰드 씨? 아, 아니겠군요. 제가 깜빡했습니다. 당신은 젊으니, 그게 뭔지 전혀 모르겠군요. 이건 우리에게 있던 마지막 평화였습니다. 하지만 이 반바지는 더는 맞지 않게 되었습니다.」

「오늘 밤에는 무슨 이유로 그 옷을 입고 싶었던 겁니까, 하셀바허?」

「사람이 죽었습니다.」

「라울요?」

「네.」

「그 사람을 압니까?」

「네.」

「그 사람에 대해 말해 주십시오.」

「말하고 싶지 않습니다.」

「말하면 좀 나을 겁니다.」

「우리 둘 다 그 사람의 죽음에 책임이 있습니다, 당신과 저요.」 하셀바허가 말했다. 「누가, 그리고 어쩌다 당신을 이 일에 얽어 넣었는지 모릅니다만, 만약 제가 그자들에게 협조하길 거부했다면, 그자들은 저를 추방했을 겁니다. 제가 쿠바 밖에서 뭘 할 수 있겠습니까? 제 서류를 잃어버렸다고 당신에게 말했잖습니까.」

「무슨 서류 말인가요?」

「그건 신경 쓰지 마십시오. 누구나 과거에 걱정거리 하나쯤은 있지 않습니까? 이제 저는 그자들이 제 아파트에 침입한 이유를 압니다. 제가 당신들의 친구라서였습니다. 제발 가주십시오, 워몰드 씨. 당신이 여기 왔던 걸 알게 되면 그자들이 또 저한테 뭘 해내라고 할지 모릅니다.」

「그자들이 누군가요?」

「당신이 저보다 더 잘 압니다, 워몰드 씨. 그자들은 정체를 밝히지 않지요.」 옆방에서 뭔가 빠르게 움직였다.

「그냥 쥐입니다, 워몰드 씨. 저는 밤에 쥐가 먹으라고 치즈 조각을 하나 놔둡니다.」

「그러니까 밀리가 당신에게 램을 빌려줬군요.」

「당신이 암호를 바꿔 다행입니다.」 닥터 하셀바허가 말했다. 「어쩌면 이제 그자들은 저를 그냥 놔둘지도 모릅니다. 이제 저는 그자들에게 더는 도움이 되지 않으니까요. 처음에는 글자 맞히기 시, 십자말풀이, 수학 퍼즐이나 하는가 싶은데 어느새 자신도 모르게 정식으로 고용되어 있죠……. 요즘에는 취미 생활도 조심해서 해야 하는 상황입니다.」

「하지만 라울은…… 그 사람은 존재한 적도 없습니다. 저는 거짓말하라던 당신의 조언을 따른 것뿐입니다. 그 사람들은 그냥 제가 만들어 낸 인물에 불과합니다, 하셀바허.」

「그럼 시푸엔테스는요? 그 사람도 존재하지 않는단 말입니까?」

「그 사람은 다릅니다. 라울은 제가 꾸며 낸 사람이고요.」

「그렇다면 당신은 그 사람을 너무나 잘 꾸며 낸 겁니다, 위몰드 씨. 이제는 라울에 대한 두툼한 파일이 존재할 정도니까요.」

「라울은 소설 속 등장인물만큼이나 가상의 인물이었습니다.」

「그 모든 사람을 꾸며 냈다고요? 저는 소설가가 어떻게 일하는지 모릅니다, 위몰드 씨. 당신 말고는 그런 쪽으로 아는 사람이 없습니다.」

「쿠바나 항공의 술주정뱅이 조종사 같은 건 없습니다.」

「아, 알겠습니다, 그런 세세한 부분들은 모두 꾸며 낸 거군요. 그 이유는 모르겠지만요.」

「만약 당신이 제 전보를 해독했다면, 그 안에 진실 따윈 없다는 걸 분명 알아보셨을 텐데요. 당신은 이 도시를 잘 아니까요. 술 취했다고 해고당한 조종사, 비행기가 있는 친구, 모두 꾸며 낸 겁니다.」

「저는 당신의 동기를 모릅니다, 위몰드 씨. 어쩌면 우리가 당신의 암호를 깼을 때에 대비해 그 사람의 정체를 숨기고 싶었을지도 모르죠. 그 사람이 부자이고 개인 비행기가 있다는 것을 당신 친구들이 알았다면, 아마도 그 사람에게 그렇게 많은 돈을 지불하지 않았을 겁니다. 그 사람은 얼마나 챙겼고, 당신은 얼마나 챙겼는지 궁금하군요.」

「무슨 말을 하는지 한마디도 알아들을 수가 없습니다.」

「신문을 읽잖습니까, 위몰드 씨. 그 사람은 한 달 전 술에 취해 비행하다가 어린이 놀이터에 착륙하는 바람에 비행 면허가 취소되었습니다.」

「저는 지역 신문을 읽지 않습니다.」

「한 번도요? 물론 그 사람은 당신 밑에서 일하는 것을 부인했습니다. 그자들은 그 조종사가 편을 바꿔 자기들 밑에서 일하면 많은 돈을 주겠노라고 제안했습니다. 그자들 역시 사진을 원했습니다, 워몰드 씨. 당신이 오리엔테산맥에서 발견한 건축물의 사진을요.」

「그런 건축물은 없습니다.」

「제가 그 말을 믿을 거라고 기대하진 마십시오, 워몰드 씨. 당신은 전보에서 런던에 도면들을 보낸다고 언급한 적이 있습니다. 그자들도 사진을 원했고요.」

「당신은 그자들이 누군지 아는 게 분명하군요.」

「Cui bono(누구를 위한 겁니까)?」

「그자들이 저한테 무슨 짓을 하려는 겁니까?」

「처음에 그자들은 당신에게 아무 짓도 하지 않을 거라고 저한테 약속했습니다. 당신이 자신들에게 유용하다고요. 그자들은 처음부터 당신에 대해 알았습니다, 워몰드 씨. 하지만 당신을 심각하게 여기지 않았죠. 그자들은 심지어 당신이 보고서 내용을 꾸민 거라고까지 생각했습니다. 하지만 이윽고 당신은 암호를 바꿨고 직원 수를 늘렸습니다. 영국 정보부가 그렇게 쉽사리 속아 넘어가지는 않았을 겁니다, 그렇지 않나요?」 호손에 대한 일종의 충성심 때문에 워몰드는 아무말도 하지 않았다. 「워몰드 씨, 워몰드 씨, 애당초 이 일을 왜시작한 겁니까?」

「당신은 그 이유를 압니다. 저는 돈이 필요했습니다.」진실을 밝히고 나자 위몰드는 진정제를 맞은 것처럼 마음이 편안해졌다.

「제가 돈을 빌려줄 수도 있었습니다. 그러겠노라고 말했고요.」

「당신이 빌려줄 수 있는 돈보다 더 많이 필요했습니다.」

「밀리 때문에요?」

「네.」

「밀리를 잘 돌보십시오, 위몰드 씨. 당신은 사랑하는 이나 아끼는 것에 해를 줄 수 있는 일에 종사하고 있습니다. 그자들은 그걸 이용할 겁니다. 제가 배양하던 배양 조직 기억하시죠?」

「네.」

「만약 그자들이 그걸 망가뜨리지 않았다면 저는 의지를 굽히지 않았을 거고, 그자들은 그렇게 쉽사리 저를 설득하지 못했을 겁니다.」

「당신은 정말로 그자들이 제 주변 사람들을…….」

「단지 조심하라고 부탁드리는 겁니다.」

「당신 전화를 써도 되겠습니까?」

「네.」

위몰드는 집에 전화를 걸었다. 위몰드는 가볍게 찰칵하는 소리를 들었고, 어쩌면 도청기가 작동하고 있을지도 모른다는 생각이 들었다. 비어트리스가 전화를 받았다.

위몰드가 말했다. 「아무 일 없나요?」

「네.」

「제가 갈 때까지 기다리세요. 밀리는 괜찮아요?」

「아주 곤히 자고 있어요.」

「곧 갈게요.」

닥터 하셀바허가 말했다. 「전화하면서 그렇게 누굴 아끼는 티를 내시면 어떡합니까? 누가 듣고 있을 수도 있습니다.」 닥터 하셀바허는 힘겹게 문으로 걸어갔다. 반바지가 꽉 끼었기 때문이다. 「안녕히 가십시오, 워몰드 씨. 그리고 여기, 램을 가져가세요.」

「이제 그 책은 필요 없습니다.」

「아마도 밀리가 원할 겁니다. 부디 이…… 이 복장에 대해서는 비밀로 해주시겠습니까? 터무니없다는 건 저도 압니다만, 저는 그 당시를 정말로 좋아했습니다. 한번은 황제가 저한테 말을 걸었지요.」

「뭐라고 하던가요?」

「〈자네를 기억해. 자네는 뮐러 대위지〉라고 하셨습니다.」

그사이 런던에서 벌어진 일

국장은 손님이 오면 집에서 직접 요리를 해 저녁 식사를 대접했다. 그의 섬세하고 낭만적인 취향을 충족시킬 만한 레스토랑이 없었기 때문이다. 국장이 오랜 친구를 초대한 적이 있는데, 하필 약속한 날 몸이 아팠지만 초대를 취소하는 대신 침대에 누워 전화로 요리 과정을 지휘했다는 이야기까지 있었다. 국장은 침대 옆 협탁에 시계를 올려놓고 정확한 순간마다 대화를 중단하고 하인에게 지시를 내렸다. 「이봐, 이봐, 브루어, 이제 그 닭을 꺼내 다시 양념장을 발라야 해.」

한번은 늦게까지 퇴근하지 못한 적이 있는데, 국장은 자기 사무실에서 요리를 하려고 시도했다. 하지만 식사 준비가 엉망이 되었다. 국장이 평소 버릇대로 도청 방지를 위한 빨간색 전화기를 쓰는 바람에 하인의 귀에는 빠르게 말하는 일본어 비슷한 잡음만 들렸던 것이다.

국장이 사무 차관에게 내놓은 식사는 간결하면서도 훌륭했다. 마늘을 약간 곁들인 구운 고기였다. 사이드보드에는 웬즐리데일 치즈 한 덩이가 있고, 올버니의 조용함이 그들

237

주위를 눈처럼 깊이 감쌌다. 부엌에서 노동을 하고 온 뒤라, 국장에게서는 그레이비소스 냄새가 살짝 났다.

「이거 정말 맛있군요, 정말 맛있어요.」

「옛날 노퍽 조리법입니다. 그래니 브라운의 입스위치 로스트죠.」

「그리고 고기가…… 정말로 입에서 살살 녹는군요…….」

「저는 브루어에게 시장에서 어떤 물건들을 사야 하는지 가르쳤지만, 그 친구는 절대로 요리사가 되지 못할 겁니다. 꾸준히 지시를 해줘야 하거든요.」

둘은 잠시 말없이 경건하게 음식을 먹었다. 로프 워크를 따라서 걷는 여자의 구두에서 나는 달그락거리는 소리가 잠시 그 정적을 깼을 뿐이다.

「좋은 와인이군요.」 마침내 사무 차관이 말했다.

「55년산이 잘 무르익는 중입니다. 따기에는 아직 좀 이른가요?」

「아닙니다.」

치즈를 먹으며 국장이 다시 말했다. 「그 러시아 메모 말인데요, 외교부에선 뭐라고 생각하나요?」

「우리는 카리브해 쪽 기지들에 대한 언급 때문에 살짝 혼란스럽습니다.」 로메리비스킷이 바사삭 부러지는 소리가 뒤따랐다. 「바하마 제도를 언급할 가능성은 거의 없습니다. 그자들은 양키가 우리에게 지불한 것, 그러니까 낡은 구축함 몇 대 정도 값어치를 합니다. 하지만 우리는 쿠바의 그 건축물들을 세운 게 공산주의자일 거라고 늘 생각했습니다. 어쨌든 미국인들이 세운 거라고 생각하는 건 아니시죠?」

「미국인들이 세운 거라면, 우리에게 미리 알리지 않았을까요?」

「미국 측이 우리에게 늘 알려 주진 않는 듯합니다. 푹스 사건[48] 이후로요. 그리고 미국은 우리 역시 많은 것을 비밀로 한다고 주장합니다. 아바나의 당신 사람은 뭐라고 하나요?」

「상세 보고서를 요청할 겁니다. 웬즐리데일 치즈는 맛이 어떻습니까?」

「아주 맛있군요.」

「포트와인을 더 드세요.」

「코크번 35년산이지요?」

「27년산입니다.」

「그자들이 결국 전쟁을 일으킬 심산이라고 생각하십니까?」 국장이 물었다.

「저도 짐작이 가지 않습니다.」

「그자들은 쿠바에서 아주 활발해졌습니다. 경찰의 도움을 받는 듯하더군요. 아바나의 우리 사람은 시련을 좀 겪었습니다. 아시다시피, 그 사람의 가장 유능한 요원이 죽었습니다. 물론 사고였지요. 그 건축물의 항공 사진을 촬영하러 가던 도중에요. 우리로선 큰 손실이지요. 하지만 저는 그 사진들이 한 명의 목숨보다 훨씬 더 값어치 있다고 생각합니다. 어쨌든 우리는 이미 1천5백 달러나 지불했고요. 그자들은 거

48 독일 출신 물리학자 클라우스 푹스가 영국과 미국의 원자력 비밀 정보를 소련에 넘겨준 죄로 유죄 판결을 받은 사건.

리에서 다른 요원 한 명을 총으로 쐈고, 그 요원은 겁에 질렸습니다. 세 번째 요원은 잠적했습니다. 여자 요원도 한 명 있는데, 그자들은 그 요원을 취조했습니다. 우정청장의 정부였는데도 말입니다. 그래서 아바나의 우리 사람은 혼자 남게 되었고, 아마도 감시를 받고 있을 겁니다. 어쨌든 그 사람은 신중하니 괜찮을 겁니다.」

「요원을 다 잃다니, 좀 부주의한 사람이군요.」

「우리는 처음부터 손실을 예상했습니다. 그자들은 그 사람의 책 암호를 파훼했습니다. 저는 책 암호가 원래부터 맘에 들지 않았습니다. 그곳에는 그자들의 가장 거물 요원이자 암호 해독 전문가인 듯한 독일인이 한 명 있습니다. 호손은 우리 사람에게 경고했지만, 예스러운 상인들이 어떤지 잘 아시잖습니까. 한 번 맺은 관계를 절대로 끊지 않지요. 어쩌면 이렇게 몇 명 죽은 덕분에 그 사람의 눈이 좀 뜨이는 것도 괜찮을 것 같습니다. 시가 피우시겠습니까?」

「고맙습니다. 그 사람은 혹여 정체가 발각되더라도 다시 우리를 위해 일할 수 있을까요?」

「그 사람은 그것보다 훨씬 더 훌륭한 계책을 썼습니다. 적의 본부 정중앙을 공격했달까요. 경찰서에서 일하는 사람을 이중 첩자로 고용했습니다.」

「이중 첩자는 언제나 좀…… 골치 아프지 않습니까? 받은 정보가 진짜인지 아닌지 알 방법이 없으니까요.」

「저는 우리 사람이 그자를 언제나 〈허프〉할 거라고 믿습니다.」 국장이 말했다. 「제가 〈허프〉라고 한 건 둘 다 드래프트를 아주 잘 두기 때문입니다. 그쪽에서는 체커를 드래프트라고 부르더군요. 사실 두 사람은 그걸 핑계로 만납니다.」

「우리가 그 건축물 때문에 얼마나 노심초사하는지 말로 설명할 수 없을 정도입니다, 국장. 당신네 사람이 그자들 손에 죽기 전에 사진들이 당신 손에 들어오길 바랍니다. 수상은 우리가 양키에게 알려 도움을 구해야 한다고 압박하고 있어요.」

「수상이 그러지 못하도록 설득해야 합니다. 양키들에게 알렸다가 비밀이 새어 나가게 할 수는 없습니다.」

제5부

1장

「허프.」캡틴 세구라가 말했다. 그들은 아바나 클럽에 있었다. 그곳은 사실 클럽이 아닌 데다 바카디[49]의 라이벌 소유여서 럼이 들어간 모든 술이 공짜였다. 그 덕분에 워몰드는 계속해서 저축액을 늘릴 수 있었다. 자신이 마시는 술값을 비용 계정에 계속 청구했기 때문이다. 술이 공짜라는 사실을 런던에 설명하는 건 불가능하지 않지만, 너무 장황할 것이었다. 그 술집은 17세기 집의 1층에 있었고, 크리스토퍼 콜럼버스의 시체가 한때 안치되었던 성당을 향해 창문들이 나 있었다. 성당 밖에는 콜럼버스의 회색 석조 조상이 서 있었는데, 벌레들 때문에 마치 몇 세기 동안 물속에 잠겼던 모습으로, 산호초 같은 모습으로 변해 있었다.

「알겠지만,」캡틴 세구라가 말했다. 「당신이 저를 좋아하지 않는다고 생각한 적이 있습니다.」

「상대를 좋아하지 않아도 같이 체커 게임을 할 이유는 많습니다.」

49 주로 캐리비언 럼을 만드는 쿠바의 주조업체.

「맞습니다, 저도 그렇게 생각합니다.」 캡틴 세구라가 말했다. 「보십시오! 제가 킹을 만들었습니다.」

「그리고 저는 허프를 세 번 불렀습니다.」

「제가 그 수를 보지 못하고 놓친 줄 아시겠지만, 그게 다 저한테 유리한 전략이었다는 걸 알게 되실 겁니다. 자, 이제 전 당신의 하나뿐인 킹을 잡았습니다. 두 주 전에 산티아고, 산타클라라, 시엔푸에고스에는 왜 간 겁니까?」

「저는 해마다 이맘때면 소매업자들을 만나러 그곳들에 갑니다.」

「정말로 그 이유 때문에 간 것 같더군요. 당신은 시엔푸에고스에 새로 들어선 호텔에 묵었습니다. 해변의 레스토랑에서 혼자 저녁 식사를 했고요. 극장에 갔고, 호텔로 돌아갔습니다. 그리고 이튿날 아침에…….」

「정말로 저를 비밀 요원이라고 믿으시는 겁니까?」

「그 점에 대해 의구심이 들기 시작했습니다. 저는 우리 친구들이 착각했다고 생각합니다.」

「우리 친구들이라니, 누구 말입니까?」

「아, 그냥 닥터 하셀바허의 친구들이라고 해두지요.」

「그래서 그 사람들이 누군데요?」

「제 일은 아바나에서 무슨 일이 벌어지는지 파악하는 겁니다.」 캡틴 세구라가 말했다. 「누구 편을 들거나 정보를 주는 게 아니라요.」 캡틴 세구라는 자신의 킹을 거침없이 옮기고 있었다.

「비밀 정보기관이 흥미를 보일 정도로 중요한 뭔가가 쿠바에 있는 겁니까?」

「물론 우리 쿠바는 작은 나라에 불과하지만, 미국 해안과 아주 가깝습니다. 그리고 쿠바의 한쪽 끝은 당신들의 자메이카 기지를 향해 있고요. 러시아처럼 다른 나라에 둘러싸인 나라는 모름지기 안에서 뚫고 나갈 구멍을 만들려 애쓰기 마련이죠.」

「저나 닥터 하셀바허가 세계의 군사적 전략에 무슨 소용이란 말입니까? 진공청소기 판매상과 은퇴한 의사가요.」

「어떤 게임에나 중요하지 않은 말들이 있지요.」 캡틴 세구라가 말했다. 「체커판의 이 말처럼요. 제가 이걸 잡아도 당신은 별로 개의치 않을 겁니다. 물론 닥터 하셀바허는 십자말풀이를 아주 잘하지만요.」

「십자말풀이가 이것과 무슨 상관입니까?」

「그런 사람은 암호 해독도 잘합니다. 한번은 어떤 사람이 당신의 전보를 그 의미와 함께 저한테 보여 주었지요. 아니, 제가 그 의미를 알아내게 했다고 해야겠군요. 아마도 그자들은 제가 당신을 쿠바에서 내쫓을 거라고 생각했나 봅니다.」 그가 소리 내어 웃었다. 「밀리의 아버지를요. 그자들은 상황 파악을 하지 못했지요.」

「그 전보가 무슨 내용이었습니까?」

「전보에서 당신은 시푸엔테스 공학자를 고용했다고 주장했습니다. 물론 그건 터무니없지요. 저는 그 사람을 잘 압니다. 아마도 그자들은 그 전보 내용이 좀 더 진짜처럼 보이게 하려고 시푸엔테스를 총으로 쐈을 겁니다. 어쩌면 당신을 제거하기 위해 그 전보를 직접 썼을지도요. 아니면 저보다 더 잘 속는 사람들이겠지요.」

「아주 재미있는 이야기로군요.」 워몰드가 말을 움직였다. 「시푸엔테스가 제 요원이 아니라고 어떻게 확신합니까?」

「당신이 체커를 하는 방식에서요, 워몰드 씨. 그리고 제가 시푸엔테스를 신문했기 때문입니다.」

「고문을 했습니까?」

캡틴 세구라가 소리 내어 웃었다. 「아닙니다, 그 사람은 고문이 가능한 부류가 아닙니다.」

「고문도 부류에 따라 갈린다는 걸 몰랐군요.」

「워몰드 씨, 분명히 아시겠지만, 세상엔 본인이 고문당할 수도 있다고 생각하는 사람들과 고문이란 생각 자체가 말도 안 된다고 생각하는 사람들이 있답니다. 상호 동의 없이는 고문을 할 수 없습니다.」

「고문은 늘 있었습니다. 그자들이 닥터 하셀바허의 실험실에 침입했을 때 그자들은 고문을……」

「아마추어들이 무슨 짓을 할지는 짐작하기 어렵지요. 경찰은 그 일과 무관합니다. 닥터 하셀바허는 고문이 가능한 부류가 아닙니다.」

「그러면 고문이 가능한 사람들은 누구입니까?」

「이 나라의, 그리고 라틴 아메리카 모든 나라의 가난한 사람들입니다. 중부 유럽과 동양의 가난한 사람들입니다. 물론 당신네처럼 잘사는 나라들에는 가난한 사람들이 없고, 그래서 당신들은 고문이 가능하지 않습니다. 쿠바에서는 경찰이

라틴 아메리카와 발트해 연안 국가에서 들어온 이주자들에게 원하는 만큼 모질게 대할 수 있습니다. 하지만 당신네 나라나 스칸디나비아 쪽 나라 사람들에게는 그렇게 할 수 없지요. 이건 양쪽 모두에게 본능적인 겁니다. 개신교 신자보다는 가톨릭 신자에게 더 고문을 할 수 있습니다. 범죄자들에 더 가까우니까요. 이제 아시겠죠, 제가 저 킹을 만든 건 옳은 선택이었습니다. 전 이제 마지막으로 당신에게 〈허프〉를 부를 겁니다.」

「당신은 늘 이기죠, 안 그렇습니까? 당신 이야기는 아주 흥미로운 이론이군요.」

「서방이 위대한 공산주의 국가들을 싫어하는 이유 가운데 하나는, 서방은 부류 나누는 걸 싫어하기 때문입니다. 가끔 그 사람들은 엉뚱한 사람들을 고문하지요. 물론 히틀러도 그랬고, 세계를 충격에 빠뜨렸습니다. 이 나라의 감옥 또는 리스본이나 카라카스 감옥에서 무슨 일이 벌어지는지에는 아무도 관심을 갖지 않지만, 히틀러는 너무 무분별하게 굴었습니다. 당신네 나라에서 운전사가 귀족 부인과 같이 잔 것과 다소 비슷하달까요.」

「우리는 이제 더는 그런 걸로 충격을 받지 않습니다.」

「충격을 받는 이유가 달라지면 그 자체로 모두에게 아주 위험한 상황이 된답니다.」

그들은 공짜 다이키리를 한 잔씩 더 마셨다. 다이키리가 너무 꽁꽁 얼어 아주 조금씩만 마셔야지, 그러지 않으면 부비동에 찌르르한 통증이 왔다. 「밀리는 어떻게 지냅니까?」

캡틴 세구라가 말했다.

「잘 지냅니다.」

「저는 그 아이를 아주 좋아합니다. 아주 올바르게 자랐더군요.」

「좋게 봐주셔서 감사합니다.」

「그게 당신이 문제에 휘말리지 않기를 바라는 또 다른 이유입니다, 워몰드 씨. 그랬다간 당신의 영주권이 취소될 수도 있으니까요. 당신의 딸이 없으면 아바나는 더 가난해질 겁니다.」

「저는 당신이 정말로 저를 믿는다고 생각하지 않습니다, 캡틴 세구라. 하지만 시푸엔테스는 제 요원이 아닙니다.」

「저는 당신을 믿습니다. 저는 누군가 당신을 위장책으로, 진짜 오리를 꾀기 위해 쓰는 가짜 오리 같은 걸로 쓰고 싶어 했다고 생각합니다.」 캡틴 세구라는 자신의 다이키리를 다 마셨다. 「그건 제게도 좋은 일입니다. 저 역시 야생 오리들이 러시아, 미국, 영국, 심지어 독일에서부터 다시 한번 오는 걸 보고 싶으니까요. 그것들은 라틴 아메리카의 저격수들을 깔보지만, 일단 그것들이 땅에 내려오면 정말 멋진 사냥이 시작될 겁니다.」

「복잡한 세상입니다. 진공청소기를 파는 게 더 쉽다는 걸 알게 되었습니다.」

「장사는 잘되시죠?」

「그럼요, 잘됩니다.」

「직원을 더 고용한 부분이 흥미롭더군요. 그 탄산수와 여며지지 않는 코트의 주인인 매력적인 비서, 그리고 그 청년 말입니다.」

「회계 관리할 사람이 필요했습니다. 로페스는 믿을 수가 없어서요.」

「아, 로페스. 당신의 또 다른 요원이지요.」 캡틴 세구라가 소리 내어 웃었다. 「뭐, 제게 보고된 바로는 그렇더군요.」

「네, 그 친구는 경찰서에 관한 비밀 정보를 저한테 제공합니다.」

「주의하십시오, 워몰드 씨. 로페스는 고문 가능한 부류입니다.」 두 사람은 모두 소리 내어 웃으며 다이키리를 마셨다. 화창한 날 고문에 대한 생각을 하며 웃기는 쉬웠다. 「이제 저는 가야겠습니다, 워몰드 씨.」

「감옥이 제 요원들로 가득하겠군요.」

「필요하면 몇 명 처형해서 언제든 공간을 더 만들 수 있습니다.」

「언젠가는, 캡틴, 제가 체커에서 당신을 이길 겁니다.」

「그럴 것 같지 않습니다, 워몰드 씨.」

창문으로 워몰드는 캡틴 세구라가 회색 부석으로 만든 것처럼 보이는 콜럼버스 조상을 지나 자기 사무실로 가는 모습을 지켜보았다. 이윽고 그는 공짜 다이키리를 한 잔 더 주문했다. 이제 원더 바와 닥터 하셀바허의 자리를 아바나 클럽과 캡틴 세구라가 차지한 듯 느껴졌다. 마치 삶이 바뀌었고, 그는 그 삶에 최대한 적응해야 하는 것만 같았다. 시간을 되돌릴 수는 없었다. 닥터 하셀바허는 워몰드 면전에서 창피를 당했고, 우정은 수치심을 견뎌 낼 수 없었다.

그 뒤로 워몰드는 닥터 하셀바허를 다시 만난 적이 없었다. 원더 바에서처럼, 워몰드는 아바나 클럽에서 자신이 아바나의 시민임을 느꼈다. 그가 주문한 다이키리를 가져온 우아한 청년은 자신의 테이블에 정렬된 온갖 럼 가운데 하나를 팔려는 시도를 하지 않았다. 이 시간이면 늘 그렇듯, 회색 수염의 남자는 조간 신문을 읽었다. 언제나처럼, 우편배달부는 워몰드가 날마다 마시는 공짜 술을 방해했다. 그들 모두 또한 시민이었다. 관광객 네 명이 럼병이 담긴 광주리들을 들고 그곳을 떠났다. 그들은 얼굴이 불콰하고 들떠 있었으며, 자신들이 마신 술값이 공짜라는 환상을 품고 있었다. 워몰드는 생각했다. 〈저 사람들은 외국인이야. 그리고 물론 고문이 가능하지 않아.〉

워몰드는 다이키리를 매우 빠르게 마신 뒤 눈이 욱신거리는 상태로 아바나 클럽을 나섰다. 관광객들은 17세기 우물 위로 몸을 숙였다. 그들은 자신들이 마신 술을 두 번은 셈하고도 남을 금액의 주화를 우물 안에 던져 넣었다. 그들은 이곳에 다시 와서 즐거운 시간을 보내기 위해 투자하고 있었다. 여자 목소리가 워몰드를 불렀다. 목소리가 들려온 쪽을 보자 호리병박과 마라카스와 흑인 인형들이 전시된 기념품 가게를 등지고 주랑의 기둥들 사이에 비어트리스가 서 있었다.

「여기는 어쩐 일인가요?」

비어트리스가 설명했다. 「당신이 세구라를 만날 때면 늘 걱정되어서요. 이번에는 좀 확실히 하고 싶었어요…….」

「뭘 확실히 해요?」워몰드는 마침내 비어트리스가 자신에게 요원이 없다는 사실을 의심하기 시작한 것 아닐까 생각했다. 어쩌면 비어트리스는 런던이나 킹스턴의 59200으로부터 그를 감시하라는 지시를 받았을 수도 있었다. 두 사람은 함께 집을 향해 걷기 시작했다.

「이 만남이 함정이 아니라는 것을 확실히 하고 싶었어요. 경찰이 당신을 기다리는 것 아닌가 하고요. 이중 첩자는 다루기 까다로우니까요.」

「당신은 걱정이 너무 많아요.」

「당신은 경험이 너무 없고요. 라울과 시푸엔테스에게 무슨 일이 일어났는지 생각해 보세요.」

「시푸엔테스는 경찰의 취조를 당했어요.」워몰드가 안도하며 덧붙였다. 「그 사람은 정체가 드러났어요. 그러니 이제 우리에게 더는 소용없어요.」

「그러면 당신도 정체가 드러나지 않나요?」

「그 사람은 아무 말도 하지 않았어요. 시푸엔테스에게 어떤 질문을 할지는 캡틴 세구라가 정하고, 세구라는 우리 편이에요. 세구라에게 보너스를 줘야 할 때가 되지 않았나 싶어요. 세구라는 우리를 위해 여기 있는, 미국인과 러시아인을 포함한 모든 외국인 요원의 목록을 만들려 하고 있어요. 야생 오리, 세구라는 그자들을 그렇게 불러요.」

「큰 성과가 되겠군요. 그리고 그 건축물은요?」

「그건 한동안 미뤄 둬야 할 거예요. 세구라에게 자기 나라를 배반하는 행동을 하게 할 수는 없으니까요.」

대성당을 지나면서 워몰드는 바깥 계단에 앉아 있는 눈먼 거지에게 평소처럼 주화 한 닢을 주었다. 비어트리스가 말했다. 「이런 태양 아래에서는 눈이 먼 것조차 그리 나쁘지 않아 보이네요.」

워몰드의 속에서 창조적 본능이 꿈틀거렸다. 그가 말했다. 「있잖아요, 저 사람은 진짜로 눈이 먼 게 아니에요. 무슨 일이 일어나는지 모두 본답니다.」

「연기를 잘하는 사람이겠군요. 당신이 세구라와 함께 있는 동안 저 사람을 계속 지켜봤거든요.」

「그리고 저 사람도 당신을 지켜봤어요. 사실을 밝히자면, 저 사람은 저의 가장 유능한 정보원 가운데 한 명이에요. 저는 세구라를 만날 때면 늘 저 사람을 여기 배치해 둡니다. 기본적인 예방 조치죠. 저는 당신이 생각하는 것만큼 부주의하지 않아요.」

「본부에는 그런 말을 한 적이 없잖아요.」

「그럴 필요 없으니까요. 본부는 눈먼 거지의 과거를 조사하기가 거의 불가능하고, 저는 저 사람을 정보 때문에 쓰는 게 아니에요. 그래도 만약 제가 체포되었다면 당신은 10분 안에 알았을 거예요. 만약 그렇게 된다면 당신은 뭘 할 건가요?」

「모든 기록을 태운 뒤, 밀리를 차에 태워 대사관으로 갈 거예요.」

「루디는요?」

「루디에게는 런던으로 무전을 보내, 우리가 발각되었으며 몸을 숨긴다는 사실을 알리라고 할 거예요.」

「몸을 어떻게 숨겨요?」 워몰드는 답을 구하는 게 아니었다. 그는 이야기가 스스로 살을 붙여 나감에 따라 천천히 말했다. 「저 거지 이름은 미구엘이에요. 저 사람은 사실 이 모든 걸 사랑 때문에 하고 있어요. 전에 제가 저 사람 목숨을 구해 준 적이 있거든요.」

「어떻게요?」

「아, 별거 아니었어요. 페리에서 사고가 일어났는데, 마침 저는 수영을 할 수 있었고 저 사람은 할 수 없었던 거죠.」

「그래서 훈장을 받았나요?」 워몰드는 비어트리스를 재빨리 살폈지만, 그녀의 얼굴에는 오직 순수한 호기심만 어려 있었다.

「아니요, 영광은 없었어요. 솔직히 말하면 방어 지역 해안으로 저 사람을 끌어 올렸다는 이유로 저한테 벌금을 물렸어요.」

「아주 낭만적인 이야기네요. 그러니 이제 저 사람은 당신을 위해 목숨을 내놓겠군요.」

「아, 그렇게까지 큰 기대를 하지는 않아요.」

「털어놔 보세요. 검은색 염소 가죽으로 된 1페니짜리 작은 회계 장부를 어딘가에 가지고 있나요?」

「아닐걸요. 왜요?」

「펜촉과 지우개 첫 구매 내역을 기록한 것이 없어요?」

「갑자기 웬 펜촉요?」

「그냥 궁금했을 뿐이에요.」

「회계 장부를 1페니로 살 수는 없어요. 그리고 펜촉이라 니, 요즈음 누가 펜촉을 쓰나요.」

「잊어버리세요. 그냥 헨리에게 들은 말이에요. 충분히 있 을 수 있는 착오였어요.」

「헨리가 누구죠?」 워몰드가 물었다.

「59200요.」 비어트리스가 말했다. 워몰드는 묘한 질투심 을 느꼈다. 비록 보안상 규칙이기는 했지만, 비어트리스가 그를 짐이라고 부른 적은 한 번밖에 없었기 때문이다.

그들이 들어갔을 때, 집은 평소처럼 텅 비어 있었다. 워몰 드는 자신이 더는 밀리를 그리워하지 않는다는 사실을 깨달 았고, 자신이 사랑하는 이 가운데 적어도 한 명은 더는 자신 을 아프게 하지 않을 걸 깨달은 사람만의 슬픈 안도감이 들 었다.

「루디는 나갔어요.」 비어트리스가 말했다. 「사탕을 사러 간 것 같아요. 루디는 사탕을 너무 많이 먹어요. 에너지를 엄 청 쓰나 봐요. 그렇게 먹는데 뚱뚱하지 않은 걸 보면요. 하지 만 어떻게 그럴 수 있는지 모르겠어요.」

「이제 일하는 게 좋겠네요. 전보 보낼 게 있어요. 세구라가 경찰들 속에 공산주의자들이 잠입한 것에 대해 중요한 정보 를 줬어요. 그 내용을 알면 당신은 도저히 믿지…….」

「저는 거의 모든 것을 믿을 수 있어요. 이걸 보세요. 저는 암호책에서 아주 멋진 걸 찾아냈어요. 〈내시eunuch〉라는 단 어의 암호가 있었다는 걸 알았나요? 그 단어가 전보에 자주 나올 거라고 생각해요?」

「이스탄불 사무소에서는 그 단어가 필요할 것 같군요.」

「우리도 그 단어를 사용할 기회가 있으면 좋겠어요. 안 그래요?」

「다시 결혼할 생각 있나요?」

「때때로 당신은 생각의 흐름이 너무 빤하다니까요. 루디에게 비밀스러운 삶이 있다고 생각하나요? 그 모든 에너지를 사무실에서만 쓸 리는 없어요.」 비어트리스가 말했다.

「비밀스러운 삶에 대한 절차는 어떻게 되나요? 시작하기 전에 미리 런던의 허락을 구해야 하나요?」

「음, 물론 너무 깊은 관계가 되기 전에 조사해 달라고 요청해야만 해요. 런던은 사내 섹스를 권장해요.」

2장

1

「내가 중요한 인물이 되고 있나 보다.」 워몰드가 말했다.
「연설해 달라는 초청을 받았어.」

「어디서요?」 밀리가 『여성 승마인 연감』을 읽다가 예의 바
르게 고개를 들고 물었다. 일과가 끝난 저녁 시간이었다. 마
지막 황금빛 햇살이 지붕에 나지막이 걸린 채 밀리의 꿀색
머리털과 워몰드의 잔 속 위스키를 어루만지고 있었다.

「유럽 상인회 연례 오찬 모임에서. 회장인 닥터 브라운이
가장 오래된 회원 자격으로 연설해 달라고 연락해 왔더라.
주빈은 미국 총영사야.」 워몰드는 자부심을 느끼며 덧붙였
다. 그가 아바나에 오고 훗날 밀리의 엄마가 된 여자의 가족
들을 플로리디타 술집에서 만난 게 얼마 전 일만 같은데, 이
제 그곳에서 가장 오래된 상인이었다. 많은 사람이 은퇴했다.
일부는 지난번 전쟁에 참전하기 위해 고향으로 돌아갔다. 영
국, 독일, 프랑스 사람들이었다. 하지만 그는 퇴짜 맞았다. 다

리를 절기 때문이었다. 그리고 돌아간 사람 그 누구도 다시는 쿠바로 오지 않았다.

「뭐에 대해 연설하실 건가요?」

「안 할 거야. 무슨 말을 해야 할지 모르겠거든.」 워몰드가 슬픈 목소리로 말했다.

「그들 중 그 누구보다 아빠가 더 잘할 거라고 확신해요.」

「아, 아니야, 밀리. 내가 가장 오래된 회원일지는 몰라도 규모가 가장 작은 가게를 운영해. 럼 수입업자들과 담배 상인들이야말로 정말 중요한 사람이지.」

「아빠는 아빠예요.」

「네가 더 똑똑한 아빠를 골랐으면 좋았을 텐데.」

「캡틴 세구라는 아빠가 체커를 아주 잘한다고 했어요.」

「하지만 그 사람만큼 잘하지는 못하지.」

「제발 연설 요청을 받아들이세요, 아빠.」 밀리가 말했다. 「전 아빠가 아주 자랑스러울 거예요.」

「괜히 바보 같은 꼴만 보이게 될걸.」

「아니에요. 저를 위해서 해주세요.」

「너를 위해서라면 재주라도 넘지. 좋아, 받아들일게.」

루디가 문을 똑똑 두드렸다. 이 시각이면 항상 루디는 연락 온 게 있는지 마지막으로 확인하곤 했다. 런던은 지금 자정일 터였다.

루디가 말했다. 「킹스턴에서 긴급한 전보가 왔습니다. 비어트리스를 데려와야 할까요?」

「아니, 내가 알아서 할게. 비어트리스는 영화 보러 간다고 했어.」

「장사가 잘되나 보네요.」밀리가 말했다.

「응.」

「하지만 청소기가 더 〈팔리는〉 것 같지는 않은데요.」

「멀리 보고 하는 홍보 활동이거든.」워몰드가 말했다.

그는 침실로 가서 전보를 해독했다. 호손이 보낸 것이었
다. 워몰드더러 가장 이른 비행기를 타고 킹스턴으로 와서
보고하라는 내용이었다. 그는 생각했다. 〈마침내 알아차
렸군.〉

2

만나는 장소는 머틀 뱅크 호텔이었다. 자메이카에 실로 오
랜만에 온 터라, 워몰드는 그곳의 먼지와 열기에 깜짝 놀랐
다. 영국령만 불결한 이유가 뭘까? 스페인, 프랑스, 포르투갈
사람들은 자신들이 정착한 곳에 도시를 건설했지만, 영국인
은 그냥 도시가 자라게 두었다. 아바나의 가장 누추한 거리
도 킹스턴의 빈민가에 비하면 양반이었다. 이곳의 오두막들
은 석유통을 펴서 벽을 세우고, 폐차장에서 고철을 훔쳐다
지붕을 만든 것이었다.

호손은 머틀 뱅크 호텔의 베란다에 놓인 긴 의자에 앉아
빨대로 플랜터스 펀치[50]를 마시고 있었다. 그의 양복은 워몰

50 럼과 주스를 섞은 칵테일.

드가 그를 처음 만났을 때와 마찬가지로 티끌 하나 없었다. 왼쪽 귀 아래에 뿌린 분이 살짝 뭉쳐 있는 것만 빼면 자메이카의 뜨거운 열기 역시 호손에겐 존재하지 않는 것 같았다. 호손이 말했다. 「거기에 엉덩짝 좀 붙이시죠.」 심지어 속어까지 그대로였다.

「고맙습니다.」

「여행은 괜찮았나요?」

「네, 고맙습니다.」

「고향에 와서 기쁘시겠군요.」

「고향요?」

「제 말은, 여기 말입니다. 스페인 놈들에게서 떨어져 있을 수 있으니까요. 영국 영토로 돌아왔잖습니까.」 워몰드는 여기 오는 동안 보았던, 부두를 따라 세워진 오두막들과 절망에 빠져 손바닥만 한 그늘에서 잠든 노인과 떠다니는 나뭇조각을 소중히 다루던 넝마 차림의 아이를 생각해 보았다. 워몰드가 말했다. 「아바나는 그리 나쁘지 않습니다.」

「플랜터스 펀치를 드시죠. 여기는 플랜터스 펀치가 좋답니다.」

「고맙습니다.」

호손이 말했다. 「여기로 오시라고 한 건, 살짝 문제가 생겨서입니다.」

「그래요?」 워몰드는 진실이 드러나고 있다고 생각했다. 이제 영국 영토에 있으니, 체포되는 걸까? 무슨 혐의일까? 아마도 거짓 정보로 돈을 갈취했다는 혐의나 공직자 비밀 엄수법에 의해 〈비공개〉라며 뭔가 애매한 혐의가 될 것이었다.

「그 건축물에 대한 겁니다.」

워몰드는 그 건에 대해 비어트리스는 아무것도 알지 못한다고 말하고 싶었다. 다른 사람들의 순진함을 이용했을 뿐, 공모자는 전혀 없다고 말하고 싶었다.

「그게 왜요?」 워몰드가 물었다.

「워몰드 씨가 사진을 구해 올 수 있길 바랐습니다.」

「시도했습니다. 그렇지만 무슨 일이 벌어졌는지 아시잖습니까.」

「그랬죠. 도면이 좀 아리송하더군요.」

「전문 제도사가 그린 게 아니니까요.」

「제 말을 오해하지 마십시오. 워몰드 씨는 일을 아주 잘 해 오셨습니다. 하지만 음, 제가 워몰드 씨를…… 거의 의심한 적이 있습니다.」

「뭘로요?」

「뭐랄까, 그 도면들을 보면, 솔직히 말해, 진공청소기 부품들이 떠올랐거든요.」

「네, 저도 그랬습니다.」

「그런 다음엔 워몰드 씨 가게에서 보았던 모든 잡동사니가 떠오르더군요.」

「제가 비밀 정보기관을 속였다고 생각하신 겁니까?」

「물론 황당한 소리로 들린다는 거 압니다. 그래도 저쪽에서 워몰드 씨를 죽이려 했다는 걸 알고 나니 한편으로 안심되더군요.」

「저를 죽여요?」

「아시겠지만, 그로 인해 그 도면이 진짜라는 게 증명된 셈이죠.」

「그 사람들이 누군데요?」

「저쪽요. 물론 다행스럽게도, 저는 혼자서만 의심했을 뿐 아무에게도 말하지 않았습니다.」

「그 사람들이 저를 어떤 식으로 죽이려 할까요?」

「아, 그 얘기도 곧 할 겁니다. 독살입니다. 제 말은, 사진 말고는 워몰드 씨의 보고서를 확인할 더 나은 방법이 없다는 겁니다. 처음엔 좀 주저했지만, 이제 저희는 정보부의 모든 부서에 그 보고서를 열람시켰습니다. 원자력 연구소에도 보냈지요. 도움이 안 되더군요. 핵분열과 아무런 연관이 없다고 말하더라고요. 문제는, 저희가 그간 원자력 놀이에 정신이 팔려 다른 형태의 과학전 역시 위험하다는 사실을 깜박했다는 겁니다.」

「그자들이 저를 어떻게 독살하려고 하는데요?」

「중요한 얘기 먼저 하고요, 워몰드 씨. 무력 충돌의 경제학을 잊어선 안 됩니다. 쿠바는 경제적 능력이 안 되어 수소 폭탄을 만들지 못하지만, 대신 근거리에선 똑같이 효과적이면서 〈싼〉 뭔가를 만든 거죠! 중요한 건 그겁니다, 〈싸다〉는 거요.」

「그자들이 저를 어떻게 독살할 건지나 얘기해 주시겠습니까? 아시겠지만, 개인적으로 관심 있는 사항이라서요.」

「물론 말씀드릴 겁니다. 저는 배후 사정부터 알려 드리고,

저희가 얼마나 기뻐하고 있는지 전해 드리고 싶었던 것뿐입니다. 그러니까 워몰드 씨의 보고서를 뒷받침해 주는 증거가 생겨서요. 그자들은 무슨 비즈니스 오찬회에서 워몰드 씨를 독살할 계획입니다.」

「유럽 상인회요?」

「그 이름이 맞는 것 같습니다.」

「그걸 어떻게 아셨습니까?」

「여기 있는 그자들의 조직에 침투했습니다. 워몰드 씨 지역에서 벌어지는 일들에 대해 저희가 얼마나 많이 아는지 알면 깜짝 놀라실 겁니다. 예를 들어, /4의 죽음은 사고였습니다. 그자들은 /3을 총으로 겁준 것처럼 /4도 겁만 줄 생각이었습니다. 워몰드 씨는 그자들이 진짜로 죽이려고 마음먹은 최초의 인물입니다.」

「그것참 위안이 되네요.」

「어떻게 보면, 아시겠지만, 그건 칭찬입니다. 이제 워몰드 씨는 위험인물이 되신 겁니다.」 호손은 층층이 쌓인 얼음과 오렌지, 파인애플, 그리고 맨 꼭대기의 체리 사이 마지막 남은 액체를 마시며 길게 빨아들이는 소리를 냈다.

「그렇다면,」 워몰드가 말했다. 「저는 참석하지 않는 게 좋겠군요.」 그는 자신이 놀랄 만큼 실망한다는 사실을 깨달았다. 「10년 만에 처음으로 오찬회를 빠지겠네요. 심지어 오찬회에서는 저에게 연설 요청까지 했습니다. 회사야 늘 제가 오찬회에 참석하길 바라고요. 회사 대표로 얼굴을 비추고 오라는 거죠.」

「하지만〈물론〉워몰드 씨는 참석해야 합니다.」

「그리고 독살을 당하고요?」

「꼭 뭔가 먹을 필요는 없지 않나요?」

「오찬회에 참석해서 아무것도 먹지 않는 게 얼마나 어려운지 아십니까? 그리고 음료 문제도 있고요.」

「와인병에는 독을 풀기가 아주 어려울 겁니다. 알코올 의존증 환자처럼 보이는 건 어떨까요? 음식은 안 먹고 술만 마셔 대는 그런 사람으로요.」

「고맙습니다. 그렇게 하면 장사에 퍽이나 도움이 되겠네요.」

「사람들은 알코올 의존증 환자에게 여린 구석이 있죠.」호손이 말했다.「게다가 만약 워몰드 씨가 참석하지 않으면 저쪽에서 뭔가 의심할 겁니다. 그러면 제 정보원이 위험에 처하게 되지요. 우리는 정보원을 보호해야 합니다.」

「그것도 절차겠죠?」

「잘 아시네요, 워몰드 씨. 또 한 가지 고려해야 할 점은, 저희는 그 계획에 대해 알지만 누가 그 계획을 짰는지 모른다는 겁니다. 저희가 아는 건 그자들의 심벌뿐입니다. 정체를 알아내고 나면 놈들을 무너뜨릴 수 있습니다. 놈들의 조직을 와해시킬 겁니다.」

「네, 완전 범죄는 없는 법이니까요, 안 그런가요? 감히 말하건대, 부검하면 단서가 나올 거고, 당신은 그걸로 세구라를 설득해 행동하도록 하겠지요.」

「겁먹은 건 아니죠? 이건 위험한 직업입니다. 준비가 되어 있지 않으면 애당초 이 직업을 택하지 말아야 합니다……」

「꼭 스파르타의 어머니처럼 말하는군요, 호손. 승리해 돌아오든가 식탁 아래 숨어 있거나.」

「그거 꽤 괜찮은 생각이네요. 적절한 순간에 식탁 아래로 기어들어 가는 거죠. 그럼 살인자들은 워몰드 씨가 죽었다고 여길 거고, 다른 사람들은 단지 취해서 그런다고 생각할 겁니다.」

「이건 모스크바의 4강 회의[51]가 아닙니다. 유럽 상인회 사람들은 식탁 아래로 기어 들어갈 만큼 곤드레만드레 취하지 않습니다.」

「절대로요?」

「절대로요. 당신은 제가 과도하게 걱정한다고 생각하는군요, 안 그렇습니까?」

「아직은 워몰드 씨가 걱정할 필요 없습니다. 어쨌든 웨이터가 음식을 주문받아 갖다주는 방식이 아니잖습니까. 알아서 덜어 먹는 식이죠.」

「물론입니다. 나시오날에서는 언제나 전식으로 나오는 바위게만 빼면요. 바위게는 미리 요리되어 있죠.」

「그건 먹으면 안 됩니다. 게를 먹지 않는 사람이 많으니 괜찮습니다. 그리고 다른 코스가 나오기 시작하면 절대로 워몰드 씨 옆에 놓인 건 먹으면 안 됩니다. 사기꾼이 들이미는 카드 같은 겁니다. 그냥 거절하세요.」

---

51 1947년 3월 미국, 영국, 소련, 프랑스 4개국의 외교부 장관이 모스크바에서 한 회의.

「하지만 사기꾼은 상대가 카드를 받을 수밖에 없는 상황을 만들 겁니다.」

「그럼 잘 들으세요. 오찬회가 나시오날에서 열린다고 했나요?」

「네.」

「그럼 /7을 쓰면 어떨까요?」

「/7이 누굽니까?」

「자기 요원조차 기억하지 못하는 겁니까? 그 친구가 나시오날 수석 웨이터 아니었나요? 워몰드 씨 요리에 누가 장난질을 치지 못하게 그 친구가 지켜봐 줄 수 있을 겁니다. 이제 그 친구도 돈값을 할 때가 된 거죠. 그 친구가 보고했다는 내용을 본 적이 없으니까요.」

「오찬회에 올 그자에 대한 정보는 없습니까? 그러니까 저를⋯⋯.」 워몰드는 〈죽일〉이라는 단어를 말하기가 꺼려졌다. 「그렇게 할 계획을 가진 사람요.」

「전혀 모릅니다, 워몰드 씨. 그냥 모든 사람을 조심하세요. 플랜터스 펀치 한 잔 더 하시죠.」

3

쿠바로 돌아오는 비행기에는 승객이 거의 없었다. 아이를 잔뜩 데리고 탄 스페인 여자 한 명(아이 몇 명은 소리를 질러 댔고, 어떤 아이들은 비행기가 뜨자마자 멀미를 해댔다), 살아 있는 수탉을 숄로 감싼 흑인 여자 한 명, 쿠바 담배상 한 명(아는 사이여서 워몰드는 가볍게 고개를 까닥여 인사했다), 승무원이 꺼달라고 할 때까지 파이프 담배를 피우던 트위드재킷을 입은 영국인 한 명이 전부였다. 영국인은 비행 내내 허세 부리듯 텅 빈 담뱃대를 빨아 댔고, 트위드재킷을 입은 채 땀을 뻘뻘 흘렸다. 그 영국인은 언제나 자신이 옳다고 생각하는 남자 특유의 부루퉁한 표정을 짓고 있었다. 점심 식사가 나왔을 때, 그 영국인은 몇 좌석 뒤로 이동해 워몰드 옆에 앉았다.

남자가 말했다. 「빽빽 소리 질러 대는 저놈들을 도저히 견딜 수가 없군요. 제가 여기 앉아도 될까요?」 그는 워몰드의 무릎에 놓인 종이들을 보았다. 「패스트클리너스 분이신가요?」

「네.」

「저는 뉴클리너스에서 일합니다. 카터라고 합니다.」

「아.」

「쿠바에는 겨우 두 번째입니다. 아주 즐거운 곳이라고들 말하더군요.」 카터가 점심 식사를 위해 파이프를 불어서 끈 다음 내려놓으며 말했다.

「그럴 수도 있지요.」 워몰드가 말했다. 「룰렛 게임이나 창녀촌을 좋아하시면요.」

카터는 개의 머리를 쓰다듬듯 담배 주머니를 쓰다듬었다. 그 모양새가 마치 〈제 충직한 사냥개가 제 곁을 지킬 겁니다〉라고 말하는 듯했다. 「저는 그런 의미가 아니었습니다…… 비록 제가 청교도인은 아니지만요. 저는 그곳이 신기할 거라고 생각합니다. 로마에 가면 로마인처럼 굴라는 말도 있잖습니까.」카터는 화제를 바꿨다.「그쪽 청소기는 잘 팔리나요?」

「그리 나쁘지 않습니다.」

「우리는 시장을 쓸어 버릴 새로운 모델을 개발했습니다.」카터는 달콤한 담자색 케이크를 큼지막이 베어 물더니 닭고기를 한 조각 잘랐다.

「정말로요?」

「모터가 마치 잔디깎이처럼 강력합니다. 체구가 작은 여자도 간편하게 쓸 수 있지요. 파이프가 여기저기 질질 끌릴 일도 없고요.」

「소음은요?」

「특수 소음기가 장착되어 있습니다. 당신네 모델보다 덜 시끄럽지요. 우리는 이 모델을 〈속삭이는 아내〉라고 부릅니다.」바다거북수프를 한 모금 먹은 뒤, 카터는 과일샐러드를 먹기 시작했고, 포도씨 씹는 소리가 났다. 카터가 말했다.「우리는 곧 쿠바에 대리점을 낼 예정입니다. 닥터 브라운을 아십니까?」

「만난 적 있습니다. 유럽 상인회에서요. 그분이 회장입니다. 제네바에서 정밀 기기를 수입하십니다.」

「바로 그분입니다. 그분이 저희에게 아주 유용한 조언을 주셨습니다. 사실 그분의 초대로 저도 당신네 모임에 참석할 겁니다. 거기 점심은 맛있나요?」

「호텔에서 먹는 점심이 다 거기서 거기죠.」

「그래도 이것보단 낫겠죠.」카터가 말하며 포도 껍질을 뱉었다. 카터는 조금 전에 건너뛴 마요네즈를 얹은 아스파라거스를 먹기 시작했다. 그러더니 주머니를 뒤적였다. 「이게 제명함입니다.」명함에는 〈윌리엄 카터 B. 기술자(노트위치)〉라는 이름과 함께 구석에 〈뉴클리너스 유한 책임 회사〉라고 적혀 있었다. 그가 말했다. 「저는 세비야빌트모어에 일주일간 머물 겁니다.」

「불행히도 저는 지금 명함이 없네요. 저는 워몰드라고 합니다.」

「데이비스라는 친구를 만난 적 있으십니까?」

「아니요.」

「그 친구와 대학 때 같은 집에 세 들어 살았습니다. 그 친구는 그립픽스로 갔다가 이쪽으로 왔죠. 재미있는 일이죠. 세상 어디에 가든 노트위치 출신을 만날 수 있거든요. 거기 가보신 적 없으시죠?」

「네.」

「레딩은요?」

「저는 대학에 다니지 않았습니다.」

「전혀 눈치채지 못했습니다.」카터가 워몰드에게 상냥하게 말했다. 「저는 옥스퍼드를 다녔지만, 아시다시피 그곳 사람들은 기술 쪽에서 아주 뒤떨어집니다. 교사로는 괜찮다고 할 수 있지요.」카터는 마치 아이가 고무젖꼭지를 빨듯이, 치아 사이에서 휘파람 소리가 날 때까지 빈 담배 파이프를 다시 빨았다. 그러더니 그가 갑자기 마치 담배 파이프에 조금 남아 있던 타닌이 혀에 닿으면서 쓴맛을 느꼈다는 듯 다시 말을 하기 시작했다. 「시대에 뒤떨어졌죠.」 카터가 말했다. 「유물이고, 과거에 머물러 있습니다. 저라면 폐지하겠습니다.」

「무엇을 폐지해요?」

「옥스퍼드와 케임브리지요.」 그는 쟁반에 남은 유일한 음식인 롤빵을 집어 들고 마치 세월이나 담쟁이덩굴이 돌을 부수듯이 부스러뜨렸다.

워몰드는 세관에서 그와 헤어졌다. 카터의 뉴클리너스 샘플에 문제가 있었고, 워몰드는 패스트클리너스의 판매 대리인이 그의 입국 수속을 도울 이유를 찾지 못했다. 비어트리스가 힐만을 몰고 마중 나와 있었다. 여자가 마중 나온 건 참으로 오랜만이었다.

「다 잘됐나요?」 비어트리스가 물었다.

「네, 아, 그럼요. 제가 하는 일에 만족스러워하는 것 같더군요.」 워몰드는 운전대를 잡은 비어트리스의 두 손을 보았다. 뜨거운 오후였기에 그녀는 장갑을 끼고 있지 않았다. 그 손은 아름다웠고, 유능했다. 워몰드가 말했다. 「반지를 끼고 있지 않네요.」

비어트리스가 말했다. 「누군가 알아차릴 줄 몰랐어요. 밀리도 알더군요. 당신 가족은 관찰력이 좋아요.」

「잃어버린 건 아니죠?」

「어제 세척하려고 빼놓았다가 다시 끼는 걸 깜박했어요. 끼는 것도 깜박하는 반지라면 뭐 하러 다시 끼겠어요, 안 그래요?」

이윽고 워몰드는 비어트리스에게 오찬회에 대해 말했다.

「안 가실 거예요?」비어트리스가 말했다.

「호손은 가길 바라죠. 자기 정보원을 보호하기 위해서요.」

「그놈의 빌어먹을 정보원 타령.」

「그것 말고도 가야 할 더 마땅한 이유가 있어요. 닥터 하셀바허에게 들은 말인데요, 그자들은 목표물이 사랑하는 상대를 공격하길 좋아한대요. 만약 제가 가지 않으면 그자들은 다른 것을 생각해 낼 게 분명해요. 더 끔찍한 걸로요. 그리고 우리는 그게 뭔지 몰라요. 다음번에는 그 대상이 제가 아닐 수도 있어요. 저는 그자들의 성에 찰 만큼 저를 사랑하지 않으니, 밀리가 대상이 될 수도 있고, 당신이 될 수도 있죠.」

비어트리스가 집 앞에 내려준 다음 다시 차를 타고 갈 때까지, 워몰드는 자신이 한 말이 무슨 의미인지 깨닫지 못했다.

3장

1

밀리가 말했다. 「커피 한 잔 드신 게 전부예요. 토스트 한 조각도 안 드셨어요.」

「그냥 뭘 먹을 기분이 아니라서 그래.」

「오늘 오찬회에 가서 잔뜩 드실 생각이신 것 다 알아요. 하지만 바위게만 드시면 늘 속이 안 좋으시잖아요.」

「아주아주 조심하겠다고 약속할게.」

「그래도 아침 좀 제대로 드세요. 시리얼을 먹어 둬야 오찬회에서 술을 진탕 마셔도 속이 버티죠.」 그날은 밀리의 두에냐가 두 눈을 부릅뜨고 지켜보았다.

「미안하다, 밀리. 그게 안 되는구나. 머릿속이 복잡해서 그래. 너무 나무라지 마라. 오늘은 그러지 않았으면 좋겠어.」

「연설은 준비하셨어요?」

「최선을 다했어. 하지만 난 연설에 재주가 없나 봐. 왜 내게 연설을 맡겼는지 모르겠어.」 하지만 불행히도 워몰드는

273

그 이유를 알 것 같았다. 누군가 닥터 브라운에게 영향력을 발휘한 게 분명했다. 무슨 대가를 치르더라도 정체를 알아내야 할 그 누군가가. 워몰드는 생각했다. 〈내가 그 대가지.〉

「다들 아빠 얘기만 하게 될 거예요.」

「오늘 점심시간에 내 얘기로 떠들썩하지 않게 하려고 애쓰는 중인걸.」

밀리는 학교에 갔고, 워몰드는 식탁 앞에 앉았다. 밀리가 특별히 좋아하는 시리얼 회사는 자기네 제품인 위트브릭스 상자에 『꼬마 난쟁이 두두의 모험』최신 호를 찍어 놓았다. 꼬마 난쟁이 두두는 이야기가 시작되고 얼마 지나지 않아 세인트버나드 개만 한 크기의 쥐를 만나는데, 고양이인 척 야옹거려 그 쥐를 겁줘 쫓아냈다. 아주 단순한 이야기였다. 인생살이에 그다지 도움이 될 이야기는 아니었다. 이 시리얼 회사는 또한 자기 제품 열두 개의 뚜껑을 모아서 보내면 공기총을 주었다. 상자가 거의 비었기에, 워몰드는 상자 뚜껑을 자르기 시작했다. 그는 조심스레 점선을 따라 칼을 움직였다. 그리고 마지막 모서리를 자르려는 순간, 비어트리스가 들어왔다. 그녀가 말했다. 「뭐 하고 계세요?」

「사무실에 공기총이 유용할 것 같아서요. 이제 상자 뚜껑 열한 개만 더 있으면 돼요.」

「전 어젯밤에 잠을 잘 수 없었어요.」

「커피를 너무 많이 드셨나요?」

「아니요, 당신에게 들은 닥터 하셀바허 이야기 때문에요. 밀리에 대한 거요. 오찬회에 가지 마세요.」

「최소한 그 정도는 할 수 있어요.」

「지금까지 하신 일만으로도 충분해요. 런던에서 당신의 성과에 얼마나 흡족해한다고요. 거기서 보내온 전보만 봐도 알겠던데요. 헨리가 뭐라고 하든, 런던에서는 당신이 괜스레 위험에 빠지는 걸 원하지 않을 거예요.」

「그래도 그 사람 말이 맞아요. 만약 제가 가지 않으면 그자들은 뭔가 다른 걸 시도할 거예요.」

「밀리는 걱정하지 마세요. 제가 살쾡이처럼 지킬게요.」

「당신은 누가 지켜 주고요?」

「전 이 분야 종사자예요. 제가 선택한 일이고요. 저 때문에 책임감 느끼실 필요는 없어요.」

「전에도 이런 상황에 처한 적이 있나요?」

「아니요, 하지만 당신 같은 상사를 모셔 본 적도 없어요. 당신이 그자들을 뒤흔들어 놓은 듯해요. 사실 이쪽 일이라는 게 보통 사무실 책상 앞에 앉아서 서류와 지루한 전보나 처리하는 게 다예요. 우리는 죽을 자리에 뛰어들고 그러지 않아요. 그리고 저는 당신이 살해당하는 걸 원치 않아요. 당신은 진짜예요. 당신은 『보이스 온 페이퍼』가 아니에요. 제발 그 상자 좀 내려놓고 제 말을 진지하게 들으세요.」

「꼬마 난쟁이 두두를 다시 읽고 있었어요.」

「그러면 오늘 아침에는 두두를 보면서 집에 계세요. 제가 나가서 이전에 나온 것들을 전부 사 올 테니.」

「호손 말이 구구절절 다 옳아요. 저는 단지 먹는 것만 조심하면 돼요. 그자들이 누군지 밝히는 게 〈중요〉하고요. 그러면

275

저는 받은 돈만큼 값어치를 하게 될 거예요.」

「이미 값어치를 충분히 했다니까요. 빌어먹을 오찬회에 갈 이유가 없어요.」

「아니요, 이유가 있어요. 자존심이죠.」

「누구에게 보이려고요?」

「당신한테요.」

2

워몰드는 나시오날 호텔로 들어가 이탈리아 구두, 덴마크 재떨이, 스웨덴 유리잔, 담자색 영국 울 제품 등으로 가득한 진열장들이 늘어선 라운지를 가로질렀다. 유럽 상인회가 늘 사용하는 연회실 바로 앞 의자에 닥터 하셀바허가 앉아 있었다. 누군가를 기다리는 티가 역력했다. 워몰드는 천천히 다가갔다. 하셀바허가 창기병 군복을 입고 침대에 앉아 자신의 과거에 대해 이야기하던 밤 이후 처음 보는 것이었다. 상인회 회원들이 곁을 지나 연회실로 들어가다가 걸음을 멈추고 닥터 하셀바허에게 말을 걸었지만 하셀바허는 본 척도 하지 않았다.

워몰드가 닥터 하셀바허의 의자 앞에 이르자 그가 말했다. 「들어가지 마십시오, 워몰드 씨.」 그가 목소리를 낮추지 않고 말해, 단어들이 진열장들 사이에서 전율하며 사람들의 관심을 끌었다.

「잘 지내셨습니까, 하셀바허?」

「다시 말하는데, 들어가지 마십시오.」

「처음 말씀하실 때 들었습니다.」

「그자들은 당신을 죽일 겁니다, 워몰드 씨.」

「그걸 어떻게 아십니까, 하셀바허?」

「그자들이 이곳에서 당신을 독살할 계획입니다.」

손님 여럿이 동작을 멈추고 둘을 물끄러미 바라보다가 피식 웃었다. 그 가운데 미국인 한 명이 말했다. 「여기 음식이 그렇게 나쁜가요?」 그리고 모두가 웃음을 터뜨렸다.

워몰드가 말했다. 「여기 있지 마십시오, 하셀바허. 너무 눈에 띕니다.」

「들어가실 겁니까?」

「물론입니다, 저는 연사 가운데 한 명입니다.」

「밀리가 있잖습니까. 그 아이를 잊지 마십시오.」

「밀리는 걱정하지 마십시오. 저는 두 발로 걸어 나올 겁니다, 하셀바허. 제발 집에 가십시오.」

「알았습니다. 그래도 시도는 해봐야 했습니다.」 닥터 하셀바허가 말했다. 「전화를 기다리겠습니다.」

「떠날 때 전화드리겠습니다.」

「안녕, 짐.」

「안녕히 가십시오, 닥터.」 생각지도 못한 순간에 닥터 하셀바허는 워몰드를 성이 아닌 이름으로 불렀다. 워몰드는 자신이 늘 장난처럼 하던 상상이 떠올랐다. 자신이 모든 희망을 버리고 임종에 이를 때에야 비로소 닥터 하셀바허가 자신을 성이 아닌 이름으로 불러 줄 거라는 상상이었다. 돌연히 워몰드는 집에서 아주 멀리 떨어져 홀로 있다는 느낌이 들어 두려웠다.

「워몰드.」 누군가 부르는 소리에 돌아보니 뉴클리너스의 카터였다. 하지만 그 순간 워몰드에게 카터는 영국의 내륙이었고, 영국의 속물근성이었고, 영국의 천박함이자 영국이란 단어가 그에게 의미하는 모든 유대감과 안전함을 뜻하기도 했다.

「카터!」 워몰드는 마치 카터가 아바나에서 가장 만나고 싶은 단 한 사람이었다는 듯이 외쳤다. 그 순간 워몰드는 진심이었다.

「만나서 정말 반갑습니다.」 카터가 말했다. 「이 오찬회에 아는 사람이 한 명도 없거든요. 심지어 제…… 닥터 브라운조차 안 보이네요.」 카터의 주머니는 파이프와 담배쌈지로 불룩했다. 카터는 자신 역시 집에서 멀리 떨어져 있다고 느낀다는 듯, 그래서 위안이 필요하다는 듯 주머니를 툭툭 쳤다.

「카터, 이쪽은 닥터 하셀바허입니다. 제 오랜 친구입니다.」

「안녕하십니까, 닥터.」 그러고는 카터가 워몰드에게 말했다. 「간밤에 사방으로 당신을 찾아다녔습니다. 제가 영 엉뚱한 곳들만 뒤졌던 모양입니다.」

그들은 함께 연회실로 들어갔다. 단지 같은 나라 사람이라는 것만으로 카터를 믿음직하다고 느끼다니 어이없는 일이었지만, 한편으로 카터와 같이 있으니 보호받는 느낌이었다.

3

연회실에는 총영사에 대한 경의의 표시로 커다란 미국 국기 두 개가 걸려 있고, 공항 레스토랑처럼 상인의 자리마다 출신국을 나타내는 조그만 종이 국기가 꽂혀 있었다. 상석에는 스위스 국기로 의장인 닥터 브라운이 앉을 자리임을 표시했다. 심지어 모나코 영사를 위한 모나코 국기도 있었다. 모나코는 아바나에서 담배를 가장 많이 수입하는 나라 가운데 하나였다. 워몰드의 자리는 총영사의 오른편으로, 이는 양국의 두터운 동맹 관계를 기리는 의미였다. 워몰드와 카터가 들어갔을 때 마침 칵테일이 제공되고 있었다. 웨이터 한 명이 즉시 그들에게 다가왔다. 웨이터가 쟁반을 움직여 마지막으로 남은 다이키리를 워몰드의 손에 가장 가깝게 둔 것 같기도 했지만, 워몰드는 그게 진짜인지 착각인지 분간이 가지 않았다.

「아니요, 고맙지만 됐습니다.」

카터가 손을 뻗었으나, 웨이터는 이미 직원용 문을 향해 가고 있었다.

「혹시 드라이 마니티를 더 좋아하시나요, 선생님?」 누군가 말했다. 워몰드가 돌아보니 수석 웨이터였다.

「아니요, 아니요, 좋아하지 않습니다.」

「스카치는요? 셰리? 올드패션드? 좋아하는 걸로 주문하시면 됩니다.」

「저는 술을 마시지 않습니다.」 워몰드가 말했다. 수석 웨이

터는 워몰드를 포기하고 다른 손님에게로 갔다. 어쩌면 그가
/7일 수도 있었다. 얄궂은 우연에 의해 그가 동시에 암살자
이기라도 하다면, 그야말로 묘한 상황이었다. 워몰드는 카터
를 찾아 두리번거렸지만, 카터는 이미 자신을 초대해 준 사
람을 찾아 자리를 뜬 뒤였다.

「마실 수 있는 한 마시는 게 좋아요.」 스코틀랜드 악센트의
목소리가 말했다. 「제 이름은 맥두걸입니다. 우리가 같은 테
이블에 앉는 것 같네요.」

「전에 뵌 적이 있던가요?」

「매킨타이어 후임입니다. 매킨타이어는 아시죠?」

「아, 그럼요, 그럼요.」

닥터 브라운은 자신에게 중요하지 않은 인물인 카터를 시
계 매매상인 다른 스위스인에게 넘기고, 미국 총영사를 이끌
고 실내를 돌며 더 중요한 인물들에게 소개하고 있었다. 독
일인들은 따로 모여 있었는데, 그 장소가 서쪽 벽 부근이라
꽤 적절해 보였다. 그들의 얼굴에는 결투의 상흔처럼 마르크
화의 우월함이 각인되어 있었다. 벨젠[52]에서 살아남은 국가
의 영예는 이제 환율에 달려 있었다. 워몰드는 오찬회의 비
밀을 닥터 하셀바허에게 팔아넘긴 게 그들 가운데 한 명일까
하고 생각에 잠겼다. 팔아넘겨? 꼭 그럴 필요는 없었다. 어쩌
면 하셀바허는 협박을 받아 독을 건넸을 수도 있었다. 어쨌
든 하셀바허는 우정 때문에 뭔가 고통이 없는 걸 선택했을
터였다. 고통이 없는 독이 있다면 말이다.

52 나치 강제 수용소 소재지.

「말씀드리는데,」 맥두걸 씨가 마치 스코틀랜드 민속춤을 추듯이 정열적으로 말했다. 「지금 마시는 게 나을 겁니다. 나중에는 없어요.」

「와인이 나오지 않나요?」

「식탁을 보세요.」 자리에는 작은 개인용 우유병들이 있었다. 「초대장을 읽지 않으셨어요? 우리의 위대한 미국 동지들을 기리는 의미에서 진짜 미국식인 한 접시 식사 형식으로 먹는다네요.」

「한 접시 식사요?」

「설마 한 접시 식사가 뭔지 모르는 건 아니겠죠? 모든 음식을 한 접시에 담아서 내오는 거죠. 구운 칠면조, 크랜베리소스, 소시지, 당근, 프렌치프라이, 이렇게요. 저는 프렌치프라이는 도무지 먹을 수가 없지만, 모두 한 접시에 담겨 나오기 때문에 선택의 여지가 없네요.」

「선택이 안 된다고요?」

「주는 대로 먹는 겁니다. 그게 민주주의라네요.」

닥터 브라운이 모두에게 착석하라고 지시했다. 워몰드는 같은 나라 사람들이 함께 앉기를, 그래서 카터가 자신의 다른 쪽 옆자리에 앉기를 바랐지만, 정작 그쪽에 앉은 이는 자기 우유병을 찡그린 표정으로 바라보는 스칸디나비아 사람이었다. 워몰드는 이 역시 누군가 계획적으로 한 짓이라고 생각했다. 안전한 건 없었다. 우유조차 그랬다. 웨이터들은 이미 바퀴게를 들고 주위를 부산히 움직이고 있었다. 이윽고 워몰드는 식탁 맞은편에 카터가 있어 안심되었다. 카터의 천박한 행동을 보면 왠지 마음이 놓였다. 영국 경찰에게처럼 카터에게는 호소할 수 있어 그런 듯했다. 상대가 무슨 생각을 하는지 알기 때문이었다.

「아니요,」워몰드가 웨이터에게 말했다. 「저는 게를 먹지 않겠습니다.」

「게를 먹지 않겠다니, 현명한 결정이십니다.」맥두걸 씨가 말했다. 「저도 먹지 않습니다. 위스키랑 어울리지 않아요. 이제 얼음물을 약간 마시고 잔을 식탁 아래로 들고 계세요. 제 주머니에 두 사람이 마시기에 충분한 양이 있습니다.」

워몰드는 아무 생각 없이 자기 잔에 손을 뻗었지만, 이내 의심이 들었다. 이 맥두걸이란 자는 누구지? 워몰드는 전에 맥두걸을 한 번도 본 적이 없었고, 매킨타이어가 그만두었다는 말도 방금 처음 들었다. 물 또는 휴대용 술병에 든 위스키에 독이 들었을 수도 있지 않을까?

「매킨타이어가 왜 그만뒀나요?」잔을 쥔 채로 워몰드가 물었다.

「뻔하디뻔한 이유죠.」맥두걸이 말했다. 「어떤 식으로 돌아가는지 아시잖습니까. 잔에 들어 있는 물을 비워 버리세요. 스카치에 물을 타서 마시다니요. 이건 최고급 하이랜드 몰트입니다.」

「술을 마시기엔 너무 이른 시간이네요. 그래도 고맙습니다.」

「만약 물을 믿지 못하신다면, 올바른 결정입니다.」맥두걸 씨가 모호하게 말했다. 「저는 스트레이트로 마십니다. 휴대용 술병 뚜껑을 같이 쓰는 게 괜찮으시다면…….」

「아니, 정말로 저는 이 시간에 술을 마시지 않습니다.」

「언제 술을 마시는지 정한 건 잉글랜드 사람들이지 스코틀랜드 사람들이 아닙니다. 아마 잉글랜드 사람들은 다음에 죽는 시간도 정할 겁니다.」

카터가 테이블 맞은편에서 말했다. 「저는 뚜껑을 같이 써도 상관없습니다. 저는 카터라고 합니다.」 그리고 워몰드는 맥두걸 씨가 위스키 따르는 모습을 보고 안심되었다. 의심이 하나 줄었기 때문이다. 카터를 독살하려는 사람은 분명 없을 터였다. 동시에, 워몰드는 맥두걸의 스코틀랜드인다움에 뭔가 이상함을 느꼈다. 오시안[53]처럼 거짓의 냄새가 났다.

「저는 스벤손입니다.」 음울해 보이는 스칸디나비아인이 작은 스웨덴 국기 뒤에서 날카롭게 말했다. 적어도 워몰드는 그것이 스웨덴 국기라고 생각했다. 워몰드는 스칸디나비아 쪽 나라들의 국기를 확실히 구별하지 못했다.

「저는 워몰드입니다.」 그가 말했다.

「대체 이 우유는 뭡니까?」

「제 생각에,」 워몰드가 말했다. 「닥터 브라운이 좀 지나치게 문자 그대로 미국식으로 주려고 애쓰신 듯합니다.」

「아니면 재미있으시거나요.」 카터가 말했다.

「닥터 브라운은 유머 감각이 그리 뛰어나지 않으십니다.」

「그런데 직업이 어떻게 되시나요, 워몰드 씨?」 스웨덴인이

---

53 제임스 맥퍼슨이 번역했다는 게일어 구전 시의 등장인물. 학자들은 이 시가 맥퍼슨의 창작이라고 의심한다.

물었다. 「지나가며 뵌 적은 있지만, 통성명은 이번이 처음인 것 같네요.」

「진공청소기를 팝니다. 당신은요?」

「유리를 팝니다. 아시다시피, 스웨덴 유리는 세계 최고죠. 빵이 아주 맛있네요. 빵을 안 드십니까?」 스벤손 씨는 회화책을 보고 연습한 걸 그대로 읊는 듯했다.

「포기했습니다. 보시다시피 살이 쪄서요.」

「저라면 당신이 좀 살을 찌워야 한다고 말했을 겁니다.」 스벤손 씨는 북쪽의 기나긴 밤의 흥겨움이 담긴 쓸쓸한 웃음을 터트렸다. 「죄송합니다. 마치 당신이 거위인 듯 말했네요.」

총영사가 앉은 식탁 끝에서는 웨이터들이 한 접시 식사를 놓고 있었다. 칠면조가 나올 거라던 맥두걸 씨의 예측은 틀렸다. 주요리는 매릴랜드치킨이었다. 하지만 당근, 프렌치프라이, 소시지에 대한 예측은 맞았다. 닥터 브라운은 다른 사람들보다 속도가 약간 느려 여전히 바위게를 먹고 있었다. 계속 진지한 대화를 건네던 총영사와 시야를 좁히는 돋보기 안경 때문에 식사가 느려진 게 분명했다. 식탁을 돌아서 웨이터 두 명이 왔다. 한 명은 남은 게를 치웠고, 다른 한 명은 게가 있던 자리에 한 접시 식사를 놓고 있었다. 오직 총영사만 자기 앞의 우유병을 열려고 했다. 〈덜레스〉라는 단어가 워몰드가 앉은 곳까지 심드렁하게 들렸다. 웨이터가 접시 두 개를 들고 다가왔다. 웨이터가 접시 하나는 스칸디나비아인 앞에 놓고, 다른 하나는 워몰드 앞에 놓았다. 그의 생명이 위협받고 있다는 주장이 말도 안 되는 짓궂은 장난처럼 느껴졌다. 어쩌면 호손은 농담을 좋아하는 사람이고, 닥터 하셀바허는……. 워몰드는 닥터 하셀바허가 자신에게 장난치거나 놀려 먹은 적이 있었냐는 밀리의 질문이 떠올랐다. 가끔은 놀림받기보다 생명의 위험을 감수하는 게 더 쉬울 때도 있는 듯했다. 워몰드는 카터를 믿고 싶었으며, 카터의 상식적인 답변을 듣고 싶었다. 이윽고 다른 사람들의 접시를 본 워몰드는 뭔가 이상하다는 것을 알아차렸다. 당근이 없었다. 워몰드가 재빨리 말했다. 「당신은 당근을 좋아하지 않으시죠.」 그러고는 접시를 맥두걸 씨에게로 밀었다.

「제가 싫어하는 건 프렌치프라이입니다.」 맥두걸 씨가 재빨리 말하더니 접시를 룩셈부르크 영사에게 넘겼다. 식탁 맞은편의 독일인과 대화에 빠져 있던 룩셈부르크 영사는 대화에 정신이 팔린 상태로 접시를 받아 다시 공손하게 옆 사람에게 건넸다. 공손함은 아직 음식을 받지 못한 모든 사람을 전염시켰고, 접시는 웨이터가 막 바위게를 치운 닥터 브라운을 향해 갔다. 수석 웨이터는 무슨 일이 일어나고 있는지 알아차렸고, 식탁의 접시를 쫓아가기 시작했지만, 접시는 계속해서 닥터 브라운을 향해 갔다. 웨이터가 한 접시 식사들을 더 가지고 지나가다가 워몰드에게 잡혀 접시 하나를 빼앗겼다. 웨이터는 어리둥절해 보였다. 워몰드는 맛있게 음식을 먹기 시작했다. 「당근이 정말 맛있습니다.」 워몰드가 말했다.

수석 웨이터가 닥터 브라운 옆으로 다가왔다. 「실례를 범했습니다, 닥터 브라운.」 수석 웨이터가 말했다. 「당근이 없군요.」

「저는 당근을 좋아하지 않습니다.」닥터 브라운이 닭고기를 자르며 말했다.

「정말 죄송합니다.」수석 웨이터가 말하더니, 닥터 브라운의 접시를 잡았다.「조리실에서 실수가 있었습니다.」수석 웨이터는 마치 헌금을 움켜쥔 교회 당지기처럼 접시를 들고 홀을 가로질러 직원용 문으로 향했다. 맥두걸 씨는 자신이 가져온 위스키를 홀짝였다.

「이제 저도 그걸 좀 마셔 볼까 합니다.」워몰드가 말했다. 「축하 삼아서요.」

「좋지요. 물을 탈까요, 아니면 스트레이트로 할까요?」

「당신 물을 마셔도 될까요? 제 물에 파리가 빠졌네요.」

「물론이지요.」워몰드는 물을 3분의 2 정도 마신 뒤 잔을 내밀고 기다렸다. 맥두걸 씨는 더블이 되고도 남을 정도로 넉넉하게 위스키를 따랐다.「더 달라고 하셔도 됩니다. 저희 둘은 아까부터 마셨거든요.」맥두걸 씨의 말에 워몰드는 다시 신뢰의 영역으로 돌아갔다. 그는 자신이 한때 의심했던 이웃에게 마음이 녹아내리는 것을 느꼈다. 그가 말했다.「또 뵐 수 있으면 좋겠습니다.」

「모임이 끝났다고 두 번 다시 못 만날 거라면, 이런 모임을 뭐 하러 하겠습니까.」

「이 모임이 아니었다면, 당신이나 카터를 만나지 못했을 겁니다.」

세 사람은 위스키를 한 잔씩 더 마셨다.「두 분 다 제 딸을 만나 보셔야 합니다.」위스키 덕분에 알딸딸해진 워몰드가 말했다.

「장사는 잘되시나요?」

「나쁘지 않습니다. 사업을 확장하는 중이지요.」

닥터 브라운이 잠시 조용히 해달라며 식탁을 쳤다.

「이건 뭐,」 위스키로 얼근해진 카터가 도저히 억누를 수 없는 노트위치 억양으로 크게 말했다. 「건배하게 술부터 주셔야 하는 거 아닙니까.」

「여러분,」 맥두걸 씨가 말했다. 「연설이 있겠지만 건배는 없답니다. 알코올 도움 없이 지겨운 연설을 들어야 합니다.」

「제가 그 지겨운 연설자 가운데 한 명입니다.」 워몰드가 말했다.

「연설을 하세요?」

「가장 오래된 회원 자격으로요.」

「가장 오랜 회원이 될 만큼 오래 살아남으셨다니 좋네요.」 맥두걸 씨가 말했다.

닥터 브라운의 호명을 받고 나온 미국 총영사가 연설을 시작했다. 그는 민주주의 국가들 사이의 정신적 유대에 대해 이야기했다. 아마도 쿠바를 민주주의 국가라고 여기는 듯했다. 그는 무역이 중요한 이유는 무역이 없으면 정신적 유대도 없고, 거꾸로 정신적 유대가 없으면 무역 역시 없을 것이기 때문이라고 했다. 그는 미국이 곤궁에 처한 나라들을 도운 덕분에 그 나라들이 더 많은 물건을 살 수 있었고, 더 많은 물건을 사면서 정신적 유대가 강해졌다고 했다……. 그때 호텔 쓰레기통 어디선가 개 한 마리가 청승맞게 울어 대자 수

287

석 웨이터가 문 닫으라는 신호를 보냈다. 그는 미국 총영사로서 오늘 이 오찬회에 초대받아 유럽 무역을 이끄는 대표들을 만나고 정신적 유대를 더욱 다지게 되어 매우 기쁘다고 했다…… 워몰드는 위스키를 두 잔 더 마셨다.

「그리고 이제,」 닥터 브라운이 말했다. 「우리 회원 가운데 가장 오래된 분을 소개하겠습니다. 물론 나이를 말하는 게 아니라 이 아름다운 도시에서 유럽 무역이 단단히 뿌리내릴 수 있게 기초를 닦아 오신 기간을 말하는 겁니다, 미니스터 씨.」 그가 다른 쪽 옆에 앉은 사팔뜨기 흑인에게 고개 숙여 인사했다. 「우리는 오늘 그분을 이 자리에 모시는 영광과 기쁨을 누리게 되었습니다. 여러분 모두가 워몰드 씨를 아실 겁니다.」 닥터 브라운은 메모를 재빨리 훔쳐보았다. 「제임스 워몰드 씨, 패스트클리너스사의 아바나 대리점 대표입니다.」

맥두걸 씨가 말했다. 「위스키를 다 마셔 버렸네요. 어쩌면 좋을까나. 지금이야말로 술의 힘을 빌려 용기를 내야 할 순간인데 말입니다.」

카터가 말했다. 「저도 술을 가지고 오긴 했는데 비행기에서 거의 다 마셔 술병에 한 잔 분량밖에 없습니다.」

「확실히 그건 여기 우리 친구분에게 드려야겠군요.」 맥두걸 씨가 말했다. 「그 술은 우리보다 이분에게 더 필요할 테니까요.」

닥터 브라운이 말했다. 「워몰드 씨는 봉사가 의미하는 모든 것의 상징이라고도 할 수 있습니다. 겸손함, 침착함, 끈기, 효율. 우리 적들은 세일즈맨을 쓸모없고 필요 없고 심지어 해로운 물건을 강매하려는 떠버리 허풍선이로 종종 묘사하곤 합니다. 하지만 그건 우리의 참모습이 아닙니다……」

워몰드가 말했다. 「친절하시네요, 카터. 확실히 한 잔이면 용기를 낼 수 있습니다.」

「연설에 익숙하지 않으신가요?」

「연설 때문만은 아닙니다.」 워몰드는 식탁 너머의 평범한 노트위치 출신 얼굴 쪽으로 몸을 기울였다. 워몰드는 저 상대라면 믿을 수 있다고 느꼈다. 카터 특유의 의심, 안도감, 경험 부족에서 오는 편안한 유머 감각 때문이었다. 카터와 함께라면 안전했다. 워몰드가 말했다. 「이제부터 제 이야기를 들으면 분명 한마디도 믿기지 않으실 겁니다.」 하지만 워몰드는 카터가 믿어 주길 바라는 게 아니었다. 그는 카터로부터 어떻게 하면 믿지 않을 수 있는지 배우고 싶었다. 그때 뭔가 그의 다리를 슬쩍 건드렸고, 아래를 내려다보니 두 귀가 축 처지고 털이 곱슬거리는 검은 닥스훈트 한 마리가 그를 쳐다보며 남은 음식을 달라고 애원하고 있었다. 그 개는 웨이터들의 눈을 피해 직원용 문으로 들어온 게 분명했다. 그리고 그 개는 이제 쫓기는 신세가 되어 식탁보 아래로 몸을 반쯤 숨기고 있었다.

카터가 워몰드 쪽으로 작은 휴대용 술병을 밀었다. 「두 명이 마실 분량은 안 됩니다. 전부 마시세요.」

「정말 친절하시네요, 카터.」 워몰드는 뚜껑을 돌려 열고 안의 내용물을 전부 자기 잔에 담았다.

「그냥 조니 워커입니다, 좋은 건 아닙니다.」

닥터 브라운이 말했다. 「오랜 기간 상인들이 대중을 위해 성심성의껏 봉사해 온 일에 대해 우리 모두를 대표해 얘기해 주실 분을 여기서 꼽아 본다면, 저는 그게 바로 워몰드 씨라고 확신합니다. 이제 저는 그분에게…….」

카터가 눈을 찡긋하고는 잔을 들어 올리는 시늉을 했다.

「ㅎ-후딱 드세요.」 카터가 말했다. 「ㅎ-후딱 드셔야 합니다.」

워몰드는 잔을 내려놓았다. 「뭐라고 하셨나요, 카터?」

「빨리 드셔야 한다고 말했습니다.」

「아, 아니요. 아까는 그렇게 말하지 않았습니다, 카터.」 왜 전에는 카터가 ㅎ으로 시작하는 단어를 말할 때 더듬는다는 걸 눈치채지 못했을까? 말을 더듬는다는 걸 본인도 알았기에 공포나 ㅎ-희망에 사로잡히기 전에는 ㅎ으로 시작하는 단어를 애써 피하고 있었던 걸까?

「왜 그러십니까, 워몰드?」

워몰드는 개의 머리를 쓰다듬으려 손을 내렸고, 실수인 척 잔을 엎질렀다.

「당신은 닥터를 모르는 척했습니다.」

「무슨 닥터요?」

「당신은 그 사람을 ㅎ-하셀바허라고 부르겠죠.」

「워몰드 씨.」 닥터 브라운이 식탁 너머에서 그를 호명했다.

워몰드는 긴가민가하며 일어섰다. 뭐든 먹을 걸 기다리던 개가 바닥에 흐른 위스키를 할짝거리고 있었다.

워몰드가 말했다. 「연설을 해달라고 청해 주신 것에 감사

드립니다. 동기가 어찌 되었든 간에요.」 공손하게 키득거리는 소리에 그는 놀랐다. 뭔가 재밌는 말을 하려던 게 전혀 아니었기 때문이다. 그가 말했다. 「이건 제 첫 번째 연설이고, 한때는 제가 공공장소에서 마지막으로 모습을 드러내는 순간이 될 거라고 생각했습니다.」 그는 카터와 시선을 마주했다. 카터는 얼굴을 찡그리고 있었다. 워몰드는 자신이 살아남아 무례를 범한 듯한 느낌이 들었다. 마치 공공장소에서 술에 취한 모습을 보인 것만 같았다. 아마도 술에 취한 게 맞을 터였다. 워몰드가 말했다. 「여기에 제 친구들이 있는지 모르겠습니다. 하지만 적이 있는 건 확실합니다.」 누군가 〈저런 쯧쯧〉이라고 말했고, 몇 명이 소리 내어 웃었다. 계속 이렇게만 하면 재치 있는 연사라고 소문 나는 건 일도 아닐 터였다. 워몰드는 말했다. 「요즘 들어 세상이 냉전 이야기로 많이 시끄럽지요. 하지만 같은 종류의 상품을 만드는 두 제조업체 사이에도 꽤 열전이 벌어질 수 있다는 점에 어떤 상인이라도 동의하실 겁니다. 패스트클리너스와 뉴클리너스를 예로 들어 보죠. 사람들이 다 비슷하듯이, 가령 러시아인이나 독일인과 영국인이 비슷하듯이, 두 제품 사이에도 별 차이가 없습니다. 만약 양쪽 회사의 야심 찬 몇 명이 없다면 경쟁도 전쟁도 없을 겁니다. 바로 그 몇 명이 경쟁을 지시하고 수요를 창조하고 카터 씨와 저에게 상대의 목을 노리도록 시키죠.」

이제 아무도 웃지 않았다. 닥터 브라운은 총영사의 귀에 대고 뭔가 속삭였다. 워몰드는 카터의 위스키가 든 휴대용 술병을 집어 들고 말했다. 「제가 볼 때, 카터 씨는 자기 회사를 위해 저를 독살하라고 자신을 보낸 자가 누군지 이름도 모르실 겁니다.」안도의 기운과 함께 다시 웃음이 터져 나왔다. 맥두걸 씨가 말했다. 「여기 독이 더 있었다면 좋았을 텐데요.」그런데 갑자기 개가 낑낑거리기 시작했다. 개는 숨은 곳에서 나와 직원용 문으로 향했다. 「맥스.」수석 웨이터가 외쳤다. 「맥스.」침묵이 흘렀고, 몇 명은 불편한 웃음을 터뜨렸다. 개는 다리를 휘청였다. 개는 청승맞게 울어 댔고, 자기 가슴을 물어뜯으려 했다. 수석 웨이터는 직원용 문 근처에서 마침내 따라잡아 개를 안아 들었지만, 개는 고통스럽다는 듯이 울어 대며 그의 팔에서 빠져나갔다. 「두어 번 할짝거렸을 뿐인데.」맥두걸 씨가 불편한 기색으로 말했다.

「실례해야겠습니다, 닥터 브라운.」워몰드가 말했다. 「쇼는 끝났습니다.」워몰드는 수석 웨이터를 따라 직원용 문을 통과했다. 「잠깐만요.」

「왜 그러십니까?」

「제 접시에 무슨 일이 있었던 건지 알고 싶습니다.」

「무슨 뜻입니까? 선생님 접시라뇨?」

「당신은 제 접시가 다른 사람에게 갈까 봐 무척 노심초사했잖아요.」

「무슨 말인지 알아듣지 못하겠습니다.」

「그 접시의 음식에 독이 든 걸 알았습니까?」

「음식이 상했다는 뜻인가요?」

「제 말은 그 음식에 독이 뿌려져 있었고, 당신은 닥터 브라운의 목숨을 구하기 위해 아주 애썼다는 겁니다. 제 목숨이 아니라요.」

「죄송하지만, 무슨 말씀인지 모르겠습니다. 제가 좀 바빠 서요. 이만 실례하겠습니다.」기다란 복도 너머 주방에서 개 가 길게 울부짖는 소리가 들려왔다. 그러더니 낮고 음울한 그 소리가 갑자기 끊기고 더 날카롭고 고통스러운 신음이 들 렸다. 수석 웨이터가 외쳤다.「맥스!」그리고 그는 인간적이 되어 복도를 달려갔다. 그는 주방 문을 활짝 열었다.「맥스!」

닥스훈트는 기어 들어가 있던 식탁 아래에서 우울하게 머 리를 내밀더니 고통스러워하며 몸을 질질 끌고 수석 웨이터 에게 다가가기 시작했다. 요리사 모자를 쓴 남자가 말했다. 「여기서는 아무것도 먹지 않았어요. 접시를 다 치웠어요.」개 는 수석 웨이터의 발치에서 쓰러졌고, 썩은 고기처럼 길게 늘어졌다.

수석 웨이터는 개 옆에 무릎을 꿇었다. 그가 말했다.「Max mein Kind. Mein Kind(맥스, 내 아기. 내 아기).」개의 검은 몸뚱이는 수석 웨이터가 입은 검은 유니폼의 연장처럼 보였 다. 주위로 주방 직원들이 모여들었다.

검은 몸뚱이가 살짝 움직였고, 분홍색 혀가 마치 치약처럼 밖으로 나오더니 부엌 바닥에 늘어졌다. 수석 웨이터는 개 위에 손을 올려놓은 뒤 이윽고 워몰드를 쳐다보았다. 눈물이 그렁거리는 두 눈은 자기 개는 죽었는데 워몰드가 살아서 거 기 서 있는 것에 강력한 비난을 퍼부었다. 워몰드는 거의 사 과할 뻔했지만, 결국 몸을 돌려 그곳을 떠났다. 복도 끝자락 에서 워몰드는 뒤를 돌아보았다. 검은 형체가 검은 개 옆에 무릎을 꿇고 흰옷을 입은 요리사와 주방 직원들이 그 주위에 서서 기다리는 모습이 마치 무덤을 둘러싼 문상객처럼 보이고, 손에 든 반죽 통과 대걸레와 접시들은 마치 장례식용 화환 같았다. 워몰드는 생각했다. 〈내가 죽었어도 저 개보다 더 애도를 받진 못했을 거야.〉

4

「돌아왔어요.」 워몰드가 비어트리스에게 말했다. 「저는 식탁 밑으로 숨지 않았어요. 저는 승리해서 돌아왔어요. 대신 개가 죽었어요.」

4장

1

캡틴 세구라가 말했다. 「혼자 계신 걸 보니 다행이군요. 혼자십니까?」

「저 혼자입니다.」

「잠시 저와 얘기 좀 하시죠. 방해받지 않으려고 문 앞에 부하 두 명을 세워 뒀습니다.」

「제가 체포된 건가요?」

「당연히 아닙니다.」

「밀리와 비어트리스는 영화 보러 나갔습니다. 만약 집에 들어오려다가 제지당하면 두 사람은 깜짝 놀랄 겁니다.」

「그렇게 긴 시간을 뺏지는 않을 겁니다. 제가 당신을 보러 온 이유는 두 가지입니다. 하나는 중요한 거고, 다른 하나는 그냥 일상적인 겁니다. 중요한 것부터 얘기해도 될까요?」

「그러시죠.」

「워몰드 씨, 저는 따님에게 청혼하고 싶습니다.」

「그게 문 앞에 경찰 두 명을 세워 둘 정도의 일인가요?」

「방해받지 않는 쪽이 편해서요.」

「밀리와 이야기해 보셨습니까?」

「당신과 상의하기 전에는 그럴 생각이 추호도 없습니다.」

「아무리 이곳이고 당신이라 해도 법에 따라 제 동의가 필요한 듯하군요.」

「이건 법 문제가 아니라 상식적인 예절입니다. 담배를 피워도 될까요?」

「안 될 건 뭡니까? 그 담배 케이스를 정말 사람 가죽으로 만들었나요?」

캡틴 세구라가 소리 내어 웃었다. 「아, 밀리, 밀리는 정말 못 말리겠군요!」 그가 애매하게 덧붙였다. 「정말로 그 이야기를 믿으시는 겁니까, 워몰드 씨?」 어쩌면 그는 직접적으로 거짓말하는 것에 거부감이 있을 수도 있었다. 어쩌면 좋은 가톨릭 신자일 수도 있었다.

「밀리는 결혼하기에 아직 어립니다, 캡틴 세구라.」

「이 나라에서는 아닙니다.」

「저는 밀리가 아직 결혼하고 싶은 마음이 없다고 확신합니다.」

「하지만 당신이 밀리에게 영향을 줄 수는 있죠.」

「사람들이 당신을 붉은 독수리라고 부르죠?」

「그건 여기 쿠바에서 일종의 칭찬입니다.」

「당신의 삶은 다소 불안정하지 않습니까? 당신은 적이 아주 많아 보이더군요.」

「저는 제가 먼저 죽어도 아내가 살기에 충분할 만큼 저축해 두었습니다. 그쪽으로 보면, 위몰드 씨, 제가 당신보다 훨씬 탄탄합니다. 지금 이 사업으로 당신은 많은 돈을 벌 수 없고 언제든 문 닫을 수도 있습니다.」

「문을 닫아요?」

「당신은 문제를 일으킬 마음이 조금도 없다는 걸 잘 알지만, 당신 주위에서 골치 아픈 일이 많이 일어났습니다. 만약 당신이 이 나라를 떠나야 한다면, 따님이 이곳에서 자리를 잘 잡는 것이 당신에게도 행복한 일이지 않겠습니까?」

「골치 아픈 일들이라니, 무슨 말을 하는 겁니까, 캡틴 세구라?」

「자동차 충돌 사고가 있었지요. 이유가 뭐 중요하겠습니까. 가엾은 시푸엔테스 공학자가 공격당한 사건도 있었고요. 그 사람은 내무부 장관의 친구였습니다. 그리고 산체스 교수는 당신이 집에 침입해서 위협했다고 했지요. 심지어 당신이 개를 독살했다는 이야기도 있습니다.」

「제가 개를 독살해요?」

「물론 터무니없이 들리지요. 하지만 나시오날 호텔 수석 웨이터는 당신이 자기 개에게 독이 들어 있는 위스키를 줬다고 말하더군요. 개에게 왜 위스키를 줬습니까? 이해가 안 됩니다. 그 사람도 그렇게 말하더군요. 그 사람 생각엔, 맥스가 독일 개라서 그런 짓을 한 것 같다더군요. 당신은 아무 말도 하지 않으시는군요, 위몰드 씨.」

「할 말을 잃었습니다.」

「그 사람은 충격에서 헤어 나오지 못했습니다. 가엾은 사람. 그것만 아니었어도 저는 터무니없는 소리를 한다며 그자를 경찰서에서 내쫓았을 겁니다. 그 사람 말로는 당신이 자기가 한 짓에 아주 흡족해하며 주방에 들어왔다더군요. 전혀 당신이 할 만한 행동으로 들리지 않았습니다, 워몰드 씨. 저는 늘 당신에게 인간미가 있다고 생각해 왔으니까요. 그 사람의 이야기가 전부 거짓이라고 당신이 직접 말해 주시면 제가 안심을……..」

「개는 〈독살〉된 게 맞습니다. 제 잔에 담겨 있던 위스키 때문이죠. 하지만 그 위스키는 저를 노린 거지 개를 노린 게 아니었습니다.」

「대체 누가, 왜 당신을 독살하려 든단 말입니까?」

「저도 모릅니다.」

「묘한 이야기 두 개가 상반되는군요. 어쩌면 독은 없고 개는 그냥 죽은 것일 수도 있습니다. 듣기로는 늙은 개였다고 합니다. 그럼에도 워몰드 씨, 골치 아픈 일들이 유독 당신 주위에서 자꾸 터진다는 건 인정하시겠죠. 책에서 읽자니, 영국엔 폴터가이스트[54]들을 자극하는 순진무구한 어린이들이 있다면서요. 어쩌면 당신이 그런 사람일지도 모르죠.」

「그럴지도 모르겠군요. 그 폴터가이스트들의 이름을 아십니까?」

「대부분은요. 아무래도 이제 그것들을 내쫓을 시간이 된 듯합니다. 저는 대통령에게 보낼 보고서를 작성 중입니다.」

54 물건을 제멋대로 움직이고 소리나 냄새가 나게 하는 유령.

「그 보고서에 저에 대한 언급이 들어갑니까?」

「그럴 필요는 없지요. 하지만 이 말씀은 꼭 드려야겠습니다, 워몰드 씨. 저는 저축을 해두었습니다. 저한테 무슨 일이 생길 경우 밀리가 편히 지낼 수 있을 정도로 충분한 돈을요. 혁명이 일어날 경우 우리 두 사람이 마이애미에서 정착하기에도 충분한 액수입니다.」

「그런 것까지 세세히 말씀하실 필요는 없습니다. 당신의 재정 능력을 신문하는 자리가 아니니까요.」

「관습입니다, 워몰드 씨. 제 건강에 대해 말하자면, 저는 아주 건강합니다. 건강 검진서도 보여 드릴 수 있습니다. 아이를 갖는 것도 아무 문제 없습니다. 그건 확실히 증명되었습니다.」

「알겠습니다.」

「따님이 걱정할 만한 일은 아무것도 없습니다. 제 아이들의 부양에는 아무 문제 없습니다. 현재 부양가족은 중요하지 않습니다. 개신교 신자들은 이 문제에 대해 좀 까다롭다는 걸 압니다.」

「엄밀히 말해, 저는 개신교 신자라고 할 수 없습니다.」

「그리고 다행히, 따님은 가톨릭이지요. 정말로 잘 맞는 결혼이 될 겁니다, 워몰드 씨.」

「밀리는 이제 겨우 열일곱 살입니다.」

「아이를 갖기에 가장 좋고 가장 쉬운 나이입니다, 워몰드 씨. 따님과 이야기해도 된다고 허락해 주시겠습니까?」

「허락이 필요합니까?」

「그게 더 올바른 방법이니까요.」

「그리고 만약 제가 거절한다면…….」

「물론 저는 당신을 설득하려 애쓰겠죠.」

「전에 당신은 제가 고문할 수 없는 부류라고 말했습니다.」

캡틴 세구라는 다정하게 워몰드의 어깨에 손을 얹었다. 「밀리가 당신의 유머 감각을 물려받았군요. 하지만 진지하게 말하는데, 당신은 여기서 살려면 거주 허가증이 필요하단 걸 항상 명심하셔야 합니다.」

「결심을 단단히 한 듯하군요. 알겠습니다, 제 딸과 이야기해도 좋습니다. 딸아이가 학교에서 돌아올 동안 이야기할 기회는 충분할 겁니다. 하지만 밀리는 멍청이가 아닙니다. 당신의 청을 받아들일 리가 없어요.」

「그럴 경우, 저는 아버지로서 영향력을 행사해 달라고 당신에게 부탁하겠지요.」

「무슨 빅토리아 시대 이야기를 하십니까, 캡틴 세구라. 요즘 아버지는 아무런 영향력도 없습니다. 당신 말로는, 뭔가 긴히 할 이야기가…….」

캡틴 세구라가 책망하듯이 말했다. 「이게 긴히 할 이야기였습니다. 다른 건 그냥 일상적인 겁니다. 저와 함께 원더 바에 가시겠습니까?」

「왜요?」

「경찰 업무와 관련된 일입니다. 당신이 걱정할 건 하나도 없습니다. 그냥 호의를 베풀어 주십사 부탁드리는 것뿐입니다, 워몰드 씨.」

그들은 캡틴 세구라의 빨간색 스포츠카를 타고 이동했고, 오토바이를 탄 경찰 둘이 앞뒤에서 호위했다. 파세오의 모든 구두닦이가 비르두데스에 모여 있는 것만 같았다. 원더 바의 자재 문 양쪽에도 경찰들이 있고, 태양은 머리 위에서 뜨겁게 이글거렸다.

경찰들이 오토바이에서 펄쩍 뛰어내리더니 구두닦이들을 쫓아냈다. 또 다른 경찰들이 바에서 뛰어나와 캡틴 세구라를 수행했다. 위몰드는 캡틴 세구라의 뒤를 따라갔다. 이 시간이면 늘 그렇듯, 주랑 위 블라인드들이 바다에서 불어오는 미풍에 삐걱거렸다. 바텐더가 바의 잘못된 쪽인 손님 쪽에서 있었다. 그는 아픈 듯하고, 두려워 보였다. 바텐더의 등 뒤로 보이는 깨진 병들에선 아직도 술이 똑똑 떨어지고 있었으나, 대부분의 술은 이미 바닥에 쏟아진 지 오래였다. 바닥에 누군가 쓰러져 있는데, 경찰들 몸에 가려 부츠밖에 보이지 않았다. 너무 여러 번 수선한 두꺼운 부츠, 부자가 아닌 노인의 부츠였다. 「그냥 형식적인 확인 절차입니다.」 캡틴 세구라가 말했다. 위몰드는 얼굴을 볼 필요도 없었지만, 경찰들은 그에게 길을 비켜 주었고, 그래서 그는 닥터 하셀바허를 내려다볼 수 있었다.

「이분은 닥터 하셀바허입니다.」 위몰드가 말했다. 「당신도 저와 마찬가지로 알잖습니까.」

「이런 사건에는 따라야 하는 절차가 있습니다.」 세구라가 말했다. 「별개의 확인이 필요합니다.」

「누가 이런 겁니까?」

세구라가 말했다. 「누가 알겠습니까? 위스키를 한잔하시는 게 좋겠군요. 바텐더!」

「아니요, 다이키리를 한 잔 주십시오. 여기선 늘 닥터 하셀바허와 다이키리를 마셨습니다.」

「누군가 여기에 총을 가지고 들어왔습니다. 두 발이 빗나갔죠. 물론 우리는 그게 오리엔테의 반란군이었다고 말할 겁니다. 외국의 여론에 영향을 주는 데 유용할 테니까요. 어쩌면 진짜 반란군일 수도 있고요.」

바닥에서 위를 응시하는 얼굴이 무표정했다. 그 무표정한 얼굴에서는 상대가 평화로운지, 고통에 차 있는지 분간할 수 없었다. 마치 그 어떤 일도 일어나지 않은 듯 보였다. 태어나지 않은 이의 얼굴이었다.

「장례할 때 관에 철모도 같이 넣어 주십시오.」

「철모요?」

「아파트에 가면 낡은 군복을 찾을 수 있을 겁니다. 닥터 하셀바허는 감상적인 사람이었습니다.」 참으로 묘한 일이었다. 닥터 하셀바허는 두 번의 세계 대전에서 살아남았으면서 소위 평화기라 불리는 시기에 솜[55]에서 죽는 거나 다를 바 없는 죽음을 맞았다.

「당신은 이게 반란과 전혀 상관없다는 걸 아주 잘 알잖습니까.」 워몰드가 말했다.

「그렇게 말하는 게 편리하니까요.」

「이번에도 폴터가이스트군요.」

55 제1차 세계 대전 당시 1백만 명 이상의 사상자를 낸 최악의 격전지.

「너무 많이 자책하는군요.」

「닥터 하셀바허는 오찬회에 가지 말라고 저한테 경고했습니다. 카터가 그 말을 들었습니다. 모두가 그 말을 들었습니다. 그래서 그자들은 닥터 하셀바허를 죽인 겁니다.」

「〈그자들〉이 누굽니까?」

「당신에게 명단이 있잖습니까.」

「그 명단에 카터라는 이름은 없습니다.」

「그러면 개 주인인 그 웨이터에게 물어보십시오. 분명 당신은 〈그자〉를 고문할 수 있을 겁니다. 그렇게 해도 저는 불평하지 않겠습니다.」

「그 사람은 독일인이고 고위 관료들을 친구로 두고 있습니다. 그 사람이 왜 당신을 독살하고 싶어 합니까?」

「왜냐하면 그자들은 제가 위험하다고 생각하니까요. 저를요! 그자들은 아무것도 모릅니다. 다이키리 한 잔 더 주십시오. 저는 늘 두 잔을 마신 다음 가게로 돌아갔습니다. 당신 명단을 보여 주시겠습니까, 세구라?」

「장인에게는 보여 드릴 수 있지요. 장인은 믿을 수 있으니까요.」

통계로 보면 도시에는 수십만 명의 인구가 있고 온갖 수치를 셀 수 있지만, 개인에게는 도시가 거리 몇 개, 집 몇 채, 사람 몇 명 정도로만 구성되어 있을 뿐이다. 그리고 그런 몇 가지를 제거하고 나면 개인에게 도시는 기억 속의 고통으로만 존재할 뿐이다. 마치 절단해서 더는 존재하지 않는 팔다리의 고통과 같은 것으로만. 워몰드는 생각했다. 〈이제 때가 됐어.

짐을 꾸려 아바나의 잔해를 떠날 때가 됐어.〉

「아시다시피,」 캡틴 세구라가 말했다. 「이걸로는 제 말이 옳았다는 게 더욱 뒷받침될 뿐입니다. 여기 누운 사람이 당신일 수도 있었습니다. 밀리는 이런 사건들에서 안전해야 합니다.」

「물론입니다,」 워몰드가 말했다. 「꼭 그렇게 만들 겁니다.」

2

워몰드가 가게로 돌아왔을 때, 경찰들은 가고 없었다. 로페스는 외출했으며, 어디 갔는지 짐작도 가지 않았다. 루디가 진공관을 만지작거리는 소리가 들렸고, 가끔 아파트 주위의 대기 잡음이 들렸다. 워몰드는 침대에 앉았다. 셋이 죽었다. 라울이라는 이름의 모르는 사람, 맥스라는 이름의 검은 닥스훈트, 하셀바허라는 늙은 의사. 워몰드와 카터가 원인이었다. 라울이나 개의 죽음은 카터가 계획한 게 아니었지만, 닥터 하셀바허는 절대 우연이 아니었다. 그건 보복이었다. 한 명이 살면 한 명은 죽어야 했다. 모세의 율법과 정반대였다. 밀리와 비어트리스가 옆방에서 이야기하는 소리가 들렸다. 비록 문이 살짝 열려 있었지만, 두 사람의 이야기를 반 정도밖에 알아들을 수 없었다. 그는 한 번도 가본 적이 없는 폭력의 국경에, 낯선 땅에 서 있었다. 그는 손에 여권을 들고 있었다. 〈직업: 스파이.〉 〈특징: 친구 없음.〉 〈방문 목적: 살인.〉

비자는 필요 없었다. 필요한 모든 서류가 준비되어 있었다.

그리고 국경 반대쪽에서 그가 아는 언어로 이야기하는 목소리들이 들렸다. 비어트리스가 말했다. 「아니, 진한 분홍색은 추천하지 않아. 네 나이에는 안 어울려.」

밀리가 말했다. 「학교에서는 지난 학기에 화장하는 법을 가르쳐 줬어야 하는데 하지 않았어요. 아그네스 수녀님은 〈귀 뒤에 Nuit d'Amour(사랑의 밤) 한 방울〉이라고만 하세요.」

「여기 옅은 분홍색을 해봐. 아니, 입가에 번지게 하면 안 되고. 내가 해줄게.」

워몰드는 생각했다. 〈내겐 비소도 청산가리도 없어. 게다가 그자와 같이 술 마실 기회도 없을 거고. 그때 그자의 목구멍에 그 위스키를 처부었어야 하는데.〉 하지만 엘리자베스 여왕 시대 무대에서라면 모를까, 이제는 말처럼 쉽지 않았다. 그리고 설사 그 시대였다 할지라도 그에게는 독을 바른 칼이 필요했을 것이다.

「자, 이제 내 말이 맞다는 걸 알 거야.」

「볼연지를 하는 건 어때요?」

「너는 필요 없어.」

「어떤 향수를 쓰나요, 비어트리스 언니?」

「수르 방 향수[56]를 써.」

〈그자들은 하셀바허를 쐈지만, 나는 총이 없어.〉 워몰드는 생각했다. 금고나 셀룰로이드 판, 현미경, 전기 주전자처럼

---

56 Sous Le Vent. 1933년에 나온 프랑스 게를랭의 향수로 〈바람 아래에서〉라는 뜻.

총도 사무용 비품에 포함되어야만 했다. 그는 지금까지 한 번도 총을 잡아 본 적이 없지만, 그건 조금도 문제가 되지 않았다. 지금 목소리가 들려오는 문 정도 거리까지만 카터에게 접근하면 되었다.

「같이 쇼핑을 가자. 넌 〈앵디스크레〉[57]를 좋아할 거야. 르롱에서 나온 향수야.」

「별로 정열적으로 들리지 않는걸요.」 밀리가 말했다.

「넌 젊어서 귀 뒤에 정열을 뿌릴 필요가 없어.」

「남자에게 격려해 줘야 하잖아요.」 밀리가 말했다.

「그냥 바라봐 주기만 해도 돼.」

「이렇게요?」 비어트리스의 웃음소리가 워몰드의 귀에 들렸다. 그는 놀란 눈으로 문을 바라보았다. 상상 속에서 국경 너머로 너무 깊숙이 들어가 있었기 때문에 워몰드는 자신이 아직 그들과 함께 국경 이쪽에 있다는 사실을 잊고 있었다.

「그렇게까지 격려해 줄 필요는 없어.」 비어트리스가 말했다.

「제가 너무 맥없는 표정으로 봤나요?」

「너무 치명적인 표정으로 봤다고 해야 할 것 같은데.」

「결혼 시절이 그리우세요?」 밀리가 물었다.

「피터가 그립냐는 뜻이라면, 아니, 그립지 않아.」

「만약 그분이 죽었다면, 다시 결혼하시겠어요?」

「피터가 죽을 때까지 기다릴 생각은 없어. 그 사람은 이제 겨우 마흔이거든.」

57 Indiscret. 프랑스어로 〈조심성 없다〉는 뜻.

「아, 네.〈언니〉는 다시 결혼할 수도 있을 거라고 봐요. 만약 그걸 결혼이라고 한다면요.」

「맞아.」

「하지만 끔찍하지 않나요? 결혼하면 영원히 그 상태로 살아야 하다니,〈저〉한텐 끔찍하게 느껴져요.」

「사람들은 대부분 결혼하면 영원히 그렇게 사는 게 당연하다고 여겨.」

「저는 그냥 정부로 사는 쪽이 훨씬 더 좋아요.」

「아버지가 들으면 썩 좋아하지 않으실 것 같은데.」

「안 될 이유가 없어요. 만약 아빠가 재혼하면 같은 상황이 될 테니까요. 아빠의 재혼 상대는 사실상 아빠의 정부가 되는 거잖아요, 안 그래요? 아빠는 늘 엄마와 함께 있고 싶어 하셨어요. 저는 알아요. 아빠가 저한테 그렇게 말씀하셨어요. 그건 진짜 결혼이었어요. 선량한 무종교인일지라도 그건 피해 갈 수 없어요.」

「나도 피터에 대해서 똑같이 생각했어. 밀리, 밀리, 그 사람들이 너한테 잘못된 생각을 심어 주지 못하도록 하렴.」

「그 사람들요?」

「수녀들.」

「아, 수녀님들은 저한테 그런 식으로 말하지 않으세요. 절대 그렇게 말하지 않으세요.」

〈물론 언제나 칼을 쓸 가능성은 있지. 하지만 칼을 쓰려면 카터가 경계할 정도까지 가까이 다가가야 해.〉

밀리가 말했다.「저희 아빠를 사랑하세요?」

워몰드는 생각했다. 〈이 문제는 나중에 해결할 수 있을 거야. 하지만 지금은 더 중요한 문제들이 있어. 우선 사람을 죽이는 방법부터 찾아야 해. 분명 그런 방법에 대한 안내서를 만들어 뒀을 법한데. 틀림없이 비무장 전투에 대한 전문 서적이 있을 거야.〉그는 자신의 두 손을 내려다봤지만, 도무지 믿음이 가지 않았다.

비어트리스가 말했다.「그걸 왜 묻는 건데?」

「언니가 아빠를 보던 방식 때문에요.」

「언제?」

「그날 아빠가 오찬회에서 돌아오셨을 때요. 아빠가 연설하신 것 때문에 그냥 기뻐한 것뿐이에요?」

「응.」

「그럴 리가요.」밀리가 말했다.「제 말은, 언니는 아빠를 사랑해요.」

워몰드는 자신에게 말했다. 〈만약 내가 그자를 죽일 수 있다면, 최소한 내겐 확실한 이유가 있어. 내가 죽이는 건, 남을 죽이면 자신도 죽임을 당한다는 걸 보여 주기 위해서야. 나는 내 나라를 위해 죽이는 게 아니야. 자본주의나 공산주의나 사회 민주주의 또는 복지 국가를 위해 죽이는 게 아니야. 누구의 복지? 내가 카터를 죽이는 건 그자가 하셀바허를 죽였기 때문이야. 애국심이나 어느 한 경제 체제에 대한 선호보다 가문 간 반목이 늘 살인 이유로 더 말이 되지. 내가 사랑하거나 증오한다면, 개인으로서 사랑하거나 증오해야 해. 나는 누군가와의 전면전에서도 59200/5가 되지는 않을 거야.〉

「만약 내가 사랑한다면, 왜 그러면 안 되는데?」

「아빠는 결혼하셨어요.」

「밀리, 사랑하는 밀리야, 교리를 조심해야 해. 만약 신이 있다면, 그 신은 교리의 신이 아닐 거야.」

「아빠를 사랑하세요?」

「나는 그렇게 말한 적 없어.」

〈총밖엔 방법이 없어. 총을 어디서 구하지?〉

누군가 문밖으로 나왔으나 워몰드는 고개조차 들지 않았다. 옆방에서 루디의 진공관이 날카로운 비명을 질렀다. 밀리의 목소리가 말했다. 「아빠가 들어오는 소리를 듣지 못했어요.」

「뭘 좀 해줬으면 좋겠구나, 밀리.」 워몰드가 말했다.

「우리 말을 듣고 계셨어요, 아빠?」

비어트리스의 목소리가 들렸다. 「왜 그러세요? 무슨 일 있어요?」

「사고가 있었어요. 일종의 사고예요.」

「누구에게요?」

「닥터 하셀바허요.」

「심각한 일인가요?」

「네.」

「끔찍한 소식을 말씀하시는 거죠? 맞죠?」 밀리가 말했다.

「그래.」

「마음이 아프네요.」

「그렇지.」

「신부님께 말씀드려 우리가 그분을 알아 온 모든 세월에 대해 미사를 집전해 달라고 할게요.」 워몰드는 깨달았다. 밀리에게는 죽음에 관한 소식을 부드럽게 돌려 말할 필요가 없었다. 밀리에게는 모든 죽음이 행복한 결말이었다. 천국을 믿으면 복수는 필요 없었다. 하지만 그에게는 그런 믿음이 없었다. 자비와 용서는 기독교인에게 덕목이라고 하기 어려웠다. 기독교인에겐 너무 쉬운 일이었기 때문이다.

워몰드가 말했다. 「캡틴 세구라가 다녀갔어. 너와 결혼하고 싶다더구나.」

「그 늙다리, 다시는 그 사람 차에 타지 않을래요.」

「한 번은 더 탔으면 좋겠구나, 내일. 그자에게 내가 보잔다고 전해 주렴.」

「왜요?」

「체커 한 판 두려고. 10시에 보자고 해. 너와 비어트리스는 나가 있어야 해.」

「그자가 저를 괴롭힐까요?」

「아니, 그냥 그자에게 내가 이야기하자더라고 전해 주렴. 그자에게 명단을 가져오라고 해. 그러면 알아들을 거야.」

「그다음에는요?」

「우리는 집으로 돌아갈 거야, 영국으로.」

비어트리스와 단둘이 있게 되었을 때, 워몰드가 말했다. 「이제 끝났어요. 사무소를 폐쇄해요.」

「무슨 말씀이세요?」

「아마도 유용한 마지막 보고서 하나를 쓰는 걸로 이 과정을 영예롭게 매듭지어야겠지요. 여기서 활동하는 비밀 요원들 명단요.」

「우리를 포함해서요?」

「아, 아니요. 우리는 활동한 적이 없어요.」

「무슨 말인지 이해가 안 돼요.」

「저한테는 요원이 없어요, 비어트리스. 한 명도요. 하셀바허는 허망하게 살해되었어요. 오리엔테산맥에 건축물 같은 건 없어요.」

일반적으로, 비어트리스는 뭔가 터무니없어 보이는 정보를 들어도 못 믿겠다는 기색을 보이지 않았다. 그저 다른 정보들과 마찬가지로 이 정보 역시 기록해 놓는 게 전부였다. 워몰드는 생각했다. 〈정보의 가치는 본부에서 가늠하겠지.〉

워몰드가 말했다. 「물론 이걸 즉시 런던에 보고하는 게 당신 임무지만, 그래도 내일까지 기다려 줬으면 합니다. 그러면 뭔가 진짜 일을 할 수 있을지도 모릅니다.」

「만약 당신이 살아 있다면 말이죠.」

「물론 전 살아 있을 겁니다.」

「뭔가 계획하고 계시군요.」

「세구라가 요원 명단을 가지고 있습니다.」

「당신 계획은 그게 아니죠. 하지만 만약 당신이 죽는다면,」 비어트리스가 마치 화를 내는 듯한 목소리로 말했다. 「제 보고서는 죽은 자에 대한 것이 되겠죠.」

「혹시라도 저한테 무슨 일이 일어났을 때, 당신이 이 가짜 보고서들을 본 뒤에야 제 사기 행각에 대해 알게 되는 건 싫습니다.」

「하지만 라울은…… 라울은 존재했잖아요.」

「가엾은 사람이죠. 그 사람은 자신에게 무슨 일이 일어나고 있는지 어리둥절했을 거예요. 평소처럼 기분 전환 삼아 차를 타고 있었겠죠. 어쩌면 평소처럼 술에 취해 있었을지도 모르죠. 그랬기를 바라요.」

「하지만 그 사람은 존재했어요.」

「완전히 새로운 이름을 아무렇게나 지어낼 수는 없으니까요. 제가 무심결에 그 사람 이름을 고른 게 분명해요.」

「그 도면들은요?」

「원자로 청소기를 보고 제가 직접 그린 겁니다. 이제 농담은 끝났어요. 지금 들은 내용으로 진술서를 작성해 주시면 제가 서명할게요. 테레사에게 뭔가 심각한 일이 벌어지지 않아서 다행이에요.」

비어트리스는 소리 내어 웃기 시작했다. 그녀는 두 손으로 머리를 감싸고 웃었다. 그녀가 말했다. 「아, 저는 정말 당신을 사랑해요.」

「제 행동들이 너무 멍청해 보인 게 분명하군요.」

「런던이 너무 멍청해 보여서요. 헨리 호손도 그렇고요. 만약 피터가 한 번이라도, 단 한 번이라도 유네스코를 웃음거리로 만들었다면 과연 제가 그 사람을 떠났을까요? 하지만 피터에게 유네스코는 신성했어요. 문화 학술 회의는 신성했어요. 그이는 결코 웃지 않았지요……. 손수건 좀 빌려주세요.」

「울고 있네요.」

「웃는 거예요. 그 도면들은⋯⋯.」

「하나는 노즐 분무기이고, 다른 하나는 이중 기능 연결 부품이에요. 그 도면들이 전문가들 눈을 통과하리라고는 상상도 못 했어요.」

「전문가들이 검토하지 않았어요. 잊으셨네요, 우리가 일하는 곳은 비밀 정보부예요. 우리는 정보원들을 보호해야 돼요. 우리는 그런 문서들이 뭔가를 진짜로 아는 사람들 손에 들어가는 걸 허락하지 않아요. 자기⋯⋯.」

「저를 〈자기〉라고 부르셨네요.」

「그냥 그렇게 부를 수도 있는 거죠. 트로피카나에서 남자가 노래하던 거 기억나세요? 그때는 당신이 제 상사이고 제가 당신 비서라는 걸 몰랐을 때고, 당신은 사랑스러운 딸과 함께 있는 착한 남자일 뿐이었어요. 저는 당신이 샴페인병으로 뭔가 엉뚱한 짓을 하고 싶어 한다는 걸 알았고, 너무 지루하던 저는⋯⋯.」

「하지만 저는 그렇게 엉뚱한 사람이 아닙니다.」

사람들은 지구가 둥글다고 하지요 ─
제 광기가 화를 내요.

「제가 엉뚱한 사람이라면 진공청소기나 팔고 있겠어요?」

저는 밤이 낮이라고 말해요.
그리고 저는 딴마음을 품고 있지 않아요.

「당신이 저보다 충직하지 않나요?」

「당신은 충직해요.」

「누구에게요?」

「밀리에게요. 저는 돈을 주는 사람이나 조직에 충직한 사람에게는 조금도 관심 없어요……. 저는 심지어 조국조차 그리 큰 의미가 있다고 생각하지 않아요. 우리 핏속에는 많은 나라가 있어요, 안 그런가요? 하지만 사람은 한 명이죠. 만약 우리가 나라가 아니라 사랑에 충직하다면 세상이 엉망진창 될까요?」

위몰드가 말했다. 「그자들이 제 여권을 박탈할 순 있을 겁니다.」

「그러라고 하세요.」

「어쨌든,」 위몰드가 말했다. 「이렇게 해서 우리 둘 다 직장을 잃겠군요.」

5장

1

「들어오십시오, 캡틴 세구라.」

캡틴 세구라는 번득거렸다. 그의 가죽옷이 번득였고, 단추도 번득였고, 갓 바른 포마드로 머리도 번득였다. 마치 잘 손질한 무기 같았다. 캡틴 세구라가 말했다. 「만나자고 하셨다는 말을 밀리에게 듣고 무척 기뻤습니다.」

「우리는 해야 할 이야기가 많습니다. 우선, 게임부터 할까요? 오늘 밤에는 당신을 이기겠습니다.」

「가능할지 모르겠군요, 워몰드 씨. 아직은 사위가 아니니 봐드릴 필요도 없고요.」

워몰드는 체커판을 펼쳤다. 그리고 그 위에 미니어처 위스키 스물네 개를 올려놓았다. 버번 열두 개와 스카치 열두 개가 서로 마주 보았다.

「이게 뭔가요, 워몰드 씨?」

「닥터 하셀바허의 생각이었습니다. 그분을 추모하는 의미로 게임을 한판 하면 좋겠다고 생각했습니다. 말을 잡으면 그걸 마시는 거죠.」

「좋은 수를 생각해 내셨군요, 워몰드 씨. 제가 더 잘하니까 더 마시겠군요.」

「저는 당신을 이길 겁니다, 마시는 것에서도요.」

「전 평범한 체커 말로 두는 쪽이 더 좋습니다만.」

「질까 봐 두려운 겁니까, 세구라? 술이 약한 모양이군요.」

「남들만큼은 마십니다. 하지만 가끔 술을 마시면 욱할 때가 있어서요. 앞으로 장인이 될 분 앞에서 화내는 모습을 보이고 싶지는 않습니다.」

「밀리는 당신과 결혼하지 않을 겁니다, 세구라.」

「그건 우리가 상의해야 할 문제고요.」

「당신은 버번을 쓰십시오. 버번이 스카치보다 세니까요. 제가 불리한 조건으로 하지요.」

「그럴 필요 없습니다. 제가 스카치로 하지요.」

세구라는 체커판을 돌리고 자리에 앉았다.

「벨트를 푸는 게 어떻습니까, 세구라? 그러면 더 편안할 겁니다.」

세구라는 벨트와 권총집을 풀어 자기 옆 바닥에 놓았다. 「당신과 비무장으로 싸우겠습니다.」 세구라가 쾌활하게 말했다.

「총은 장전되어 있습니까?」

「물론이지요. 제가 상대하는 적들은 장전할 틈 같은 걸 주지 않습니다.」

「하셀바허를 죽인 자는 찾았습니까?」

「아니요, 그자는 범죄자 부류에 속하지 않습니다.」

「카터가요?」

「당신이 한 말을 듣고, 당연히 확인해 보았습니다. 그자는 그 시간에 닥터 브라운과 같이 있었습니다. 그리고 유럽 상인회 회장의 말을 의심할 수는 없습니다, 안 그렇습니까?」

「그러면 닥터 브라운이 당신 명단에 있나요?」

「당연하지요. 자, 이제 게임을 시작할까요?」

체커 게임을 하는 사람은 모두 알듯이, 체커판에는 한쪽 구석에서 다른 쪽 구석까지 대각선으로 가로지르는 가상의 선이 있다. 바로 방어선이다. 그 선을 지배하는 쪽이 주도권을 쥔다. 그리고 그 선을 넘어가면 공격이 시작된다. 세구라는 오만할 정도로 거침없이 디파이언스 오프닝[58]을 펼쳤고, 병 하나를 체커판 중앙 너머로 움직였다. 그는 매 수를 거침없이 놓았다. 체커판을 거의 보지도 않았다. 반면 워몰드는 동작을 멈추고 생각에 잠겼다.

「밀리는 어디 있습니까?」세구라가 물었다.

「나갔습니다.」

「그리고 당신의 매력 넘치는 비서는요?」

「밀리와 함께 있습니다.」

「벌써부터 몰리셨군요.」캡틴 세구라가 말했다. 그는 워몰드의 방어 기지를 공격했고, 올드 테일러를 잡았다. 「첫 번째 병이군요.」그가 말하고 나서 단숨에 병을 비웠다. 그에 대한

58 체커 게임 초반에 진형을 구축하는 공격적 전략 중 하나.

응답으로, 워몰드는 무모한 양면 공격을 시작했고, 거의 그
즉시 병을 하나 잃었다. 이번에는 올드 포레스터였다. 세구
라의 이마에 땀이 몇 방울 맺혔다. 그는 술을 마신 뒤 목청을
가다듬었다. 그가 말했다. 「무모한 작전을 펼치시는군요, 워
몰드 씨.」 그는 체커판을 가리켰다. 「저 말을 잡으셨어야죠.」

「당신이 허프를 부르셔도 됩니다.」 워몰드가 말했다.

처음으로 세구라가 망설였다. 그가 말했다. 「아니요, 당신
이 제 말을 잡게 하는 쪽을 택하겠습니다.」 케언곰이라는 이
름의 낯선 위스키가 워몰드의 혀를 강하게 자극했다.

두 사람은 한동안 극도로 주의를 기울이며 게임을 했다.
둘 다 상대의 말을 잡지 않았다.

「카터는 아직도 세비야빌트모어 호텔에 머무나요?」 워몰
드가 물었다.

「네.」

「그자를 감시하고 있습니까?」

「아니요, 뭐 하러 그럽니까?」

워몰드는 양면 공격에 실패하고 남은 말들로 체커판 가장
자리에서 버티려고 했지만, 결국 기지를 잃고 말았다. 워몰
드는 완전히 잘못된 수를 두어 세구라의 말이 22번 칸으로
진출하는데도 전혀 저지할 수 없었다. 동시에 25번 칸에 있
던 워몰드의 말은 살릴 방법이 없어졌고, 세구라의 말이 끝
줄로 가서 킹이 되는 것도 막을 수 없었다.

「경솔하셨네요.」 세구라가 말했다.

「맞교환하면 됩니다.」

「하지만 저한테는 킹이 있습니다.」

세구라는 포 로지스를 마셨고, 체커판 맞은편의 워몰드는 헤이그 딤플을 집었다.

세구라가 말했다. 「오늘 저녁은 덥군요.」 세구라는 종이 조각으로 자기 킹에게 왕관을 만들어 씌웠다.

워몰드가 말했다. 「만약 제가 킹을 잡으면 저는 두 병을 마셔야 합니다. 찬장에 더 있습니다.」

「자세히도 생각해 두셨군요.」 세구라가 말했다. 언짢음이 담긴 말이었을까?

이제 세구라는 아주 조심스럽게 게임을 했다. 말을 잡도록 세구라를 유혹하는 게 어려워지자, 워몰드는 자기 계획의 결정적인 약점을 깨닫기 시작했다. 체커를 잘하는 사람은 상대편 말을 잡지 않고도 게임에서 이길 수 있다는 것이었다. 워몰드는 세구라의 말을 하나 더 잡았으나 꼼짝할 수 없는 상황이 되었다. 더는 움직일 수 있는 말이 없었다.[59]

세구라는 이마의 땀을 닦았다. 「보셨죠.」 세구라가 말했다. 「당신은 이길 수 없습니다.」

「복수할 기회를 주셔야 합니다.」

「이 버번은 세군요, 85도네요.」

「우리는 위스키를 바꿀 겁니다.」

이번에는 워몰드가 검은색 스카치를 마셨다. 워몰드는 자신이 마신 스카치 세 개와 세구라가 마신 버번 세 개를 새 걸

---

59 체커 게임은 상대에게 말을 모두 먹히거나 더는 움직일 수 있는 말이 없으면 진다.

로 바꿨다. 워몰드는 올드 포틴스 오프닝으로 첫수를 시작했다. 길게 이어지는 게임을 하기에 적당한 전략이었다. 워몰드가 이길 유일한 가능성은 세구라가 방심해서 말을 잡는 것뿐임을 알았기 때문이다. 이번에도 워몰드는 허프를 당하려 해보았지만, 세구라는 그 수를 받아들이려 하지 않았다. 세구라는 자신의 진정한 상대는 워몰드가 아니라 자기 머리라는 걸 인지한 듯했다. 심지어 세구라는 전술상 아무런 이득이 없는데도 말을 버려 워몰드가 그 말을 잡게 했다. 하이럼 워커였다. 워몰드는 자기 머리가 위험하다는 사실을 깨달았다. 스카치와 버번을 섞어 마신 건 치명적인 실수였다. 워몰드가 말했다. 「담배를 한 대 주십시오.」 세구라가 불을 붙여 주기 위해 몸을 앞으로 숙였다. 그때 워몰드는 세구라가 라이터가 떨리지 않도록 애쓴다는 사실을 알아차렸다. 첫 번째 시도에서 라이터 불이 켜지지 않자, 세구라는 과도하게 성을 내며 욕했다. 〈두 병만 더 마시게 하면 성공이야.〉 워몰드는 생각했다.

하지만 말을 잡지 않으려는 상대가 말을 잡게 하는 건 상대의 말을 잡는 것만큼이나 어려웠다. 워몰드의 바람과 달리, 전투는 워몰드 쪽으로 기울어졌다. 워몰드는 하퍼스를 하나 마시고, 킹을 만들었다. 워몰드가 짐짓 기쁜 척하며 말했다. 「제가 승기를 잡았습니다, 세구라. 포기하시겠습니까?」

세구라는 인상을 쓰고 체커판을 바라보았다. 세구라는 이기고 싶은 욕망과 머리가 맑은 상태로 있고 싶은 욕망 사이에서 갈등하는 게 분명했지만, 그의 머리는 위스키만큼이나 분노에 의해 흐려져 있었다. 세구라가 말했다. 「이건 체커를 두기에 정말 나쁜 방법입니다.」 이제 그의 상대에겐 킹이 있고, 킹은 자유로이 움직일 수 있었기에 그는 더 이상 무혈 승리를 거둘 방법이 없었다. 이윽고 그가 켄터키 태번을 희생했을 때 그건 진짜로 희생이었고, 그래서 그는 말들에 대고 욕을 했다. 「이 뭣 같은 모양들을 보십시오.」 그가 말했다. 「모양이 모두 다릅니다. 컷글라스, 체커 말로 컷글라스를 쓰다니, 그 누구도 들어 보지 못했을 겁니다.」 워몰드는 버번 때문에 머리가 흐려지는 걸 느꼈지만, 드디어 승리의 순간이 (그리고 패배의 순간이) 왔다.

세구라가 말했다. 「제 말을 움직이셨습니다.」

「아니요, 그건 레드 레이블입니다. 제 겁니다.」

「대체 제가 어떻게 스카치와 버번을 구별할 수 있단 말입니까? 둘 다 병이지 않습니까?」

「지고 있어서 화나는 겁니다.」

「저는 절대로 지지 않습니다.」

이윽고 워몰드가 고의적으로 주의 깊게 실수를 저질러 자기 킹을 노출시켰다. 한순간 그는 세구라가 그걸 알아차리지 못했다고 생각했고, 그다음엔 술을 마시지 않기 위해 세구라가 그 기회를 그냥 지나칠 거라고 생각했다. 하지만 킹을 잡고 싶은 유혹이 아주 컸다. 킹만 잡으면 기막힌 승리가 코앞이었기 때문이다. 세구라의 말이 킹이 되어, 대량 학살이 이어질 터였다. 하지만 세구라는 망설였다. 위스키의 열기와 묵직한 밤공기로 그의 얼굴에서는 왁스 인형이 녹듯 땀이 줄

줄 흘렀다. 그는 집중하기 어려웠다. 그가 말했다. 「왜 그러십니까?」

「뭘요?」

「당신이 킹을 잃고 게임에서 지는 거요.」

「이런, 몰랐습니다. 술에 취한 게 확실하군요.」

「술에 취하셨다고요?」

「약간요.」

「저도 취했습니다. 제가 취한 건 당신도 알죠. 절 취하게 하려고 애쓰셨으니까요. 왜죠?」

「바보 같은 소리 마십시오, 세구라. 제가 왜 당신이 취하길 바라겠습니까? 게임을 멈추죠. 무승부로 하고요.」

「무승부라니요, 저는 당신이 절 취하게 하려는 이유를 압니다. 당신은 그 명단을 저한테 보여 주길 원했던 겁니다. 아니, 그게 아니라 제 말은, 제가 당신에게 그 명단을 보여 주길 원했던 겁니다.」

「무슨 명단요?」

「저는 당신들 모두를 그물에 가뒀습니다. 밀리는 어디에 있습니까?」

「아까 말했듯이, 나갔습니다.」

「오늘 저는 경찰국장에게 갑니다. 우리는 그물을 조이며 거둬들일 겁니다.」

「그 그물 안에 카터도 있습니까?」

「카터가 누굽니까?」 세구라는 워몰드에게 손가락을 흔들어 보였다. 「당신은 그 안에 있습니다. 하지만 저는 당신이 스파이가 아닌 걸 압니다. 당신은 사기꾼입니다.」

「좀 주무시는 게 어떻습니까, 세구라? 이번 판은 비겼습니다.」

「비기지 않았습니다. 보십시오, 저는 당신 킹을 잡습니다.」 세구라가 레드 레이블 병을 열고 술을 마셨다.

「킹을 잡으면 두 병입니다.」 워몰드가 말하며 더노스데일 크림을 건넸다.

의자에 힘겹게 앉아 있는 세구라의 턱이 떨렸다. 그가 말했다. 「당신이 졌다는 걸 인정하십시오. 저는 단지 말을 잡기 위해 게임을 하지 않습니다.」

「저는 아무것도 인정하지 않습니다. 이제 저는 머리가 맑아졌습니다. 자, 〈허프〉입니다. 아까 그 말을 잡으셨어야죠.」 캐나다산 위스키에 버번인 로드 칼버트가 섞였고, 워몰드는 그걸 마셨다. 그는 생각했다. 〈이게 마지막이어야만 해. 만약 저자가 지금 쓰러지지 않으면, 끝장이야. 나는 술에 취해 방아쇠를 당기지 못할 거야. 총이 장전되어 있다고 했던가?〉

「상관없습니다.」 세구라가 속삭였다. 「어쨌든 당신은 끝장입니다.」 그는 마치 숟가락으로 달걀을 옮길 때처럼 체커판 위로 손을 천천히 움직였다. 「보이시죠?」 세구라가 말을 잡기 시작했다. 하나, 둘, 셋……

「이걸 마시십시오, 세구라.」 조지 IV, 퀸 앤, 그리고 하이랜드 퀸. 게임은 왕족들로 넘쳐나며 끝나가고 있었다.

「계속하시죠, 세구라. 아니면 제가 다시 한번 당신에게 허프를 부를까요? 다 마시십시오.」 뱃 69. 「또 잡으셨군요. 마시십시오, 세구라.」그란츠 스탠드패스트. 올드 아르가일. 「둘 다 마시십시오, 세구라. 저는 이제 항복하겠습니다.」하지만 항복한 건 세구라였다. 워몰드는 숨 쉬기 편하도록 캡틴 세구라의 옷깃을 풀어 준 다음, 머리도 의자 등받이에 기대게 했지만, 문으로 걸어가며 자기 다리가 휘청이는 걸 깨달았다. 그의 주머니에는 세구라의 권총이 들어 있었다.

2

세비야빌트모어 호텔에 도착한 워몰드는 구내전화기로 가서 카터를 연결해 달라고 했다. 카터가 강심장이라는 점은 인정하지 않을 수 없었다. 확실히 워몰드와는 비교되지 않는 수준이었다. 쿠바에서 카터의 임무는 제대로 끝나지 않았다. 그래서 카터는 여전히 저격수 또는 미끼로서 계속 머물고 있었다. 워몰드가 말했다. 「안녕하세요, 카터.」

「와, 안녕하세요, 워몰드.」그 목소리는 상처받은 자존심에 딱 어울리게 차가웠다.

「사과드리고 싶습니다, 카터. 그 위스키 때문에 괜한 소동을 벌여서요. 제가 술에 취했던 것 같습니다. 지금도 좀 취했습니다. 사과하는 게 익숙하지 않아서요.」

「괜찮습니다, 워몰드. 집에 가서 주무세요.」

「저는 당신이 말 더듬는 걸 조롱했습니다. 그러면 안 되는 거였습니다.」워몰드는 자신이 호손처럼 말한다는 걸 깨달았다. 이 직업에서 거짓은 필요악이었다.

「무슨 말씀을 ㅎ-하시는지 모르겠군요.」

「저는 고옷, 곧 잘못을 깨달았습니다. 당신과는 관계없었습니다. 그 못된 수석 웨이터가 자기 개를 독살한 거죠. 물론 아주 늙은 개이긴 했지만, 독이 든 음식을 주다니, 그런 식으로 개를 죽이다니, 그건 옳지 않습니다.」

「그렇게 된 일이었습니까? 알려 주셔서 고맙습니다. 하지만 지금은 늦은 시각이네요. 저는 자려던 참이었습니다, 워몰드.」

「사람의 가장 친한 친구지요.」

「뭐라고요? 못 들었습니다.」

「카이사르요. 왕의 친구이자 유틀란트에 잠든 거친 털의 녀석. 다리 위에서 주인 옆에 있던 모습이 마지막이었죠.」

「취하셨군요, 워몰드.」 워몰드는 술에 취한 척하는 게 훨씬 쉽다는 걸 깨달았다. 이미 술을 마신 뒤라면 말이다. 스카치와 버번을 얼마나 마셨더라? 〈술에 취한 사람은 믿을 수 있어. in vino Veritas(술을 마신 자는 진실을 말한다)라는 말도 있잖아. 그리고 술에 취한 사람은 더 쉽사리 처리할 수 있지. 이런 기회를 놓치면 카터가 바보인 거야.〉 워몰드가 말했다. 「그곳들에 가보고 싶어지네요.」

「어디를 말씀하시는 겁니까?」

「아바나에서 당신이 가보고 싶어 했던 곳들요.」

「늦었습니다.」

「알맞은 시각입니다.」 카터의 망설임이 전화선 너머로 느

꺼졌다. 워몰드가 말했다. 「총을 가져오십시오.」 워몰드는 비무장한 암살자를 죽이는 것이 이상하게 꺼려졌다. 과연 카터가 비무장 상태일 때가 있을지 모르겠지만 말이다.

「총은 왜요?」

「가보고 싶으시다던 곳 중에 가끔 강도가 드는 곳도 있거든요.」

「〈당신〉이 총을 가져오면 안 되나요?」

「마침 저는 총이 없습니다.」

「저도 없습니다.」 그러나 워몰드는 수화기를 통해 총의 약실을 확인하는 금속음을 들었다고 생각했다. 〈다이아몬드는 다이아몬드로 자르는 법.〉 그는 생각하며 싱긋 웃었다. 하지만 웃음은 사랑의 행동을 할 때뿐 아니라 증오의 행동을 할 때도 똑같이 위험했다. 그는 하셀바허의 최후가 어떤 모습이었는지, 바 아래 바닥에서 위를 올려다보던 모습이 어땠는지 기억해야만 했다. 그자들은 그 노인에게 한 번의 기회도 주지 않았고, 워몰드는 카터에게 많은 기회를 주고 있었다. 그는 술을 마신 게 후회되기 시작했다.

「바에서 만나지요.」 카터가 말했다.

「너무 오래 걸리지는 마십시오.」

「우선 옷을 입어야 합니다.」

워몰드는 이제 바의 어둠이 반가웠다. 그는 생각했다. 〈카터는 자기 동료들에게 전화하고 있을 거야. 어쩌면 접선 약속을 잡고 있겠지.〉 하지만 어쨌든 그자들이 워몰드의 눈에 먼저 띄지 않고 바에 들어올 방법은 없었다. 거리 쪽에 입구가 하나 있고, 호텔 쪽에 입구가 하나 있고, 뒤쪽에는 일종의 발코니가 있어 만약 필요할 경우 총을 쏠 때 이용할 수 있었다. 워몰드가 그랬듯이, 바에 들어오는 사람은 잠시 앞이 보이지 않을 것이었다. 조금 전 바에 들어올 때, 그는 잠시 바에 손님이 한 명인지 두 명인지 알아볼 수 없었다. 두 명이 거리 쪽 문 옆에 있는 소파에 아주 가까이 붙어 있었기 때문이다.

워몰드는 스카치를 주문했지만 마시지 않고 놔둔 채 발코니에 앉아 양쪽 문을 주시했다. 곧 남자 한 명이 들어왔다. 얼굴은 보이지 않았지만 파이프가 든 주머니를 두드리는 행동 때문에, 워몰드는 그자가 카터임을 알아차렸다.

「카터.」

카터가 워몰드 쪽으로 다가왔다.

「출발하지요.」 워몰드가 말했다.

「술을 마저 드십시오. 저도 ㅎ-한 잔 마시겠습니다.」

「저는 너무 많이 마셨습니다, 카터. 바람을 좀 쐴 필요가 있습니다. 술은 다른 곳에 가서 마시지요.」

카터가 의자에 앉았다. 「저를 어디로 데려갈 생각인지 말씀해 주십시오.」

「여남은 개 있는 창녀 집 가운데 한 곳에 갈까 합니다. 그런 곳은 다 거기서 거기죠. 여러 명의 여자가 당신 앞에 서면, 당신은 고르기만 하면 됩니다. 일어나세요, 갑시다. 그런 곳은 자정이 지나면 붐빕니다.」

카터가 초조한 투로 말했다. 「저는 우선 술을 좀 마시고 싶습니다. 멀쩡한 정신으로 쇼를 보러 갈 수는 없습니다.」

「누군가를 기다리는 건 아니겠죠, 카터?」

「아닙니다. 왜요?」

「그냥 제 생각에, 문을 보는 눈길이 아무래도…….」

「말씀드렸듯이, 저는 이 지역에 아는 사람이 아무도 없습니다.」

「닥터 브라운을 빼면요.」

「아, 네, 물론 닥터 브라운은 알죠. 그렇지만 그분이 창녀집에 같이 갈 사이는 아니죠. 안 그런가요?」

「먼저 나가시죠, 카터.」

카터는 마지못해 일어났다. 그는 나가지 않고 안에 있을 핑계를 찾는 게 확연했다. 그가 말했다. 「ㅎ-호텔 직원에게 메시지를 남기고 싶습니다. 전화 올 곳이 있거든요.」

「닥터 브라운에게서요?」

「네,」 카터가 망설였다. 「그분 전화를 받지 않고 나가는 건 무례해 보입니다. 5분만 기다리면 안 될까요, 워몰드?」

「1시까지 돌아온다고 말해 놔요. 밤새 거기 있을 게 아니라면요.」

「기다리는 게 나을 듯합니다.」

「그럼 저는 당신 없이 가렵니다. 젠장, 카터, 저는 당신이 여기를 관광하고 싶어 하는 줄 알았습니다.」 워몰드는 빠르게 걸어 나갔다. 그의 차는 길 건너편에 주차되어 있었다. 그는 절대로 뒤돌아보지 않았지만, 따라오는 발소리를 들었다. 워몰드가 카터와 함께 있고 싶은 만큼이나, 카터 역시 워몰드와 함께 있고 싶어 했다.

「성질이 대단하시군요, 워몰드.」

「미안합니다, 술 때문에 그렇습니다.」

「운전도 제대로 못 할 만큼 취하신 건 아니었으면 좋겠군요.」

「당신이 운전하는 게 나을 듯합니다, 카터.」

워몰드는 생각했다. 〈그러면 주머니에 손을 넣지 못하겠지.〉

「첫 번째에서 우회전, 그리고 다시 첫 번째에서 좌회전입니다, 카터.」

그들은 아틀란틱 드라이브로 들어섰다. 하얀색의 갸름한 배 한 척이 항구를 떠나고 있었고, 관광 유람선 몇 대가 킹스턴 또는 포르토프랭스를 향해 가고 있었다. 난간에 기대어 달빛 속 낭만을 즐기는 커플들이 보였고, 밴드 하나는 이제 유행이 다해 가는 「밤새도록 춤출 수 있다면」[60]을 연주하고 있었다.

「고향이 생각나네요.」카터가 말했다.

「노트위치요?」

「네.」

「노트위치에는 바다가 없잖아요.」

「어린 눈에는 강의 놀잇배들이 저 배들만큼이나 커 보였지요.」

〈살인자에게는 고향을 떠올릴 권리가 없어. 살인자는 기계여야만 하고, 나 역시 기계여야만 해.〉 워몰드는 생각하며 주

60 1956년 뮤지컬 「마이 페어 레이디」에 처음 나온 노래.

머니 속 손수건을 더듬었다. 때가 되면 자신의 지문을 닦을 손수건이었다. 하지만 그때를 어떻게 결정한단 말인가? 어느 골목 또는 어느 출입구를 선택해야 한단 말인가? 그리고 만약 상대가 먼저 쏜다면……?

「당신 친구들은 러시아인인가요, 카터? 아니면 독일인? 미국인?」

「무슨 친구 말입니까?」 카터가 간단하게 덧붙였다. 「저는 친구가 없습니다.」

「친구가 없다고요?」

「네.」

「다시 좌회전하세요, 카터. 그리고 우회전요.」

그들은 이제 좁은 길에 들어섰고, 걷는 속도로 차를 몰았다. 좁은 길 양쪽으로 클럽들이 늘어서 있었다. 오케스트라들이 햄릿 아버지의 유령이나, 헤라클레스 신이 안토니우스를 떠날 때 알렉산드리아의 포석들 아래에서 울렸던 음악[61]처럼 지하에서 말했다. 쿠바 나이트클럽 제복을 입은 남자 두 명이 길 건너편의 워몰드와 카터에게 경쟁적으로 고함을 쳤다. 워몰드가 말했다. 「여기서 차를 세우죠. 술이 너무 당겨 더 가기 전에 한 잔만 마셨으면 좋겠습니다.」

「저게 창녀 집들인가요?」

「아니요, 창녀 집엔 나중에 갈 겁니다.」 워몰드는 생각했다. 〈만약 카터가 차에서 내리면서 총을 집었다면, 총 쏘는 건 일도 아니었겠지.〉

61 셰익스피어의 희곡 『안토니우스와 클레오파트라』 4막 3장의 묘사.

카터가 말했다. 「이곳을 아십니까?」

「아니요, 하지만 저 노래는 압니다.」 하필이면 묘하게도 「제 광기가 화를 내요」라는 노래가 흘러나왔다.

에스페란토 나이트클럽 안팎에는 벌거벗은 여자들의 컬러 사진들이 붙어 있고, 네온사인으로 만든 〈스트립쇼〉란 단어가 걸려 있었다. 싸구려 잠옷 같은 줄무늬가 그려진 계단은 아바나 시가의 연기가 가득한 지하실로 이어졌다. 그곳은 다른 곳들만큼이나 처형에 딱 어울리는 장소로 보였다. 하지만 워몰드는 먼저 술을 한잔하고 싶었다. 「앞장서시죠, 카터.」 카터는 망설였다. 그는 입을 벌리고 발음을 하려 애썼다. 워몰드는 카터가 무언가 발음하는 데 그렇게 오래 걸리는 것을 처음 보았다. 「ㅎ-ㅎ-ㅎ-하지만…….」

「하지만 뭐요?」

「아닙니다.」

그들은 자리에 앉아 스트립쇼를 보았고, 둘 다 탄산수를 탄 브랜디를 마셨다. 여자 한 명이 이 테이블 저 테이블 다니면서 옷을 벗었다. 처음에는 장갑부터 벗었다. 관객 한 명이 결재 서류를 받듯이 고분고분 그 장갑을 받았다. 이윽고 그녀는 카터에게 등을 보이면서 검은색 레이스 코르셋을 벗겨달라고 말했다. 카터는 내내 얼굴을 붉힌 채 코르셋을 풀려고 더듬거렸지만 실패했고, 그동안 여자는 소리 내어 웃으며 카터의 손가락에 대고 몸을 비비적거렸다. 카터가 말했다. 「죄송합니다. 아무리 ㅎ-해도 도무지…….」 주위의 작은 테이블 앞에 앉은 남자들이 우울한 눈으로 카터를 지켜보았다.

아무도 웃지 않았다.

「노트위치에서 별로 연습을 하지 않았군요, 카터. 제가 하지요.」

「끼어들지 마시죠.」

마침내 카터는 코르셋을 풀었고, 여자는 카터의 새치 섞인 성긴 머리털을 헝클어뜨린 뒤 그를 떠났다. 카터는 휴대용 빗을 꺼내 다시 머리를 단정하게 빗었다. 「여긴 마음에 안 드네요.」 카터가 말했다.

「여자들에게 부끄럼을 타시는군요, 카터.」 하지만 이렇게 어처구니없는 상대에게 어떻게 총을 쏠 수 있단 말인가?

「저는 시끌벅적한 걸 좋아하지 않습니다.」 카터가 말했다.

그들은 계단을 올라갔다. 카터의 주머니가 축 늘어져 있었다. 물론 담배 파이프 때문일 터였다. 카터는 다시 운전대 앞에 앉더니 투덜거렸다. 「그런 쇼는 어디에서나 볼 수 있습니다. 그냥 창녀가 옷을 벗는 것뿐이잖습니까.」

「당신은 그 여자에게 별로 도움이 안 되던데요.」

「저는 지퍼를 찾고 있었습니다.」

「저는 정말 술이 당겼습니다.」

「브랜디도 엉망이었습니다. 설사 그 안에 약을 탔다 해도 이상하지 않을 것 같습니다.」

「당신 위스키는 약을 탄 정도가 아니었습니다, 카터.」 워몰드는 자기 분노를 끌어 올리려 애썼으며, 자신의 무력한 목표물이 코르셋을 풀려고 낑낑대다 실패하고 얼굴을 붉히던 모습을 떠올리지 않으려 노력했다.

「뭐라고 하셨습니까?」

「여기서 멈추십시오.」

「왜요?」

「창녀 집에 가고 싶다고 하셨잖습니까. 여기가 바로 거깁니다.」

「주위에 아무것도 없는데요.」

「이런 곳들은 저렇게 문을 꽁꽁 닫아 둡니다. 내려서 초인종을 누르세요.」

「아까 위스키에 대한 말은 무슨 의미입니까?」

「그건 맘 쓰지 마십시오. 내려서 초인종을 누르세요.」

그곳은 지하실로 딱이었다(아무것도 없는 벽 역시 이런 목적으로 자주 쓰였다). 바로 회색 외벽의 건물, 그리고 불쾌한 목적이 아니고서는 아무도 오지 않는 거리 때문이었다. 카터는 운전대 아래 놓인 다리를 천천히 움직였고, 워몰드는 그의 두 손을, 무능력한 두 손을 예의 주시했다. 〈이건 정당한 결투야. 저자는 나보다 더 살인에 익숙하고, 따라서 공평해.〉 워몰드는 자신에게 말했다. 〈나는 내 총에 총알이 들었는지조차 몰라. 저자가 살 확률은 하셀바허 때보다 훨씬 커.〉

카터는 차 문에 손을 댄 채 다시 멈췄다. 그러고는 말했다. 「아무래도 다음에 오는 게 나을 듯합니다. 아시다시피 저는 ㅎ-ㅎ-ㅎ-ㅎ……」

「겁을 먹으셨군요, 카터.」

「저는 창녀 집에 와본 적이 ㅎ-ㅎ-ㅎ-한 번도 없습니다. 솔직히 말해, 워몰드, 저는 여자가 별로 필요 없습니다.」

「꽤 외로운 삶처럼 들리는군요.」

「저는 여자가 없어도 잘 살 수 있습니다.」카터가 거칠게 말했다. 「남자에게는 여자 뒤나 쫓아다니는 일 말고도 중요한 일들이 있습니다…….」

「그러면 창녀 집에는 왜 오고 싶어 했던 겁니까?」

다시 한번 카터는 진심을 말해 워몰드를 놀라게 했다. 「여자를 원하려고 노력해 본 겁니다. 하지만 막상 진짜로 직면하게 되면…….」카터는 진실을 털어놓기 전에 잠시 망설이더니 결국 털어놓았다. 「못 합니다, 워몰드. 여자들이 원하는 걸 저는 못 합니다.」

「차에서 내려.」

〈나는 해야만 해. 이자가 뭔가 더 털어놓기 전에 해야만 해.〉워몰드는 생각했다. 상대는 매초 인간이 되어 가고 있었다. 죽음이 아니라 동정과 위로가 필요한 존재가 되어 가고 있었다. 난폭한 행동에 어떤 변명이 딸려 있을지 누가 어찌 알겠는가? 워몰드는 세구라의 총을 꺼냈다.

「네?」

「내려.」

카터는 공포보다 부루퉁하게 불만이 담긴 얼굴로 창녀촌 문 앞에 섰다. 그에게 공포의 대상은 여자지 폭력이 아니었다. 그가 말했다. 「실수하시는 겁니다. 저한테 위스키를 준 건 브라운이었습니다. 저는 중요한 존재가 아닙니다.」

「위스키엔 관심 없어. 하지만 당신이 하셀바허를 죽였지, 안 그래?」

다시 한번 카터는 진실을 말해 워몰드를 놀라게 했다. 이 남자에게는 일종의 정직함이 있었다.「저는 명령을 받았습니다, 워몰드. 저는 ㅎ-ㅎ-ㅎ-ㅎ……」카터는 교묘히 몸을 움직여 팔꿈치가 초인종에 닿게 하더니 뒤로 몸을 기울여 초인종 소리가 집 안에 계속 울리게 했다. 사람이 나오게 하려는 술책이었다.

「악의는 없습니다, 워몰드. 당신은 너무 위험해졌고, 그게 전부입니다. 우리는 일개 병졸에 지나지 않습니다, 당신과 저 말입니다.」

「내가 위험하다고? 당신들은 정말 바보로군. 나한테 부하 요원 같은 건 없어, 카터.」

「아니, 분명 있습니다. 그 산맥의 건축물은 뭡니까? 우리에게는 당신이 보낸 도면들의 복사본이 있습니다.」

「그건 진공청소기 부품들이야.」워몰드는 누가 복사본을 줬을지 생각해 보았다. 로페스? 아니면 호손 밑에서 일하는 배달인? 아니면 영사관 직원?

카터의 손이 호주머니로 들어가자 워몰드는 총을 쏘았다. 카터가 날카로운 비명을 질렀다. 카터가 말했다.「맞을 뻔했잖습니까.」그의 손에는 조각 난 담배 파이프가 들려 있었다.「내 던힐. 당신은 내 던힐을 산산조각 냈습니다.」

「초심자의 행운이지.」워몰드가 말했다. 이자를 죽이겠다고 단단히 마음먹고 왔지만, 다시 총을 쏘는 건 불가능했다. 카터 뒤의 문이 열리기 시작했다. 작위적인 음악 소리가 희미하게 들렸다.「저 사람들이 당신을 치료해 줄 거야. 이젠 여자가 필요하겠군, 카터.」

「당신, 당신은 미쳤어.」

카터의 말이 옳았다. 워몰드는 총을 옆에 놓고 운전석에 앉았다. 돌연 그는 행복했다. 그는 카터를 죽일 수도 있었지만, 그러지 않았다. 그는 자신이 심판자가 아니라는 것을 자신에게 확실히 증명했다. 그는 폭력에 재능이 없었다. 그때 카터가 총을 쏘았다.

6장

1

위몰드가 비어트리스에게 말했다.「제가 차 시동을 걸려고 막 몸을 숙였을 때였죠. 그래서 살았지 싶습니다. 물론 반격하는 건 그자의 권리죠. 그건 진짜 결투였지만, 세 번째 총성은 제가 냈습니다.」

「그 뒤로 어떻게 되었나요?」

「병들게 되기 전에 그곳을 빠져나올 수 있었습니다.」

「병들다니요?」

「만약 그 전쟁을 피했다면 전 사람 죽이는 걸 훨씬 덜 심각한 일로 여기고 살았을 거란 뜻입니다. 불쌍한 카터.」

「왜 그 사람을 가여워하나요?」

「그자는 사람이었으니까요. 저는 그자에 대해 많은 것을 알게 됐습니다. 그자는 여자의 코르셋을 풀 수 없었어요. 여자를 두려워했죠. 자기 담배 파이프를 좋아했고, 어릴 때 고향의 강에서 본 유람선을 대양을 왕복하는 정기선처럼 거대하다고 느꼈지요. 아마도 낭만주의자였을 겁니다. 낭만주의자는 대개 두려움이 많죠. 현실이 기대에 못 미칠까 봐요. 낭만주의자는 기대가 너무 큽니다.」

「그다음엔 어떻게 됐죠?」

「제 지문을 닦은 뒤 총을 원래 자리에 돌려놓았습니다. 물론 세구라는 총알 두 발이 비는 걸 알아차리겠죠. 하지만 그 총알이 어디에 쓰였는지 알아내려 하지는 않을 거라고 생각합니다. 총알의 행방을 해명하기가 좀 힘들긴 하겠지만요. 제가 돌아왔을 때도 세구라는 여전히 자고 있었습니다. 지금쯤 그자의 머리가 숙취로 얼마나 지끈거릴지, 생각하기도 싫습니다. 제 머리도 지끈거리거든요. 하지만 저는 당신이 지시한 대로 사진을 찍었습니다.」

「무슨 사진요?」

「세구라는 경찰국장에게 가져갈 외국 스파이 명단을 가지고 있었습니다. 저는 그 명단을 사진 찍은 다음 그자의 주머니에 도로 넣어 뒀습니다. 제가 사직하기 전에 진짜 보고서를 보낼 수 있게 되어 기쁘네요.」

「저를 기다리셨어야죠.」

「어떻게요? 그가 당장이라도 깨어날 수 있었어요. 그나저나 이 마이크로필름이란 게 작업하기가 영 까다롭네요.」

「대체 왜 마이크로필름으로 찍은 건가요?」

「킹스턴으로 가는 운반인 그 누구도 믿을 수 없으니까요. 누군지는 몰라도, 카터의 사람들이 오리엔테 시설 그림들의 복사본을 가지고 있었어요. 그건 어딘가에 이중 스파이가 있다는 뜻이죠. 아마도 마약을 밀수하는 당신네 사람일 겁니다. 그래서 저는 당신에게 배운 대로 마이크로필름을 찍었고, 그걸 우표 뒤에 붙인 뒤 영국 식민지 우표 5백 장에 섞어서 보냈습니다. 긴급 상황에서 우리가 하기로 한 대로요.」

「당신이 어느 우표에 필름을 붙였는지 본부에 전보로 알려야 해요.」

「어느 우표라니요?」

「설마 우표 5백 장을 하나하나 살피며 검은 점 하나를 찾기를 바라는 건 아니겠죠?」

「그건 생각을 못 했네요. 저는 아직 멀었군요.」

「설마 어느 우표인지 모르는 건…….」

「앞면을 볼 생각을 못 했습니다. 조지 5세였을 겁니다. 그리고 빨간색 아니면 녹색이고요.」

「그 정보가 도움이 될 거예요. 목록에 있던 이름 가운데 기억나는 게 있나요?」

「아니요, 목록을 제대로 읽을 시간이 없었습니다. 이 게임에서 제가 바보같이 군다는 걸 저도 압니다, 비어트리스.」

「아니에요, 그자들이 바보죠.」

「다음엔 누구 소식을 듣게 될지 궁금하네요. 닥터 브라운일지…… 세구라일지…….」

하지만 둘 다 아니었다.

2

이튿날 오후 5시쯤 영사관의 거만한 서기가 가게에 나타났다. 서기는 남근을 본뜬 작품들을 전시하는 박물관에 와서 못마땅해하는 관광객처럼 진공청소기들 사이에 뻣뻣하게 서 있었다. 그는 워몰드에게 대사가 만나고 싶어 한다고 말했다. 「내일 아침에 가도 될까요?」 워몰드는 마지막 보고서를 작성 중이었다. 카터의 죽음과 사직에 관한 내용이었다.

「아니요, 안 됩니다. 대사께서는 댁에서 전화를 주셨습니다. 그곳으로 곧장 가야 합니다.」

「저는 직원이 아닙니다.」 워몰드가 말했다.

「아니라고요?」

워몰드는 부자들이 사는 작고 하얀 집들이 있고 부겐빌레아꽃들이 피어 있는 베다도로 다시 차를 몰고 갔다. 산체스 교수를 방문한 것이 까마득한 옛날 일처럼 느껴졌다. 워몰드는 산체스 교수의 집을 지났다. 저 인형의 집 담 너머에서는 아직도 어떤 말다툼이 오가고 있을까?

대사의 집에 들어간 워몰드는 모든 사람이 그를 기다렸으며, 복도와 계단에는 아무도 없도록 세심하게 신경 써 구경꾼을 치워 놨다는 느낌을 받았다. 2층에서 여자 한 명이 등을 돌리더니 방으로 들어가 문을 닫았다. 대사의 아내인 듯했다. 3층 계단 난간 틈으로 아이 두 명이 재빨리 엿보더니 구두 신은 발로 타일 바닥을 딸깍거리며 달아났다. 집사는 워몰드를 텅 빈 응접실로 안내한 뒤 살그머니 문을 닫았다. 긴 창문을 통해 길게 자란 녹색 잔디와 키 큰 아열대 나무들이 보였다. 심지어 그곳에서조차 누군가 재빨리 움직여 몸을 감추었다.

응접실은 여느 대사관 응접실과 비슷했다. 이전 대사가 두고 간 큰 물건들과 예전 파견지들에서 얻은 작은 개인적 소유물들이 섞여 있었다. 워몰드는 대사의 과거 근무지 중 테헤란(묘한 모양의 파이프 하나, 타일 한 점)이나 아테네(성상 한두 개) 같은 곳은 금세 알아봤지만, 아프리카 가면을 보고는 잠시 어리둥절해졌다. 몬로비아[62]인가?

대사가 들어왔다. 붉은색과 푸른색 줄무늬 넥타이를 맨 차가운 인상의 키가 큰 남자였다. 워몰드는 그가 풍기는 기운에서 호손이 닮고 싶어 하는 그런 사람이라는 느낌을 받았다. 대사가 말했다. 「앉으십시오, 워몰드. 담배를 피우시겠습니까?」

「고맙지만 사양하겠습니다, 대사님.」

「저 의자가 더 편합니다. 이제 변죽은 그만 울리죠, 워몰드. 당신은 곤경에 처해 있습니다.」

「네.」

「물론 저는 아무것도 모릅니다. 전혀 모릅니다. 당신이 여기서 무엇을 하는지요.」

「저는 진공청소기를 팝니다, 대사님.」

대사는 노골적인 혐오감을 담은 눈으로 그를 바라보았다. 「진공청소기라고요? 그걸 말한 게 아닙니다.」 대사는 워몰드에게서 시선을 돌려 페르시아산 담배 파이프, 그리스의 성상,

62 서아프리카 라이베리아의 수도.

라이베리아산 가면을 바라보았다. 그것들은 마치 오로지 좀 더 잘나가던 과거를 재확인하기 위해 쓴 자서전과도 같았다. 대사가 말했다. 「어제 아침, 캡틴 세구라가 저를 만나러 왔습니다. 뭐, 경찰이 이 정보를 어떻게 얻었는지 모르겠지만, 제가 간여할 바는 아니지요. 하지만 그자는 저한테 당신이 본국에 거짓 정보가 담긴 보고서들을 잔뜩 보냈다고 말했습니다. 당신이 그 보고서를 누구에게 보냈는지 저는 모릅니다. 그것 역시 제가 간여할 바 아니지요. 그자는 사실, 당신이 존재하지도 않는 정보원들을 거느린 척하며 돈을 받아 냈다고 했습니다. 저는 즉시 외교부에 그 사실을 알리는 게 의무라고 생각했지요. 당신은 본국으로 돌아가 보고하라는 명령을 받을 겁니다. 누구에게 보고하게 될지는 모릅니다, 그런 건 저와 상관없는 일이니까요.」 워몰드는 뒤쪽에 있는 커다란 나무들 가운데 한 그루에서 자기 쪽을 훔쳐보는 작은 머리 두 개를 보았다. 그는 그 머리들을 바라보았고, 그 머리들은 워몰드를 바라보았다. 워몰드 생각에 그 시선들에는 동정이 어려 있었다. 그가 말했다. 「네, 대사님.」

　「제가 보기에, 캡틴 세구라는 당신이 여기서 자꾸만 문제를 일으킨다고 여기는 듯하더군요. 만약 당신이 고국으로 돌아가길 거부한다면, 이곳 당국과 심각한 마찰이 생길 수도 있고, 그런 상황에서는 제가 그 어떤 도움도 드리지 못할 겁니다. 그 어떤 도움도요. 캡틴 세구라는 심지어 당신이 어떤 문서를 위조했다고 의심하더군요. 그리고 당신이 그 문서를 자기에게서 발견했다고 주장한다고 했습니다. 저는 이 모든 상황이 불쾌합니다, 워몰드. 얼마나 불쾌한지 말로 표현할 수 없을 정도입니다. 외국의 정보를 제공하는 곳은 대사관이어야만 합니다. 우리에겐 그런 일을 하는 담당자들이 있습니다. 이렇게 소위 비밀 정보라 불리는 것들은 어떤 대사에게도 문제가 됩니다.」

「네, 대사님.」

「들으셨는지 모르겠지만 — 신문엔 나오지 않았습니다 — 그저께 밤에 영국인 한 명이 총에 맞았습니다. 캡틴 세구라는 그 사람이 당신과 관련 없지 않다고 암시하더군요.」

「그 사람을 점심 자리에서 한 번 만난 적이 있습니다, 대사님.」

「고국으로 돌아가시는 게 좋겠습니다, 워몰드. 구할 수 있는 가장 빠른 비행기 편으로요. 빨리 가실수록 저한테도 좋습니다. 그리고 누군지 모르지만, 당신 사람들과 이 문제를 의논하시는 게 좋을 겁니다.」

「네, 대사님.」

3

몬트리올을 거쳐 암스테르담으로 가는 K.L.M. 비행기는 새벽 3시 30분에 이륙할 예정이었다. 워몰드는 아마도 자신을 맞이하라는 명령을 받았을 호손이 있는 킹스턴으로 갈 의향이 없었다. 워몰드는 마지막 전보를 보낸 뒤 사무실을 폐쇄했고, 루디와 그의 슈트 케이스는 자메이카로 방향을 정했다. 암호책들은 셀룰로이드 판을 이용해서 태웠다. 비어트리스는 루디와 함께 갈 예정이었다. 로페스는 남아서 진공청소기 판매를 맡았다. 워몰드는 챙길 가치가 있는 개인적인 물건들을 상자 하나에 모두 담아 선편으로 보내기로 했다. 말은 캡틴 세구라에게 팔았다.

비어트리스는 워몰드가 짐 꾸리는 것을 도왔다. 상자의 마지막 물건은 세라피나 성녀의 조상이었다.

「밀리가 아주 슬퍼하겠네요.」 비어트리스가 말했다.

「밀리는 아주 잘 받아들였어요. 험프리 길버트 경이 말한 것처럼, 하느님은 쿠바만큼이나 영국에서도 가까이 계시다고 하네요.」

「길버트 경은 그런 말을 한 적이 없어요.」

그리고 태워 없애야 할, 비밀이라고 하기에는 자질구레한 것들이 한 무더기 있었다.

비어트리스가 말했다. 「〈그 여자분〉 사진을 많이도 가지고 계시네요.」

「사진을 찢어 버리는 건 그 사람을 죽이는 것 같았거든요. 물론 이제는 그렇지 않다는 걸 알지만요.」

「이 빨간 상자는 뭐예요?」

「전처가 선물한 커프스 링크가 들어 있던 상자예요. 커프스 링크는 도둑맞았지만, 상자는 그냥 가지고 있었습니다. 이유는 모르겠어요. 하지만 어떤 면에서는 이런 물건들을 정리하게 되어 마음이 가볍네요.」

「한 삶의 끝이군요.」

「두 삶의 끝이죠.」

「이건 뭔가요?」

「옛날 공연 순서지예요.」

「그리 옛날은 아니네요. 트로피카나 거군요. 제가 가져도 되나요?」

「물건들을 간직하기에 당신은 너무 젊어요.」 워몰드가 말했다. 「그러면 너무 많은 물건이 쌓여요. 그러다간 잡동사니 상자들 사이에 살면서 움직일 공간도 없게 될 겁니다.」

「감수할게요. 그날 저녁은 정말 좋았거든요.」

밀리와 워몰드는 공항까지 비어트리스를 배웅했다. 루디 는 거대한 슈트 케이스를 든 사람을 따라 조용히 사라졌다. 더운 오후였고, 사람들은 주위에 서서 다이키리를 마셨다. 캡틴 세구라가 청혼한 뒤로 밀리의 두에냐는 사라졌지만, 두 에냐가 사라진 뒤에도, 토머스 얼 파크먼 주니어에게 불을 붙였던, 워몰드가 다시 보고 싶어 했던 그 어린아이는 돌아 오지 않았다. 마치 밀리는 한순간에 어린이티도 소녀티도 벗 어 버리고 훌쩍 커버린 것만 같았다. 밀리가 어른스럽게 배 려하며 말했다. 「비어트리스 언니가 볼 잡지들을 사 올게요.」 그러고는 등을 돌려 서둘러 잡지 매점으로 갔다.

「미안해요.」 워몰드가 말했다. 「런던에 돌아가면 당신은 아무것도 몰랐다고 말할게요. 당신의 다음 부임지가 어디일 지 궁금하네요.」

「아마도 페르시아만일 거예요. 바스라요.」

「왜, 페르시아만이죠?」

「거기가 그 사람들이 생각하는 속죄의 장소니까요. 땀과 눈물로 갱생하는 거죠. 바스라에 패스트클리너스 대리점이 있나요?」

「안타깝게도 패스트클리너스는 저를 해고할 겁니다.」

「뭘 하실 거예요?」

「가엾은 라울 덕분에, 밀리가 스위스에서 1년간 학교 다니기에 충분할 만큼 저축했습니다. 그 뒤로는 모르겠어요.」

「짓궂은 장난용 물건을 파는 가게도 좋을 것 같아요. 피 묻은 엄지손가락, 엎질러진 잉크, 설탕 덩이에 붙은 파리 같은 걸 파는 곳 말이에요. 작별은 끔찍하네요. 더는 시간 쓰지 말고 가세요.」

「당신을 다시 볼 수 있을까요?」

「바스라에 가지 않도록 애써 볼 거예요. 안젤리카랑 에설처럼 젠킨슨 씨의 타자수 명단에 들도록 노력해 보려고요. 운이 좋으면 6시에 퇴근할 거고, 우리는 〈코너 하우스〉에서 만나 싸구려 간식을 먹고 영화를 보러 갈 수 있을 거예요. 끔찍한 삶이지 않나요? 유네스코 사람들이나 회의에 참석하는 요즘 작가들처럼요. 여기서 당신과 있어 즐거웠어요.」

「네.」

「이제 가세요.」

워몰드는 잡지 매대로 가서 밀리에게 말했다. 「이제 가자.」 그가 말했다.

「하지만 비어트리스 언니는…… 아직 언니에게 잡지를 안

346

줬는데요.」

「비어트리스는 잡지를 원하지 않아.」

「작별 인사도 못 했어요.」

「너무 늦었어. 비어트리스는 이미 검색대를 지났어. 런던
에서 볼 수 있을 거야. 아마도.」

4

마치 남은 모든 시간을 공항에서 보낸 것 같았다. 이제
K.L.M. 비행기를 탈 시간이었고, 새벽 3시였으며, 하늘은 주
기장들에 켜진 네온 조명과 착륙 직전 살짝 들어 올리는 기
수들에서 나오는 빛을 받아 분홍색이었고, 캡틴 세구라가 그
들을 〈배웅〉하고 있었다. 그는 이 공무상 만남을 최대한 개인
적 만남처럼 보이게 하려 애썼지만, 그럼에도 여전히 약간은
추방처럼 보였다. 세구라가 나무라는 투로 말했다. 「기어코
저를 이렇게까지 하게 만드셨군요.」

「당신 방법이 카터나 닥터 브라운의 방법보단 훨씬 점잖습
니다. 닥터 브라운 쪽은 어쩌기로 하셨습니까?」

「그자는 자신이 판매하는 정밀 도구들과 관련된 일 때문에
스위스로 돌아갈 필요가 있게 되었죠.」

「모스크바에서 환승하고요?」

「꼭 그럴 필요는 없지요. 아마도 환승지는 본일 겁니다. 워
싱턴이거나요. 아니면 부쿠레슈티일 수도 있고요. 저는 모릅

니다. 누가 되었든 간에, 그자들은 당신의 도면을 보고 기뻐할 거라고 믿습니다.」

「도면요?」

「오리엔테의 시설 도면 말입니다. 그자는 또한 위험한 스파이를 제거했다는 공도 차지할 겁니다.」

「저요?」

「네, 쿠바는 당신과 그자 둘이 없으면 조금 더 평화로워지겠죠. 하지만 저는 밀리가 보고 싶을 겁니다.」

「밀리는 절대로 당신과 결혼하지 않을 겁니다, 세구라. 밀리는 사람 가죽으로 만든 담배 케이스를 질색합니다.」

「누구 가죽인지 아십니까?」

「아니요.」

「제 아버지를 고문해서 죽인 경찰관의 가죽입니다. 아버지는 가난했습니다. 고문받을 수 있는 부류였지요.」

밀리가 『타임』, 『라이프』, 『파리 매치』, 『퀵』 등의 잡지를 들고 두 사람에게 다가왔다. 거의 3시 15분이었다. 기수를 들며 착륙하는 비행기들에서 나오는 빛 때문에 그 위 하늘에 회색 띠가 생겨나며 거짓 새벽이 찾아왔다. 조종사들이 활주로로 나와 비행기를 향해 갔고, 승무원들이 그 뒤를 따랐다. 워몰드는 그들 가운데 세 명을 알아보았다. 몇 주 전 트로피카나에서 비어트리스와 함께 앉아 있던 사람들이었다. 스피커에서 영어와 스페인어로 몬트리올과 암스테르담으로 가는 396편 비행기가 출발한다고 알렸다.

「두 사람에게 줄 선물이 있습니다.」 세구라가 말했다. 그는 작은 꾸러미 두 개를 내밀었다. 비행기가 아바나 상공을 날아가는 동안 워몰드와 밀리는 포장을 풀었다.

해변 도로를 따라 줄지어 있는 조명들이 시야에서 사라졌고, 바다가 커튼처럼 펼쳐지며 모든 과거를 덮었다. 워몰드가 받은 꾸러미에는 그란츠 스탠드패스트 미니어처 술병 하나와 경찰용 총에서 발사된 총알 하나가 들어 있었다. 밀리의 꾸러미에는 그녀의 머리글자가 각인된 작은 은 말굽 하나가 들어 있었다.

「총알은 왜 있는 거죠?」 밀리가 물었다.

「아, 재미없는 농담이야. 그래도 그자가 나쁜 사람은 아니었던 듯하구나.」 워몰드가 말했다.

「하지만 좋은 남편감은 아니에요.」 다 자란 밀리가 대답했다.

런던에서의 에필로그

1

위몰드가 이름을 대자 그들은 호기심 어린 눈으로 그를 바라보았고, 그를 승강기에 태우고는 (살짝 놀랍게도) 위가 아니라 아래로 내려갔다. 이제 위몰드는 지하의 긴 복도에 앉아 문 위에 켜진 붉은 조명을 지켜보고 있었다. 그들은 위몰드에게 조명이 빨간색일 때는 들어가지 말고 기다렸다가 녹색으로 바뀌면 안으로 들어가라고 했다. 하지만 다른 사람들은 조명 색에 전혀 개의치 않고 드나들었다. 어떤 사람들은 서류를 들고 있었고, 어떤 사람들은 서류 가방을 가지고 있었으며, 육군 대령 군복 차림을 한 사람도 한 명 있었다. 그 누구도 위몰드를 보지 않았다. 위몰드는 자신 때문에 그 사람들이 당황했다고 느꼈다. 그들은 마치 사람들이 장애인을 못 본 척하듯 그를 못 본 척했다. 하지만 위몰드가 다리를 절어서 그런 건 아닌 듯했다.

호손이 승강기에서 내려 복도를 걸어왔다. 입은 채로 잤는지 옷이 구겨져 있었다. 아마도 자메이카에서 야간 비행기를 타고 온 듯했다. 만약 위몰드가 말을 걸지 않았다면 그 역시 위몰드를 못 본 척했을 것이다.

「안녕하세요, 호손.」

「아, 당신이군요, 위몰드.」

「비어트리스는 안전하게 도착했나요?」

「네, 당연하죠.」

「비어트리스는 지금 어디 있나요, 호손?」

「모르겠습니다.」

「여기는 어딘가요? 마치 군사 법정 같아 보이네요.」

「군사 법정 〈맞습니다〉.」 호손이 싸늘하게 말하더니 문 위에 빨간색 불이 켜진 방으로 들어갔다. 시계가 11시 25분을 가리켰다. 위몰드가 여기로 불려 왔을 때가 11시였다.

위몰드는 그들이 자신에게 해고 말고 뭘 할 수 있을지 궁금했다. 아마도 이미 해고한 상태일 터였다. 그리고 이곳에서 그들은 위몰드에게 뭘 더 할 수 있을지 결정하려 애쓰는 중일 것이었다. 위몰드를 공직자 기밀 엄수법에 따라 기소하는 건 거의 불가능했다. 그는 기밀 사항을 꾸며 냈지 노출한 게 아니었다. 어쩌면 위몰드가 해외에서 직장을 구하기 어렵게 만들 수 있을 테고, 이 나이에 국내에서 직장을 구하기도 어렵겠지만, 위몰드는 자신이 받은 돈을 돌려줄 생각이 없었다. 그 돈은 밀리를 위해 쓸 계획이었다. 이제 위몰드는 그게 자신이 카터의 독과 총알의 대상이 된 대가로 정당하게 번 돈이라고 느꼈다.

11시 35분에 대령이 방에서 나왔다. 승강기를 향해 뚜벅 뚜벅 걸어가는 대령은 덥고 화가 나 보였다. 〈저기 교수형 판결 전문 판사가 가는군.〉 위몰드는 생각했다. 이어서 트위드 재킷을 입은 남자가 나왔다. 아주 움푹 들어간 눈은 파랬으며, 제복 없이도 온몸으로 해군이라 말하고 있었다. 그는 우연히 위몰드를 보았지만, 자신은 청렴한 사람이라는 듯 곧바로 시선을 돌렸다. 그가 외쳤다. 「기다려 주십시오, 대령님.」 그리고 마치 날씨가 거친 날 배의 갑판을 걷듯이 몸을 살짝 흔들며 대령에게 갔다. 그다음으로 호손이 젊은 남자와 대화를 나누며 나왔다. 그러다가 위몰드는 갑자기 숨이 막혔다. 불빛이 녹색으로 바뀌고, 비어트리스가 눈앞에 있었기 때문이다.

「들어가세요.」 비어트리스가 말했다.

「어떤 판결을 받았나요?」

「지금은 당신과 이야기할 수 없어요. 어디에 묵으세요?」

위몰드가 답했다.

「6시에 찾아갈게요, 갈 수 있으면요.」

「저는 동틀 녘에 총살당하나요?」

「걱정하지 말고 들어가세요. 그 사람은 기다리는 걸 좋아하지 않아요.」

「당신은 어떻게 되었나요?」

비어트리스가 말했다. 「자카르타요.」

「거기가 어딘데요?」

「세상의 끝이죠.」 비어트리스가 말했다. 「바스라보다 더 멀어요. 이제 제발 들어가세요.」

　검은 외알 안경을 쓴 남자가 책상 뒤에 홀로 앉아 있었다. 「앉으십시오, 워몰드.」

　「저는 서 있는 게 좋습니다.」

　「오, 그거 인용이죠?」

　「인용요?」

　「어떤 연극에서 그 대사를 들은 기억이 확실하게 있습니다. 아마추어 연극이었죠. 물론 아주 오래전 일이지만요.」

　워몰드가 의자에 앉아 말했다. 「당신은 그 여자를 자카르타에 보낼 권리가 없습니다.」

　「누구를 자카르타에 보낸다는 거죠?」

　「비어트리스요.」

　「그게 누구죠? 아, 당신 비서 말이군요. 저는 성 없이 이름만으로 부르는 게 정말 싫다니까요. 그 일은 젠킨슨 씨를 만나 보셔야 할 겁니다. 요원 배정은 제가 아니라 젠킨슨 씨 담당입니다. 다행스럽게도.」

　「비어트리스는 그 어떤 일과도 상관없습니다.」

　「그 어떤 일과도요? 잘 들으세요, 워몰드. 우리는 당신 지부를 닫기로 결정했습니다. 그랬더니 당신을 어떻게 해야 할까 하는 문제가 떠오르더군요.」 이제 다가오고 있었다. 그의 심판관 가운데 한 명인 아까 그 대령의 표정으로 판단컨대, 다가오는 결말이 유쾌하지는 않을 듯했다. 국장이 검은 외알 안경을 벗자, 워몰드는 안경 뒤에 숨겨져 있던 하늘색 눈동자를 보고 놀랐다. 국장이 말했다. 「상황을 고려할 때 당신을 이곳에 머물게 하는 것이 최선이라고 생각했습니다. 우리 교관으로요. 강의를 하는 거죠. 외국 지부 운영이라든가 그런 내용으로요.」 국장은 뭔가 아주 맘에 안 드는 걸 참고 삼키는 듯 보였다. 그가 덧붙였다. 「물론 외국 지부에서 은퇴한 사람에게 늘 해왔듯이, 우리는 당신에게 훈장 수여를 추천할 겁니다. 당신은 그리 오래 봉사하지 않았으니까 O.B.E.[63] 보다 높은 걸 추천하긴 어려울 듯합니다.」

2

그들은 가워 스트리트 근처 〈펜데니스〉라는 저렴한 호텔의, 회녹색 의자들이 무수히 있는 곳에서 예의 바르게 서로에게 인사했다. 「술을 사드리진 못할 것 같습니다.」 그가 말했다. 「여기는 금주거든요.」

「그럼 여긴 왜 오신 거예요?」

「어렸을 때 부모님과 함께 오곤 했어요. 저는 금주가 무슨 의미인지 몰랐죠. 당시에는 문제가 되지 않았으니까요. 비어트리스, 무슨 일이 있었나요? 그 사람들이 화났나요?」

「본부는 우리 두 사람에게 몹시 화나 있어요. 일이 어떻게 돌아가는지 제가 알아차렸어야 한다고 생각하더군요. 국장은 꽤 심각한 회의를 소집했어요. 국장의 연락을 받고 모든 연락책이 참석했어요. 육해공 군의 연락책 모두요. 당신이

63 대영 제국 4등 훈장.

보낸 보고서를 모두 앞에 놓고 하나하나 검토했지요. 정부에 잠입한 공산주의자들에 대한 보고서는 외교부에 메모를 보내 부정하자고 모두가 동의했어요. 경제 동향 보고서들 역시 부정하자는 데 동의했고요. 오직 외교부만 신경 쓸 테니까요. 군사 관련 보고서가 나오기 전까지는 그 누구도 화내지 않았어요. 하지만 해군 내 불만에 대한 보고서와 잠수함 연료 보급 기지들에 대한 보고서가 나오자 상황이 달라졌죠. 해군 중령이 〈이 보고서들에는 분명 뭔가 진실이 담겨 있을 겁니다〉라고 말했어요.」

「제가 말했죠, 〈정보원이 누군지 보세요. 존재하지 않는 사람입니다〉라고요.」

「〈우리는 아주 바보처럼 보일 겁니다.〉 중령이 말했어요. 〈해군 정보부에서는 미친 듯이 즐거워할 겁니다.〉」

「시설 건에 대해 논의할 때 감정 따위는 전혀 문제가 아니었어요.」

「그 사람들이 정말로 그 도면을 믿었나요?」

「그다음엔 가엾은 헨리에게 시선이 돌아갔죠.」

「당신이 그 사람을 헨리라고 부르지 않았으면 좋겠어요.」

「그 사람들은, 우선 호손이 당신을 진공청소기 판매상이 아니라 상업계 거물이라 보고했다고 말했어요. 국장은 〈그〉 사냥에 동참하지 않았어요. 국장은 무슨 이유에서인지 당황한 듯했어요. 그리고 어쨌든, 헨리, 아니, 그러니까 호손이 꺼낸 파일 안에 모든 세부 사항이 있었어요. 물론 그 파일은 젠킨슨 씨의 선에서 사라졌고요. 이윽고 그 사람들은 호손이 도면을 봤을 때 진공청소기의 부속이라는 걸 알아차렸어야 한다고 말했어요. 호손은 알아보았다고 말하면서, 진공청소기의 〈원리〉가 무기에 적용되지 말란 법은 없다고 했어요. 그 뒤로 그 사람들은 당신을 잡아먹지 못해 안달이었죠. 국장만 빼고요. 저는 잠시 국장이 뭔가 재미있는 면을 보았다고 생각했어요. 국장이 사람들에게 말했어요. 〈우리가 해야 할 일은 아주 간단합니다. 우리는 육해공 군 본부에 연락해 지난 6개월 동안 아바나에서 들어온 모든 보고서 내용을 신뢰할 수 없다고 해야만 합니다.〉」

「하지만 비어트리스, 그 사람들이 저한테 직장을 제안했어요.」

「그건 쉽사리 설명할 수 있어요. 중령이 제일 먼저 무너졌어요. 아마도 바다에 있으면서 장기적인 관점에서 보는 방법을 배웠겠죠. 중령은 적어도 해군에 관한 한, 정보부의 평판이 땅에 떨어져 이후에는 해군이 자체 정보부의 보고만 믿게 될 거라고 했어요. 그러자 육군 대령이 말했어요. 〈만약 제가 육군성에 보고하면, 우리 역시 짐을 꾸려야 할 겁니다.〉 그렇게 막다른 상태에 처했나 싶었는데, 국장이 제안했어요. 가장 간단한 방법은 59200/5에게서 온 보고서를 한 번 더 회람시키는 거라고요. 하지만 이번엔 그 시설물의 공사가 실패로 돌아가 철거되었다는 내용이 될 거라고요. 물론 아직 당신 문제가 남아 있죠. 국장은, 당신의 값진 경험을 대중 매체에 공개하게 두는 것보다 우리 정보부에서 요긴하게 쓰는 게 더 좋겠다고 하더군요. 최근 들어 비밀 정보부에 대해 회고록을 쓰는 사람이 너무 많아졌거든요. 누군가 공직자 비밀 엄수법에 대해 말했지만, 국장은 그것이 당신 경우에는 해당하지 않는다고 했어요. 그자들이 희생양을 빼앗겼을 때의 모습을 당신이 봤어야 하는데. 물론 그다음은 제 차례였지만, 저는 그자들에게 신문당할 생각이 없었어요. 그래서 제가 먼저 말했죠.」

「대체 뭐라고 했는데요?」

「설사 제가 알았더라도 당신을 말리지 않았을 거라고 했어요. 당신은 절대로 일어나지 않을 누군가의 상상 속 세계 전쟁을 위해 일하는 대신, 뭔가 중요한 일을 하고 있었다고 했죠. 대령 제복을 갖춰 입은 그 바보가 〈조국〉이 어쩌네 저쩌네 하더군요. 그래서 제가 말했죠. 〈조국이라니, 그게 무슨 뜻인가요? 2백 년 전에 누군가 발명한 깃발을 말하는 건가요? 아니면 이혼에 대해 토론하던 주교단과, 의회에서 서로 맞은편에 대고 고함치던 하원 의원들을 말하는 건가요? 아니면 T.U.C.[64]와 영국 국유 철도와 협동조합을 말하는 건가요? 생각이라는 걸 하지 않는 사람이라면 그걸 자기 조직이라고 생각하겠지만, 우리에게는, 그 사람과 저에게는 조직이 없어요.〉 그자들은 제 말을 막으려 했지만, 제가 말했어요. 〈아, 깜박했네요. 세상엔 누군가의 조국보다 더 중요한 뭔가가 있어요. 안 그래요? 당신들은 당신들의 국제 연맹이며 당신들의 대서양 조약이며, 북대서양 조약 기구NATO, 국제 연합

64 Trades Union Congress. 19세기 영국의 전국 노조 대표들이 구성한 협의회.

기구UNO, 동남아시아 조약 기구SEATO 따위를 들먹이며 조국이 최우선이어야 한다고 우리에게 가르쳤죠. 하지만 우리 대부분에겐 그런 것들이 U.S.A.나 U.S.S.R. 같은 다른 약자들과 별로 다를 바가 없어요. 그리고 당신들이 평화와 정의와 자유를 원한다는 말을 우리는 더는 믿지 않아요. 어떤 자유요? 당신은 그냥 출세를 원하는 거잖아요.〉저는 1940년에 가족을 보살피던 프랑스 장교들이 이해된다고 말했죠. 어쨌든 그 사람들은 출세를 최우선으로 두지 않았다고 했어요. 조국이라는 건 의회 시스템보다 가족을 의미한다고 했죠.」

「맙소사, 그 말을 전부 했다고요?」

「네, 꽤 굉장한 연설이었죠.」

「당신은 정말로 그렇게 믿었던 거예요?」

「설마요. 그자들이 언제 우리에게 신뢰할 건덕지를 준 적이 있어야 말이죠, 안 그래요? 오히려 불신만 줬죠. 저는 제 집보다 큰 것이나 인간보다 더 불확실한 건 믿지 않아요.」

「모든 인간요?」

비어트리스는 대답 없이 회녹색 의자들 사이를 빠르게 걸어갔지만, 워몰드는 그녀가 혼잣말하다가 눈시울을 붉히는 모습을 이미 보았다. 10년 전이었다면 그녀를 따라갔겠지만, 중년은 슬픈 조심성이 깃드는 시기였다. 워몰드는 그녀가 황량한 실내를 가로질러 가는 모습을 지켜보며 생각했다. 〈말하다 보면《자기》라고 부를 수도 있지. 나이도 열네 살이나 차이 나고, 밀리도 있어. 자식에게 충격을 주는 일을 하면 안돼. 그나마 자식이 혼자서 지켜 온 신앙에 상처를 주는 짓도

하면 안 되고.〉 비어트리스는 그가 따라잡기 전에 문에 이르렀다.

워몰드가 말했다. 「온갖 참고 도서에서 자카르타에 대해 찾아봤어요. 당신은 그곳에 가면 안 돼요. 거기는 끔찍한 곳이에요.」

「저에게는 선택권이 없어요. 여기 팀에 남으려고 이미 노력해 봤어요.」

「여기 팀에 있기를 원해요?」

「그러면 우리는 가끔 〈코너 하우스〉에서 만나고 영화를 보러 갈 수 있을 테니까요.」

「형편없는 삶이죠. 당신이 그렇게 말했잖습니까.」

「그래도 그 삶 속에 당신이 있잖아요.」

「비어트리스, 저는 당신보다 열네 살이나 많아요.」

「그게 뭐가 문제죠? 저는 당신이 진짜 걱정하는 게 뭔지 알아요. 나이가 아니라 밀리 때문이잖아요.」

「밀리는 아빠 역시 인간이라는 걸 배워야 해요.」

「밀리는 언젠가 제가 당신을 사랑해도 그 사랑이 이루어지지 못할 거라고 말했어요.」

「이루어질 겁니다, 저도 당신을 사랑하니까요.」

「밀리에게 말하는 게 쉽지 않을 거예요.」

「몇 년 뒤엔 저와 함께 지내고 싶지 않을지도 몰라요.」

비어트리스가 말했다. 「자기, 그건 더는 걱정하지 마세요. 당신은 두 번 버림받지 않을 거예요.」

두 사람이 키스하는 동안, 밀리가 어떤 노파의 커다란 바

느질 바구니를 대신 들고 들어왔다. 밀리는 유난히 고결해 보였다. 아마도 선행 주간이 시작된 듯했다. 노파가 그들을 먼저 보고는 밀리의 팔을 붙잡았다. 「얼른 가자, 애야.」 노파가 말했다. 「어떻게 모두가 보는 이런 곳에서 저럴 수 있담!」

「괜찮아요,」 밀리가 말했다. 「우리 아빠예요.」

밀리의 목소리에 두 사람은 몸을 뗐다.

노파가 말했다. 「저 사람은 네 엄마고?」

「아니요, 아빠 비서요.」

「내 바구니를 주렴.」 노파가 분노하며 말했다.

「음,」 비어트리스가 말했다. 「이것으로 결정 났네요.」

워몰드가 말했다. 「미안하구나, 밀리.」

「오,」 밀리가 말했다. 「언니도 이제 진정한 삶이 뭔지 좀 알아야죠.」

「비어트리스를 말하는 게 아니었어. 네 눈에는 이게 진정한 결혼으로 보이지 않을 거라는 걸 알지만⋯⋯.」

「두 분이 결혼하신다니 기뻐요. 아바나에서는 두 분이 그냥 불륜 관계라고 생각했어요. 물론 두 분 다 이미 결혼한 적 있으니 두 분이 결혼하신다고 해도 그게 그거지만, 그래도 이젠 더 당당하잖아요, 안 그래요? 아빠, 태터솔이 어디에 있는지 아세요?」

「나이츠브리지에 있을걸. 하지만 곧 문 닫을 거야.」

「그냥 거기까지 한번 가보고 싶어서요.」

「그럼 괜찮은 거니, 밀리?」

「오, 종교가 없는 사람들은 거의 모든 걸 할 수 있어요. 그리고 아빠는 종교가 없잖아요, 다행스럽게도요. 저녁 식사 때까지 돌아올게요.」

「보셨죠?」비어트리스가 말했다. 「잘 받아들이잖아요.」

「그러네요. 제가 딸을 꽤 잘 키웠다고 생각하지 않아요? 저도 잘하는 일이 있어요. 그런데 적국 스파이에 관한 보고서는 본부 사람들이 분명 좋아하지 않았나요?」

「꼭 그렇지만은 않았어요. 알겠지만, 자기, 당신의 마이크로필름 점을 찾기 위해 실험실에서는 우표마다 한 시간 반씩 물에 담가 놔야 했어요. 제가 알기로는 482번째 우표에서 필름을 찾아냈는데, 확대해 보니 아무것도 없었어요. 당신이 필름을 너무 노출시켰거나 현미경을 거꾸로 사용한 것 같아요.」

「그런데도 제게 O.B.E.를 주겠다는 건가요?」

「네.」

「그리고 직장도요?」

「당신이 그 직장에 오래 다닐지는 의문이네요.」

「그럴 생각 없어요. 당신은 언제부터 저를……」

비어트리스는 워몰드의 어깨에 손을 얹더니 황량한 의자들 사이에서 춤을 추게 했다. 이윽고 그녀는 마치 그를 잡기 위해 먼 길을 달려와 숨이 찬 사람처럼 약간 틀린 음정으로 노래를 부르기 시작했다.

제정신인 사람들이 당신을 둘러싸고 있어요.
가족의 오랜 친구들이죠.

그 사람들은 지구가 둥글다고 하지요.
제 광기가 화를 내요
그 사람들은 오렌지에 씨가 있다고,
사과에 두꺼운 껍질이 있다고 말해요…….

「우리는 뭘로 먹고살죠?」 워몰드가 물었다.
「당신과 저라면 방법을 찾아낼 거예요.」
「우리 셋이에요.」 워몰드가 말했다. 비어트리스는 자기들
미래의 큰 문제를 깨달았다. 워몰드가 결코 언제까지나 광기
에 빠진 상태로 남아 있진 않을 거라는 사실을.

아바나의 그레이엄 그린

1954년, 억압받는 아이티 국민에 대한 소설을 써보라는 친구의 제안을 받고 쿠바를 거쳐 아이티를 방문한 그레이엄 그린은 귀국 일정이 꼬였다. 영국으로 돌아가는 빠른 일정을 알아보던 그린은 미국령 푸에르토리코의 산후안과 뉴욕을 거쳐 런던으로 가는 비행기를 탈 예정이었다. 하지만 산후안 공항에 도착한 그린은 미국 이민국 직원의 〈공산당에 가입한 적이 있습니까?〉라는 질문에 솔직하게 〈네, 열아홉 살 때 4주 동안요〉라고 대답했다(그린은 이에 대해 로이터 통신에 이렇게 쓴 적이 있다. 〈1925년 옥스퍼드 대학 시절, 열아홉 살이던 그린과 친구는 지루함을 이기기 위해 장난삼아 영국 공산당의 수습 당원이 된다. 두 사람은 공산당을 속여 먹을 생각이었다. 두 사람은 첫 번째 달 회비로 2실링, 즉 당시 24센트, 정확히는 6페니짜리 우표 네 장을 냈다. 그들의 속셈은 모스크바 또는 최소한 파리로 공짜 여행을 가는 것이었다. 하지만 공산당 지도부가 두 사람의 속셈을 알아차리고 여행을 보내 주지 않아 계획이 실패하자, 두 사람은 더는 회비를 내지 않았다〉). 그 당시 이미 유명한 작가였고, 이전에 MI6에서 근무까지 한 그였지만, 매카시즘이 판치던 미국은 그 대답을 이유로 그린의 입국을 거절했고, 그린은 다시 아이티를 거쳐 쿠바로 갔다(그린은 이틀 뒤 아바나에서 한 인터뷰에서 거짓말하면 통과되었겠지만 매카시즘에 굴복할 수 없었다고 말했다). 그리고 쿠바에서 그린은 10년 전쯤 에스토니아를 배경으로 생각해 두었던 스파이 소설의 플롯을 발전시켰는데, 그것이 바로 『아바나의 우리 사람』이다.

그린이 『아바나의 우리 사람』의 플롯을 처음 생각한 것은 아프리카 시에라리온의 수도 프리타운에서 영국 비밀 정보부원으로 일하던 1940년대였다. 런던으로 돌아온 그는 이베리아반도에서 방첩 업무 부서에 배속되었는데, 그곳에서 포르투갈의 요원들이 보너스를 더 받기 위해 독일에 가짜 보고서들을 보낸다는 사실을 알게 되었다. 그리고 1946년, 영화 대본을 써달라는 요청을 받은 그린은 이런 사실을 바탕으로 제2차 세계 대전 직전의 에스토니아를 배경으로 영국 비밀 정보부를 살짝 조롱하는 내용으로 골격을 잡는다. 하지만 영화 제작이 취소되면서 대본 아이디어 역시 묻혔다가 아바나를 방문하면서 다시 살아난 것이다.

그렇게 해서 그린은 (그 자신의 분류에 따르면) 스파이 〈오락물〉인 『아바나의 우리 사람』을 1958년 10월 6일 출간했으며, 출간 7일 뒤부터 쿠바에서 영화감독 캐럴 리드와 함께 동명의 영화를 제작한다(영화는 1959년 12월 30일 개봉되었으며, 영화 시작부에 〈최근의 혁명 직전이 배경〉이라는 내용이 나온다. 출간 12주 뒤인 1959년 1월 1일, 피델 카스트로가 쿠바 혁명에 성공했던 것이다).

소설의 배경은 쿠바 혁명 전 어수선하던 시절의 아바나다. 주인공이자 〈우리 사람〉인 영국인 제임스 워몰드는 아바나에 거주하는 진공청소기 판매상이다. 이혼했으며, 아름답지만 사치스러운 고등학생 딸과 함께 사는 그는 늘 돈이 궁한 상황에서, 얼떨결에 영국 비밀 정보부의 카리브해 요원으로 고용된다. 딸 때문에 계속해서 돈이 더 필요했던 워몰드는 돈을 더 벌기 위해 가짜 요원들을 만들어 낸다. 하지만 그렇게 만들어 낸 가짜 요원의 가짜 보고서에 〈거대한 군사 시설〉에 대한 내용과 스케치를 넣자, 영국 비밀 정보부는 이 시설에 대한 정찰 사진을 요구한다. 그리고 악명 높은 경찰서장 세구라와 얽히면서 워몰드의 삶은 점점 엉뚱한 방향으로 흐른다.

『아바나의 우리 사람』을 발표하던 1958년, 그린은 작가로서 명성을 떨치고 있었다. 그린은 영국을 배경으로 종교나 개인적인 관계에 초점을 맞춘 작품들도 썼지만, 『아바나의 우리 사람』을 포함해 영국 밖을 배경으로 비식민지화 과정의 정치를 바탕으로 한 소설도 많이 썼다. 『조용한 미국인』(1955)은 프랑스 식민주의에 짓밟힌 베트남이 배경이고, 『코미디언스』(1966)는 1960년대 악명 높은 프랑수아 뒤발리에가 통치하던 아이티를 배경으로 한다. 그린은 반식민주의 운동을 꾸준히 지지했다. 그는 파나마의 최고 지도자 오마르 토리호스와 친분 관계를 유지하며 파나마 운하가 파나마의 품으로 돌아가는 데 크게 기여했다. 또한 그린은 비록 비판적인 시선을 유지하기는 했지만, 피델 카스트로의 쿠바 혁명을 지지했으며, 피델 카스트로에 대한 우호적인 글을 쓰기도 했다. 따라서 쿠바 혁명 직전을 배경으로 한 소설이라면 당연히 그의 정치적 성향이 담겨 있으리라 생각할 것이다.

하지만 막상 『아바나의 우리 사람』은 정치적인 성향과 거리가 있다. 앞서 말했듯이, 그린 자신도 이 소설을 〈오락물〉로 분류했다. 그린은 한 인터뷰에서 이 책을 좀 더 진중한 분위기로 쓰지 않은 걸 후회하느냐는 질문에 〈전혀요, 『아바나의 우리 사람』은 잘 쓴 코믹 소설입니다. 이 책은 쿠바에 대해서가 아니라 비밀 정보부를 놀리려는 목적으로 쓴 겁니다. 아바나는 어쩌다 보니 배경이 된 것뿐입니다. 피델에 대한 제 호감과는 아무런 관련이 없습니다〉라고 밝혔다. 그가 각본가로 참여한 동명의 영화에서는 이런 경향이 더욱 강해져, 소설 속의 반란군과 관련된 상당 부분이 제거되고 영국 비밀 정보부의 우스꽝스러운 부분은 더욱 강조되었다.

1980년 출간된 그린의 자서전 『도피의 길』에 따르면, 쿠바 혁명 정부는 『아바나의 우리 사람』을 달가워하지 않았다. 소설 속 등장인물인 캡틴 세구라의 실제 모델은 에스테반 벤투라 노보였는데, 실제 인물의 잔인함에 비해 캡틴 세구라가 훨씬 더 인간미 있게 그려졌다는 이유에서였다(에스테반 벤투라 노보는 풀헨시오 바티스타 대통령의 억압 통치 당시 일어난 무수한 고문과 살인 상당 부분의 주역이었다. 재미있게도 소설에서 캡틴 세구라는 만약 혁명이 일어날 경우 마이애미에 정착할 거라고 말하는데, 실제로 벤투라 노보는 혁명이 일어나자 마이애미로 도망가서 살았다). 그리고 1959년 4월, 쿠바 당국은 영화 제작 팀에 두 가지를 요구하는데, 하나는 캡틴 세구라를 실제 모델에 가깝게 더 잔인한 악당으로 묘사하라는 것이었다(또 다른 하나는 나이트클럽 장면에서 스트리퍼들의 옷을 제작 팀이 원하던 것보다 덜 벗기라는 것이었다).

그린이 캡틴 세구라를 좀 더 인간미 있게 그린 것은 그가 에스테반 벤투라 노보에게 무슨 호의가 있어서가 아니다. 만약 캡틴 세구라를 실제 인물만큼 또는 그에 더 가깝도록 악랄하게 그렸다면, 오락물을 쓰려던 작가의 의도가 어긋났을 뿐 아니라 세구라와 워몰드가 밀리를 두고 벌이는 은근한 신경전 같은 부분이 완전히 망가졌을 것이다. 그리고 또 하나 짚고 넘어가야 할 것은, 소설 속 세구라는 잔인하고 폭력적인 인물이라고 묘사되지만 소설 속에서 아무런 폭력도 행하지 않는다. 오히려 워몰드를 곤란한 상황에서 구해 주며, 처음부터 끝까지 예의 바르게 나온다(워몰드에게 무례하게 구는 건 영국 비밀 정보부, 은행원, 대사관 직원처럼 대부분 영미권 사람들이다). 그의 잔인함을 보여 주는 유일한 증거인 담배 케이스마저 아버지의 죽음에 대한 복수로 밝혀진다. 오히려 소설 속 살인은 모두 영국인이 관여된 것으로 나온다. 또한 세구라는 멍청한 영국 비밀 정보부와 달리 세계 정세를 정확히 파악하고 있다.

「물론 우리 쿠바는 작은 나라에 불과하지만, 미국 해안과 아주 가깝습니다. 그리고 쿠바의 한쪽 끝은 당신들의 자메이카 기지를 향해 있고요. 러시아처럼 다른 나라에 둘러싸인 나라는 모름지기 안에서 뚫고 나갈 구멍을 만들려 애쓰기 마련이죠.」(247면)

세구라의 이런 언급은 몇 년 뒤 1962년에 벌어질 쿠바 미사일 위기의 예언처럼 들린다. 하지만 정작 이런 예견을 하고 그 상황에 대비해야 할 영국 비밀 정보부는 실적을 올리는 데 급급해 엉뚱한 사람을 요원으로 포섭하고, 말도 안 되는 거짓 정보를 자기 이익에 맞춰 멋대로 해석하고, 나중에는 그 일을 무마하며 자리 보전에만 신경 쓴다.

또한 오리엔테산맥의 군사 기지에 대한 보고가 거짓임을 알고 허둥대며 자기 앞가림에 급급한 비밀 정보부와 달리 세구라는 이를 유용하게 쓸 계획을 꾸민다.

「우리는 그게 오리엔테의 반란군이었다고 말할 겁니다. 외국의 여론에 영향을 주는 데 유용할 테니까요.」(302면)

세구라가 예의 바르고 영리한 인물이라는 설정은 작가가 조롱 대상으로 삼은 영국 비밀 정보부의 무능함을 더욱 돋보이게 하는 강력한 효과를 발휘한다.

이 책을 읽기에 앞서 쿠바의 독재자였던 풀헨시오 바티스타를, 악명 높은 에스테반 벤투라 노보를, 쿠바 혁명을, 20세기 미국과 영국의 식민주의를 더 알면 이 책을 읽는 데 도움이 될 수도 있겠다. 하지만 웃으며 즐기자고 쓴 책을 진지하게 읽는 건 작가의 바람이 아니었으리라 생각한다. 즐겁게 읽기를 권한다.

2025년 4월
최용준

그레이엄 그린 연보

1904년 출생 10월 2일 영국 하트퍼드셔주 버컴스테드 사립 학교의 기숙사에서 찰스 헨리 그린과 매리언 레이먼드 그린의 여섯 아이 가운데 넷째로 태어남. 그 당시 찰스 헨리는 세인트존스 하우스의 사감이었음.

1910년 6세 11월 찰스 헨리 그린이 버컴스테드 사립 학교 교장으로 임명되어 가족이 세인트존스 하우스에서 캐슬 스트리트의 학교 관사로 이사함.

1918년 14세 세인트존스 하우스의 기숙사생으로 돌아와 8학기 동안 지냄.

1921~1925년 17~21세 옥스퍼드 베일리얼 칼리지에서 현대사를 공부함. 옥스퍼드 재학 중 학생 잡지 『옥스퍼드 아웃룩*Oxford Outlook*』의 편집장을 맡음. 이 시기에 이후 아내가 될 비비언 데이럴브라우닝을 만남. 장편소설 『앤서니 샌트*Anthony Sant*』을 탈고했으나 현재까지 출간되지 않음.

1925년 21세 대학 재학 당시, 지루함에서 벗어나기 위해 장난삼아 4주간 공산당원으로 가입함. 이후 이 일로 인해, 1954년 푸에르토리코의 산후안 공항에서 미국 이민국에 의해 입국을 거부당해 아이티로 추방되고, 그곳에서 아바나로 가게 됨. 여기서 『아바나의 우리 사람』에 대한 아이디어를 얻음. 시집 『수다스러운 4월*Babbling April*』 출간.

1926년 ²²세   2월 예비 신자 교리를 받고 로마 가톨릭 교인이 됨. 3월 런던으로 이사. 『더 타임스*The Times*』의 부편집장이 되어 1930년까지 그곳에서 일함.

1927년 ²³세   10월 비비언 데이럴브라우닝과 결혼. 햄프스테드에 살림을 차림.

1929년 ²⁵세   장편소설 『내부의 나*The Man Within*』 출간.

1930년 ²⁶세   장편소설 『행동이라는 이름*The Name of Action*』 출간.

1931년 ²⁷세   장편소설 『해 질 녘의 소문*Rumour at Nightfall*』 출간. 얼마 뒤 그린은 『행동이라는 이름』과 『해 질 녘의 소문』을 발매 금지함. 이후 두 책은 재출간된 적이 없음.

1932년 ²⁸세   장편소설 『스탐불 특급*Stamboul Train*』 출간.

1933년 ²⁹세   6월 옥스퍼드로 이사. 12월 딸 루시 캐럴라인 태어남.

1934년 ³⁰세   장편소설 『이곳은 전쟁터다*It's a Battlefield*』, 공동 에세이집 『모교*The Old School*』 출간.

1935~1942년 ³¹~³⁸세   주간지 『스펙테이터*Spectator*』에 글 기고. 초기에는 영화 비평을 했으나, 1942년부터 문학 비평을 담당.

1935년 ³¹세   단편집 『지하실*The Basement Room*』, 장편소설 『나를 만든 건 영국*England Made Me*』, 단편집 『곰이 추락했다*The Bear Fell Free*』 출간.

1936년 ³²세   오락물 『살인 청부업자*A Gun for Sale*』(초창기에 그린은 자신의 장편소설 일부를 〈소설〉이 아닌 〈오락물〉로 분류했다. 〈소설〉은 길이가 좀 더 길고 진지한 내용이며 〈오락물〉은 좀 더 대중적이고 상업적이었다. 『살인 청부업자』는 그린이 〈오락물〉로 분류한 최초의 작품이다. 나중에는 이런 분류를 하지 않았다), 여행기 『지도 없는 여행*Journey Without Maps*』 출간. 9월 아들 프랜시스 태어남.

1937년 33세   6~12월 문화지『밤과 낮*Night and Day*』의 문학 담당 편집장으로 일함. 10월 당시 아홉 살이던 배우 셜리 템플에 대해 그린이 쓴 기사가 명예 훼손 논란이 일어『밤과 낮』폐간.

1938년 34세   장편소설『브라이턴 록*Brighton Rock*』출간. 가톨릭교도들에게 잔학 행위가 있다는 혐의를 조사하기 위해 멕시코 방문.

1939년 35세   도로시 글로버와 불륜 시작. 여행기『무법의 거리: 멕시칸 여행기*The Lawless Roads: A Mexican Journey*』, 오락물『비밀 요원*The Confidential Agent*』출간. 가족이 크로버러로 피난. 이 시기부터 그레이엄과 비비언은 별거. 그린은 주로 런던에서 생활함.

1940년 36세   정보부에서 일하기 시작. 전시하 책과 팸플릿 출간을 관리함. 장편소설『권력과 영광*The Power and the Glory*』출간. 가족이 크로버러에서 옥스퍼드로 이사함.

1941년 37세   MI6의 전신인 비밀 정보부에 채용됨.

1942년 38세   에세이집『영국의 극작가들*British Dramatists*』출간. 호손든상 수상.

1943년 39세   MI6에서 나중에 소련의 이중간첩으로 드러난 킴 필비 밑에서 포르투갈에 대한 방첩 임무를 맡음. 오락물『공포의 내각*The Ministry of Fear*』출간.

1944년 40세   MI6를 떠남.

1946년 42세   어린이책『꼬마 기관차*The Little Train*』출간. 캐서린 월스턴과 불륜 시작.

1947년 43세   단편집『19개의 단편*Nineteen Stories*』출간.

1948년 44세   장편소설『사물의 핵심*The Heart of the Matter*』출간.

1949년 45세   장편소설『제3의 사나이*The Third Man*』출간. 어린이책『꼬마 소방차*The Little Fire Engine*』출간.

1951년 ^{47세} 장편소설 『사랑의 종말*The End of the Affair*』, 자전적 에세이와 서평을 모은 『잃어버린 어린 시절*The Lost Childhood & Other Essays*』 출간.

1952년 ^{48세} 어린이책 『꼬마 마차*The Little Horse Bus*』 출간.

1953년 ^{49세} 어린이책 『꼬마 롤러 차*The Little Steam-roller*』 출간.

1954년 ^{50세} 단편집 『21개의 단편*Twenty-One Stories*』 출간.

1955년 ^{51세} 장편소설 『조용한 미국인*The Quiet American*』, 오락물 『패자 독식*Loser Takes All*』 출간.

1957년 ^{53세} 동생 휴 그린과 함께 여러 작가의 작품을 모은 선집 『스파이가 침대 옆에 두고 읽는 책*The Spy's Bedside Book*』 출간.

1958년 ^{54세} 장편소설 『아바나의 우리 사람*Our Man in Havana*』, 희곡 『원예 도구 보관소*The Potting Shed*』 출간.

1959년 ^{55세} 희곡 『상냥한 연인*The Complaisant Lover*』 출간. 서아프리카 다호메이에서 이본 클로에타를 알게 됨.

1961년 ^{57세} 장편소설 『치료 가능한 환자*A Burnt-Out Case*』, 여행기이자 일지 『등장인물을 찾으며: 두 개의 아프리카 일지*In Search of a Character: Two African Journals*』 출간.

1963년 ^{59세} 단편집 『현실감*A Sense of Reality*』 출간.

1964년 ^{60세} 희곡 『조상 조각하기*Carving a Statue*』 출간.

1966년 ^{62세} 장편소설 『코미디언스*The Comedians*』 출간. 컴패니언 오브 아너 작위 훈장을 받음. 이본 클로에타와 가까이 지내기 위해 영국 런던에서 프랑스 앙티브로 이사함.

1967년 ^{63세} 단편집 『남편 좀 빌려도 될까요? 그리고 성적 삶에 대한 다른 코미디들*May We Borrow Your Husband? And Other Comedies of the Sexual Life*』 출간.

1968년 64세   셰익스피어상 수상.

1969년 65세   장편소설『이모와 여행 *Travels with My Aunt*』출간.

1971년 67세   자서전『어떤 인생 *A Sort of Life*』출간.

1973년 69세   장편소설『명예 영사 *The Honorary Consul*』출간.

1974년 70세   전기『로체스터 경의 원숭이 *Lord Rochester's Monkey*』
출간.

1975년 71세   희곡『A. J. 래플스의 귀환 *The Return of A J Raffles*』,
1935년부터 1940년까지 쓴 영화 평론 모음집『쾌락의 돔 *The Pleasure
Dome*』출간.

1977년 73세   파나마 대표의 한 명으로 위촉되어 파나마 해협 조약 서
명식을 위해 워싱턴으로 감.

1978년 74세   장편소설『인간 요건 *The Human Factor*』출간.

1980년 76세   중편소설「제네바의 의사 피셔 *Doctor Fischer of
Geneva*」, 자서전『도피의 길 *Ways of Escape*』출간.

1981년 77세   희곡『위대한 조윗 *The Great Jowett*』출간. 예루살렘 국제
문학상 수상.

1982년 78세   장편소설『키호테 대주교 *Monsignor Quixote*』, 에세이집
『고발: 니스의 어두운 면 *J'Accuse: The Dark Side of Nice*』출간.

1983년 79세   희곡『예 그리고 아니요 *Yes and No*』출간.

1984년 80세   파나마의 초대 혁명 최고 지도자 오마르 토리호스와 연관
된 이야기를 쓴 회고록『장군 알아 가기 *Getting to Know the General: The
Story of an Involvement*』출간.

1985년 81세   장편소설『열 번째 사나이 *The Tenth Man*』출간.

1986년 [82세] 메리트 훈장 받음.

1988년 [84세] 장편소설 『대위와 적 *The Captain and the Enemy*』 출간.

1990년 [86세] 단편선 『마지막 말 *The Last Word and Other Stories*』, 에세이, 서문, 연설문, 시 등을 모은 『회고 *Reflections*』 출간.

1991년 [86세] 4월 3일 스위스 브베에서 혈액 질환으로 사망.

1992년 일기 모음집 『나만의 세상: 꿈 일기 *A World of My Own: A Dream Diary*』 출간.

열린책들 세계문학 294 아바나의 우리 사람

옮긴이 최용준 대전에서 태어나 서울대학교 천문학과를 졸업했으며, 미국 미시간 대학교에서 이온 추진 엔진에 대한 연구로 항공 우주 공학 박사 학위를 받았다. 현재는 플라스마를 이용한 핵융합 발전에 대한 연구를 한다. 옮긴 책으로 세라 워터스의 『핑거스미스』, 『티핑 더 벨벳』, 에릭 앰블러의 『디미트리오스의 가면』, 맥스 배리의 『렉시콘』, 아이작 아시모프의 『아자젤』, 마이클 프레인의 『곤두박질』, 마이크 레스닉의 『키리냐가』, 루이스 캐럴의 『이상한 나라의 엘리스』, 제임스 매튜 배리의 『피터 팬』 등이 있다. 헨리 페트로스키의 『이 세상을 다시 만들자』로 제17회 과학 기술 도서상 번역 부문을 수상했다. 시공사의 〈그리폰 북스〉, 열린책들의 〈경계 소설선〉, 샘터사의 〈외국 소설선〉을 기획했다.

지은이 그레이엄 그린 **옮긴이** 최용준 **발행인** 홍예빈
발행처 주식회사 열린책들 **주소** 경기도 파주시 문발로 253 파주출판도시
전화 031-955-4000 **팩스** 031-955-4004
홈페이지 www.openbooks.co.kr **이메일** literature@openbooks.co.kr
Copyright (C) 주식회사 열린책들, 2025, *Printed in Korea*.
ISBN 978-89-329-1294-3 04840 **ISBN** 978-89-329-1499-2 (세트)
발행일 2025년 4월 10일 세계문학판 1쇄

열린책들 세계문학
Open Books World Literature